LES SŒURS WICKWOOD

Retrouvez ce roman en audio !
Disponible chez tous les audiolibraires.
Pour écouter un extrait, scannez le QR code.

Certifié PEFC
Ce produit est issu de forêts gérées durablement, de sources recyclées et contrôlées
PEFC/18-31-280
www.pefc-france.org

Cet ouvrage a été mis en pages
par Nord Compo à Villeneuve-d'Ascq

Impression réalisée par L.E.G.O. S.p.A.
en novembre 2023
pour le compte des Éditions Bayard

Imprimé en Italie

18, rue Barbès, 92128 Montrouge cedex
ISBN : 979-1-0363-5740-4
Dépôt légal : février 2024

Loi n° 49-956 du 16 juillet 1949 sur les publications destinées à la jeunesse.

LUDIVINE IROLLA

LES SŒURS WICKWOOD

bayard

What is this Death ? – a quiet of the heart ?
The whole of that of which we are a part ?
For Life is but a vision – what I see
Of all which lives alone is life to me,
And being so – the absent are the dead

Unpublished poem – Lord Byron.

Chapitre 1
Le gardien muet des Wickwood

Une petite route serpente au nord de Harrow. Un lacet de terre ébouriffé par le vent et la brume. Personne ne demande jamais où mène ce chemin et, d'ailleurs, personne ne l'emprunte plus depuis longtemps. Certains villageois seraient même incapables de dire ce qui se niche au bout du sentier. Oh, certes, après dix minutes de marche, on trouve bien la demeure étriquée de Thelema, mais qui se soucie encore de cette grand-mère sénile ?

Le village de Harrow a la mémoire courte.

Tout le monde a oublié les Wickwood.

Dix ans plus tôt, ils étaient nombreux à parcourir cette route qui était alors aussi large qu'une charrette. On rendait visite aux occultistes royaux avec des questions, on en revenait avec des secrets. Le grand Aleister Wickwood avait épaulé le roi pendant des audiences, des siècles auparavant. Quel honneur alors de pouvoir rencontrer cette noble famille pour connaître son oracle personnel ! Ils incarnaient les plus grands personnages de l'île de Gight, confidents des rois, gardiens de mystères ancestraux. On racontait qu'ils étaient à peine humains, que la magie coulait dans leurs veines à tel point qu'ils ne conservaient une enveloppe corporelle que pour ne pas choquer les villageois, mais qu'une fois bien à l'abri chez eux, ils devenaient des êtres de fumée, passeurs entre l'ici et l'au-delà.

On allait les voir pour se rassurer sur son avenir, pour guérir, pour appeler la bonne fortune, mais surtout, on y allait pour les rencontrer, pour savoir à quoi ça ressemblait, au juste, un *occultiste royal*. Et puis, on retournait au pub le plus proche et, entre deux gorgées de stout, on expliquait qu'ils n'étaient pas si impressionnants que ça. En fin de compte, ils avaient l'air d'humains comme les autres. Mais, une fois rentré, on en frissonnait encore. Cette aura ! Ce mystère ! On sentait la magie en admirant les potions, en respirant l'odeur âpre de tous ces grimoires, soyons honnêtes. Et ce regard terrifiant quand on avait essayé de jeter un œil discret sur un sortilège ! Non, ils n'étaient pas des êtres tout à fait comme les autres…

Mais, maintenant ? Personne ne se souvient plus de ce sentier, tapissé d'un camaïeu de feuilles orangées. On se rappelle juste le terrible feu noir. Cet incendie ténébreux qui a ravagé le bout du chemin, une nuit entière. On frémit en se remémorant les flammes obscures qui léchaient le bois, dévoraient toute la carcasse. Non, il ne vaut mieux pas se rappeler ce qui gît au bout de la petite route en terre battue. Ces filles maudites. Cette lignée déchue.

Pourtant, si un courageux flâneur dépasse la bicoque de la vieille Thelema, il découvre que le serpentin continue, toujours plus étouffé entre deux allées d'arbres centenaires. Et là, après quelques minutes, se dessine dans la brume une silhouette imposante, giflée par le vent et les années. De loin, on pourrait la croire abandonnée. Le toit s'est en partie effondré sur lui-même et la cheminée est biscornue. La partie droite de la bâtisse est rongée par le lierre ; on dirait que la forêt a repris ses quartiers, ici. Les fenêtres sont obstruées par la poussière, quand le vitrage n'a pas complètement explosé.

Les délicieuses odeurs de pains chauds de Mrs Oldstone n'embaument plus l'air. L'agitation du village semble n'être qu'un lointain souvenir, on n'entend que le chant des grenouilles dans une mare au loin. Pourtant, si on ose s'avancer et délaisser la petite bande de terre qui nous a amenés jusqu'ici, on remarque une lueur dans la bâtisse. Une bougie vacillante, là, tout au fond. Quelqu'un vit encore dans cette chaumière qui menace de s'effondrer. Même les corneilles ne se risquent pas à se poser sur ce tas de pierres branlantes, oublié de tous.

– Mrs Albert, revenez, je vous en prie !

Un cri déchire l'air. Malgré le ton suppliant, la porte d'entrée s'ouvre à la volée et se referme aussi sec sur une silhouette replète. Une femme sort en courant, sa main droite tient solidement son canotier effrité sur sa tête. Sans un regard en arrière, elle retrouve le petit chemin et le remonte aussi vite que possible pour rejoindre le hameau.

Oh, elle n'aurait jamais dû venir ! Son mari l'avait prévenue : « N'y retourne pas, cet endroit est maudit », mais elle ne l'a pas écouté. Après tout, le premier thème astral était si précis, tout s'était passé *exactement* comme elle l'avait dit ! Et puis, ça ne lui coûtait rien à part un peu de marche, alors pourquoi s'en priver ? Mais elles étaient damnées, complètement damnées !

Alors que Mrs Albert parvient au niveau de la maison de la vieille Thelema, un chat noir se poste sur une fenêtre ouverte, juste à côté de la porte d'entrée qu'elle vient de claquer. Sans se soucier des cris et des injures qui continuent de jaillir derrière lui, il se lèche la patte avant d'un air détaché. On le croirait presque habitué à cette animation, blasé même.

Pourtant, quand il entend son nom prononcé au milieu de la dispute, il tourne furieusement la tête, les oreilles en arrière.

– Ne mêle pas Byron à tout ça ! s'exclame une première voix.

– Mais je n'en ai jamais voulu, moi, de ce fichu tas de poils, tu sais que je suis allergique en plus ! répond une autre femme, au timbre plus éraillé.

Cette fois, la curiosité de Byron est piquée. Abandonnant son perchoir, il retourne à l'intérieur de la chaumière, bien décidé à comprendre ce qu'on lui reproche.

Il traverse la cuisine tant bien que mal : entre les pots cassés, les fleurs séchées, les grimoires éparpillés, la poussière, il ne lui reste plus beaucoup de place pour poser ses pattes. Les empreintes de ses coussinets sont déjà imprimées sur de nombreuses planches de bois. Par sécurité, il marche toujours sur les mêmes, de peur que les autres s'effondrent sous son maigre poids.

Puisqu'elles ne sont pas dans la cuisine, il continue son chemin vers le semblant de salle à manger qui a résisté au temps. Sur toutes les chaises s'empilent des vêtements, des tas de vieux papiers, des casseroles sales. Byron y est tellement habitué qu'il n'y jette pas un regard. Il poursuit les éclats de voix comme il chasse les souris de la maison : le ventre à terre, les oreilles baissées. Et il les trouve, dans l'escalier qui rejoint l'étage supérieur. Si une partie de la demeure a été complètement abandonnée, là-haut, trois pièces ont survécu à l'effondrement : deux chambres et une bibliothèque. Mais il n'a même pas le temps de monter jusque-là, la querelle l'oblige à s'arrêter. Planqué derrière un panier en osier délaissé depuis des années, il écoute, sans bouger un poil.

– Tu te rends compte qu'on doit gagner un peu d'argent ? Un thème astral, ça se paye, que les présages soient bons ou mauvais ! Au nom de Formol, mais à quoi tu pensais, Allegra !

Sans surprise, Byron découvre que c'est Médora qui s'agace contre sa sœur. Il n'avait pas besoin de se rapprocher pour s'en assurer, mais elle l'impressionne toujours autant. Sa voix rauque est aussi tranchante que ses pommettes. Ses yeux gris lancent des éclairs et ses cheveux bruns et raides, qui lui arrivent sous le menton, n'adoucissent pas ses traits. Elle serre les lèvres, comme si elle s'empêchait de dire des horreurs.

– Nous n'avons nullement besoin d'argent, nous nous débrouillons très bien ! souffle Allegra.

Médora grogne et se précipite vers la première porte sur le palier, sa chambre. Byron adore Allegra, mais cette fois, même lui ne peut lui donner raison. Il suffit de jeter un œil autour d'eux pour se rendre compte qu'elle a cruellement tort. Les papiers peints en soie noire aux filaments d'or, importés des contrées les plus lointaines, s'affaissent comme des fleurs fanées. Ailleurs, ce sont des traînées de suie qui ont réinventé la décoration des murs. Les planches sont mangées par les mites. Une rambarde de l'escalier s'est complètement effondrée. Il ne reste plus rien du prestige des Wickwood. Cela fait des années que Byron doit chasser son déjeuner. Sa gamelle est vide, abandonnée, et enterrée sous des caisses remplies d'un fatras oublié depuis longtemps.

Allegra poursuit rapidement sa sœur et se moque de la porte fermée de la chambre, à travers laquelle elle passe sans ciller. Byron ne peut pas en faire autant et se contente de monter l'escalier sur le bout des pattes, de coller son oreille sur la maigre planche de bois et d'espionner le reste de la conversation.

– Ah ! Je déteste quand tu fais ça, foutue mandragore !

– Désolée, murmure Allegra, mais, vraiment, je t'assure que tu t'inquiètes pour un rien, nous allons sortir de cette mauvaise passe, comme nous l'avons toujours fait. Mrs Albert me payera une prochaine fois, nous n'en avons pas besoin.

– Tu es tellement naïve... Mrs Albert ne reviendra jamais ! Et bien sûr, pour toi, pas de souci ! Pas besoin de manger quand on est déjà morte...

Byron n'a pas de peine à imaginer le teint blafard d'Allegra blanchir encore davantage. Il sait à quel point elle est sensible. Surtout quand Médora se montre si froide. Il aurait envie de la griffer, s'il l'avait sous la patte !

Allegra est sa sœur préférée. Charmante, tendre, elle a toujours un mot gentil pour lui. Même si elle est incapable de le caresser, elle lui donne toute l'attention dont un chat pourrait rêver. On dirait une poupée. Évanescente, il ne reste qu'à imaginer la blondeur de ses longs cheveux, l'éclat bleu de ses yeux doux. Elle est à jamais bloquée dans le corps de ses quatorze ans. Resplendissante pour l'éternité.

– Pitié, Meddie, ne crie pas. Je n'aime pas quand tu cries.

– Tu n'aimes pas quand je crie ? répète Médora en haussant le ton. Et moi je n'aime pas m'endormir le ventre vide. Je n'aime pas devoir rappeler à ma sœur que je suis vivante !

– Je t'en prie, cesse. Tu sais bien que ça perturbe Byron. Il est toujours nerveux quand on se querelle.

– Mais arrête avec ton chat ! Ça ne tiendrait qu'à moi, je l'aurais déjà viré depuis longtemps !

Byron entend Allegra étouffer un gémissement mortifié derrière la porte, tandis que son poil se hérisse sur son dos. La spectre ne répond rien et Médora continue de s'affairer. Le félin ne s'inquiète pas, elles ne le chasseront jamais. De toute façon, il ne se laissera pas faire. Impossible de partir d'ici, c'est une question de vie ou de mort.

Incapable de savoir ce que les sœurs mijotent dans la chambre, il préfère s'éloigner, au cas où la plus vivante des deux lui tomberait dessus. Il s'enfonce sous un guéridon poussiéreux envahi de toiles d'araignée et tend l'oreille.

Gardien muet des tempêtes des Wickwood.

– Oh Meddie, non ! Je refuse que tu t'abaisses à cela !

– À quoi ? répond la brune avec une innocence feinte.

– Prends-moi pour une jobarde ! Je sais parfaitement à quoi servent tous ces outils que tu mets dans ton sac. Je ne te laisserai pas partir.

– Ah oui, et tu vas faire quoi, Allegra ? Me passer à travers le corps ?

La phrase est comme suspendue dans l'air.

Byron, bien à l'abri, sent les derniers cristaux du chandelier vaciller sur les quelques clous rouillés qui le maintiennent encore mystérieusement en place. Il sait à quoi ressemble un esprit en colère, et il ne veut pas assister à ça. Il se rencogne plus dans l'ombre quand la porte s'ouvre en grand, manquant décoller de ses gonds.

Médora sort de la chambre, son sac à dos en cuir élimé noir sur l'épaule, sa sœur derrière elle.

– MÉDORA !

– Allegraaa ! l'imite-t-elle.

– Tu ne peux pas dérober d'honnêtes gens, cela ne se fait pas. C'est indigne des Wickwood.

Médora dévale les escaliers à toute volée, déclenchant des craquements sinistres sous ses pieds. Allegra flotte à ses côtés. Byron redescend à leur suite, aussi silencieux que la spectre.

– Et toi, tu n'avais qu'à faire payer la seule cliente qu'on a reçue depuis des mois ! Si j'acceptais de t'aider avec tes sorts, tes potions et tes divinations de pacotille, c'était parce que ça me permettait de survivre. Maintenant, je vais faire les choses à ma manière avant de crever la bouche ouverte.

Le félin sent le trouble s'emparer d'Allegra. Elle s'échine déjà depuis dix minutes, mais cette fois, elle soupire et se mord la lèvre. Les sœurs Wickwood sont aussi têtues l'une que l'autre, pourtant Médora gagne toujours les disputes, surtout quand il est question de se remplir le ventre. Elle s'élance dans la cuisine, Allegra sur les talons la suppliant de ne pas sortir et d'y réfléchir, mais la voleuse ne l'entend plus. Byron voit dans son regard une détermination sévère.

Elle se saisit d'un kit de crochetage qui traîne à côté d'une louche sale, le fourre dans son sac à dos et referme méticuleusement toutes les attaches en cuir. Si Médora prenait soin de la maison comme elle prend soin de son sac, les Wickwood vivraient dans un palais. Peut-être parce que c'est la seule chose qui lui appartienne vraiment.

Byron se glisse sous une cagette en bois remplie de sauge séchée et observe le combat perdu d'avance d'Allegra. Elle gesticule dans tous les sens et son énergie spirite fait trembler les bocaux en verre autour d'elle. Médora est tellement concentrée qu'elle ne le remarque même pas. Elle enfile une écharpe noire brodée et trouée comme un nouveau ciel constellé. Puis, elle lace ses bottines marron et ajuste les bretelles de son sac sur ses épaules. Sans un regard pour sa sœur, elle pose la main sur la poignée, prête à fuir cet enfer personnel. Mais, au même moment, les Wickwood entendent des coups contre la porte. Médora suspend son geste et fronce les sourcils. Deux visiteurs en une journée ? C'est plus qu'exceptionnel pour elles. Suspicieuse, elle a tout juste le temps de s'interroger sur l'identité de leur invité que la fantôme transperce le panneau de bois.

Byron s'approche à pas de velours, curieux de savoir de qui il peut s'agir. Il a beau agiter son museau, l'air est trop saturé par les odeurs d'herbes pour qu'il reconnaisse les effluves de leur visiteur. Allegra, dans un cri enthousiaste, fait éclater le mystère :

– Oh, bonjour Cornélius ! Je suis ravie de vous voir !

Si le félin ne peut pas observer la réaction de Médora, de là où il est, il l'imagine très bien. Ce prénom n'annonce rien de bon. Il fait demi-tour et s'enfuit par la fenêtre arrière dans le jardin abandonné des sœurs Wickwood. Byron est un chat téméraire, pas suicidaire. En deux secondes, le voilà qui disparaît entre les bruyères sauvages et les tombes décrépies.

Chapitre 2
Sa destinée au bout des doigts

Les bocaux des étagères ont arrêté de s'entrechoquer et, dès qu'Allegra traverse la porte et salue Cornélius, la cuisine retombe dans un silence et un calme éphémères. Sans leur maîtresse, les herbes séchées pendues aux murs ne se balancent plus sur la mélodie d'un vent invisible, les pages des grimoires se figent. La main sur la poignée en fer forgé, Médora n'a qu'une envie : s'échapper. Fuir cette bicoque en ruines, glisser ses doigts gantés dans des maisonnées soignées, dérober des colifichets poussiéreux et oubliés. Et puis, échanger ces objets pour des pommes fraîches, du ragoût chaud, du pain croustillant. Son ventre se tord rien qu'à imaginer l'odeur de tourte qui sort du four et les jolies familles qui se retrouvent autour du plat. Pourtant, au lieu de se faufiler dans les ombres des bosquets et de s'agenouiller sous les fenêtres à guillotine, la voilà planquée derrière la porte d'entrée de sa propre demeure, incapable de bouger.

Elle colle son œil sur le vitrail piqueté qui lui renvoie une image brisée, comme un kaléidoscope. Médora aperçoit les feuilles jaunes des arbres qui s'éparpillent sur la route, le sol sablonneux qui remonte jusque chez Thelema. Une chemise en chanvre rafistolée par endroits et qui baille sur un torse velu. Un corps nébuleux et excité. Une sœur excessivement bavarde. Un voisin aussi muet qu'une tombe. Vainement, Médora appuie de tout son corps contre la porte pour empêcher ce couple atypique de rentrer. Elle sent la poignée lui tordre les lombaires quand Cornélius l'agite de l'autre côté. Elle ferme les paupières, espère que ça suffira à faire fuir le petit-fils de Thelema. Leur solitude interminable lui manque, tout d'un coup. À l'extérieur de la demeure, elle entend sa sœur s'étonner et la seconde suivante, voilà Allegra qui traverse le panneau de bois et Médora au passage.

– Argh, grogne la fantôme en mimant une moue de dégoût.

Médora ne se laisse pas distraire par le sentiment de froid intense qui la saisit et ne décolle pas son dos. Allegra la fixe, sourcils froncés et bras croisés.

– Oh, Meddie, même pour toi, c'est assez puéril..., souffle-t-elle avec une moue réprobatrice.

– Qu'est-ce qu'il veut ? demande Médora en désignant l'extérieur d'un coup de tête.

– Ouvre et nous le saurons peut-être.

Médora se retourne soudain, ajuste son sac sur son épaule, tourne la poignée froide, tire la porte et s'engouffre dans l'air automnal de Harrow. Elle dépasse Cornélius en coup de vent, sans lui adresser une parole ou un geste. Elle préfère rejoindre rapidement les ombres des maisons de ses victimes que d'être témoin de la danse nuptiale de sa sœur et du voisin. Ses visites sont assez rares, heureusement, mais Médora assiste toujours au même tableau terrible : l'averse de mots sous laquelle Allegra le noie, le silence émerveillé de Cornélius, leur impossible avenir. Autant s'épargner ce spectacle funèbre. Pourtant, cette fois, ce n'est pas le nom d'Allegra que soufflent les lèvres du soupirant, mais celui de la brune tempétueuse, déjà bien engagée sur la route. La surprise l'arrête dans sa marche.

– Médora ?

Ce n'est pas un appel, c'est une supplique. Elle a juste le temps de l'entendre avant que la brise n'emporte au loin l'éclat de voix timide. Elle se retourne vivement, dévisageant Cornélius derrière sa frange de cheveux corbeau. Allegra, sur le pas de la porte, est aussi étonnée qu'elle. La grande silhouette du petit-fils de Thelema reste immobile, il n'y a que ses doigts qui se tortillent comme des serpents sans tête. Les Wickwood se regardent, interdites : a-t-il vraiment parlé ? Avec ses épaules imposantes, son torse velu, ses jambes arquées, sa tignasse rouille sale, son visage buriné par les taches de rousseur et son charme tout paysan, elles ont toujours cru qu'il était simple d'esprit, fort de bras. À chaque visite, Allegra déverse en lui tous les potins que sa sœur refuse d'entendre, sans jamais attendre de réponse. Les Wickwood ignoraient même qu'il connaissait un autre prénom que celui de sa bien-aimée spectre, ou d'autres mots que : « potion », « Thelema », « s'il vous plaît ». L'éternelle doléance qui lui permet d'envoyer sereinement Grand-maman au lit, et que seules les Wickwood lui procurent.

Médora se rapproche, la tête en avant, les sourcils féroces. À voir le nez en trompette de Cornélius se retrousser encore plus, ses yeux verts disparaître derrière ses boucles rousses, elle sait que pour lui Allegra est l'ange et qu'elle est le démon. Mais son regard n'en devient pas plus tendre, sa démarche pas plus souple. Elle se plante devant lui, les mains sur les hanches. La fantôme s'élance à la rescousse de Cornélius, sans soulever un grain de poussière sur son passage. Ni elle ni Médora n'ont le temps de prononcer un mot. Le voisin, fasciné par le dîner d'une araignée sur une gypsophile fatiguée, rassemble tout son courage pour ne pas oublier la raison de sa visite.

– J'allais partir pour Severage avec Nigot, quand j'ai croi-croisé la route d'un drôle de gars. Il avait un beau costume et tout, ça m'a intrigué. Surtout, il avait l'air perdu, alors je lui ai demandé ce qu'il venait faire dans notre bon vieux vi-village de Harrow. Il m'a dit qu'il était un messager royal et qu'il devait remettre une note à la famille Wickwood, occultistes ro-royaux. Comme il savait pas où aller, j'lui ai dit que je pouvais la remettre, moi, sa lettre, et je suis là.

L'éclat de sa voix se brise quand il reprend enfin sa respiration. Médora remarque alors ses mains. Ces serpents sans tête ne se tortillent pas du tout dans le vent. Ils s'agrippent désespérément à un bout de papier racorni. Cornélius surprend le regard de l'occultiste sur l'enveloppe mordorée froissée, recroquevillée par l'angoisse. Dans un geste vain, il essaie de redonner un peu d'allure au pli, avant que Médora le lui arrache. Sa sœur s'empresse de se planter derrière son épaule pour lire les nobles mots.

Le sceau royal s'étale en rouge carmin sur le papier épais. Allegra sautille en tapant dans ses mains. C'est peut-être un bal, ou un dîner, un de ceux où il faut bien s'habiller, où l'on parle et l'on rigole fort, même quand on ne comprend pas la boutade. Un lieu raffiné, élégant, où le vent ne s'infiltre pas à travers les cadres des fenêtres, où les rideaux ne sont pas troués, où les murs ne sont pas effrités. Si un messager vient les voir, peut-être que c'est parce que quelqu'un, là-haut, se rappelle qu'elles sont occultistes, que leur famille l'a toujours été ?

Médora fait taire sa sœur d'un geste. Elle ne croit pas aux contes. Sinon, leur chaumière serait réparée le soir par des petites fées. Elle ne croit pas à la magie non plus. Elles sont les héritières d'occultistes royaux, alors pourquoi sont-elles pauvres et misérables, obligées de voler pour survivre ? Leur famille était la plus puissante de l'île de Gight, capable de faire se relever les morts, mais aujourd'hui incapable de se remplir le ventre… La vérité, c'est qu'elle a peur. Le monarque, tout juste monté sur le trône, a peut-être entendu parler de ses méfaits. Elle imagine déjà la jolie formule de politesse pour lui annoncer qu'on lui met la corde autour du cou.

– Je ne tiens plus, ouvre cette lettre, Meddie ! Le suspense va me faire mourir ! soupire Allegra en sautillant.

Médora lui lance un regard assassin. La brune inspire avec force et réfléchit à toute allure en déchirant l'enveloppe aussi lentement que possible. Si elle était condamnée, ils seraient sans doute venus l'arracher de son cottage en armure, piques levées avec une prison tractée par des chevaux. Mais le messager s'est déchargé de son fardeau en l'abandonnant à Cornélius. On ne confie pas une peine de mort à un paysan. On ne laisse pas une captive s'inviter sur l'échafaud… Malgré les tremblements de sa main, Médora déploie les plis du billet comme les ailes d'un papillon.

Famille Wickwood.

À la demande de notre très honorable Souverain, Aloysius l'Attendu, vous êtes sommés par la présente missive à vous rendre au palais Severage dans les plus brefs délais.

Gaspard Nescarus, Conseiller de Sa Majesté.

Médora relit la lettre plusieurs fois, cherche derrière les mots laconiques la raison de cette missive. Mais plus elle fixe l'écriture élégante, moins elle comprend l'objet de la convocation. S'il ne leur dit pas pourquoi il veut les voir, peut-être que la situation est plus grave qu'elle ne le pensait. Allegra, elle, transforme ce mystère en fantasme. Là où Médora ne visualise que mort, complot, cordes et couteaux, sa sœur imagine de la mousseline, de la musique, des rencontres romantiques et des mignardises.

– Oh mais c'est tellement excitant ! Il s'agit peut-être d'un évènement très secret. Les Wickwood ont toujours été très importants, bien sûr que nous sommes convoquées. Oh, c'est merveilleux ! Médora, le royaume a sans doute besoin de nous, tu te rends compte ? Comme du temps d'Aleister ! s'exclame Allegra en tournant sur elle-même.

Les jupons spectraux de sa robe suivent son mouvement avant de se rabattre sur ses jambes vaporeuses. Cornélius la regarde répéter son bal des fantômes sur le sable de l'allée en souriant. Et Médora le voit qui admire chaque main tendue, comme s'il voulait la saisir et se laisser emporter dans cette valse silencieuse. Mais, la brune en est convaincue, il n'y a pas de danse, pas de valse, au bout de cette lettre. Le royaume n'a pas besoin d'elles. Plus personne n'a besoin d'elles depuis longtemps. Leur titre d'« occultistes royales » est parti en ruine avec la maison. Ce qu'on appelait révérencieusement « le manoir » n'est plus que poliment surnommé « le cottage », « la chaumière »... Et leur rang s'est envolé avec les cendres de leurs souvenirs, comme tout le reste.

Depuis quelques années, on brûle les grimoires, les cierges remplacent la sauge, la science fait taire les « contes de bonnes femmes ». Alors la brune se demande : combien de temps faudra-t-il pour que les « sorcières » suivent leurs livres sur les bûchers...

– Mais... Meddie, comment allons-nous nous y rendre ? Severage est à plus d'une lieue, si nous marchons, nous serons fourbues en arrivant. Imagine l'état de nos pieds, à la fin ! bougonne la spectre en fouettant l'air de ses grands cils.

– Pour un fantôme, Allegra, tu as une conscience très aiguë de ton propre corps...

Médora se concentre sur le papillon *memnon* qui s'ébat sur la clôture éventrée de la maison pour se calmer, et chaque battement d'aile apaise un peu cette colère qui lui comprime le thorax. Elle ne comprend pas comment le cours de cette journée a pu lui échapper à ce point. Ce matin, avec la visite de Mrs Albert, puis avec celle de Cornélius, et enfin avec cette convocation absurde. À cette heure, elle aurait déjà dû avoir rempli son sac de breloques oubliées sur des tables de chevet, ou de livres perdus sur des bancs. Cette missive royale lui glace le sang. Elle a l'impression de tenir sa destinée du bout des doigts.

– N'empêche, Meddie, ce Gaspard Nescarus est très clair... Nous sommes mandées dans les plus brefs délais. Cela signifie qu'il nous faut partir prestement ! reprend Allegra, plus paniquée par l'urgence de la lettre que par la raison réelle de leur convocation.

– Si vous voulez, je peux vous emmener. Je dois aller à Severage de t'façons. Quand j'ai croisé le me-messager, j'étais en train de préparer ma charrette de foin pour...

– Oh mais oui, merci Cornélius, ce serait parfait !

Le roux de leur voisin devient si contagieux que son visage entier se pare de la teinte de ses cheveux. Allegra applaudit doucement. Médora, quant à elle, se mord la lèvre. Cette perte de contrôle, comme si une araignée tissait le fil de son existence sans se préoccuper d'elle, la terrifie plus qu'elle ne pourrait l'admettre. Plantée, seule, devant la porte encore ouverte de la chaumière, elle regarde Allegra s'élancer sur le chemin en terre battue qui redescend au village. Cornélius la suit, les poings serrés dans les poches de sa salopette salie. Médora reste là, les bras ballants. Elle a l'intuition que si elle fait un pas en avant, rien ne sera plus jamais pareil. Alors qu'elle sent que sa vie est sur le point de basculer, une angoisse totale l'emprisonne. Ses talons s'enfoncent dans le sol, son cœur tombe au fond de son coccyx. Au loin, sa sœur l'appelle et son bras se transforme en étendard évanescent qui oscille de gauche à droite, de droite à gauche. Médora sort de sa torpeur et s'élance à son tour sur le chemin qui les rapproche de l'humanité.

L'enveloppe royale tourne en rond et s'échoue aux pieds de l'araignée et des gypsophiles fanées. La lettre se déplie et offre ses mots encrés à la pluie qui s'annonce.

☽☽☾☾

Les nuages s'amoncellent dans le ciel, se pourchassant férocement, et au bout d'une heure et quart, Médora ne voit plus que des ténèbres en plein jour. La région de Severage est aussi capricieuse que ses habitants, aussi mélancolique et colérique. La foudre s'abat souvent sur les maisons en chaume qui bordent la route de campagne. La grêle noie parfois les champs sous une couverture blanche en plein été. C'est ainsi qu'a commencé la famine qui fait gronder le ventre des villageois. Plus de pâturages à faner, plus de fruits à récolter et des fonds de réserve déjà mis à mal par un hiver rude…

La légende raconte qu'un dieu a emprisonné Severage et toute l'île de Gight dans une boule de cristal. Dès qu'il s'ennuie, il la tourne dans ses mains, bouscule la météo et pouffe en voyant les humains effrayés. Mais la réalité, c'est que c'est juste un foutu pays où il fait un temps pourri et où l'on crève de faim.

Allongée dans la charrette, Médora est ballottée au milieu de la paille, véritable or depuis quelques semaines, que les enfants faméliques regardent avec des babines salivantes.

Elle préfère se concentrer sur le hêtre foudroyé, au loin, sur la petite colline qu'ils viennent de dépasser. Le trajet est bercé par le vent qui gronde, les roues en bois qui buttent contre les cailloux, les râles de l'âne, les villages que l'on croirait abandonnés et la conversation sans fin d'Allegra. Assise à côté de Cornélius, elle s'étonne de tout, admire chaque arbre, chaque chaumière décrépie. Le voisin ne répond rien, se noyant délicieusement dans ses paroles, mais Médora devine son sourire. Sa sœur n'est jamais sortie de la maison. Plus depuis un long moment. Plus depuis qu'elle n'est plus en vie. Les spectres ne sont pas très bien vus au-delà des murs des Wickwood. On les excuse quand il traverse un cimetière à minuit, on les plaint au mois d'octobre quand il fait bon se souvenir d'eux, quand la peur de la mort enserre la gorge des vivants. On les hait quand ils se relèvent de leur tombe pour hanter leurs anciennes demeures, quand ils sont la preuve bien fatale que tout ne s'arrête pas toujours après son dernier souffle. Allegra sait tout ça, elle sait que l'homme est un loup pour les fantômes, qu'elle n'est pas la bienvenue. Pourtant, Médora ne peut pas s'empêcher de penser que le mauvais esprit de la famille, au fond, c'est elle, et pas cette fille prisonnière d'une jeunesse naïve et tendre.

Alors, elle écoute sa sœur qui s'enchante, qui rigole, qui sourit, qui montre du doigts les champs morts, les petits villages encerclés de brume au loin, qui salue d'un geste de la main les enfants étonnés.

– Oh là là ! Meddie, regarde ! s'exclame la spectre en désignant une forme cauchemardesque qui se dessine sous le voile.

– On arrive bientôt, intervient Cornélius en agitant les rênes de Nigot, son âne.

La bête s'ébroue et s'engage sur la seule route qui mène à la cité royale. Perchée en haut d'une falaise escarpée, la bâtisse noire se tient au bord du vide. Un château suicidaire perdu dans le ciel dense de la ville de Severage. D'en bas, les sœurs Wickwood ne devinent que des tours abruptes, des remparts austères et de tristes murs gorgés de pluie. Au pied de la colline, une foule de maisons à colombages qui s'entassent les unes sur les autres, sacrifiant des bouts d'auvent et des cheminées. Les toits sont pentus pour se débarrasser plus vite de l'ondée qui s'accumule déjà en grosses flaques sur le sentier. Mais pour le reste, Médora est incapable de voir plus loin que la brume qui prend en otage tout Severage. Il leur faut encore s'armer de patience pour remonter la route qui serpente entre les cailloux, les habitations et les rosiers sauvages, seule décoration dans cette ville froide entourée de murs de défense.

Allegra se redresse, le buste en avant dans une position proprement inhumaine. Ses orteils font mine de toucher la calèche pour ne pas effrayer les villageois, mais elle se penche autant que possible pour absorber tous les détails de cette vie qu'elle ne connaît pas. Si elle ne détestait pas autant les cris d'horreur qu'elle inspire, elle aurait sans doute déjà volé jusqu'à la bâtisse royale, fait trois fois le tour de la cité et se serait même perchée au sommet du plus haut clocher pour admirer la ville emprisonnée dans les fils de brouillard. Au lieu de quoi, elle passe toute la fin du trajet à contenir difficilement son excitation à mesure qu'ils se rapprochent de la capitale. L'âne, brisé par la routine, est bien décidé à mener Cornélius au lieu habituel. Il met un certain temps avant de consentir à faire une pause devant le *Castle*.

– Oh là là, mais c'est incroyable ! Meddie, regarde ce château ! Il est si… grand !

– Le plus grand du royaume, Miss, souffle Cornélius en flattant la croupe de l'animal déboussolé par ce changement de plan.

Médora sort péniblement de la charrette et ébouriffe ses cheveux courts pour enlever la paille espiègle qui s'y cacherait. Elle n'a aucune envie de franchir cette double porte en bois aussi grande que celle d'une cathédrale. Fut un temps, les Wickwood étaient les occultistes royaux, elle doit faire honneur au prestige poussiéreux de son nom. Elle redresse donc les épaules, lève le menton, digne de sa famille. Derrière son visage de marbre, son ventre se tord d'angoisse.

Allegra s'élance déjà vers les gardes comme si elle habitait ici.

Ancienne princesse de rêves perdus.

Elle appartient à ce monde, et Médora voudrait lui offrir la vie de leurs ancêtres, un bonheur qui comblerait ses jours éternels. Au lieu de quoi, elle écrase ce rêve comme la flaque dans laquelle elle vient de marcher en se retournant vers Cornélius.

– Une fois qu'on en a fini avec… avec tout ça, lance-t-elle en désignant le *Castle* d'un geste nonchalant, où est-ce qu'on peut te retrouver pour rentrer à la maison ?

– Euh… Oui, le re-retour. Je serai à l'auberge du Corbeau à trois pattes. Faut redescendre la falaise, tourner à gauche. Nan, droite, et puis la deux…

– Laisse tomber, je demanderai.

Médora n'attend pas la suite et rejoint Allegra d'un pas rapide. Cette dernière est déjà à l'entrée du château, souriante.

Elle lisse les revers parfaits de sa robe en dentelle éternellement propre d'un geste appliqué. La brune ne perd pas de temps à soigner sa mise. Un coup d'œil expert suffit pour repérer les coutures usées, les trous masqués par des carrés de tissu, les taches incrustées dans ses manches en popeline de mauvaise qualité. Et puis, de toute manière, son pantalon à lui seul constitue déjà un outrage aux bonnes mœurs. Enlever les brins de paille de sa chevelure corbeau est son unique compromis. Sa sœur ne manque pas de le remarquer. Elle fronce les sourcils en désignant sa tenue d'un signe de tête.

– Meddie, tout de même, tu aurais pu fournir un effort ! On ne vient pas au *Castle* vêtue comme… comme… Le nouveau monarque pourrait…

– Mmph. Je te signale que c'est toi qui es partie comme une furie. Et puis, je ne pense pas qu'on voie le roi, Allegra. Au mieux, on va rencontrer ce Gaspard, au pire…

Au pire, on va rencontrer les cachots et l'échafaud. Mais Médora ne termine pas sa phrase à voix haute. Comment le pourrait-elle alors qu'Allegra traverse déjà le pont d'un pas guilleret pour rejoindre les deux patibulaires qui montent la garde devant la porte principale ? Avec ses godillots mal lacés, elle peine à suivre l'allure aérienne de sa sœur.

– Bonjour Messieurs, nous sommes urgemment conviées par le roi, énonce celle-ci, altière.

Allegra a en elle tout ce qui fait défaut à Médora : la prestance des Wickwood, leur assurance et les dernières miettes de leur savoir. Un petit sourire fleurit au coin des lèvres de la brune, presque malgré elle. Sa sœur est la véritable occultiste de cette famille. Elle est tout ce qu'ont dû être leurs ancêtres. Quand Médora la regarde, elle pense au goût amer des jours passés, aux parents dont elles ne se souviennent plus, à l'héritage qu'Allegra porte seule à cause de sa lâcheté, de son manque de foi. Les deux gardes, eux, ne voient rien d'autre qu'une gamine impertinente et une fantôme qui n'a rien à faire ici. Ils échangent un regard gras et frottent leurs panses tendues sous leurs uniformes noir et violet.

– Une convocation, hum ? lâche le premier avec un coup d'œil goguenard à son compagnon.

– Tout à fait, affirme Allegra sans remarquer les airs moqueurs des deux trolls. Nous avons été mandées par le roi. Gaspard Nescarus nous a fait parvenir une lettre de la plus haute importance.

– C'est ça, ouais, et moi je joue au whist tous les soirs avec l'dieu Formol. Allez, la revenante, dégage ! Si t'imagines que tu peux rentrer dans le *Castle* comme ça ! J'crois pas qu'le prince, 'fin, que l'nouveau roi, il ait envie d'avoir quoi que ce soit à faire avec un truc dans ton genre. Vous êtes maudits. Retourne dans ta tombe !

– C'est clair. Allez, dégage d'ici, saloperie translucide ! renchérit l'autre.

– Mais, puisque je vous dis que nous avons une missive. Meddie, montre-leur !

Médora repense à la lettre, aux mots en train de faner sous la pluie devant la porte de leur cottage. Bien sûr qu'elle aurait dû la prendre au lieu de la laisser pourrir là-bas... Mais inutile de parler à ces épouvantails. Elle s'éloigne donc, suivie par la spectre. En plein milieu du pont de pierres, Médora entend les gardes rigoler grassement pour chasser la peur.

– Pfff, elle est bien jolie la petite Dame blanche, mais qu'est-ce que tu veux faire de ce genre de machin ? Rien à palper, tu peux que r'garder. J'aurais bien eu envie de lui mettre la main dessus avant qu'elle se fasse zigouiller, tiens !

Médora serre les poings, sa mâchoire se contracte. La haine se réveille au fond de sa gorge. Elle aimerait les étouffer avec la robe vespérale de sa sœur, ça leur passerait le goût de soulever les jupons d'Allegra ou de n'importe quelle femme qu'ils méprisent comme des rates. Aveuglée par sa rage soudaine, elle est sur le point de traverser le pont dans l'autre sens, quand une petite voix interrompt sa vendetta silencieuse. Une jeune domestique, avec un fichu mal noué sur le sommet du crâne et un tablier taché, leur fait un signe de ses doigts rougis. Allegra s'élance sans effort à sa rencontre.

– J'ai entendu qu'vous v'liez rentrer dans le *Castle* ? Suivez-moi.

La servante se retourne et reprend sa route, un seau très lourd dans chaque main. Elle descend la venelle qui contourne le château à droite et se faufile sur les pavés glissants, serpente entre les étals de marchands. Bloquée derrière un vendeur de paniers en osier, Médora n'avait même pas remarqué la petite porte en bois enfoncée entre les grosses pierres moussues.

– C'est très aimable à vous de nous venir en aide, remercie la fantôme.

– Y'a pas d'quoi. J'avais un frère qu'était… 'fin, qu'était comme vous, quoi. Il a été renvoyé de l'autre côté y'a des années… Pu personne croit à la magie, mais moi j'sais qui faut pas enrubanner un esprit. J'aime mieux être en paix avec l'au-delà.

Allegra se satisfait mal de sa réponse. Pourtant, toute réplique meurt sur ses lèvres au moment où elles passent le seuil.

Si la spectre est ébahie et la domestique blasée, Médora est fascinée. La pièce où elle pénètre regorge de fromages, de fruits frais, de viandes qui pendent du plafond par des crochets, de bocaux débordants de noix, de friandises et de condiments.

Les odeurs, surtout, l'étourdissent, et le souvenir de la convocation s'efface. Allegra et la jeune servante passent devant des harengs, des gâteaux, des prunes confites, sans un regard ou avec l'étonnement d'un enfant qui découvre le monde. Médora se croit dans une salle aux trésors. La tentation l'étouffe. Elle a faim au point de vouloir s'arracher le ventre, faim au point de vouloir dévorer ses propres cheveux, faim au point d'avoir sacrifié son innocence et volé la quiétude des gens de son village.

Quand Médora pense que la torture ne pourra pas être pire, les voilà qui traversent une cuisine aussi grande que leur chaumière, où les viandes cuites, les bouillons et le pain chaud lui attaquent les narines. Son estomac devient un monstre grognant et hurlant qui se tortille derrière sa chemise en popeline noire. Elle ne décolle plus son regard du cuir élimé de ses vieux godillots et se fraie un chemin entre les commis, les serviteurs et les poules qui picorent au sol. Les trois jeunes femmes débarquent alors dans un couloir tapissé de velours rouge, où des bougies succèdent à des portraits aux larges cadres dorés. La porte en bois se referme derrière elles dans un lourd bruit de verrous, et les odeurs, les conversations et les tintements disparaissent aussitôt. La petite domestique désigne deux gardes un peu plus loin et déguerpit avec ses deux seaux, la moquette étouffant ses pas.

Sans hésiter, Allegra s'élance vers eux. En plus de la faim, Médora est maintenant rongée par l'effroi. Elles ne devraient pas être ici. Sa sœur connaît bien quelques potions, mais elles ne sont plus capables d'honorer le savoir passé de leur famille. Et si on voulait éradiquer les deux dernières Wickwood, pour enterrer avec elles les ultimes vestiges de magie ? Avec elles mourrait alors la preuve que la royauté a un jour accordé le moindre crédit aux arts occultes... Elle n'a pas le temps d'être dévorée par son angoisse qu'une voix terrible se répercute entre les pierres froides du couloir.

– Eh ! Vous ! Qu'est-ce que vous faites ici ? s'affole le garde qui a enfin remarqué la spectre.

– Bonjour, répond Allegra, la tête haute en se plantant devant lui.

Elle gonfle sa poitrine fantomatique et d'un air assuré, sans trembler, annonce fermement :

– Nous sommes les sœurs Wickwood, occultistes royales, et nous sommes venues voir Aloysius l'Attendu.

Chapitre 3
Le néant des mots

Rien ne décourage Allegra, bien décidée à honorer la convocation royale : ni les ricanements des gardes étonnés, ni leurs intimidations, ni leur interdiction d'aller plus loin, ni l'abandon silencieux de sa sœur. Elle jette un regard à cette mèche brune qui se perd dans la contemplation du tapis rouge et de ses arabesques. La seule chose qu'elle voit, elle, c'est ce couloir qui se tord, s'étend, et dont elle veut découvrir le bout. Elle pourrait laisser Médora ici, voler jusqu'au fond de ces boyaux de pierres et savoir ce qui s'y cache. Elle n'en fait rien. Elle ne lâche plus des yeux les cerbères qui se croient si forts, protégés par des plastrons d'acier qu'elle pourrait ébranler en fermant les paupières. Elle gonfle sa poitrine comme on souffle dans une sculpture en papier. Magnifique et inutile tentative d'insuffler de la vie. Elle bloque cet air imaginaire au creux de ses poumons transparents.

Une seconde. Deux secondes. Et boum.

Elle expire l'énergie qu'elle retenait et la propulse sur les murs autour d'elle. Les flammes des bougies vacillent. Les portraits s'agitent, balayés par un vent venu de nulle part.

Les mèches des gardes découvrent leurs fronts dégarnis. Médora redresse enfin la tête.

– Au risque de me répéter, nous sommes les sœurs Wickwood, occultistes royales, et nous sommes ici sur ordre du roi.

Allegra sent sur elle des regards ardents de surprise. Aussi morte soit-elle, au fond de ce qui étaient ses tripes brûle un sentiment d'urgence. À l'autre bout de ce serpent lapidaire se trouvent les réponses qu'elle attend depuis toujours, et elle ne veut pas passer ce qui lui reste d'éternité à les chercher. Le souvenir de ses ancêtres attise sa fierté et aiguise son courage.

Les soldats en faction se concertent en silence, puis leur font signe de les suivre. Ils ouvrent la marche et les Wickwood leur emboîtent le pas à distance. Soulagée, Allegra abandonne son angoisse devant le portrait de Lady NuitMa Ahatoor Jzbel Yelwor, une reine de l'Ancienne Lune, et remonte le couloir. Elle sourit joyeusement à Médora qui secoue la tête en étudiant ce qui les entoure. Jouant avec les rubans vaporeux qui tombent sur ses hanches, Allegra profite de ce trajet silencieux pour faire éclore tous ses fantasmes.

Ils croisent des dizaines de bustes en bronze, autant de bougies paresseuses, de vases séculaires et de tapisseries poussiéreuses. Allegra s'attend à chaque détour à trouver un spectre, comme elle, qui habiterait dans cette demeure ancestrale. Mais ils ne rencontrent personne. Ni domestique. Ni fantôme. Aucun rat. Aucun roi.

Rapidement lassé par l'observation de la décoration qui lui rappelle tristement qu'elle n'appartient pas à ce monde, l'esprit d'Allegra dérive délicieusement vers le prince. Aloysius l'Attendu. Après le règne terriblement long et ennuyeux de son père, le Grand Roi, elle l'imagine jeune, beau. Des cheveux frisés, des yeux mystérieux qui vous brûlent l'âme, une mâchoire droite habituée à aboyer des ordres que personne n'ose contester. Le genre d'homme à l'autorité naturelle. Pas comme ces pantins sans cervelle qu'elle suit depuis quelques minutes et dont la forte odeur de sueur embaume tout le couloir.

Aussi discret qu'une abeille en plein hiver, un des deux ogres se met à murmurer. Sa voix, amplifiée par le silence profond des pierres, résonne comme dans une cathédrale.

– Wickwood, c'est pas comme l'autre là... Aleister Wickwood ? C'est la même famille ?

– Chais pas, grogne l'autre. M'semble bien que c'est ça. C'était le grand occultiste d'il y a deux-cents piges, nan ?

– Ouais, j'crois bien. Il paraît qu'il siégeait à côté du roi pendant les audiences. T'imagines, toi ? Pff, quelle époque de fou. J'pensais que c'était fini ces bizarreries-là. Que d'la connerie, la sorcellerie.

– Que des charlatans, des racontars de vieilles bonnes femmes...

Ni Médora ni Allegra ne réagit à l'insulte. La première parce qu'elle préfère observer tout ce qui se passe autour d'elle et mémoriser une issue de secours. La seconde parce qu'elle est trop excitée de découvrir la salle du trône pour se laisser décourager par deux ours mal léchés. Persuadée qu'elles sont invitées à un bal somptueux, elle se félicite d'avoir choisi une robe digne de ce nom pour son dernier jour.

Mais, à mesure qu'elles progressent, la naïveté d'Allegra s'effrite. Les murs sont de plus en plus humides et de moins en moins décorés. La moquette disparaît pour laisser le dallage à nu. Les vitraux splendides deviennent des carreaux encrassés. Elles s'enfoncent dans les entrailles de ce monstre de pierre. Qui aurait l'idée de mettre une salle du trône dans les profondeurs caverneuses d'un château ? Les parois ne sont plus couvertes de portraits maussades, mais de toiles d'araignée et de coulures suspectes. Le tapis rouge n'étouffe plus le martellement des bottes cloutées des gardes sur les dalles. Médora, repliée sur elle-même, lui rappelle les souris chassées par Byron. Elle ne voit plus aucune flamme dans son regard, juste une terreur qui devient contagieuse.

Enfin, les gardes s'arrêtent devant une porte en bois modeste. S'ils n'étaient pas trois étages plus bas, Allegra aurait pu se croire revenue aux cuisines. Mais ici, pas de moquette, pas d'agitation, rien que le silence et le froid qu'elle devine à la peau hérissée de Médora. Un des deux trolls s'active sur la poignée ouvragée qui résiste un moment avant de s'ouvrir avec un grincement terrifiant.

– Attendez ici.

Et sans leur laisser le temps de répondre, les gardes referment le battant sur elles et s'éloignent. Plongées dans l'obscurité d'une pièce inconnue, Allegra entend le cœur affolé de sa sœur.

– Ne t'en fais pas, Meddie, tout va bien se passer…

– On n'est pas dans les cachots, au moins…, murmure Médora.

La voleuse sort de son sac une allumette soufrée et embrase une lampe à huile après avoir enlevé son chapeau de verre. Elle soulève l'anse et promène la lumière devant son visage pour éclairer la salle. Allegra en profite pour admirer l'étude dans laquelle elles se trouvent. À en croire les murs arrondis, la hauteur sous plafond impressionnante, elles doivent être dans une des tours du château. Les pierres sont dissimulées par des bibliothèques massives qui vomissent des livres et des manuscrits gondolés par l'humidité. Les Wickwood échangent un regard en inspectant les rayonnages, les babioles sur le bureau imposant au centre de l'étude et les titres des ouvrages.

– Ça te rappelle rien ? demande Médora en passant son doigt sur le dos d'un grimoire.

– La maison, répond Allegra sans hésiter.

– Exactement.

Médora lève sa lampe pour observer la plus haute étagère. Tout ici évoque leur propre décoration. Qui d'autre que des occultistes collectionnent des crânes d'enfants, des potions dans des flacons de verre, des gemmes polies, des serpents en bouteille ? Les manuels d'astrologie s'affaissent sur des squelettes de chat. Une boule de cristal poussiéreuse voisine avec un corbeau empaillé. Médora ouvre un petit coffret en bois incrusté de sigils. À l'intérieur, des croix inversées et des pochons remplis de feuilles séchées et d'osselets. Sur un vieux canapé éventré, des piles de livres laissent deviner des passions peu communes : *Analyses des différentes phases de la Lune*, *Malfeus Maledificum*, *Traité de magie blanche*, *Usages des herbes pour potions supérieures*, *L'appel des morts ou comment y résister*, *Les sorts du quotidien, Sceaux et protections*…

Les Wickwood connaissent très bien ces ouvrages, ils habitent aussi leurs étagères. En moins poussiéreux, car Allegra passe son temps penchée dessus à les épousseter d'un coup de vent lorsqu'elle les lit.

– Un bureau d'occultistes…, murmure Médora en refermant un livre épais dans une nuée grise qui la fait éternuer.

Allegra ne l'entend presque pas. Elle profite de la lueur fantomatique qui danse dans les mains de sa sœur pour observer le grimoire imposant sur le bureau. Au centre exact de la pièce, il trône en maître dans ce palais mystique. Pourtant, sa couverture en cuir noir rugueux n'est pas de première jeunesse. Le coin supérieur est corné, le dos abîmé, les pages irrégulières sont autant de petites vagues qui habillent l'épaisseur de l'ouvrage. Sur cette peau obscure endommagée, un symbole mystérieux : un triangle parfait couronné d'un quartier de lune. Et, en filigrane plus fin, un trait d'or transforme le quartier en pleine lune, étincelante. Un cercle de vie.

Ce n'est pas le plus beau livre de cette bibliothèque, alors pourquoi Allegra ne peut-elle retenir cette folle envie de le toucher ? Peut-être parce que l'or flamboyant du sigil est une invitation à la caresse. Peut-être parce que c'est, étrangement, le seul ouvrage qui n'est habillé par aucun grain de poussière. Elle rêve de feuilleter ses pages, de sentir son odeur, d'effleurer son cuir tanné. Attirée, sa main se rapproche de la jaquette. Et là, malgré ses doigts évanescents, elle ressent presque un contact, un pourtour, un ersatz de frôlement, la renaissance d'un sens à jamais perdu.

– Tiens, les Wickwood ! lance une voix enthousiaste et puissante tandis que la porte s'ouvre, brisant l'espoir qui grandissait au bout de son index.

Allegra, sur le coup de la surprise, sursaute, créant une brise inattendue qui souffle la flamme de Médora.

Entouré par quatre hommes, le roi est arrivé, sa silhouette se découpe dans la lumière faible des bougies du couloir. À voir cette ombre noire se détacher de l'encadrement et rentrer dans l'étude, Allegra ne peut s'empêcher d'être déçue. Aloysius l'Attendu n'a plus rien d'un prince, titre qu'il a tenu pendant plus de cinquante ans, le temps du règne ennuyeux de son père. Il n'a plus rien de jeune, rien de bouclé, pas de mâchoire droite et il souffre plutôt d'un léger embonpoint, d'une peau grainée par une maladie mal traitée, et d'une calvitie que sa couronne terne ne dissimule pas tout à fait. Son maintien fier, son menton arrogant, digne des personnes bien nées, trahissent son titre et éclipsent les mortels à ses côtés.

– Des femmes ? Eh bien…, grogne-t-il avant de se laisser tomber dans un fauteuil poussiéreux. Il faut vraiment que j'en arrive à de telles bassesses pour vous confier le destin de mon royaume. Vous êtes donc tout ce qu'il reste des Wickwood ? Quel sang gâché…

Dans un sursaut de déférence, Allegra mime une révérence rouillée, Médora enrage trop pour saluer ce pantin. Incapable de prononcer plus d'une dizaine de mots sans tomber de fatigue ou d'ennui, le monarque attend que son serviteur prenne la suite.

– Gaspard Nescarus, se présente-t-il, ancien secrétaire du Grand roi et au service de notre prince… de notre nouveau roi. Et voici Lord Victurnien Despines, jeune chef de la garde, lance-t-il en désignant son compagnon d'un geste de la main.

Le secrétaire répond à tous les clichés de sa profession : petit bonhomme à la peau parcheminée qui s'affaisse en double menton sur un col trop serré. Lunettes rondes au bout d'un nez épaté. Ses mains épaisses et moites tripotent de façon indécente une montre à gousset qui s'échappe de sa poche de poitrine.

Le jeune chef de la garde est tout son contraire. Il incarne le prince qu'Allegra n'a pas trouvé dans Aloysius. Grand, altier, sa large carrure soutient un uniforme aux épaulettes brodées de violet. Sa moustache fine comble son air sérieux. Avec ses yeux qui fixent un point à l'horizon et son épée au côté, on dirait qu'il attend le coup de clairon qui annonce la bataille. Mais il n'a devant lui que deux filles, à peine occultistes, complètement perdues.

– Et voici son éminence Ekhart Hollow, médecin officiel de la cour, et Monsieur Raph Jystus, soldat le plus émérite.

Allegra les identifie sans hésitation. Ekhart Hollow est penché sur le roi. Les sourcils figés par la fureur, il susurre à l'oreille du souverain. Sa colère lui fait perdre toute discrétion et les mots parviennent parfaitement à la spectre.

– Enfin, Majesté, Votre Sérénissime Excellence, des occultistes... Je vous conjure de cesser cette mascarade, mon Seigneur. Nous avons éradiqué cette magie impie, ne retombez pas dans les travers que vos parents ont si longtemps combattus, votre Grandeur.

Soudain conscient que ses murmures résonnent dans un silence pesant, il se redresse tout d'un coup et lisse sa culotte longue en relevant le menton. Avec sa barbiche, ses favoris et son nez aussi imposant qu'une queue de pie, il serait presque comique. Mais la lueur de haine qui fait vriller ses petits yeux noirs terrifie Allegra. Sa fraise ondule autour de son cou, tombe sur un jabot blanc immaculé et le rapetisse encore plus. Son costume de parfait médecin est tout à fait complet avec les stylos et carnets que l'on devine dans les deux poches avant de sa veste à boutonnage.

Il ne daigne pas saluer les sœurs et Allegra détourne très vite son regard vers le dernier participant de cet étrange rendez-vous. Il se tient en retrait, son visage est entièrement dissimulé par son heaume. Même la visière est baissée, réduisant sans doute à néant sa visibilité. Malgré le faible éclat des bougies, Allegra repère tout de suite les nombreuses éraflures qui habillent son armure aux orfèvreries violettes. Elle devine d'ici les muscles tendus, la posture du soldat rompu à la guerre. Lord Despines, à côté, fait pâle figure.

– Et vous êtes donc... tout ce qui reste des Wickwood ? reprend le secrétaire en remontant ses lunettes.

– Si ça ne vous va pas, on peut aussi rentrer chez nous, aboie Médora en ajustant son sac sur son épaule.

– Pas du tout. Ce que veut dire ma sœur, c'est que nous nous demandions simplement en quoi nous pouvions bien être utiles à la couronne.

Allegra lui jette un regard orageux alors que le souverain se relève. Nescarus contourne les Wickwood et se penche sur le livre qui trône sur le bureau, au centre de la pièce. Les mains à plat de chaque côté du grimoire, il se perd dans la contemplation de la couverture.

– En tant que descendantes les plus directes de… eh bien d'Aleister Wickwood, le plus illustre occultiste royal, lance-t-il, vous avez été convoquées car notre monarque Aloysius fait face à un grand mystère.

Pendant que le secrétaire s'empêtre dans les mots, le très silencieux Victurnien en profite pour allumer toutes les bougies de l'étude qui baigne désormais dans une lumière réconfortante. Ekhart Hollow trépigne sur place, se balançant d'un pied à l'autre, visiblement excédé. Chaque objet semble lui donner des nausées. Le roi, agacé par les bafouillements de Gaspard Nescarus, reprend la parole.

– Mes parents ne croyaient pas à l'occultisme. Ils étaient persuadés que vos ancêtres n'étaient rien de plus que des sorciers sur le déclin qui ont accéléré la fin de mon propre bisaïeul. Vous êtes bien placées pour savoir que pendant tout le règne de mon père, les occultistes royaux n'avaient plus leur mot à dire. Pour ma part, j'aimerais y croire. On raconte que, avant que votre famille ne dégénère totalement, Aleister a inscrit des prophéties dans ce grimoire. Je veux connaître la mienne. Enfin, si vous êtes capables de quoi que ce soit… il ne doit rien rester en vous de votre illustre ancêtre.

Finalement, Aloysius redresse la tête et plonge ses yeux dans ceux des Wickwood. Aucune ne parle, aucune ne bouge. Le mystère s'épaissit dans l'attente et les sœurs fixent le grimoire à en percer le cuir de sa couverture. Allegra, allergique au silence, respecte pourtant le néant de mots.

– Si vous me livrez ma prophétie, je redonnerai aux Wickwood leur titre, leur honneur et leur position à la cour. En bref, résolvez ce mystère et je vous restitue votre prestige.

Hollow étouffe un cri excédé. Allegra ne peut retenir plus longtemps le feu qui a explosé en elle en entendant les termes « prestige », « honneur », « cour ». Elle accepte avec enthousiasme sans se préoccuper de sa sœur. Redorer le blason des Wickwood, c'est tout ce qu'elle a toujours souhaité.

Épuisé par son monologue, le roi s'avachit encore plus sans quitter le grimoire des yeux. Victurnien se poste derrière lui, comme un chevalier en bronze. Le secrétaire, visiblement lassé par ce relai de parole, souffle fort et, pressé de sortir de ce cercueil poussiéreux et humide, parle à toute vitesse. Si vite, en fait, qu'un mot sur deux est avalé par sa langue épaisse et ne passe pas la muraille de ses lèvres.

– Regardez par vous-mêmes.

Allegra et Médora, intriguées, s'approchent timidement du bureau. La spectre encourage sa sœur d'un regard. Médora inspire et pince délicatement le coin de la couverture pour l'ouvrir. Mais rien. Pas de cri venu des profondeurs, pas de nuages qui envahissent le haut plafond, pas de vol de chauve-souris qui s'échappent. En fait rien du tout, même pas un mot. Ce n'est qu'un livre vide, creux, anéanti. Un amas de pages blanches. La peur disparaît des doigts de Médora qui se met à ausculter l'ouvrage dans tous les sens. Les feuilles épaisses sont vieillies, cornées, usées, desséchées. On dirait que des mains anonymes ont déjà parcouru le grimoire des milliers de fois, au point d'imprimer leurs empreintes. Mais pour lire quoi ? Il n'y a rien ici. Médora a beau retourner le livre d'un côté, de l'autre, elle ne voit aucun fragment d'encre. Nulle part. Elle ferme l'ouvrage, le manipule encore. Rien sur le dos, rien sur la reliure. Il n'y a que ce triangle qui s'étale en formes dorées sur la couverture.

Médora se redresse vers sa sœur, Allegra secoue doucement la tête. Elle a lu l'intégralité de la bibliothèque familiale, dernier vestige de leur mémoire. Et elle n'a jamais repéré ce symbole. Elle a pourtant appris les sortilèges, les potions, les préceptes des occultistes, sans jamais croiser ce sigil-là. Le roi, lassé d'attendre des réponses qui ne viennent pas, se relève en grognant. Il époussette les poussières invisibles de son pantalon et se plante devant les sœurs Wickwood.

– J'imagine que vous reconnaissez le grimoire, puisque c'est celui de vos ancêtres. Nous sommes dans leur étude, après tout… Une fois que je suis monté sur le trône, j'avoue que j'ai voulu rouvrir cette pièce, découvrir leurs secrets. Ou *vos* secrets, devrais-je dire… Je pensais trouver tous les sorts, tous les mystères, tout le savoir du monde caché dans ce bouquin. Mais rien. Pas un mot. Et vous avez l'air aussi déçues que j'ai pu l'être, alors…

Allegra l'imagine, silhouette replète, enfant pourri gâté, ombre déformante sur les murs de son *Castle*, qui déjoue la sécurité de ses gardes pour se faufiler dans l'antre des occultistes en pleine nuit. De ses doigts boursoufflés, la lippe agitée d'envie, il caresse la couverture. Il lui murmure de lui livrer tous ses secrets. Attiré par l'interdit parental, il vient s'abreuver d'un mystère séduisant. Mais le grimoire se refuse alors à lui comme aujourd'hui le respect de ses sujets.

D'une main nonchalante, il redresse la couronne sur sa tête et se dirige vers la porte. Fidèlement suivi par son secrétaire, son médecin, le chef de sa garde et l'armure vivante, il lance un regard blasé aux sœurs.

– Les mots du *Livre des Mondes Obscurs* ont disparu. Vous avez sept lunes pour les retrouver et me livrer ma prophétie, ordonne le roi avec une urgence à peine contenue dans la voix.

Des mots, ça ne peut pas aller loin, se dit Allegra. À elles deux, toutes Wickwood qu'elles sont, elles devraient pouvoir mener cette mission royale sans accroc.

– Vous pouvez compter sur nous, Votre Majesté, assure Allegra avec révérence.

Elle perçoit alors dans le regard d'Aloysius l'Attendu un soulagement. Une lueur d'espoir. À l'aller, les badinages avec Cornélius n'ont pas masqué à la spectre la misère qui entoure le *Castle*. Les côtes coupantes comme des couteaux, les poitrines creusées, les joues émaciées, les yeux mornes. Les enfants sucent des cailloux. Les parents prétendent que les animaux domestiques se sont enfuis pour les mettre dans les assiettes. Personne n'ose critiquer le dieu Formol. Il ne reste qu'Aloysius à blâmer pour la famine, les champs morts, les ventres affamés. L'occulte est donc sa seule espérance pour garder son trône plus qu'une demi-lune. Il cherche entre ces pages vides le secret pour remettre son royaume dans le droit chemin, pour ne renoncer à aucune de ses richesses, pour ne pas être le dernier de son nom.

– Bien, assure-t-il avec une joie à peine contenue, sa carcasse affalée contre la porte grinçante. Je n'en attendais pas moins des descendantes d'Aleister. Raph, ici présent, vous accompagnera pour me faire des comptes-rendus détaillés et me garantir votre… *totale* loyauté. Vous ne sauriez être entre des mains plus expertes que les siennes. Il est de loin le meilleur de toute ma milice personnelle. Rien… ni personne, ne lui résiste.

Lord Despines ne peut retenir un gémissement vexé en entendant le compliment. Aloysius se tourne vers lui, pose ses doigts sur sa joue. La douceur de son sourire, la tendresse de son geste… Allegra comprend que le roi lui susurre dans le silence de son regard des milliers de louanges. Ainsi donc, les quelques rumeurs qui agitaient Harrow ces dernières semaines étaient vraies. Les amours troublées du roi embrasent la colère du peuple, c'est la faute de trop sur une liste de travers déjà bien trop longue. De quoi convaincre toute l'île que les péchés d'Aloysius ont condamné les champs, ruiné les récoltes.

Conscient du spectacle qu'il offre tout d'un coup, le souverain se reprend.

– Raph, donc, vous accompagnera. N'essayez pas de parler à ce tas de ferraille, il n'a jamais articulé une parole. Raph, rajoute-t-il en se tournant vers l'intéressé, va préparer ton cheval et rejoins ces très honorées demoiselles dans leur périple.

Il suffit au garde de faire claquer ses chevilles dans un tintement métallique, de baisser la tête, et le voilà déjà parti obéir aux ordres de son roi. Débarrassée de cette armure silencieuse, de cette fente noire qui ne laisse deviner aucun regard humain, la poitrine d'Allegra s'allège un peu. Elle sent Médora se détendre comme elle.

– Il vous attendra à la sortie de Severage, reprend le roi, essoufflé de parler. Il n'y a qu'une route, il ne vous manquera pas.

Le sourire du monarque est vorace. Il agite ses doigts boudinés habillés de bagues et les hommes abandonnent les Wickwood sans se retourner. Ils referment violemment la porte derrière eux, le coup de vent éteint toutes les bougies et le noir complet engloutit les deux sœurs.

Chapitre 4
Le tonnerre vient de la foule

Elles ont déambulé sans fin sur la moquette rouge interminable ; croisé plusieurs fois le regard sévère de Calmette Hypocrast, figé à jamais sur une peinture écaillée ; demandé leur chemin à des domestiques trop pressés pour leur répondre ou trop effrayés par Allegra. Quand enfin elle redécouvre la joie de respirer l'air frais du dehors et le soulagement de sentir les gouttes se briser sur sa peau, Médora sent sa colère revenir en force.

Allegra la connaît. Maintenant à l'air libre, elle sait tous les reproches que sa sœur va lui cracher dessus et elle interrompt aussitôt le monologue que cette dernière a dû préparer durant leur marche labyrinthique.

– Tu voulais gagner de quoi te remplir le ventre, non ? Eh bien, j'ai fait en sorte que cela arrive, tu n'as pas à me blâmer.

La spectre s'estime chanceuse de ne plus avoir aucune physicalité. Autrement, elle aurait sans doute déjà été empoignée, secouée, cahotée.

– Ce n'est pas après toi que je suis furieuse, éructe finalement Médora, les dents serrées. J'en veux à ce médecin qui se pense supérieur aux siècles d'occultisme qui le précèdent. J'en veux à ce garde silencieux et flippant qui obéit comme un petit chien à cet ogre. J'en veux à ce chef de la milice qui se contente d'être une gravure de mode aux frais des habitants. J'en veux à ce monarque qui imagine savoir ce que les femmes sont capables de faire ou non mais qui, lui, ne peut articuler deux mots sans s'essouffler.

Au bout de sa tirade et à bout de force, Médora trempe ses mains dans l'eau de pluie amassée au fond d'un seau et s'asperge le visage pour calmer le rouge qui enflamme ses joues.

– Je n'ai pas trouvé le roi si désagréable..., tente Allegra d'une petite voix.

– Pas... pas désagréable ? C'est un fat empoté et vulgaire. Un incapable. Un gosse qui a enfin le trône sur lequel il bave depuis toujours sans n'avoir jamais eu à se battre pour rien.

Allegra n'ose pas la contredire. De retour au cœur de la brume vaporeuse de Severage, loin d'Aloysius l'Attendu et de sa clique servile, les sœurs Wickwood se jaugent, immobiles. Derrière leurs mèches ballotées par le vent paresseux, elles restent figées comme lors d'un jeu d'enfant.

La première qui bouge verra le fantôme rouge !

Médora rend les armes la première, avec un dernier regard mauvais pour le *Castle* et son ignoble propriétaire.

– Allez, partons d'ici. On doit trouver l'auberge du Corbeau à trois pattes.

Aussitôt, elles s'enfoncent dans les venelles étroites, les bottines de Médora rejoignent le claquement des dizaines de pas qui les entourent. La ville bouge, ondule autour d'elles, agitée par les mouvements de la foule. Severage leur est inconnue, elles se contentent donc de suivre le bruit, espérant qu'il les mène dans une rue de la Soif au milieu des tavernes et des pubs.

Seulement, après une heure à tourner en rond, elles se rendent compte qu'elles ont quitté un labyrinthe pour en trouver un autre. Médora râle, jure sur le dieu Formol qu'elle va brûler toutes les allées de cette fichue cité, Cornélius et son âne. Allegra, comme toujours, opte pour une solution moins définitive : réclamer de l'aide.

– Excusez-moi, mon cher monsieur, demande-t-elle d'une voix tendre au premier gentilhomme qu'elle croise. Nous cherchons l'auberge du Corbeau à trois pattes, pourriez-vous nous indiquer sa direction ?

Le gentleman, à la seule vue de la silhouette éthérée, ne peut masquer une moue de dégoût. Sa moustache remonte sur ses dents jaunies.

– Dégage, l'ectoplasme ! Maudit mort-vivant.

Il empoigne le bras de sa dame et s'éloigne rapidement. Allegra ne bouge plus. Autour d'elle, on se pousse en la pointant du doigt, mais il faudrait plus qu'une insulte arriérée pour entacher son excitation. Elle inspire un bon coup, replaque son éternel sourire sur son visage et colle au train de Médora pour l'empêcher d'alourdir ses poches de pommes volées.

La querelle est vite enterrée. Allegra est emportée par les vitrines colorées, les robes à la dernière mode, les ombrelles en dentelle qui habillent la peau des femmes d'une ombre délicate. Les présentoirs débordent de produits inconnus, les rues de figures anonymes. Noyée dans cette masse, elle en vient presque à se faire oublier, à masquer son corps éthéré. Elle se sent renaître en dehors de leur cottage misérable. C'est donc à ça que ressemble la vie !

Enveloppée par les bruits, les gens, le mouvement de la foule, Allegra se laisse entraîner par sa sœur comme une étole au milieu d'un orage. La morte est attirée par les couleurs, la vivante par les odeurs et, guidées par le nez et le ventre vide de Médora, les voilà arrivées au cœur palpitant de Severage : le marché.

Sur la place ronde entourée de maisons à colombages avec des pignons à redents, les étals installés par les marchands font pâle figure. Il y a encore quelques mois, ils devaient déborder de fruits, de pains en tout genre, de pâtisseries alléchantes ou de pâtés de viande. Aujourd'hui, la foire n'est que le spectre d'elle-même. Des clients tempêtent devant la hausse des prix, des enfants louchent sur les quelques confiseries qui ruineraient leurs parents. Mais les effluves sont encore là, Médora les renifle à plein nez. Narines en l'air, elle attise sa faim à chaque respiration gourmande. Le pain qui cuit, les viandes mitonnées. Même la pomme la plus abîmée qui traîne sur la chaussée est un trésor.

Allegra voit sa sœur, profitant d'un mouvement de foule, se faufiler, s'excuser de faire tomber le mouchoir d'une dame. Elle se baisse et d'un geste furtif ramasse l'étoffe et le fruit gâté avant de saluer de son plus beau sourire. Allegra est la seule spectatrice de son incroyable dextérité, mais elle n'a pas la foi de la retenir. Après tout, elle n'a plus rien à perdre, ni souffle, ni cœur, ni tête. Elle n'a même plus le souvenir d'un estomac vide.

Et puis, elle remarque une estrade à l'autre bout de la place, et à ses pieds, le genre de douceur qui la fait saliver, elle. Sans un regard pour les extorsions de sa sœur, elle volette à travers les pavés, évite de traverser une âme et se plante à deux pas du plus joli garçon qu'elle ait jamais vu.

Voilà comme elle imaginait Aloysius ! Comme dans ces contes pour enfants où la beauté est à la hauteur de la bonté. Grand, la mâchoire volontaire, ses yeux amande pétillent timidement, dissimulés par des boucles brunes qui encadrent son visage d'onyx. Contrairement à une majorité de la population, sa peau est suave, douce sûrement. Pas de cicatrices, pas de boutons, pas de marques rudes d'une maladie qui aurait failli l'emporter. Au contraire, ses joues sont raffermies par la bruine ambiante, ses fossettes s'animent dès qu'il prononce un mot. Si Allegra avait un cœur, il serait certainement tombé au fond de ses escarpins. Mais quelle idée de s'habiller de la sorte… Sa tenue trop stricte lui donne un air de petit frère de Ekhart Hollow. Sa mise est entièrement noire, seule sa lavallière blanche qui dépasse à peine de son gilet crée un contraste.

Le spectacle de cet homme la fascine tellement qu'elle en oublie la foule autour d'elle. Ce n'est que quand Médora se rapproche qu'elle se rappelle le reste du monde.

– Attention, Allie, tu n'es pas particulièrement la bienvenue, je crois…, souffle sa sœur en inspectant les environs.

Il lui suffit de se retourner pour donner raison à Médora. Les habitants qui l'entourent grognent à l'idée de la frôler. Elle connaît cette réaction : mimer l'agacement pour cacher la peur. Elle sait ce qu'elle inspire aux gens, elle a déjà vu ces œillades. C'est à cause d'eux qu'elle ne sort plus du cottage depuis longtemps. Depuis quelques décennies, les fantômes se sont faits si rares que beaucoup n'y croient plus, les réduisant à des œuvres de fiction.

Elle croise alors le regard d'une fillette. Ses yeux enjoués se fixent sur sa robe transparente et ses petits doigts s'en approchent avec curiosité. Allegra ne peut s'empêcher de sourire. Pour une fois, on ne la voit pas comme une morte parmi les vivants. Elle voudrait pouvoir serrer cette main dans la sienne. Mais, au moment où elle se penche vers la gamine, une main bien réelle cette fois empoigne le col de l'enfant pour la faire reculer.

– Non, Prospérine, ne touche pas ça, c'est sale.

Allegra soutient le regard de la fillette, noyée dans la foule avec sa mère, aussi longtemps qu'elle le peut. Quand elle se retourne vers sa sœur, celle-ci se contente de hausser les épaules, une pomme parfaite entre les dents.

– Mais, d'où tiens-tu cela ? s'inquiète Allegra en inspectant les poches suspicieusement gonflées de Médora.

Cette dernière n'a pas le temps de répondre. Le beau jeune homme est monté sur scène, imposant un silence absolu à tout le marché simplement en levant les bras au ciel. Comme le dieu Formol au milieu d'une tempête, il savoure l'attention. Ce n'est que lorsque les gens trépignent, que la place se remplit de froufroutements, de toux impatientes, qu'il se met à parler. Il ne force pas sur sa voix, au contraire, cette dernière emplit naturellement l'espace comme si les lieux lui appartenaient.

– Que ce soit dans les bars, dans les rues, dans les boutiques de notre belle ville, j'entends la misère. J'entends vos soupirs. J'entends vos pleurs. J'entends votre colère ! Et vous avez le droit d'être énervés. Vous repensez sans doute à cette époque bénie, à ces contes que vos parents et vos grands-parents vous racontaient. Quand, il y a quelques siècles, notre superbe île de Gight était foisonnante, vivante, riche. Quand les terres étaient prospères et les ventres pleins. L'île, alors, était gouvernée par un roi fort et fier, seulement des ombres funestes lui tournaient autour. En secret, ces conseillers néfastes ont instillé l'idée que notre pays était malade et qu'ils en étaient les uniques remèdes. Ils ont endormi les esprits de nos ancêtres à coup de potions. Ont saccagé leur moralité à coup de sortilèges. Ont piétiné leur vertu à coup de divinations. Ont bafoué leur droiture à force de vils mensonges, de tromperies et de charlatanisme !

– Que…

Allegra et Médora se sont figées sur place. Autour d'elles, la foule approuve, applaudit. Le jeune homme se régale des acclamations, retrouve son souffle alors que les vivats jaillissent toujours. Les Wickwood sont les seules immobiles et muettes, mâchoires et poings serrés.

– Dégageons de là avant que je l'étouffe avec sa lavallière, grogne la brune.

– Non, Meddie, écoutons la suite, pour comprendre où il veut en venir.

Médora s'apprête à rétorquer quand l'orateur reprend la parole. Les clameurs s'éteignent dans un souffle, les gens piétinent pour se rapprocher de lui.

– Et aujourd'hui, c'est vous qui en payez le prix. Cette famine, c'est la conséquence de l'ésotérisme. L'occultisme a tari nos rivières, asséché nos champs, meurtri nos cœurs, perverti notre nouveau monarque. Je sais que vous êtes prêts à tout pour nourrir vos enfants, empêcher la mort de vos parents malades. Je suis comme vous.

– Mrmph, grogne Médora en observant les joues rebondies de l'orateur.

– Pourtant, je vous en conjure, abandonnez les pratiques ésotériques que vous réalisez dans vos campagnes, dans le secret de vos foyers. Ces remèdes de grands-mères, ces fables de bonnes femmes, sont la cause de la mort de notre île. Pour survivre, il faut se débarrasser de l'occultisme, enterrer pour toujours ces mystifications. Jour après jour, nous devons combattre la magie, elle n'est pas notre salut, elle est notre damnation !

Pour convaincre, le jeune homme sait quand se taire. Et le silence ne résiste pas longtemps. Rapidement, les clameurs reprennent, encore plus fortes que la dernière fois. Les enfants, perchés sur les épaules de leurs parents, applaudissent en aveugle ce héros moderne.

Allegra sent la rage en elle. Chaque mot attise une haine féroce. Ces traits, qu'elle trouvait si beaux, sont déformés à chaque parole. Elle voudrait hurler. Médora, sensible à l'aura que dégage sa sœur, tente aussitôt de la calmer. Ce n'est pas le moment de se faire remarquer, pas avec une foule aussi électrique.

– Alors, que nous reste-t-il ? demande l'orateur en arpentant la tribune, sa voix redevenue paisible. La médecine ! Chaque jour, mon maître Polyptica et moi-même menons un combat acharné pour sauver l'île de Gight, pour *vous* sauver ! Il ne s'agit plus de sorts et de potions de grands-mères. La médecine est une science, c'est le progrès en marche, c'est le futur et la survie de tout Severage, de tout Gight. Il est l'heure d'entrer dans la modernité, d'en finir avec ces inepties qui nous étouffent et nous tuent. L'heure est aux savoirs et plus à la croyance de mythes de sorcières ! Aidez-nous à vous sauver et rendez-nous visite à l'office de maître Polyptica, rue des Macchabées. Nous sommes l'avenir, nous sommes *votre* avenir.

Et il repart comme il est arrivé. La bruine n'a démoralisé personne, les gens sont même encore plus nombreux, amassés sur la place, entassés aux fenêtres. Le tonnerre vient de la foule et pas des nuages noirs au-dessus de Severage. Les acclamations sont si puissantes que personne ne remarque l'énergie que dégage Allegra, le vent qui s'échappe de ses pores éthérés.

– Allons-nous-en et vite ! suggère Médora en désignant une ouverture au milieu des adeptes.

Mais Allegra a oublié Cornélius, l'auberge du Corbeau à trois pattes, Raph et la mission royale. Elle ne voit que les boucles brunes trempées par la pluie qui s'éloignent. Et, sans réfléchir elle talonne l'orateur, transperçant les corps gelés et décharnés des villageois.

– Allie, non !

Elle se fiche de savoir si sa sœur la suit. Elle ne pense qu'à ces médecins, qu'à ce menteur qui a sali la mémoire de ses ancêtres, qui a craché sur tout ce en quoi elle croit. Elle pourrait le gifler et alors, adieu la bienséance et la courtoisie qu'elle s'impose depuis si longtemps. Si elle laissait l'énergie qui l'habite déborder, elle en est sûre, elle pourrait noyer les vivats fanatiques en un souffle.

Quand elle retrouve le jeune homme, il s'est engouffré par une porte gothique si petite que ses boucles caressent les arceaux. Et là, devant cette maisonnette, des dizaines de gens. Ils font la queue, recomptant dans leurs mains tremblantes leurs derniers écus. La surprise éteint aussitôt la rage d'Allegra. Tous ces gens… elle pourrait les aider, et ainsi remplir le ventre de sa sœur.

Elle remonte la file des futurs patients de Polyptica. Elle a feuilleté assez de grimoires et de livres pour reconnaître leurs maux, pour savoir quelle plante pourrait les soigner, quelle potion pourrait les apaiser. Le sorcier, ce n'est pas elle, c'est cet homme aux mots violents et toxiques.

– Bonjour Madame, excusez-moi mais, pourquoi êtes-vous ici ?

Les yeux étonnés de la jeune fille rougeaude papillonnent sur la silhouette d'Allegra. Pourtant, même si elle a dû entendre les mêmes sornettes que les autres sur les fantômes, elle ose lui répondre, là où beaucoup l'auraient ignorée.

– Le… médecin, Maître Polyptica m'a conseillé de revenir chaque semaine pour prendre une pastille contre mes boutons. Il dit que si j'interromps le traitement, la couperose sera encore pire.

– Mais… c'est ridicule ! s'exclame Allegra alors que Médora la rejoint enfin, essoufflée. Un cataplasme de laurier et d'argile verte fera parfaitement l'affaire, appliquée en couche épaisse sur le visage. Pas de besoin de… de pastille !

– Vous êtes quoi ? Une sorcière ?

La jeune fille n'a plus rien de timide et la méfiance qu'on a instillée en elle depuis son plus jeune âge se réveille tout d'un coup.

– Dégageons d'ici, Allie. Ils n'en valent pas la peine.

Allegra voudrait leur hurler que les charlatans sont dans cette maison, mais Médora la calme. La révolte s'étouffe vite quand on a une vie à perdre. Abattue, la spectre suit sa sœur sans plus un regard pour les vitrines bariolées, les nouvelles robes à la mode. Elle écoute à peine l'homme qui leur donne les indications pour trouver cette maudite auberge.

– L'Corbeau à trois pattes ? Bah, pardi, avec les temps qui courent j'suis pas sûr que l'endroit soit encore ouvert. Vous prenez la deuxième à gauche. Faut passer d'vant la Fontaine des Aveugles, remonter quelques pieds, là, y'a un pont. Ben, faut pas passer dessus, mais d'sous. D'sous, hein ? Après à droite et vous tombez sur une impasse. Là, c'est la première auberge, une avec un corbeau qu'a trois pattes, pardi. Vous pouvez pas vous tromper !

Le villageois salue d'un coup de chapeau qui dévoile son crâne dégarni et disparaît au coin d'une rue. Allegra suit Médora qui répète l'itinéraire en marmonnant. Elle est obligée de redemander son chemin plusieurs fois et pousse un puissant soupir en voyant un panneau de bois représentant l'oiseau.

Nigot est bien là, à mâchonner les brins d'herbe piégés entre les pierres. Derrière lui, la charrette est vide : plus de foin, plus de Cornélius. Les sœurs analysent les parages, mais aucune chevelure flamboyante à l'horizon. Allegra virevolte aux alentours lorsqu'elle entend des ricanements graveleux provenir du fond de l'auberge. Elle est témoin d'une scène étrange : leur si discret voisin est entouré de robustes gaillards qui lui tapent dans le dos à grands coups d'éclats de rire. Au centre de toute l'attention, le rouquin a perdu toute timidité, il fait le pitre, provoque l'hilarité.

Quand il surprend le regard choqué d'Allegra encore à moitié immiscée entre les pierres, il interrompt tout d'un coup son imitation, les joues en feu.

– Euh, je-je dois y aller les gars, à la prochaine !

– Eh oh, Cornie, tu peux pas nous laisser comme ça ! On veut savoir ce qui...

– C'est bon, Cornélius, on peut y aller ?

Cette fois, toute la joyeuse bande repère Médora. Poings sur les hanches, regard froid, elle est la seule dont le visage n'est pas marqué par la gêne. Tous les autres rougissent, trifouillent un caillou du pied ou se raclent la gorge.

– Désolée, M'dame, on vous le rend.

– À... à plus les gars !

En moins d'une minute, le trio est monté dans la charrette dans un silence de plomb.

– Je ne savais pas que vous étiez si doué pour les plaisan...

– Sachez que ce n'est pas dans mes habitu...

Allegra et Cornélius ont parlé en même temps et se regardent maintenant avec un sourire embarrassé. Le paysan ne retrouve contenance qu'en profitant de la distraction d'un enfant qui manque de tomber sous les sabots de Nigot, alors que Médora soupire lourdement à l'arrière, son sac tout serré contre elle.

La tête engourdie par toutes les questions qu'elle voudrait poser à Cornélius, Allegra ne remarque même pas la silhouette imposante qui les attend au bout du long pont de pierre, aux frontières de la capitale. Fièrement dressée sur un cheval splendide, une armure étincelante patiente. Malgré le froid, aucun souffle ne s'échappe du heaume. On dirait une statue qui accueille les visiteurs. Allegra en frissonnerait si sa peau pouvait encore s'animer. Piégé au milieu des volutes de brume se tient Raph, qui lui n'a oublié ni leur mission, ni son intention de les suivre pour retrouver les mots du *Livre des Mondes Obscurs*.

Chapitre 5
Sous les cendres de la mémoire

Depuis les ruines de l'ancienne serre, ils ont une vue parfaite sur la vieille bibliothèque familiale. Perchés sur les bords des vitres ébréchées, ils observent la faible bougie qui oscille dangereusement d'une étagère à l'autre. Depuis dix ans, ils sont les sentinelles invisibles de cette demeure, et des deux dernières Wickwood. Ils ont été témoins de la chute, de l'accident, de la tragédie, des mensonges et des secrets. Ils ont vu l'Avant. Ils ont vu l'Après. Ils ont vu ces deux gamines abandonnées dans un grenier en flammes, devenues tout d'un coup orphelines. Ils ont veillé sur les cauchemars, protégé ce qui restait des temps anciens. Ils connaissent bien cette petite brune hardie qui cache ses tourments derrière une frange qui ressemble à leurs plumes. Ils entendent la nuit les pleurs de celle qui ne dormira jamais plus. Ils chantent avec elle, parfois, envient cette voix fluette qui s'échappe des pierres. Mais, depuis dix ans, jamais ils n'avaient vu une telle agitation dans le tombeau des livres. La fantôme est souvent celle qui retourne les couvertures, secoue les pages poussiéreuses à coup d'énergie spectrale.

Pas la vivante. Alors, installés sur leur nichoir improvisé, ils admirent cette drôle de scène, intrigués.

☽☽☾☾

Le croassement d'un corbeau la réveille en sursaut alors que le feu est sur le point de lécher le papier centenaire sur lequel elle bave depuis quelque temps.

Médora était épuisée. Par les babillages d'Allegra qui posait les questions et y répondait. Par la route longue, ponctuée par les cris affamés des enfants, par les pleurs des parents, par les champs morts. Par la dureté de ce garde taiseux qui est venu hanter son sommeil involontaire.

À l'arrière de la carriole, les fesses heurtées à chaque soubresaut, le dos blessé par les planches de bois nu, Médora serrait son sac contre elle. Malgré la visière baissée, elle sentait le regard-poignard de Raph sur elle. Comme s'il était capable de voir les bibelots volés dans l'étude, les pommes subtilisées sur les étals, le *Livre des Mondes Obscurs* dérobé avant de sortir. Ses petits trésors de guerre.

Il était hors de question pour Médora Wickwood de se montrer intimidée. Elle n'a donc pas détaché ses yeux de l'armure étincelante, se demandant tout le long du trajet quelle silhouette elle dissimulait. Un fantôme ? Un monstre ? Un homme défiguré par un combat acharné ? Un ancien criminel infiltré au sommet de la milice ? C'était sans aucun doute son hypothèse préférée, et elle a déroulé cette histoire fantasmée pour éloigner l'ennui.

Une fois arrivée, elle a abandonné les bavardages d'Allegra, le mutisme inquiétant de Raph et l'embarras de Cornélius. La seule chose qu'elle voulait voler désormais, c'était du temps pour elle. Elle a planté là le paysan, la sœur et le garde et a ignoré les feulements indignés de Byron venu leur souhaiter la bienvenue.

Elle s'est emmitouflée dans un plaid miteux, recroquevillée dans l'unique fauteuil épargné par les flammes noires, et s'est endormie presque aussitôt, sans même lire le titre du livre qu'elle tenait dans les mains. Et la voilà qui se réveille, la bave au coin des lèvres, le feu au coin des pages. Son souffle pâteux conjure de justesse la catastrophe.

Elle frotte ses yeux ankylosés, rallume la bougie pour redessiner les contours des bibliothèques et retrouver les ombres rassurantes. Elle a si longtemps évité ce lieu… Le cœur de cette maison. De trop nombreux espoirs se sont évanouis entre les feuilles de ces grimoires. Cette pièce lui a volé bien trop de nuits. Ces livres ne sont plus les trésors qu'ils étaient. Les sortilèges, les potions, ne sont plus que des mots vides et creux sans personne pour les lire. Médora a déserté l'endroit, prétendu qu'il n'existait pas. Elle a feuilleté tous les livres autrefois, analysé toutes les pages pour trouver des indices sur sa famille. Pour se rappeler, au moins, le prénom de sa mère. Elle était prête à tout pour retrouver le moindre petit souvenir. Mais la fillette est morte dans l'incendie, enterrée sous les cendres de sa mémoire. Et quand elle a fait le deuil de cette jeune Médora, elle a voulu se débarrasser de ces ouvrages inutiles, ces bibelots encombrants. Seulement, plus personne n'était intéressé par des reliques de l'ancien temps. Les mêmes qui, des siècles plus tôt, auraient vendu leur âme pour fouiller les ordures des Wickwood, dénigraient le savoir de leurs idoles passées.

Pour chasser les regrets trop lourds, elle essuie de sa manche mitée la bave qui orne la page de titre comme un nouveau sceau. Mais la salive s'étale et floute les caractères noirs.

Médora referme sèchement le grimoire et le jette par terre, au milieu des piles de papiers brûlés et des nids de poussière. Elle se lève et passe un doigt pensif sur les reliures épaisses, sur ces briques de feuillets. C'est la seule chose qu'il leur reste de leurs parents. Elles n'ont plus de mémoire, plus d'histoire.

Pour faire honneur à des ancêtres dont elle ignore tout, pour redorer un nom qui lui pèse depuis toujours, la voilà pourtant qui revient se perdre dans les étagères, parmi les bibelots désuets, au milieu des pages indéchiffrables. Elle n'a pas besoin de décrypter les sortilèges et enchantements. Elle ne cherche qu'un symbole : un triangle couronné d'une demi-lune.

Sa quête l'absorbe tout entière, éloigne les fantômes de son passé. Pendant un moment, il ne reste qu'elle, l'odeur des vieux livres rancis et les croassements lointains des corbeaux. C'est leur seule chance : pour elle, d'avoir enfin le ventre plein et les poches vides des biens de ses voisins, pour Allegra, d'accomplir sa destinée. C'est l'unique Wickwood capable de faire taire les charlatans médicaux, de faire renaître un peu de la magie qui s'est éteinte avec l'incendie. Elle comprend quelques sorts, maîtrise quelques potions, assez pour la persuader que son avenir est de devenir l'occultiste royale.

Peut-être que c'est à elle que la famille promettait cet avenir. Médora n'en sait rien, toutes ces scènes du passé sont devenues des secrets à jamais enfouis dans les décombres. Elle a tout oublié, les prénoms, les visages, même les circonstances de la mort de sa sœur. Sûrement qu'elle a laissé sa vie, son âme, au cœur des flammes noires, avec tout le reste.

Mais Médora a beau retourner les couvertures, parcourir des centaines de pages, elle ne déterre aucune réponse. *Comment peut-on perdre des mots ?* La question l'obsède depuis leur départ du *Castle*, comme une ritournelle sans fin. Égarer un grimoire, un châle, un binocle, soit. Les mots, eux, ne s'envolent pas au premier coup de vent.

Persuadée que leur salut se trouve au cœur des manuscrits, elle reprend son examen des étagères, analyse chaque feuille, chaque brouillon qui traîne derrière un pot de lavande séchée, une spinelle ou sous un crâne d'animal. La mèche de la bougie est lentement dévorée et elle n'a toujours aucune explication.

Au loin, sur le toit de l'ancienne serre, elle entend les corbeaux croasser quand elle se laisse tomber dans la bergère face au bureau. Elle l'a déjà fouillé. Ses doigts agiles ont parcouru les surfaces de bois, tous les nœuds, toutes les aspérités, ils ont inspecté les arêtes, les dessous de tiroir, mais le triangle reste introuvable.

Ses mains, animées d'une volonté propre, cajolent la pierre rouge inutile qu'elle a dérobée dans le cabinet des Wickwood. Une relique de ses ancêtres qui alourdit le fond de sa poche depuis leur sortie du *Castle*. Médora passe les dernières lueurs de sa bougie derrière la cornaline. Elle admire les reflets qui dansent par transparence. Elle imagine ses aïeuls qui ont caressé, avant elle, la peau cristalline : Aleister, peut-être ? ou bien…

– Meddie !

La voleuse a à peine le temps de décrocher son regard de la roche que sa sœur surgit devant elle. Sur son passage, les pages déjà piétinées par les bottines sales de Médora s'envolent. La bougie ne résiste pas au coup de vent et meurt dans un souffle. La spectre remet en place une mèche de cheveux. Vivante, ses joues auraient sans doute été rosies par l'urgence, par la course dans les escaliers, mais elle est juste éclatante, un sourire illumine son visage transparent et fait apparaître des fossettes craquantes.

– Tout va bien ? Tu travailles dur, à ce que je vois, lance-t-elle d'un ton espiègle.

– Mouais. Tu veux quoi ?

Allegra soupire, ravale visiblement ses remarques sur les règles de syntaxe et de bonne conduite. Elle ne quitte pas Médora des yeux.

– J'ai trouvé.

– T'as trouvé quoi ? demande sa sœur, maussade.

– Le triangle, bien sûr !

La voleuse se lève d'un bond, elle a l'impression qu'elle a abandonné sa mauvaise humeur au fond du fauteuil. Allegra flotte à travers la pièce, redescend les escaliers sans ouvrir la porte et crie d'une voix enjouée.

– Retrouve-nous dans le cimetière !

Médora planque la pierre et se saisit de son sac à dos. Elle dévale les marches, s'engouffre dans ce qui reste de leur salon, passe par une véranda encombrée et croise un Byron suspicieux.

La brume contagieuse de Severage noie maintenant tout le jardin. Les vieux plants de mandragores, les vestiges de l'ancienne serre. Médora devine à peine, au loin, la silhouette fantomatique qui se détache près d'une tombe, et celle, à ses côtés, d'une colossale armure. Ses godillots écrasent l'herbe haute jamais entretenue, enjambent des décombres de sépultures invisibles sous le chiendent.

Allegra sautille sur place à son approche, désignant du doigt le tombeau qui l'intéresse. Un ange surmonte une pierre grise et sobre. Il est assis sur les genoux, pénitent, ses ailes ont été arrachées. Ses moignons sont couverts de toiles d'araignée et de mousse. Médora distingue, sur la plaque, un bout de lune couronnant un triangle. La voleuse déracine le lierre et les orties pour redonner vie à ce nom oublié par les années.

– Je crois que c'est le même symbole, non ? interroge la spectre.

Pour toute réponse, sa sœur se borne à ouvrir son sac, le dos tourné à Raph, et à en sortir le grimoire. Allegra, scandalisée, pousse un cri strident qui déchire la brume autour d'eux.

– Tu l'as *dérobé* ?

– Oui, se contente de répliquer Médora en haussant les épaules. Je vois pas comment on aurait pu savoir que notre quête était menée à bien sans vérifier dans ce fichu grimoire.

– Monsieur Raph, veuillez pardonner ma sœur. J'ai conscience qu'elle peut avoir l'air un peu… rustre, mais elle ne pense pas à mal. En fait, nous pourrions dire que…

Monsieur Raph se moque de ses explications à rallonge et désigne le livre puis la tombe du bout de son gantelet affûté. Les yeux des Wickwood suivent sa main damasquinée.

– C'est bien le même symbole ! s'exclame Allegra qui en oublie ses excuses alambiquées.

– Oui, c'est déjà le début d'une piste, mais je n'arrive pas à lire le reste.

Médora grogne, gratte la pierre qui s'effrite sous ses ongles rongés.

– Ob… Obsc… Obscura U. Wickwood ! s'écrie la voleuse à mesure que les lettres se révèlent sous ses yeux. 1569… 1588 ! Elle n'était pas très âgée…

Cette constatation meurt dans sa gorge serrée. Elle est plus vieille que cette mystérieuse ancêtre dont le nom a été érodé par la pluie et les siècles.

– Obscura ? réfléchit Allegra. Nous sommes passées si souvent devant cette tombe, plus jeunes, mais je n'avais jamais prêté attention au sigil.

Médora relit la maigre biographie – tout ce qui reste de cette femme – et admire l'ange qui les surplombe. Le travail du sculpteur est remarquable. La pierre a été endommagée, elle s'est effritée par endroit, mais la finesse des traits l'a toujours subjuguée.

– Mmrph, gronde Raph en pointant du doigt le triangle.

– Eh, mon vieux, les grognements ça devient un poil gonflant. Si tu veux participer à cette enquête, t'as qu'à ouvrir le claquet de ta boîte en métal, s'agace Médora en fixant la fente noire du casque.

– Meddie, il a raison, regarde !

Allegra désigne d'un mouvement éthéré le nom d'Obscura et le triangle délicat.

– Le nom a été taillé et le symbole, lui, est gravé à la main. Les traits sont irréguliers. C'est étrange, non ?

– Oui, c'est bizarre, mais comment tu veux qu'on en apprenne plus ? C'est bien beau d'avoir trouvé ce symbole, mais c'est une impasse !

– C'est toujours la même ritournelle avec toi ! Reste ici, je m'en charge.

La spectre soupire. Elle disparaît sous la plaque tombale et en ressort deux secondes plus tard en époussetant une crasse imaginaire. Médora attend, les mains au fond de ses poches, la peau piquetée par le froid qui gagne le cimetière. À l'air dégoûté d'Allegra, elle comprend qu'il n'y a rien de plus là-dessous qu'un tas d'os dévorés par les siècles.

– Et toi ? Tu risques pas de rouiller, à rester là ? demande-t-elle à Raph qui ne répond rien.

Exaspérée, elle abandonne sa sœur et l'armure au milieu de cette mer d'herbes folles et remonte retrouver la chaleur toute relative de la bibliothèque. Rien. Il n'y a rien. Le roi leur a donné une semaine et cette première journée s'est évaporée aussi vite que la cire de sa bougie. Qu'arrivera-t-il si elles échouent ? La menace n'a pas été formulée clairement, mais Médora a remarqué la moue effroyable d'Aloysius en partant, et l'épée étincelante au côté de Raph.

Sous le regard curieux d'une nuée de corbeaux, Médora allume chichement une nouvelle chandelle qu'elle balade d'un bout à l'autre d'une étagère. Aucun livre familial, aucun arbre généalogique. Pour un clan aussi obsédé par la pureté de leur lignage, ça semble presque impossible. Mais le nom de cette « Obscura Wickwood » est absent de tous les grimoires, de tous les registres.

Épuisée, Médora finit par s'endormir, le nez plongé dans la poussière d'un exemplaire de *Dogmes et rituels de la magie noire, étude I*.

☽☽☾☾

Un cri aigu l'arrache à son sommeil et fait s'envoler les corbeaux qui veillaient de loin sur sa nuit sans rêve. Médora sursaute et passe ses doigts dans sa frange mise à mal. Son bras est complètement engourdi, elle le secoue pour lui redonner vie tout en partant à la recherche de sa sœur. L'aube enflamme les vitres brisées et aveugle la voleuse. Elle a beau tourner entre les caisses, les chaises cassées et les pots de plantes médicinales, elle ne trouve Allegra nulle part.

Byron arrive d'un pas guilleret et se frotte à ses jambes.

– Oh non, mais quelle enflure ! Dégage, sale suppôt de démon !

Trop tard, elle sent déjà ses narines qui s'agitent, ses yeux qui la démangent. Mais le félin, insensible, ne se laisse pas intimider. Il ondule amoureusement autour de ses mollets avant de trottiner devant elle, de s'arrêter et de lui jeter un regard lourd. Finalement, elle comprend et suit son guide, ponctuant le silence d'éternuements. Il l'emmène vers l'arrière de la maison, se faufile entre les herbes hautes. Médora finit par reconnaître la voix de sa sœur, celle de Cornélius, et le mutisme entêté de Raph. Cet enfer a un goût de déjà-vu.

– Ah, Meddie, enfin réveillée ! s'enthousiasme Allegra, pleine d'énergie.

Médora ne peut retenir un regard inquisiteur vers Raph. Est-ce qu'il somnole, là-dessous ? Elle ne le voit ni manger, ni dormir, ni parler. Peut-être que c'est une armure enchantée, qu'elle ne dissimule aucune énigme, aucun visage sulfureux, juste du métal animé capable de trancher des ennemis.

Le paysan bafouille un salut timide que Médora ignore, concentrée sur la tombe d'Obscura, qui n'a absolument pas changé. Elle est sur le point de rebrousser chemin quand elle entend Allegra l'appeler.

– Tu ne devineras jamais ce que vient de me dire ce cher Cornélius ! Oh, je vous en prie, racontez-lui ! lance Allegra en tapant dans ses mains.

Elle l'encourage d'un signe de tête, mais la présence de la sœur diabolique semble endiguer tout son courage. Il bredouille, incapable de sortir des mots cohérents, encore moins dans le bon ordre. Allegra patiente quelques secondes de plus, mais devant le mutisme de son compagnon, elle ne tarde pas à prendre la relève.

– Il connaît le symbole, Meddie ! Il a reconnu notre mystérieux triangle. N'est-ce pas merveilleux ?

Médora est sceptique et observe son voisin, les bras croisés sur la poitrine. Elle attend sa confirmation, mais son regard dur et sa frange noire empêchent visiblement Cornélius de retrouver ses esprits. Il fixe la pierre tombale en triturant un bout déchiré de sa chemise jaunie.

– Oui, enfin, ça n'a rien d'incroyable. En fait, je le connais pa-parce que je passais sou-souvent devant.

La voleuse, qui n'a aucune patience avec les bégaiements de Cornélius, soupire, les yeux collés aux nuages.

– Il est sur la po-porte d'un cimetière dans une ville à quel-quelques heures de route. J'y déposais du foin, avant, et...

– T'es sûr qu'il s'agit du même symbole ? l'interrompt Médora d'une voix sèche.

– Oui, oui. Je me suis toujours de-demandé ce qu'il voulait dire.

– Tu entends, Meddie, tu entends ? Nous avons trouvé ! Cornélius, vous êtes divin ! s'extasie Allegra, lévitant d'excitation. Nous devons nous y rendre de ce pas.

– Je peux vous emmener, si vous le souhaitez. Je dois juste dénicher quelqu'un pour prendre soin de Grand-maman. Mais j'aimerais vous accompagner au bout de cette quête.

– Oh, ce serait délicieux, Cornélius !

L'espoir et l'enthousiasme d'Allegra sont presque contagieux. C'est une piste, une vraie piste. L'aurore allume un brasier dans les cheveux de Cornélius. Un feu qui se reflète également dans son regard vert sauge. Cette lueur, Médora ne l'avait jamais vue avant, mais elle la reconnaît car elle sent la même qui embrase le creux de son ventre : l'envie de partir à l'aventure qui se profile, là, de l'autre côté du chemin.

Chapitre 6
Danseuse étoile d'un ballet morbide

Le cheval de Raph piétine devant la maison, ses lourds sabots soulèvent la poussière. Monture et cavalier s'impatientent, dans l'indifférence la plus totale. À l'intérieur de la chaumière, une énième dispute éclate.

– Un mortier ? Je te demande pardon ? Qu'est-ce que tu veux que je fasse d'un mortier ? tempête Médora en tendant l'arme du crime sous le nez d'Allegra.

– On n'est jamais trop prudentes ! Il faut être prêtes à tout.

– Non. Je ne prends pas le mortier. C'est clair que c'est pas toi qui va trimballer ce foutoir. Tu sais, on ne va pas y passer dix lunes, on sera sûrement rentrées avant la nuit. Je compte bien faire l'aller-retour dans la journée et retourner au *Castle* demain.

– Médora, prends le mortier, répète Allegra dont l'aura s'obscurcit à chaque seconde.

– Je vois mal comment tu vas me forcer à faire ça.

La brune goûte sa victoire, tout sourire. Depuis déjà vingt minutes, Allegra remplit sa besace avec un enthousiasme sans limite. Elle indique tiroirs et placards à sa sœur, lui demande d'emporter lavande, pierres protectrices, sauge, sel noir de bannissement, pochons d'osselets, pendules et grimoires. Médora a accepté les cristaux, quelques ingrédients à potions. Elle a froncé les sourcils pour la peau de serpent. A soupiré pour le bouquet de valériane. Le mortier, en marbre massif, est une grosse goutte de trop.

Elle le pose donc sur la table déjà encombrée et croise les bras. Son sourire triomphant s'affaisse en voyant la spectre fermer les yeux et prendre une inspiration inutile. Les murs commencent à trembler, le vent s'échappe, Allegra est une araignée au milieu de sa toile. Si les paupières de la voleuse ne papillonnaient pas pour se protéger du souffle qui lui gifle le visage, elle devinerait presque les fils d'air émaner de sa sœur. Les bocaux s'entrechoquent, les quelques persiennes restantes battent violemment sur leurs gonds.

Byron fuit dans les herbes hautes du jardin, mais Médora éclate de rire, peu impressionnée. Elle connaît cette petite mise en scène aussi spectaculaire qu'inoffensive. Elle y a eu droit ces dernières années quand elle refusait d'aider Allegra sur une potion, de commérer sur les gens du village avec elle, ou lorsqu'elle a commencé à chaparder. La puissance d'Allegra s'apaise vite, ses ressources s'épuisent en quelques secondes.

Le spectacle a fait bien plus vive impression sur Cornélius. Une main sur le chambranle de la porte, ses genoux claquent encore quand les bocaux sont redevenus silencieux. Médora est presque sûre d'entendre son cœur battre la chamade.

– Oh, Cornélius ! s'exclame Allegra en remarquant leur voisin décomposé. Je ne vous ai pas entendu arriver. Je suis… navrée ! Une simple querelle entre sœurs, tout à fait anodine.

– Pas-pas de souci, bégaie Cornélius, toujours en appui, comme s'il pouvait s'effondrer à tout moment.

– Tu voulais quelque chose ? demande sèchement Médora, qui profite de la diversion pour boucler les attaches de son sac, abandonnant le mortier.

– Juste vous-vous dire que l'attelage est prêt.

Et sans attendre, il disparaît. Le calme revient dans le cottage, seulement perturbé par les sabots du cheval de Raph qui martèlent le sol d'agacement.

Sans un dernier coup d'œil pour la cuisine, Médora se précipite vers la sortie.

– Tu n'oublies pas quelque chose, par hasard ? questionne sa sœur en volant pour se mettre devant elle.

– Rien d'essentiel, non.

– Et ça, tu appelles ça comment ? s'impatiente Allegra en désignant une forme sombre sur la table. Tu ne penses pas qu'emmener le *Livre des Mondes Obscurs* avec nous pourrait être utile ?

– Tu marques un point, grogne Médora.

Elle se retourne, saisit le grimoire à deux mains et, sans un mot, ressort. Persuadée qu'Allegra fixe le mortier avec frustration, elle ignore son soupir agacé et se concentre sur la scène devant elle.

Raph est sublime.

Avec la lumière rase du soleil, son armure argentée et piquetée de violet étincelle. Médora en admire toutes les arabesques martiales, toutes les volutes royales. Le métal est ciselé, gravé, poli, cuivré par endroits. À d'autres, la voleuse remarque que ce n'est pas un armurier qui a décoré le fer, mais le tranchant d'une épée, l'épaule d'un colosse. Elle comprend aussitôt que la cuirasse de Raph n'est pas seulement l'apanage de sa fonction, un costume, c'est son instrument de mort. Monté sur son cheval, on le dirait prêt pour la guerre. Son heaume est impénétrable. Les rayons du soleil ne trouvent que du métal, qui défend la peau du garde avec férocité. Trahissant l'impatience de son cavalier, le destrier souffle, trépigne, tourne en rond sans que Raph ne cherche à le retenir.

Et derrière, il y a Cornélius et Nigot.

Échevelé, le paysan ajuste son attelage, bien plus léger que celui de la veille, et l'âne broute l'herbe sous ses sabots d'un air éteint. Cornélius est obligé de crier sur sa vieille bourrique, de la pousser, pour parvenir à la harnacher. L'autre remue à peine l'oreille, trop occupée à dévorer le chiendent.

Lorsqu'Allegra arrive à son tour, claquant la porte derrière elle d'un coup de vent, le voisin se redresse aussitôt. Il essuie ses mains pleines de boue sur sa chemise en chanvre, des mèches collées à son crâne par la transpiration.

– On peut partir ! lance-t-il avec un sourire.

La lueur d'aventure que Médora perçoit dans son regard l'empêche de soupirer. Sans un mot, elle monte à l'arrière, sachant la place à l'avant réservée à sa sœur. Cette dernière reprend ses mondanités, comme s'ils se rendaient à un bal de nobliaux et pas dans un cimetière abandonné.

Alors que la voleuse tente de ranger le grimoire des Mondes Obscurs dans son sac déjà plein à craquer, elle entend Allegra papoter gentiment.

– Et votre Grand-maman, vous êtes sûr de pouvoir la laisser ? Nous ne savons pas quand nous serons de retour.

– Oui, Miss, tout est en o-ordre. Une voisine viendra la voir.

Alors que Raph se met en route, suivi par Nigot, Médora regarde la chaumière s'éloigner. Byron est assis devant la porte d'entrée et s'enfuit vite dans les entrailles de la maison alors que l'attelage disparaît au détour du chemin. Même si le garde lui fiche la frousse, elle apprécie son silence, priant pour s'endormir rapidement et être épargnée par les babillages des deux autres.

– C'est bi-bizarre, en lui disant au revoir, Grand-maman racontait des choses étranges, sans aucun sens. Quand j'ai tenté de lui expliquer que je partais avec vous, elle ré-répétait : « mens magique… chat… Ada ». Mais elle ne connaît aucune Ada !

– Oh, Cornélius, je suis sincèrement navrée que l'état de Thelema se dégrade à ce point. En rentrant, je peux regarder pour une potion plus puissante, si vous le souhaitez.

Médora ravale son sarcasme. Ça fait longtemps que rien n'est plus possible pour Thelema. Depuis des années, la vieille est dévorée par la sénilité. Sans un petit-fils aimant, elle en oublierait de manger, de dormir. Ses paroles erratiques lui valent d'être connue comme « la folle du village » depuis des années. Chaque jour, on s'attend à ce que la démence l'ait absorbée tout entière, et chaque matin, Cornélius se bat pour offrir à sa grand-mère un crépuscule de plus.

– Oh, c'est gen-gentil Miss, je ne sais plus quoi faire pour la soulager…

Allegra lui récite les dizaines d'herbes qu'elle oblige Médora à ramasser pour elle. De quoi endormir l'esprit, le raviver, l'apaiser. Dans l'attelage qui dépasse les chênes centenaires, les hêtres et les bouleaux, la voleuse admire cette pièce de théâtre où chacun tient son rôle à la perfection.

Cornélius, fasciné par Allegra, ne regarde plus la route, les quelques demeures, les villageois intrigués. La longe repose dans sa main comme un serpent mort. Heureusement, l'âne connaît le chemin et continue d'un pas nonchalant sur la terre battue.

Allegra contemple le paysage.

Raph chevauche en silence.

Et Médora observe le couple mal assorti.

Cette spectre incapable d'imaginer que l'homme à sa gauche est prêt à s'ouvrir le cœur pour lui plaire. Et ce jeune paysan qui aime une morte dont il ignore tout. Plus que de l'agacement, c'est de la peine que Médora ressent. Un fantôme ne réchauffe aucun lit, ne donne vie à aucun baiser, est insensible à toute caresse. Un fantôme n'a rien à offrir, mais tout à perdre à voir les êtres qu'il chérit disparaître dans l'au-delà qu'on lui refuse.

Cornélius aime sa sœur sans connaître la teinte de ses cheveux, la couleur de ses yeux. Il peut seulement apprendre par cœur les plis de la dentelle de sa robe, les boucles de sa chevelure, le ruban fané sur sa gorge, toutes les variations de son rire. Et, pour une raison qui échappe à Médora, ça semble lui suffire.

La voleuse se détourne de ce couple impossible et pose négligemment ses yeux sur les rues sombres de Harrow. Elle entend les habitants murmurer, pointer Allegra du doigt, elle entend les insultes qu'ils crachent du bout des lèvres, la haine qu'ils jettent de leur regard. Voir Cornélius à côté de sa sœur les révulse.

– Mais où vont-elles, ces deux sorcières ?

– Et que fait le brave Cornélius avec elles ? Elles l'ont ensorcelé, moi j'vous l'dis.

– Bah, bon débarras, je suis sûr qu'elles nous ont maudits, sans elles, les récoltes vont reprendre. On aura plus de veine, vous verrez !

Les amoureux n'entendent rien, mais la médisance des villageois brûle les oreilles de Médora. Même Raph s'agite un peu sur son cheval, se retourne, surveille l'hostilité à travers sa visière baissée.

La voleuse ne se détend que lorsqu'ils sont en pleine campagne, à des mètres des dernières habitations. Bercée par le faible soleil d'automne qui réchauffe sa peau marmoréenne, elle s'endort.

☽☽☾☾

Quand elle se réveille, son dos se rappelle douloureusement à elle. Médora saute de l'attelage à l'arrêt, les pieds dans le sol humide, son sac déjà sur les épaules. Elle jette un regard autour d'elle en étirant ses membres courbaturés, maudissant ces planches de bois qui ont martyrisé ses vertèbres.

Cornélius attache Nigot aux barreaux du cimetière. Raph, sur le pied de guerre, désigne de son gantelet le dessus du portail qui orne l'entrée. Le fer forgé autrefois noir s'épanouit en roses et en piques et, au-dessus des grilles entrouvertes, Médora distingue le signe qu'elles convoitent tant : le triangle couronné de sa demi-lune. Un sourire éclaire brièvement le coin de ses lèvres et elle pénètre dans les lieux consacrés d'un pas décidé.

– Nous devrions nous organiser, suggère Allegra qui la suit timidement.

Raph grogne aussitôt pour marquer son assentiment, en fixant le décor autour de lui comme si un ennemi pouvait surgir d'une tombe et l'égorger.

– Vous êtes certains qu'on devrait se sé-séparer ? demande Cornélius. Ça a l'air grand, on va se perdre.

Le garde secoue la tête. D'un geste sûr de la main, il pointe à chacun un axe à respecter. Ses ordres donnés, en bon militaire, il applique sur-le-champ ses consignes et s'engage sur le sol mou.

Cornélius obéit craintivement, peu rassuré, et Allegra s'empresse de survoler la zone qui lui revient. En deux secondes, Médora se retrouve seule, plantée devant les grilles. Elle bougonne avant de se mettre en route à son tour.

Devant elle, elle distingue une mer de tombes affaissées, où la nature a repris ses droits. Les arbres sont étouffés par les branches mortes qui viennent ensuite caresser les pierres tombales. Certaines ont été profanées par des racines trop entreprenantes. D'autres sont dévorées par un lierre avide. Les mauvaises herbes ont noyé le reste des sépultures. L'océan vert et gris s'étend à perte de vue, à peine interrompu par quelques tombeaux ou une chapelle en ruines que Médora discerne au loin.

Elle marche avec précaution sur un ersatz de chemin que l'on devine tout juste. Dès qu'elle se retourne, elle sent le lourd regard métallique de Raph, à distance. Elle tente de l'ignorer, d'ignorer les frissons que sa présence déclenche sur ses bras. Allegra et Cornélius, eux, ont déjà disparu, engloutis par les dernières demeures.

Médora prend à droite et se brise les yeux en inspectant les tombes laissées à l'abandon. Le temps a emporté beaucoup de noms, de dates, les mauvaises herbes ont grignoté le reste et la météo a fini de plonger ces dépouilles dans l'oubli total. Le symbole n'est visible nulle part. À force de le chercher, elle manque de trébucher plusieurs fois.

Elle serpente entre les pierres, arrache les pissenlits affamés, mais la plupart de ces cadavres ne sont plus que des os sans nom. Certains n'ont droit qu'à des croix sans prestige, d'autres gisent sous des statues grossières. Les pierres sont parfois si noires, si sales, si délabrées, qu'elle a peur de rater le triangle.

La voleuse dépasse la chapelle tombée en ruines sans un regard et poursuit sa quête à travers les feuilles mortes et les sépultures ravagées. Depuis qu'elle s'est enfoncée dans le cimetière, les bruits du monde se sont évanouis. Il n'y a rien qu'un silence lourd tout juste dérangé par les chants rauques des corbeaux. Parfois, le vent s'engouffre dans les branches squelettiques qui battent la mesure de cette mélodie funéraire. Comme elle ne compte pas devenir la danseuse étoile de ce ballet morbide, Médora accélère le pas.

C'est donc presque un coup de chance quand elle découvre, à moitié dévoré par le sumac verdoyant, le début de son nom timidement dissimulé. Elle s'arrête net, dégageant sa frange de ses yeux. Les stèles forment un étrange mille-feuille de pierres. « WICK » est gravé dans le granit, le reste est rongé par le lierre qu'elle arrache violemment et derrière lequel se cachent les lettres « WOOD ». Interdite, elle déchiffre son patronyme encore et encore. Il n'a rien à faire ici, dans cette cambrousse paumée, dans ce cimetière abandonné. Ses ongles raclent fébrilement la tombe et toutes les sépultures voisines pour redonner un nom aux défunts. Quand elle se redresse, elle fait face à dix membres inconnus de sa famille.

Des prénoms fantaisistes, des dates de naissance et de mort difficilement lisibles. Pas de mention « occultiste royal », pas de triangle. Ses ancêtres reposent ici comme de simples paysans, honteux.

Les croassements se sont arrêtés et un frisson la saisit. Elle appelle Allegra, soudain accablée par la solitude glauque des lieux. Le malaise la prend et elle hurle à nouveau, déchirant le silence. Les secondes lui semblent interminables. Elle se mord les lèvres, serre ses paupières de toutes ses forces dans l'espoir de ne plus voir son nom en lettres de granit.

– Meddie ? Est-ce que tout va bien ? s'inquiète Allegra qui a volé aussi vite que possible.

Mais quand la brune ouvre finalement les yeux, elle retrouve les mêmes tombes devant elle. Elles ont attendu des siècles, et elles sont toujours là, patientes.

– J'ai trouvé un truc... bizarre, s'étrangle Médora sans pouvoir en détacher son regard.

– Qu'est-ce que tu as trou...

La question meurt dans la gorge d'Allegra quand elle se tourne vers les sépultures séculaires. Elle étouffe un cri de surprise et Médora l'observe voleter d'une pierre à l'autre comme un feu follet. Sa sœur devient un miroir et la voleuse y voit toutes les émotions qui la traversent depuis sa découverte : étonnement, incompréhension, déni, suspicion, doute, peur.

– J'ai compté onze Wickwood ensevelis ici, reprend Médora en laissant tomber par terre le sac qui lui meurtrit les épaules.

– Onze ? Mais pourquoi ne sont-ils pas au cottage ?

– Je ne sais pas, Allie. Tu remarques rien d'autre ?

La spectre inspecte les tombes une seconde, avant que la réponse ne la percute.

– Aucune n'a la mention « occultiste royal ».

Sa voix n'est plus qu'un murmure que le vent emporte au loin.

– Comment cela se fait-il ? Un Wickwood n'est jamais enterré sans prestige. Encore moins... dans un tel lieu, ajoute-t-elle avec une mine de dégoût.

Impossible que les années aient englouti les gravures, le granit ne porte aucune cicatrice. Allegra frémit à l'idée que leurs ancêtres dorment ici sans pouvoir trouver le repos, sans le rang qui leur est dû.

– Et ils sont tous morts avant… 1490, fait remarquer l'esprit en déchiffrant les dates. Après ça…

Elle n'a pas le temps de terminer sa phrase qu'un nouveau cri déchire le silence. Cornélius les appelle au loin. Allegra s'élance pour le rejoindre, mais la voleuse a plus de mal. Elle replace en grognant le sac sur ses épaules et se fraie un chemin à travers les stèles branlantes et les herbes hautes.

Quand elle retrouve le paysan, il est déjà flanqué de Raph et Allegra. Le voisin pointe du doigt la demeure massive derrière lui. Médora abandonne sa besace et monte les quelques marches tapissées de feuilles rouges pour admirer l'architecture du caveau. Elle caresse la pierre laiteuse et fait le tour du bâtiment. On dirait un nuage blanc au milieu d'un orage. Il est parfaitement entretenu, entouré de tombes rachitiques et salies, comme si le temps n'avait eu aucune emprise sur le mausolée.

– Grumph, lâche Raph en désignant un détail particulier du bout du heaume.

Médora se retourne d'un coup, les yeux-éclairs.

– Tu sais quoi, *Raph*, pourquoi tu te mettrais pas à l'ouvrir un peu ? Tes « gromph, gromph », j'en ai ma claque. Si tu veux dire quelque chose, tu fais comme le reste du monde, tu parles. *Je* suis celle qui grogne dans le groupe, on a pas la place pour deux, alors je te conseille de rapidement changer de musique, c'est clair ?

Le garde se redresse d'un coup, dominant la voleuse de toute sa taille. Impressionnée, Médora relève pourtant la poitrine, refusant de s'avouer vaincue. Elle voit bien du coin de l'œil la main du soldat sur le pommeau de son épée, mais ses yeux gris tempête ne lâchent pas le heaume.

– Meddie, je pense que ce que voulait t'indiquer Monsieur Raph, c'est de regarder le linteau supérieur du tombeau.

Le combat muet dure encore quelques secondes avant que Médora ne se détourne de l'armure pour faire face à la crypte. Négligemment, elle cache ses poings tremblants dans les poches de son pantalon et lève le nez.

Tout est saisissant : les deux statues d'hommes encapuchonnés qui accueillent les visiteurs impromptus, les arches gothiques, la grille en fer forgé qui donne sur une gueule obscure. Et au-dessus de l'entrée, le triangle. Les trois traits dorés déchirent la chair de marbre de l'édifice. La voleuse se lance à l'assaut du mausolée, mais elle a beau secouer la porte, cette dernière se contente de geindre sans s'ouvrir.

Raph arrive derrière elle, lui empoigne le bras et la dégage sans force. Hors de question que l'armure passe avant elle ! Médora se jette sur lui, prend appui sur ses épaules et escalade le fer forgé avec agilité. En trois mouvements, elle retombe de l'autre côté avec un sourire victorieux. Le garde grogne une nouvelle fois et des deux mains saisit la grille qu'il arrache d'un coup sec. Allegra entre, comme une dame, suivie de Cornélius qui lance le sac oublié derrière elle à Médora.

– Très mature, Meddie, vraiment, souffle la fantôme en inspectant les lieux.

La voleuse grommelle en ajustant sa besace sur le dos. Pendant quelques instants, elle a l'impression de nager dans une encre épaisse. Ses yeux mettent un moment à s'habituer au noir profond de la pièce qui est en réalité beaucoup plus étroite qu'elle ne l'aurait imaginée. Au fond, face à la grille d'entrée, un vitrail maladroitement réparé répercute des éclats de lumière. Sur les deux autres murs s'étalent des plaques commémoratives. Il lui faut quelques secondes de plus pour déchiffrer le nom sur le marbre immaculé : « Ivel ».

Il n'y a ici que des vases vides, des fleurs momifiées, de la cire de bougie séchée depuis longtemps, rien d'intéressant à fourrer dans sa poche… Même si le lieu est dédié aux morts, les vivants y ont pris leurs quartiers. Les araignées décorent le plafond, les rats ont grignoté ce qu'ils pouvaient, les oiseaux se sont abrités dans les creux des arches.

Un frisson chatouille la nuque de Médora alors que les autres cherchent une explication.

– Peut-être que les Ivel sont les seigneurs du village ? suggère Allegra.

– Je ne sais pas, Miss, mais ces lieux sont entretenus assez ré-régulièrement. La poussière devrait être bien plus épaisse.

– Et ces symboles, sur les tombes, qu'est-ce qu'ils signifient ?

Médora ferme les yeux, ignore l'enquête de sa sœur qui inspecte les plaques, Cornélius qui l'écoute et Raph qui furette dans son coin. Une drôle de sensation lui colle à la peau. Puis elle comprend : deux courants d'air ! Elle sent deux brises, une qui anime sa frange, l'autre qui titille son cou depuis le fond du caveau.

Elle se précipite vers le vitrail gauchement réparé. Les joints sont épais, les trous rebouchés à la va-vite, mais le souffle ne vient pas de cet endroit. Elle se tourne, parcourt les dalles de pierre qui résonnent sous ses bottines, les mains tendues devant elle. Elle palpe le marbre, caresse les noms, les symboles, et là…

– Cornélius ! Aide-moi, s'enflamme Médora.

Ses doigts agiles, habitués à débusquer les secrets et les cachettes, sont fermement agrippés à un intervalle, juste derrière les plaques funéraires. Une bouffée lui lèche les phalanges. La voleuse empoigne la porte dérobée, secoue de toutes ses forces. Rien ne bouge. Médora entend la carrure lourde et métallique de Raph qui se place à sa droite et pose ses mains épaisses sur le volet de marbre. D'un coup sec, il le tire à lui. Et là, le faible intervalle devient une véritable ouverture. Un air vicié leur agresse le visage.

De l'autre côté, ils ne voient rien qu'une obscurité profonde. Pas un bruit, que la mort, et quelques marches très raides qui y mènent tout droit. Raph mime un premier pas, mais Médora le retient fermement. Hors de question qu'il descende le premier. C'est *sa* découverte, *elle* passe devant. Pourtant, la peur lui chatouille les entrailles. De concert avec l'excitation et la curiosité.

Une porte dérobée dans un mausolée, ce n'est pas très engageant. Déranger un sommeil éternel risque de lui porter malheur.

S'il lui restait un peu de bon sens, Médora rebrousserait chemin maintenant.

Elle rentrerait chez elle, avec sa sœur, retrouverait leur quotidien morne et leurs mornes espérances.

Au lieu de ça, elle pose un premier pas sur la marche, et se laisse engloutir par les ténèbres obscures.

Chapitre 7
Une flamme dans le noir

– Pourquoi ne pas allumer le candélabre ? suggère Allegra alors que sa sœur manque de s'étaler sur les marches inégales, aveuglée par le noir total.

Pour toute réponse, Médora grogne, remonte jusqu'au carré de lumière multicolore créé par le vitrail et ouvre son sac. Au milieu de tout un fatras ésotérique, elle trouve enfin une petite boîte en carton à moitié éventrée. Il lui reste à peine une dizaine d'allumettes.

Cornélius lui tend un cierge volé à une dalle funéraire et elle embrase la mèche qui manque de mourir, soufflée par l'air vicié. Médora protège la bougie d'une main et retourne dans les entrailles du mausolée, rassurée par l'éclat de vie qui ondule devant son visage. Une flamme dans le noir et son espoir renaît.

Ni Raph ni Allegra, encore moins Cornélius, ne cherchent à la devancer. Leurs yeux papillonnent entre les marches instables et la lumière vacillante. Leurs doigts s'accrochent désespérément aux parois qui s'effritent en miettes humides. Leurs nez se retroussent à mesure qu'ils plongent jusqu'au cœur du tombeau. L'odeur de pourri alourdit l'air, oppresse leurs poumons.

Médora, pour endiguer sa panique, compte les pas. Elle arrive jusqu'à trente-huit, quand sa bottine touche enfin un sol plat. Elle est persuadée d'avoir entendu un soupir de soulagement derrière le heaume de Raph lorsque ce dernier la rejoint.

La lueur de la bougie éclaire à peine ses pieds et elle tend le bras à l'aveugle pour se faire une idée de la pièce où ils ont atterri. Elle progresse à petits pas, chassant l'angoisse qui lui hurle qu'ils sont enterrés vivants. Elle étouffe la voix qui lui murmure qu'elle ne reverra jamais le soleil, que ce tombeau est son tombeau, un piège macabre qui la…

– Meddie ! la sauve Allegra en interrompant ses pensées funestes. Peux-tu éclairer un peu par ici, s'il te plaît ?

Médora ne se le fait pas dire deux fois et se rapproche de sa sœur, suivie de près par les autres. Elle avance le candélabre vers la forme qu'elle devine à peine devant elle. La flamme lèche les contours en marbre d'un énorme monument.

– On dirait, un ca-caveau… secret ? suggère Cornélius.

– Il y a quelque chose sur le dessus, complète Allegra.

– Rumphh, grogne Raph, le gantelet levé vers un puits d'obscurité.

La voleuse chemine avec précaution, sa poitrine heurte le tombeau. Elle promène la bougie aussi haut que possible et capte les pourtours d'une forme humaine.

– Ah ! hurle Allegra qui lui arrache presque le cri de la gorge.

Raph se saisit du candélabre, surplombant la jeune femme de précieux centimètres et il donne corps à la silhouette : une statue d'ange. Elle domine le monument avec majesté. Ses ailes immenses occupent presque l'entièreté de la crypte. Debout, elle menace le visiteur impromptu d'un regard sévère. Mais, le pire, c'est son visage. La partie gauche pleure. Médora repère presque les sillons des larmes sur ses joues rondes. L'autre est un crâne morbide et terrifiant qui a perdu toute humanité. Et dans ses bras, fermement serrés sur sa poitrine…

– Le *Livre des Mondes Obscurs* ! s'exclame Allegra en le désignant.

Le garde rapproche la flamme de l'ange. Impossible de ne pas le reconnaître. La forme, la taille, la couverture, le symbole, tout est absolument identique à celui que Médora traîne dans son sac depuis le début de la journée. Excepté qu'il est en pierre, à jamais figé dans les bras angéliques.

– On devrait fouiller les alentours, propose-t-elle.

Avec autorité, elle récupère sa flamme des mains de Raph qui ne lui jette pas un regard. Elle éclaire le tombeau d'un bout à l'autre, illumine chaque repli de marbre, en vain. Outre le monument central, la crypte est entièrement vide, parfaitement entretenue. Malgré l'air putrescent, ils ne trouvent même pas une feuille morte.

Ce n'est qu'au deuxième passage que la voleuse remarque un compartiment secret, aux pieds de l'ange. Elle tend la bougie à Raph et s'accroupit. Ses doigts délimitent les bords du tiroir avant que son couteau préféré n'incise une petite brèche entre deux plaques de marbre. Un clic interrompt le lourd silence du caveau et Médora tire délicatement le plateau vers elle.

Quatre visages fouineurs se penchent alors sur cette découverte. Il n'y a rien. Rien d'autre qu'un tapis de velours rouge râpé, vieilli.

Cornélius et Allegra échangent leurs théories alors que Médora fixe le lit cramoisi, intriguée. La forme en creux lui rappelle quelque chose. Elle tire la main de Raph vers elle, afin que la flamme lèche l'étoffe côtelée, quand la réponse la frappe. Elle ouvre son sac en urgence.

– Meddie, tout va bien ? s'inquiète Allegra en observant le remue-ménage de sa sœur.

– J'ai trouvé !

– Trouvé... quoi ? demande Cornélius.

Au lieu de répliquer, Médora leur montre. Elle sort le *Livre des Mondes Obscurs* et le borde dans la cale. La forme est parfaite et épouse à merveille les contours du grimoire.

– Qu'est-ce que c'est que ce..., bafouille Allegra. Comment est-ce possible ? Cela n'a...

– Aucun sens, complète Médora, tout aussi perplexe.

– Il faut trou-trouver le nom du macchabée qui repose ici ! suggère Cornélius en rendant le livre à la voleuse.

Animées par la flamme endiablée, les ombres sur leurs visages ondulent à mesure que la cire se consume. Pourtant, Médora remarque la lueur d'aventure qui éclaire toujours le regard de Cornélius. Loin de son quotidien de paille et de boue, il découvre l'excitation, le mystère. Elle qui pensait qu'il serait un poids mort, il se révèle fin limier, observateur. Presque intéressant.

Au lieu de lui dire tout ça, elle se contente d'approuver.

Raph tourne en rond dans le caveau, la main au pommeau, à la recherche de la moindre menace. Médora reprend son examen méticuleux à la lueur de sa flamme. C'est l'audace de Cornélius qui leur permet de soulever le dernier voile de mystère. Il a grimpé sur le tombeau, a défié l'ange les yeux dans les yeux, avant de caresser le marbre avec révérence.

– Juste là ! s'exclame-t-il avec enthousiasme.

La voleuse lève sa bougie et suit le regard du paysan. La lueur des flammes s'enlise dans les pleins et dévers de lettres gravées dans la pierre. Cornélius se laisse tomber au sol dans un bruit sourd alors que Médora déchiffre le nom qu'il est incapable de lire.

– Eliphas Ivel, murmure-t-elle.

Son esprit anxieux imagine sans doute, alors, le vent qui souffle plus fort, la bougie qui manque de s'éteindre et le silence qui pèse encore plus sur ses épaules. Oui, à l'évidence, elle fantasme tout ça.

– Eliphas Ivel, répète Allegra en tournant autour des ombres épaisses créées par la bougie. Ça ne me dit rien…

– Moi non plus, soupire Médora en protégeant sa flamme du mieux qu'elle le peut. Et toi, tas de rouille ?

– Rumph…

À défaut de bien interpréter le grognement bourru, Médora voit Raph hocher négativement la tête. Bien, une nouvelle impasse, donc.

– J'ai une idée, lance alors Allegra en inspirant profondément.

Sans laisser à Médora le temps de s'agacer de cette manie inutile, elle fonce et traverse la pierre épaisse. Pendant un instant, elle disparaît complètement au cœur du tombeau, avalée par le marbre.

Quand elle ressort, l'étonnement envahit son visage délicat.

– Il… il n'y a personne, révèle-t-elle.

– Comment ça, personne ? Même pas un bout d'os ? Un petit crâne ? Un collier de perles ? Rien ? s'enquiert la voleuse.

– Rien du tout.

Ils se regardent tous, dévorés par les questions : pourquoi un cénotaphe, avec un tiroir vide dissimulé, dans le fond d'un cimetière à l'abandon ? Pourquoi le triangle se trouve-t-il ici, et pourquoi le grimoire semble-t-il attendu comme le dieu Formol ? Et qui est ce foutu Eliphas Ivel ?

– Sortons, propose Médora qui ne veut se laisser engloutir ni par ses doutes ni par ses angoisses.

Son besoin de soleil et d'air pur est partagé car ils remontent tous. Ce caveau ne contient que de nouveaux mystères.

Pour se calmer, alors que la cire lui lèche les phalanges, Médora recompte les marches et abandonne définitivement derrière elle cette ange aux deux visages.

Quand ils reviennent dans le monde des vivants, l'obscurité contagieuse a dévoré le soleil. Pourtant, une lumière étrange a envahi le cimetière et étire les ombres disproportionnées des tombes. L'air vicié disparaît peu à peu des narines de Médora qui inspire à fond cette atmosphère chargée de sèves et de fraîcheur. Déjà peu rassurants en pleine journée, les lieux sont désormais inquiétants, empreints de murmures sépulcraux qui bourdonnent aux oreilles de la voleuse. Elle ne doit pas être la seule à entendre les ténèbres chuchoter à mesure qu'ils retournent vers les grilles de l'entrée car Allegra s'exclame, ravie :

– Si cela se trouve, d'autres esprits comme moi vont sortir de leur lit maintenant que la nuit est tombée.

– Impossible, la coupe sèchement Médora.

Elle ignore le regard peiné de sa sœur, impatiente de rencontrer un double fantomatique.

– Tu sais comme moi que les spectres ont été chassés des villages. Vous étiez déjà rares mais maintenant, tous ont fui. Je pense qu'il ne reste que toi, à des lieues à la ronde.

– Mais ce village semble abandonné, c'est peut-être qu'il est hanté par un esprit ou par…

– Nigot ! hurle alors Cornélius en se précipitant.

Sa silhouette massive écrase feuilles mortes, lierre et pierres tombales alors qu'il galope vers les grilles. La vieille corde usée pend mollement au fer forgé. Plus d'âne, plus d'attelage. La monture de Raph, quant à elle, attend sans bouger à l'endroit exact où le cavalier l'a laissée.

Alors que Cornélius est submergé par les larmes, Médora perçoit le soulagement du garde, qui s'affaisse discrètement sous ses épaulières. Ignorant les jérémiades du paysan, il flatte l'encolure de son cheval blanc et la voleuse croit presque l'entendre lui murmurer des mots doux.

– Mon pauvre Nigot… Seul, dans la nature, en plei-pleine nuit, il ne survivra jamais ! Et si-si des loups l'attaquent ? S'il meurt de faim ?

– Je suis certaine que non, le rassure Allegra. Nigot est un brave âne, bien plus vaillant que vous ne l'estimez. Peut-être n'est-il même pas loin. Je vais le chercher.

Avec un dernier regard de compassion, elle s'envole si vite que Médora ne repère plus sa silhouette éthérée dans les rues sombres du village.

– C'est surtout qu'on a plus aucun moyen de rentrer…, grogne-t-elle, les bras croisés. On est bloqués dans ce trou pourri.

Choqué par la remarque de Médora, par son peu de considération pour Nigot, seul là-dehors, Cornélius ouvre la bouche, la referme. Le trio plonge dans le silence alors qu'Allegra parcourt la ville à toute allure. Quand elle revient, ses cheveux ne sont même pas ébouriffés et son teint est toujours aussi grisâtre qu'un jour de pluie.

– Navrée, Cornélius, je n'ai vu Nigot nulle part…

Le paysan baisse la tête, chahute un caillou du bout du pied en imaginant les destins les plus tragiques pour son âne.

– Mais, il y a pire… Personne ne vit ici ! Le hameau est vide, il n'y a ni lumière ni villageois.

– Moui, confirme Cornélius d'une voix remplie de larmes. Il n'y a jamais eu foule, mais de-depuis quelque temps, tout le monde a dé-déserté les lieux. La famine, j'imagine… ?

– Tout ça, c'est très bien, mais en attendant on a aucun moyen de rentrer rapidement et rien à se mettre dans le ventre, et…

À la mention de l'estomac vide de sa sœur, Allegra ne peut s'empêcher de lever les yeux au ciel. Ce qui n'échappe pas à Médora. Elle s'apprête à répondre, acerbe, quand un grognement sourd les interrompt. L'armure a réussi à se volatiliser sans un bruit… Raph est retourné dans le cimetière, la tête baissée vers ce qui semble être une pile d'anciennes fripes.

– Mais qu'est-ce qu'il fait encore, le sac à rouille ? Quelle plaie ! râle Médora qui le rejoint à grandes enjambées.

Sa bouche est déjà pleine des insultes qu'elle compte déverser sur lui mais, en approchant, elle constate que le tas de haillons est en réalité une vieille femme, recroquevillée sur elle-même.

Les injures meurent sur sa langue. La dame est en piteux état. Ses cheveux filasse ressemblent à des toiles d'araignée sur son crâne rond et lisse. Son visage n'est qu'un amas de rides, de plis, de fossés. Sa peau est marquée de dizaines de façons : par d'anciennes cicatrices mal soignées, des veines bleuies, des grains de beauté escarpés et même par une verrue qui ponctue sa lèvre supérieure.

Son regard torve est empêtré dans une paupière lourde qui lui mange la moitié de la pupille. Bossue, elle est obligée de contorsionner son cou flasque pour observer ses interlocuteurs. Elle remonte de ses mains tremblantes son fichu sur sa tête et tortille ses multiples colliers entre ses doigts pleins d'arthrose.

Plutôt mourir que vieillir, pense alors Médora en dissimulant à peine le dégoût sur son visage. Elle se demande comment l'ancienne peut être assise sur une tombe et pas allongée à l'intérieur. Pourtant, l'ancêtre se redresse un peu, parvient même à parler d'une voix assez claire.

– Il est bien rare de rencontrer des jeunes gens par ici, lance-t-elle en observant la voleuse de pied en cap.

– Oui, bonjour, nous cherchons un âne, vous ne l'auriez pas croisé, par hasard ?

Pour séduire les grands-mères, Médora sait qu'elle doit adopter une douceur qui lui est inconnue et un sourire qu'elle déteste. Elle s'essaye à l'exercice mais, à voir l'air sévère de l'ancêtre, elle comprend qu'elle a échoué. Heureusement, elle a un atout secret dans sa manche... sa sœur.

– Bonsoir, Madame, s'exclame cette dernière avec une joie et une délicatesse toutes naturelles. Je suis Al...

– Bonsoir, ma douce, répond la vieille en ignorant superbement Médora. Mais appelle-moi Ursine, va, les « M'dames », on réserve ça à celles qu'ont connu un homme.

Médora Wickwood pouffe. Il est hors de question qu'elle partage la vie d'un Monsieur, et pourtant, elle entend bien qu'on l'appelle « Madame » avec respect. Elle s'apprête à incendier la vieille arriérée quand Allegra pose exactement la même question qu'elle. Cette fois-ci, l'ancienne daigne répondre.

– C'est vrai que j'ai vu un bourricot en liberté, il y a de ça que'ques heures.

– Il est parti où ? s'enflamme Cornélius, plein d'espoir.

– Oh, j'sais pas ben, mais ça fait un moment qu'il a disparu. J'ai pu les yeux que j'avais dans ma jeunesse.

Allegra se laisse tomber au sol. Elle ne craint ni le froid, ni la faim, ni une attaque de brigands, et la voilà malgré tout qui sanglote dans sa dentelle fantomatique en se demandant comment ils vont survivre à cette nuit dehors. Médora retient à grand-peine la rage qui l'envahit.

Pourtant, le numéro de l'esprit affligé séduit la vieille qui s'apprête à lui toucher l'épaule en réconfort avant d'interrompre son geste au dernier instant.

– Allons ma douce, ne pleure pas. J'ai toujours préféré les comme toi aux vivants, la console-t-elle avec un regard noir vers Médora. J'serais ravie de vous offrir le gîte pour la nuit.

L'ancienne tente de relever son postérieur ankylosé, et Cornélius est transformé en canne pour l'escorter jusqu'à chez elle. Raph récupère son cheval et Médora a beau l'observer avec attention, elle ne surprend ni murmure ni soupir derrière l'armure. Lassée, elle emboîte le pas à leur hôte.

– Vous avez donc déjà vu des fantômes, Madame Ursine ? demande Allegra avec de grands yeux d'enfants.

– Oh oui, ma jolie. Autrefois, à une autre époque, spectres et vivants s'partageaient la terre en toute tranquillité. Les esprits ne cherchaient querelle à personne, puis, il faut dire qu'ils avaient ben du savoir à nous transmettre. Et, au fil du règne de l'Ancien Roi, ça a changé. On a plus eu le droit à nos ex-voto, de demander des sorts, de se faire tirer les cartes. Pis c'est les fantômes qu'ont pu eu le droit d'exister. Les médecins ont commencé à dire que c'était de la sorcellerie, de la magie noire. Alors les gens, comme ils veulent pas mourir trop tôt, ils croient c'qui les arrangent. L'occultisme qui les sauvait la veille a été condamné en un claquement de doigts. On a banni les fantômes, quand certains ont pas carrément été renvoyés dans l'au-delà.

Allegra plaque une main sur sa poitrine, choquée par le destin tragique de ses pairs.

– Voilà, la magie crève. Comme les gens croient pu, rien survit. Mais c'est pas leur médecin de pacotille qui nous comble le ventre en attendant. Ils ont beau faire d'jolis discours, ça remplit pas les assiettes...

Affalée avec délice sur Cornélius, la vieille leur désigne une bicoque d'un doigt tordu. Elle est perdue au milieu de maisons désertées, écrasée contre un bâtiment qui la domine. Ursine indique une étable qui jouxte sa demeure biscornue.

– Vous pouvez coucher ici, si vous voulez. J'ai pas de place pour une autre carcasse qu'la mienne à l'intérieur.

– Ça sera parfait, Madame Ursine. Mille mercis.

Abandonnée à sa solitude, Ursine s'emploie à combler le moindre silence. Elle raconte le passé brillant du hameau, l'histoire de son logis, de chaque voisin qui a croisé sa route, et leur explique pas à pas la recette du truc infâme qui bout dans la marmite.

Médora a trop faim pour s'offusquer de n'y trouver que des pissenlits bouillis dans de l'eau croupissante. Même si ce n'est pas un mets de roi, son ventre gargouille d'excitation. Quand Ursine leur sert enfin la soupe dans des bols ébréchés, Raph renonce à sa portion. Ce qui provoque autant de curiosité que d'agacement chez la voleuse.

Plongée dans ses hypothèses farfelues, elle n'écoute que d'une oreille Allegra et Ursine qui discutent comme si elles se connaissaient depuis toujours. Cornélius a rejoint le clan des mutiques, sans doute rongé d'angoisse pour Nigot qu'il imagine dévoré par une meute de loups.

– Nous nous sommes rendus dans le cimetière et nous n'avons pas pu nous empêcher d'être étonnés par un mausolée, au centre. Est-ce que vous savez ce que représente le triangle, au-dessus de l'entrée ?

Ursine, affable jusqu'ici, se ferme comme une tombe. Son sourire disparaît à la seule mention de la nécropole. Médora lève enfin les yeux de son bol vide depuis longtemps. Raph et Cornélius aussi se sont figés.

– Que faisiez-vous là d'dans, d'abord ? crache Ursine en rangeant marmite et couverts.

– Euh… une simple petite visite.

– Hum, grogne la vieille avec un regard étrange.

La seule chose dont Médora est sûre, c'est qu'il est assassin et inquiet. Elle le remarque à l'agitation soudaine de l'ancienne, à ses gestes inutiles, à ses coups d'œil angoissés vers le même recoin de ce taudis.

Les doigts de la voleuse la démangent. Allegra est une parfaite complice malgré elle. À force de questions, d'excuses, de remerciements, elle brouille l'attention de la vieille. Cette dernière est assaillie par les mots. Des mots qui rompent si violemment le silence dans lequel elle s'était terrée depuis longtemps qu'elle suffoque sous l'avalanche de paroles, de bruits, de monde, les implorant presque de la laisser tranquille désormais.

De peur qu'elle les jette dehors aussi vite qu'elle a bien voulu les héberger, Allegra se contente pour finir d'un :

– Merci pour votre accueil, Madame Ursine. Très douce nuit à vous.

Les trois autres se bornent à un hochement de tête. La vieille claque aussitôt la porte derrière eux, goûtant à nouveau sa triste monotonie.

Médora tourne le dos à la bicoque, un sourire victorieux aux lèvres.

Elle referme sa main autour du lourd médaillon sur lequel elle lorgnait depuis son arrivée chez Ursine, savourant le poids au fond de sa poche.

Chapitre 8
Ursine

Comme tous les jours, Ursine est réveillée bien avant le soleil. Les yeux ouverts, la nuit profonde a dévoré toute la pièce. Elle ne reconnaît les contours flous des meubles que parce qu'elle y a passé toute son existence. Elle est née dans ce lit qui a maintenant la forme de son vieux corps.

Corps qui refuse de bouger, à qui il faut une éternité pour reprendre vie.

Prisonnière de sa chair, elle se contente d'écouter la mélodie qui se joue tous les jours. Le vent coulis de la cheminée. La carcasse en bois qui craque et s'étire. Les quelques hululements nocturnes. Cette nuit, pour la première fois depuis bien longtemps, de nouveaux bruits ont envahi son monde.

Quatre jeunes.

Une fantôme. Une fripouille. Un bon gars. Un bon garde.

Peut-être que les accueillir était une tragique erreur. Maman leur aurait refusé l'hospitalité, même si c'est un devoir, en île de Gight, de loger celui qui n'a point de toit. Ordre du roi.

Mais Ursine a été si heureuse de remplir son monde de parole…

Cachée derrière les vieux rideaux en dentelle jaunie, le nez collé au carreau sale, elle les a observés attacher le bourricot à la grille, parlementer et s'enfoncer dans le cimetière. Au début, elle a pris peur. Elle est la seule âme qui vive dans ce hameau depuis des mois. Elle connaît les horaires de chaque passage, le nom de chaque visiteur. Elle connaît surtout le visage de l'abandon.

Quatre jeunes gens à cette heure, en ces lieux, sa solitude en a été toute perturbée. La normalité de son quotidien en a pris un coup. Le bon gars à la tignasse rouquine, elle a fini par le reconnaître. Il livrait du foin ici, il y a quelque temps, quand la vie habitait encore le village, qu'il y avait des bêtes, des hommes et des ventres à remplir.

Mais un garde royal ? Et une fantôme ? Et une fouinasse à l'air pas clair ? Voilà qui était plus étrange. Maman lui aurait dit d'être très prudente. Pourtant, Ursine n'a pas pu s'empêcher de se faufiler hors de chez elle, avec la discrétion relative que lui permet sa vieille carcasse.

Elle a l'avantage du terrain. Elle connaît les porches obscurs, les renfoncements de rues sombres, les portes cochères à écoutille. Le garde a tourné la tête vers elle, quelques fois, la perçant du bout de son heaume. Ursine s'est recroquevillée dans un coin, les dalles froides fichées dans son dos tout tassé. Son pauvre palpitant battait furieusement la mesure. Maman n'aurait pas été contente. Elle l'aurait sermonnée, c'est sûr, la traitant d'écervelée, de tête sans génie.

Mais, épousant les ombres noires de son village, elle était la spectatrice invisible de leur visite. Elle a esquivé chaque regard que le garde a jeté derrière son épaule. Son instinct ne le trompait pas, mais Ursine, maligne, s'est fondue dans les ténèbres.

Elle a observé ces jeunes. Elle était étonnée par leur souplesse, leur rapidité, la douceur de leur peau, l'éclat de leurs cheveux… ou de leur armure. Ses yeux pétillaient, s'accrochaient à chaque détail. Elle a redécouvert des couleurs oubliées, des sons méconnus, des sourires, des mots, dont elle avait perdu le souvenir. Elle ne se rappelait pas que les silences n'étaient pas toujours la mort de la parole, mais plutôt l'aveu des sentiments. Elle l'a perçu dans le regard de la brune vers l'armure. Dans les coups d'œil timides du rouquin vers l'immaculée.

Seulement, quand la main gantée a pointé vers le symbole adulé, son sang s'est figé dans ses veines. Elle en a oublié les ombres, la discrétion, elle a laissé le soleil la grignoter.

Ce n'est pas normal. Pas normal. Pas normal.

Personne ne s'est jamais intéressé au cimetière de son village.

Personne n'a jamais remarqué le triangle et la lune.

Personne ne s'est jamais faufilé entre les tombes comme à la recherche d'un trésor.

Ce n'est pas normal, pas normal, pas normal.

Ursine s'est agrippée aux multiples babioles, médaillons, ex-voto qui ornent son cou et est sortie tout entière des derniers filaments de pénombre dans lesquels elle s'était recroquevillée. Les quatre silhouettes se sont séparées et elle les a suivies. Elle savait où poser ses pieds malgré ses talons qui la faisaient souffrir, ses genoux qui grinçaient et ses hanches qui se déboîtaient. Ce cimetière, c'était sa vraie maison, son unique famille. Elle a appris où marcher pour ne pas réveiller les morts, pour respecter le repos éternel.

Elle a prié. Parlé à sa mère, les mots étouffés dans son double menton.

Du coin de l'œil, elle a vu l'âne se carapater. Tant pis pour lui, elle avait d'autres bourricots à fouetter.

Elle s'est collée au derrière de la petite teigne, qui s'est plantée un moment entre les tombes les plus disloquées de la nécropole. Ursine l'a observée arracher le lierre, caresser les noms, jusqu'à ce que l'esprit la rejoigne. Si elles étaient simplement venues trouver ces carottiers de Wickwood, alors tout allait bien. Elle s'est même autorisée à respirer un peu, à lâcher ses médaillons.

Et soudain, un cri a retenti depuis le cœur du cimetière, un prénom, un autre. *Ils se rapprochent. Ils se rapprochent. Pas normal. Pas normal.* Figée par ce corps qui l'a trahie une fois de plus, elle n'a pu qu'observer la morte et la vivante se précipiter vers l'âme de la nécropole, impuissante.

Car, toute sa vie, Ursine a surveillé, et pas agi. Subi et pas imposé. Alors, comme elle a toujours fait, elle ne fait rien. Elle laisse les quatre enfreindre son intimité, bafouer son honneur, violer les secrets qu'elle a si longtemps protégés.

☽☽☾☾

Ursine Ivel n'a jamais vécu ailleurs que dans ce hameau.

Comme sa mère avant elle, et sa mère avant elle. À quelques pauvres lieues de Harrow, à quelques lieues des misérables traîtres qu'elles ne peuvent approcher, tuer, torturer, martyriser. Ursine Ivel, comme toutes les Ivel avant elle, a été élevée dans la haine. Et dans l'attente. Dans l'espoir de voir revenir le corps d'un ancêtre. De retrouver la gloire dérobée.

Cachées dans ce petit bourg, à l'écart du temps et des gens, elles ont construit leur vie sur des légendes et des fantasmes.

Incapables de s'avouer que leur existence consistait à espérer, à veiller sur un cénotaphe qui semble devoir rester vide à jamais.

Deux-cent-trente-quatre ans d'attente, de mise en tombeau de leurs propres désirs. Elles sont toutes mortes avant même de naître, quand le cadavre de leur ancêtre, Eliphas Ivel, a disparu.

Ursine, comme sa mère avant elle, et sa mère avant elle, veille sur son ultime demeure. Même s'il n'a jamais pu y reposer, perdu dans les limbes. Elle est née pour attendre sa dépouille, sans jamais se demander si elle pouvait faire autre chose de sa vaine vie. Fuir ce hameau dépeuplé. Trouver de nouvelles espérances.

Sa mère l'a bercée en lui narrant l'intrépide passé d'Eliphas. Elle lui racontait, chaque soir, la légende de son ancêtre, la destinée somptueuse des Ivel, démembrée du jour au lendemain, arrachant tout espoir à Ursine.

Attendre le corps d'Eliphas pour renaître.

Ursine s'était jurée d'offrir ça à maman. Elle le lui a promis, une nuit, devant les quelques bûches qui alimentaient le feu. Ursine s'en souvient, elle lui a dit qu'elle retrouverait la dépouille d'Eliphas. Qu'elle retrouverait leur destinée volée, qu'elle réparerait toutes les fautes qui ont été commises. Elle a assuré que tout s'arrêterait avec elle. Maman lui a serré la main très fort, les larmes dans ses yeux scintillaient sous l'effet des flammes et de l'espoir regagné.

Et chaque jour, après ça, a été la mort de toutes ses promesses. Chaque échec éteignait un peu plus la lueur de vie dans le regard de maman. Jusqu'au jour où c'est maman qui est morte.

Plus rien n'a été pareil pour Ursine. La jeune ambitieuse s'est transformée en « vieille folle », « Ursine la timbrée ». Une chasseuse de chimères qui courait après l'irréalisable.

Maman morte, elle est restée seule avec un cercueil vide, et de nombreux autres bien trop remplis.

Elle attend désormais de les rejoindre en veillant sur eux, en ressassant cet engagement perdu fait à maman. Elle n'a plus qu'à protéger la dernière demeure d'Eliphas car, avec Ursine, le nom des Ivel disparaîtra de la surface du monde.

☽☽☾☾

Alors voir ces jeunots défigurer le cimetière, se rapprocher de l'âme des Ivel, l'a angoissée. Elle les a suivis entre les tombes, s'est faufilée parmi les ombres. Mais elle était lente, si lente, et eux sautaient, enjambaient, couraient.

Quand Ursine est arrivée au mausolée, devant sa maison familiale, ils étaient tous là. Ils inspectaient les statues, le marbre, le portique, le linteau. D'une main puissante, le garde a arraché le portillon, déformé le fer forgé. La vieille a étouffé un cri. Maman ne serait pas contente. Oh non, pas contente du tout. Ursine entretenait comme elle pouvait le caveau. Réparer le vitrail, ce puzzle de couleurs et de lumières, avait été un sacré défi. Redresser le métal, c'était impossible. Pas avec des bras en friche.

Ursine a prié pour qu'ils ne rentrent pas. Ils sont rentrés.

Elle a prié pour qu'ils ne trouvent pas la porte dérobée. Ils l'ont trouvée.

Elle aurait pu descendre, les assommer. Qu'en penserait maman ? Non, elle n'avait pas la force. L'humidité lui mordait déjà la peau, les muscles, les nerfs. Elle a resserré le fichu sur son crâne dégarni qui prenait froid. Les enfermer ? Les piéger ? Le garde aurait tôt fait de briser toute entrave, et sa nuque juste après.

Que ferait maman ?

Caressant les plaques de ses ancêtres, elle a presque entendu sa voix. Son ton résolu, tranchant, ses idées piquantes de haine contre le monde qui les a abandonnées. Non, elle ne pouvait pas laisser ces inconnus violer la terre des Ivel. Elle les a imaginés, dans la noirceur du tombeau d'Eliphas, toucher ce marbre pur, profaner ce sol consacré, cette terre d'attente. Alors quoi ?

Ursine a marmonné, tripoté ses ex-voto, convoqué ses aïeuls.

Ils étaient déjà là, pourtant, autour d'elle, derrière des plaques funéraires et dans sa tête.

Ursine Ivel a quatre-vingt-cinq ans et autant d'esprits qui la hantent, peut-être même plus.

Elle a passé sa vie à entretenir ces tombes, ces noms, à tirer le dernier fil qui les gardait sur terre : leur souvenir. Personne ne vient plus ici, les morts ont été oubliés. Ursine, elle, n'oublie pas.

Mais Ursine Ivel a quatre-vingt-cinq ans.

Elle ne contrôle plus bien sa vessie, ni le reste de son corps, sa tête est pleine de fantômes, son cœur palpite difficilement et ses espoirs se sont éteints. Trimballer sa carcasse jusqu'ici lui a demandé un effort terrible. Alors, quand elle a entendu les pas lourds, vigoureux, remonter depuis les entrailles de la terre, elle a fui, aussi rapidement que ses courtes jambes raides le lui permettaient. Car, à quatre-vingt-cinq ans, on a très vite peur. Il n'y a guère plus que la langue qui soit acérée.

Elle a guetté leur sortie, piégée dans l'obscurité offerte par un ange, ses chausses sur la pierre tombale d'un oublié. La nuit et le froid automnal les cueillaient. La merdeuse du groupe a inspiré profondément, a jeté un dernier coup d'œil en arrière et est partie à grandes enjambées. Le garde a scruté les ténèbres à la recherche d'un ennemi avant de suivre les autres.

Ce n'est que quand les échos de leur conversation houleuse ont disparu tout à fait qu'Ursine a osé abandonner la protection de la statue. Elle a pressé ses petits pas vers le mausolée, fait le deuil d'une grille en fer forgé centenaire dont la dépouille reposait à l'entrée. Une fois à l'intérieur, elle a inspecté, scruté. Là, il manquait un candélabre ! Oh, maman serait furieuse, ça c'est certain.

Elle a ouvert la porte dérobée, est descendue dans les ténèbres humides sans jamais trébucher. Elle connaît toutes les marches et toutes les aspérités. Elle ne craint plus cette obscurité épaisse depuis longtemps.

Elle a embrassé le marbre, l'a caressé, cajolé. Ses mots rassurants ont brisé le silence absolu des lieux et comblé le vide qu'a laissé ce deuil tragique dans sa famille. Une main sur ses vertèbres grimaçantes, elle s'est penchée. La cale ! Ces fricoteurs avaient découvert la petite planque astucieusement intégrée au cénotaphe. Pourtant, tout était intact, rien n'était volé, déplacé. Soulagée, elle a posé son front sur le tombeau, embrassé à nouveau la pierre avec dévotion.

Ursine avait déjà offert toutes ses larmes au monument, alors quand elle est remontée, ses yeux n'étaient rougis que par l'obscurité intense, le retour à la vie. Tout était revenu en ordre, tout allait bien. Maman serait contente de constater qu'elle a veillé sur le cénotaphe, qu'elle était prête à tout pour éloigner ces curieux, finalement bien inoffensifs.

En pleine conversation avec ses propres fantômes, elle ne les a pas vus discuter à l'entrée du cimetière. Ursine avait trop de voix sous son crâne pour entendre celle des autres.

Tout était redevenu normal. *Normal. Normal.*

Oh, sauf ça ! Elle a remarqué du coin de l'œil une pleureuse de pierre… qui avait perdu la tête. Cette dernière était tombée, décrépie, et avait enfoncé la tombe qu'elle protégeait. Avec quelques années de moins, Ursine aurait peut-être aidé la décapitée, mais elle n'avait plus la force. Elle a soupiré en cueillant les quelques pissenlits qui décoraient la sépulture. Chaque fleur atterrissait au fond de sa poche et finirait dans sa soupe. Maman aimait tellement ça. Elle ramassait les feuilles vertes à l'aube, les plongeait dans l'eau bien fraîche du puits et les coupait pour les faire cuire. Elle rajoutait une patate, quand ce trésor poussait encore dans les champs, et arrosait le tout qu'elle oubliait sur la marmite. Ursine n'est pas si bonne cuisinière que maman, mais sa soupe a assez de goût pour contenter son palais en carton et assez de richesse pour remplir l'estomac. Elle n'en demande pas plus.

Parce que, comme disait maman, ce qui rend un plat savoureux, c'est surtout…

– Rumph !

Un grognement sourd l'a fait sursauter. Son derrière a atterri sur un tombeau assez haut pour amortir sa chute. Le quatuor n'était pas parti.

Et là, elle a retrouvé un bonheur oublié : la conversation. Parler avec des gens capables de lui répondre, de réagir, de s'enthousiasmer. Allegra lui a rappelé une joie qu'elle pensait perdue. Elles ont discuté, et Ursine a lâché tous les mots qui sommeillaient en elle depuis si longtemps. La brune, la petite fouine, ne lui est pas revenue, et le garçon était trop sonné par la fuite de son âne pour alimenter le dialogue.

Puis, au milieu de ce bonheur retrouvé, la mention du mausolée.

Ursine a bougonné, tempêté, grommelé. Ils n'étaient donc pas tombés dessus par hasard ? Ils ne l'avaient pas visité parce qu'il était, de loin, le plus beau caveau de toute la contrée ?

Ils n'étaient pas de simples curieux ? Le regard tranchant de la merdeuse lui a hérissé les poils. La vieille a admiré son précieux médaillon, la seule richesse de sa famille, de sa maison, tout ce qu'il leur restait d'Eliphas. Chaque coup d'œil la rassurait, lui donnait un peu de courage.

Assez pour les mettre tous dehors et récupérer le silence confortable qu'elle avait toujours connu.

Allongée dans son lit, à attendre que son corps lui obéisse, daigne se mouvoir, elle se demande si elle n'a pas été imprudente. Non, pas inconsciente, maman. Juste curieuse. L'excitation enfantine de rencontrer de nouvelles personnes. De retrouver l'usage de la parole. Non, maman, parler à un esprit, ce n'est pas pareil. Rien n'est plus pareil.

Mais depuis hier soir, depuis cette question sur le mausolée, elle n'arrive pas à arracher le doute qui épouse sa peau. Une peur diffuse irradie son ventre.

Un garde, une fantôme, un paysan et une fripouille, c'est le début d'une très mauvaise blague.

L'angoisse lui donne assez de force pour décoller sa carcasse du lit. Un jour, elle le sait, bientôt même, elle restera là à jamais. Et tout le monde l'aura oubliée, au point qu'elle ne pourra jamais rejoindre le tombeau sur lequel elle a tant veillé et où l'attend sa famille. Mais pas tout de suite.

L'aube menace à peine de déchirer la nuit opaque. Elle enfile une couverture élimée sur ses épaules secouées par le froid. Elle a trop marché la veille et ses vieux os le lui font douloureusement savoir. Chaque mouvement lui arrache une grimace. Non, ce n'est pas ça. Enfin, si, en partie, mais il y a autre chose.

Assise sur son sommier flasque, la main sur son ventre flasque, elle ferme les yeux. Il y a un vide. Oui, maman, un vide terrible, affreux, qui aspire tout en elle. Elle en a connu des peurs, dans sa vie, mais pas de ce genre-là. Pas qui dévore tout et fait renaître la haine dans son sillage.

Elle se lève, la douleur inscrite sur son visage, prête à chasser tant bien que mal l'effroi qui la saisit. Et puis, tout d'un coup, elle comprend.

Ursine a circulé des centaines de fois devant cette petite étagère, seul luxe de sa bicoque. Tout est utile ici, sauf ce meuble. Il ne sert qu'à exposer son passé, l'avenir qu'elle aurait pu avoir. Dès qu'elle le peut, elle contemple le médaillon, se redonne du courage, retrouve une raison de parcourir le cimetière, d'embrasser des noms d'ancêtres inconnus. Elle se rappelle à quoi elle a destiné sa vie, à quel saint elle se voue.

Alors, aujourd'hui, comme les autres jours, son regard cherche l'éclat doré, pour bien commencer sa journée. Il n'y a plus rien. Le petit coffret en acajou est vide.

L'angoisse revigore ses jambes et la voilà qui clampine jusqu'à sa porte d'entrée. Elle l'ouvre à la volée, déchire le silence qui enveloppe normalement ses matinées. Ursine parcourt les quelques mètres qui la mènent jusqu'à l'étable abandonnée, pousse les deux battants en bois vermoulu. Rien. Il n'y a plus rien. Ni personne.

Pas de fripouille, pas de fantôme, pas de paysan, pas de garde.

Et pas de médaillon.

La rage l'étouffe. Maman possédait cette haine et Ursine a souvent essayé de la faire sienne. Trait de caractère des Ivel. En vain. Et enfin, la voilà, cette fureur qu'elle attendait tant.

À quatre-vingt-cinq ans, l'existence d'Ursine Ivel commence pour de bon.

Elle rebrousse chemin, enfile des braies, son fichu, embrasse chaque ex-voto qui lui enserre le cou et prépare un baluchon de voyage. Ursine, qui n'a jamais quitté ce hameau où elle est née, qui pensait y mourir, s'en va. Le creux dans ses entrailles lui crie une direction, lui indique la route. Alors, même si ses jambes menacent de s'effondrer, elle part à la recherche de son médaillon, dernier trésor de sa famille.

Chapitre 9
Fantasme de nuits adolescentes

Raph pensait avoir tout vu. Tout connaître. Du haut de ses vingt-neuf ans, fier de son statut de chef de garde et de soldat émérite, il a tranché, découpé, assassiné, égorgé, éventré, saigné, étripé. L'île de Gight n'a plus de secret pour lui. L'existence non plus. Et pourtant, depuis deux jours, toutes ses certitudes sont ébranlées par la curiosité d'une voleuse et la joie de vivre d'une morte.

Il sent les regards ombrageux de Médora, les coups d'œil plus discrets d'Allegra. Comme tant d'autres, elles veulent voir par-delà son armure, saisir son âme derrière le métal. Elles croient qu'il se cache sous son heaume alors que c'est, au contraire, sa seule manière d'exister.

Pour honorer son roi, Raph ignore la suspicion apeurée et l'intérêt insistant. Il accepte les frasques des sœurs Wickwood, pour le bien de sa mission. Mais il a suffi que Médora échappe à son contrôle une seconde pour que tout dégénère.

Après un repas ascétique, la conversation a viré à l'acide.

Désormais congédiés, ils s'entassent dans la grange miteuse de la vieille Ursine. Les lieux n'accueillent ni chevaux ni bêtes ni foin depuis longtemps. Raph, pétri d'habitude, fait le tour du propriétaire, une main sur son épée. Avec affection, il caresse la tête de serpent qui orne le pommeau. Médora se tient dans son dos. Ça devrait l'inquiéter.

À vrai dire, tout l'inquiète chez Médora Wickwood.

La perspicacité derrière ses grands yeux gris, l'agilité de ses doigts rapides, la discrétion de ses pas, son attirance pour les ennuis, son désintérêt pour leur mission.

Ignorant les murmures entre Cornélius et Allegra, elle s'est recroquevillée dans un coin, la tête appuyée contre son sac. La respiration du paysan s'alourdit peu à peu, la spectre mime un sommeil sans rêves. Raph, lui, ne quitte pas Médora des yeux. Des spasmes l'électrisent, étirent ses vertèbres, distendent son corps entier comme un ressort. Les poings serrés contre son ventre, elle étouffe autant que possible ces mouvements erratiques.

Deux pas et la main gantée de Raph saisit le poignet de Médora. Elle se retourne, le regard plein d'une terreur qu'il ne lui connaît pas. Son air de défi permanent s'efface à chaque nouvelle secousse. La poigne ferme de Raph force les doigts de la voleuse à se relâcher, les uns après les autres. Et au creux de sa paume, il découvre un médaillon qu'il reconnaît aussitôt, il l'a repéré chez Ursine. Unique trésor au milieu d'un dénuement total, on ne voyait que lui. Bien sûr que Médora l'a remarqué et dérobé.

Seulement, dès que la main de la jeune femme s'ouvre, le bijou s'échappe. Il file, ne laissant qu'un sillon dans la terre poussiéreuse de l'étable.

– Idiot ! hurle la plus peste des Wickwood.

Elle se libère violemment et ignore le craquement funeste de ses os. Elle se précipite vers le médaillon. Raph a tout juste le temps de pousser les battants en bois de la porte qu'il voit Médora se jeter sur le collier. Alertés par les cris, Allegra et

Cornélius les rejoignent dans la nuit, spectateurs de la drôle de danse de la voleuse. Elle se contorsionne, crispée, avant d'emprisonner le talisman entre ses mains.

– Mais… enfin, pourquoi te traînes-tu, Meddie ? demande Allegra, perturbée à l'idée que la mise de sa sœur soit souillée par le sol poussiéreux.

– Rien… rien du tout, grogne la brune sous l'effort.

C'est Cornélius qui remarque alors l'objet et soulage le mutisme de Raph.

– Oh non, Meddie, reprend la spectre, ne me dis pas que tu as dérobé quelque chose à cette pauvre dame qui a eu la bonté de nous accueillir ?

– Je n'ai pas… oui, soit, je l'ai volé. Mais tu seras contente quand tu verras que…

– Contente ? s'étrangle Allegra. Tu ne crois pas que les Wickwood valent mieux que tes larcins ? Quelle image donnes-tu de notre famille, Meddie ? Dame Ursine a eu la gentillesse de…

– La gentillesse de quoi ? la coupe sèchement Médora. De nous accueillir ? C'est une obligation de ce fichu pays, une *loi,* presque, Allie. Et, dès qu'elle a pu, dès que tu as osé poser une question qui la dérangeait, elle nous a foutus dehors, dans cette étable percée aux quatre vents. Elle est louche, ta vieille ! Arrête de voir le bien partout.

– Elle n'est pas louche !

Avec autorité, Raph se saisit fermement du médaillon qui se débat dans les mains de Médora. Accaparée par sa dispute, elle se contente simplement de jeter au garde un regard noir qui transperce son heaume. Ses yeux gris sont aussi menaçants qu'une nuit d'orage, il doit bien lui reconnaître ça.

Laissant les sœurs à leur querelle, il s'éloigne un peu avec la prise de la voleuse, intrigué. Contenant à grand-peine les convulsions, il entreprend de l'examiner à la lueur d'une lune voilée. Il menotte la chaîne du bijou autour de son poignet pour le tourner et le retourner, sans craindre de le voir s'enfuir dans les ténèbres.

Cornélius se penche par-dessus son épaule alors que Raph observe le pendentif doré. C'est un trésor pour Ursine, ce serait une camelote pour la famille royale. Le métal est griffé par les cajoleries répétées. Des doigts dévots ont trop souvent caressé le pourtour en or, le cœur noir est constellé et le médaillon porte la trace de toute cette ferveur. Raph tente de percer l'obscurité opaque du centre du talisman, en vain. Seulement, quand il retourne le sautoir, le triangle couronné d'une lune se devine à peine.

– Oh, ben ça alors, murmure Cornélius. Pour une coïncidence, c'est une coïncidence…

Et Raph ne croit pas aux coïncidences. Ni au hasard ni aux prophéties ni à l'occultisme, pour ce que ça vaut. Sa main lutte pour maintenir le collier au creux de sa paume, son esprit rationnel lutte pour accepter l'idée qu'il se bat contre un bijou. Il a vu, en deux jours, des choses qu'il pensait impossibles. Des contes de grands-mères ont pris vie sous ses yeux.

Une fantôme affable et mondaine.

Un livre qui perd ses mots comme une rose ses pétales.

Un médaillon qui a la vigueur d'un jeune drille…

À force de fixer le pendentif, sa chaîne épaisse et son cœur d'encre, Raph remarque que les mouvements ne sont pas si erratiques. Le bijou ne s'excite pas comme un poulet sans tête, mais comme une boussole obsédée par le nord. Raph emprunte la direction opposée au sautoir qui tire encore plus fermement sur le lien. Sans armure, la peau du garde serait garrottée. Grâce à un demi-tour sur lui-même, il décide de suivre le sens du médaillon qui se relâche légèrement dans son gant, rassuré.

La danse magnétique du talisman l'hypnotise à tel point qu'il n'a pas entendu la fin de la querelle entre les deux sœurs. À voir l'air renfrogné qui a remplacé l'éternel enthousiasme d'Allegra, Raph a une idée assez claire de l'issue de leur dispute.

Cornélius, en homme providentiel, devient son banneret, pose les mots sur son silence.

– Le médaillon indique une direction ! s'emballe-t-il.

– Une direction ? questionne Médora en arrachant presque le bijou des mains de Raph.

Elle répète la même chorégraphie que le garde et ses sourcils se relèvent, sous le coup de l'étonnement.

– Il faut le suivre ! s'exclame-t-elle en se précipitant déjà vers la route.

Allegra tempête, le vent qu'elle projette soulève la poussière sur son chemin et elle se plante devant sa sœur. L'air autour d'elle crépite.

– Hors de question ! Tu as *dérobé* ce médaillon, nous allons le remettre à sa place.

– C'est notre seule piste, Allie. Qu'est-ce qu'on a à part un tombeau sans macchabée, un livre sans mots et une quête sans espoir ? On a que cinq lunes avant que le roi ne nous… cinq lunes. Tu as une meilleure idée ?

Cornélius et Raph restent prudemment en arrière. Si le paysan est un habitué des tempêtes wickwoodiennes, le garde les découvre et les redoute de plus en plus. L'obstination de la vivante, la pudibonderie de la seconde leur font perdre un temps précieux.

Car, en partant, Raph n'a pas loupé le regard d'Aloysius l'Attendu. Amoureusement lové dans les bras de Victurnien, à l'abri des regards d'un peuple qui pourrait s'offusquer de leur proximité, le roi s'est bien fait comprendre. Les Wickwood ne sont plus qu'un nom qu'il se fera un plaisir de rayer de la carte si la prophétie ne lui est pas livrée. Si elle ne lui plaît pas, idem. En cas d'échec, Raph aura une gorge à trancher et un cercueil à refermer.

Et Raph apprécie Allegra Wickwood. Elle mérite de garder son nom encore quelque temps. Quant à l'autre, elle les devancera tous aux Enfers, de toute façon...

Alors, interrompant une querelle vaine et un début de migraine, il se saisit du médaillon, le tient fermement dans le creux de sa main et s'élance vers son cheval pour suivre la direction du cœur noir cerclé d'or. Son valeureux Prestige, toujours attaché aux grilles du cimetière, l'attend en martelant le sol de ses sabots.

– Je crois que le tas de ferraille a choisi pour nous, lance Médora derrière lui, avec un sourire dans la voix.

Raph grogne. Il ne fait pas ça pour elle. Même pas pour Allegra. Il le fait surtout parce que le monarque lui en a donné l'ordre, parce qu'il lui a dit que le royaume qu'il protégeait depuis des années menaçait de s'effondrer sans les mots du *Livre des Mondes Obscurs*.

Avant tout, Raph est fidèle à Gight, qu'il défend du bout de son épée depuis treize ans.

Si Aloysius l'Attendu lui enjoint de chercher des mots perdus pour comprendre une prophétie centenaire, Raph s'exécute. Mais la magie, non. L'occultisme, non. Il n'accepte même pas de croire à un médaillon hanté alors qu'il en tient un dans la main. Le monde est fait de règles, de sciences et de formules.

Médora se presse de le rejoindre, les yeux rivés sur le bien qu'elle a volé comme si c'était le sien. Elle ne lâche plus le garde, manque de tomber à la moindre racine. Allegra, derrière eux, convoque un vent invisible.

– Faites-moi la promesse que nous rendrons le médaillon à Dame Ursine à la fin de notre quête. La pauvre a été si gentille, nous ne…

– Oui, Allie. On rendra le bijou à la vieille, te bile pas.

– Je ne me… Rah, Meddie, tu es une vraie peste quand tu veux !

Raph retient un éclat de rire. La brune jette vers lui un regard suspicieux et il est obligé de se mordre la langue et d'avancer sans un bruit. Bien trop de fois, la voleuse a tourné la tête vers lui. Et, il doit bien l'admettre, il a peur de Médora Wickwood. Elle pourrait être celle qui mettra fin à tous ses rêves.

Voilà donc comment un paysan, un fantôme, une voleuse et un garde se retrouvent à déambuler dans la nuit noire et silencieuse d'une campagne abandonnée. À cause de la vision gênée par son heaume, c'est Allegra qui devient rapidement leur guide nocturne. Survolant les obstacles, elle leur indique chaque racine traitresse, chaque crevasse fourbe et chaque branche sournoise qui menace de les faire tomber ou de les gifler.

Cornélius ferme la marche, traînant Prestige derrière lui.

Interrompant le monologue de sa sœur, Médora ne peut contenir son reproche plus longtemps.

– Tu m'as pété le poignet…, peste-t-elle en serrant délicatement sa blessure.

Le garde se retient de regarder, de grogner. Ne pas parler à Médora, ne pas réagir, c'est la meilleure manière de dissiper ses soupçons. Qu'elle continue de penser qu'il n'est qu'un sac à rouille. Mieux vaut l'inquiéter que l'intriguer.

– Tu pourrais au moins t'excuser, crache Médora qui trébuche sur une souche que sa sœur a manqué de leur signaler.

Par réflexe, Raph brise son propre serment et la retient avant qu'elle ne s'affale dans la boue visqueuse du sous-bois. Médora le jauge encore du regard, ignorant les obstacles qui se glissent sous ses bottines.

Maudite voleuse trop curieuse, tempête Raph, accélérant le pas pour détourner son attention.

– Où sommes-nous ? demande alors Cornélius, décidément homme providentiel en tous points.

– Dans le village de Willow ? propose Allegra.

– Rumph, grogne Raph pour démentir.

Il a parcouru tous les recoins de Gight. Il reconnaît ce sous-bois. Hemlock, aux alentours de Bennett et sa forêt de Rochdead. Il y a égorgé un seigneur trop sécessionniste pour le compte de l'Ancien Roi. Il ferme les yeux, laisse les ombres pensives glisser le long de son armure.

Les Wickwood ignorent probablement tout de cette campagne, de leur province. Recluses à Harrow, elles ne doivent connaître de Gight qu'une vieille carte désuète piquetée de mouillures. Ils se dirigent droit vers le nord-est, si Raph se fie à son compas intérieur. Depuis la mort de Lord Hemlock, le village est désert et on raconte que la région est hantée par son ancien baron.

Deux, trois lunes plus tôt, Raph aurait haussé les épaules avec mépris. Maintenant, il croit presque reconnaître le murmure accusateur de sa victime au milieu des bruissements de feuilles. Le bois semble habité par les esprits qu'il a envoyés dans l'autre monde. Dans cet au-delà qu'il refuse d'imaginer.

La forêt est noire, les pins si hauts qu'il forment un plafond impénétrable. La mousse assourdit leurs pas et, à travers les squelettes ténébreux des troncs, ils n'entendent rien que la vie d'un fourré qui retient son souffle à leur passage.

Garde. C'était son seul rêve, enfant. Même quand on lui répétait que ce n'était pas possible, pas pour quelqu'un comme lui. Alors qu'il aurait dû rêver du rôle de princesse, apprendre à broder, à tenir un foyer, il se battait contre les épouvantails dans le champ de son père, il transperçait les bottes de foin à coup de bâtons pointus. Il portait fièrement un seau sur la tête comme le heaume des chevaliers qu'il voyait parfois passer devant chez eux.

Chevalier. Garde. Être au service du roi, de la patrie entière.

Il a réussi là où tout le monde le condamnait. Les livres qu'il lisait enfant lui ont appris que gagner des combats, remporter des guerres et mener des assauts, est l'apanage de ceux qu'on dit « hommes ». Pourtant, il a réussi là où tout le monde le condamnait. Il doit sa vie à son armure. C'est grâce à elle qu'il a pu réaliser son rêve, qu'il est devenu celui qu'il a toujours été. Il n'a eu qu'à sacrifier sa voix.

Au cœur d'un château comme au cœur des batailles, point d'honneur ou de fierté. Que la mort, et le sang, et la violence. Le héros n'est pas celui qui sauve, il est celui qui tue. C'est contraire à tous ses idéaux, pourtant Raph y excelle.

Et le voilà encore debout, un médaillon à la main, empêtré dans ses souvenirs comme dans les racines qui lui bouffent les pieds.

– On peut faire une pause ? J'en peux plus, hoquette Médora en tenant son poignet.

– Depuis combien de temps marchons-nous ? demande Allegra.

– J'dirais trois bonnes heures à en juger par la lune qu'est plus si haute, répond aussitôt Cornélius. On s'dirige vers le nord-est, on vient de passer la forêt et je crois pas qu'il y ait d'au-autres habitations dans le coin.

Formol soit loué pour ce paysan à l'œil affûté et au sens de l'orientation inespéré. Derrière ses airs bourrus, sa timidité qui entrave sa diction, il a des qualités qui n'auraient pas démérité dans la garde royale. Fin limier, il reconnaît son environnement, s'adapte, se repère, réagit. Surtout, il parle là où Raph garde le silence et leur fait gagner un temps précieux.

Car du temps, ils en manquent, et cette pause est un luxe.

– Tourne-le encore un peu, s'il te plaît, demande Allegra, penchée sur l'articulation de sa sœur. Mmmh, rien qu'une petite entorse...

– Une *petite* entorse ? s'étrangle Médora. C'est cette brute qui m'a fait ça !

Son regard-tempête foudroie Raph qui l'ignore superbement.

– Il te faudrait un cataplasme d'argile et de consoude, continue Allegra. Tu as de la chance, cette plante adore l'humidité et les sous-bois, on devrait en trouver. Et tu as de l'argile dans ton sac.

– Évidemment que j'ai de l'argile dans mon sac, quelle surprise.

La voleuse râle, mais d'une main elle s'empresse d'ouvrir les attaches. Allegra s'éloigne d'un coup de vent, à la recherche de l'herbe médicinale. Cornélius en profite pour s'asseoir, il s'abreuve auprès d'une mare. Perturbant insectes, libellules endormies et lucioles fêtardes, avec la voleuse, ils admirent le spectacle jusqu'à ce qu'Allegra les interrompe. Deux minutes plus tard, elle donne toutes les instructions à Médora qui applique un emplâtre salvateur sur son entorse.

Raph espère que ça suffira à la calmer. Sinon, la prochaine fois, c'est sa gorge qu'il risque de vouloir tordre.

Attentif, il laisse les trois autres se reposer, profiter de l'air frais de la nuit et des tapages des animaux. Lui reste à l'affût. Derrière les bruissements d'ailes des chauves-souris, les hululements des chouettes, les cris paniqués des petites proies, il y a autre chose.

– C'est encore loin ? Montre-moi le médaillon, tas de ferraille !

Raph resserre la prise autour du sautoir et lui commande de garder le silence d'un signe du doigt. Alors que la voleuse s'apprête à protester, Cornélius lui plaque une main sur la bouche. Lui aussi a entendu un bruissement, l'annonce d'une menace incertaine.

Choquée par le contact de la paume calleuse sur ses lèvres, Médora se tait enfin. Tend l'oreille. La stupeur laisse place à l'urgence et le paysan libère son bâillon sans crainte. La mâchoire ouverte de la voleuse s'est figée, dans l'attente.

Cornélius indique discrètement à Raph une ombre à l'orée des bois. À l'opposé du bruissement. Surpris, le garde se retourne. Prestige, librement occupé à paître, se sauve. Raph remarque sa crinière éclatante qui ondule un moment dans la nuit avant de s'évanouir totalement. Son cheval n'est plus là. Son seul ami, son seul repère, son fidèle compagnon de bataille a fui. Lui qui était à ses côtés au milieu des assauts, des gerbes de sang, a filé face à cette menace invisible.

Pour la première fois depuis des années, une vive angoisse enchâsse les entrailles de Raph. Et il adore ce sentiment. C'est la vie qui surgit, qui se rappelle à lui. Sous son heaume, le garde sourit. Ça aussi, ça fait longtemps que ce n'était pas arrivé.

À l'abri des bosquets en face de lui se terre peut-être enfin ce monstre dont il a toujours rêvé, fantasme de ses nuits adolescentes. Un méchant de livre. Un adversaire héroïque.

Il emprisonne le sautoir autour de son cou, sous l'armure. Manquant de l'étouffer dès qu'il se tourne dans la mauvaise direction, le médaillon tinte contre le métal. *Pour la discrétion*, pense Raph, *on repassera*.

– Je… je vais aller voir, murmure Allegra d'une voix mal assurée.

– Hors de question ! aboie Médora. Tu restes ici, c'est le rôle du sac à rouille !

Derrière la violence des mots, le garde entend la peur, l'amour. La voleuse le matraque du regard. Elle sait qu'il n'est pas là pour les protéger, plutôt pour les éliminer si elles échouent, mais elle joue la comédie pour sa sœur.

La spectre mime un sourire peu convaincant.

– Comme tu me le répètes sans cesse, j'ai déjà succombé à la Faucheuse, n'est-ce pas ? Et qu'arrivera-t-il si Monsieur Raph perd la vie ? Nous serons blâmées. Non, il vaut mieux que j'y aille. Restez ici.

Avant que Médora ne puisse l'en empêcher, elle s'envole sans bruit. Raph s'accroupit à côté de Cornélius et la voleuse, une main sur la tête de son serpent. Sous les rayons laiteux de la lune, on devine à peine la silhouette éthérée d'Allegra. Les lucioles n'interrompent pas leurs danses folles, la surface de la mare qu'elle effleure ne se trouble pas.

L'attente devient irrespirable. Même à travers son heaume, Raph a le sentiment que des bêtes d'eau lui courent sur le visage. Impossible de relever la visière, de les dégager d'un coup de main. Il se concentre sur le poids du médaillon, presque immobile contre son torse, sur son épée et sur le moindre bruit qui lui parvient.

Quand Allegra revient, Médora l'enveloppe d'un regard inquiet.

– Je… je… bafouille la spectre.

Le teint de la fantôme semble plus blême encore. Elle jette des coups d'œil angoissés au bosquet, de l'autre côté de la mare.

– Il y a un truc qui arrive… Je… J'ignore ce que c'est. Mais je suis presque sûre que c'est… c'est un monstre !

Chapitre 10
Couple malsain au cœur des ténèbres

– C'est… c'est un monstre !

Une fois le mot prononcé, c'est comme si les lucioles elles-mêmes s'arrêtaient de virevolter. « Un monstre. » Raph a rêvé d'entendre ces mots depuis qu'il est gosse. Il a parcouru tout Gight, sans jamais être le héros qu'il souhaitait être, et ça arrive maintenant, accompagné par un paysan, une fantôme et une voleuse ? C'est impossible.

Il fracasse son fantasme à coup de rationalité. Si des créatures habitaient sur l'île de Gight, il en aurait vu. Elles n'existent que dans ses songes d'enfant.

– Un mon-monstre ? panique Cornélius.

– Oui. Un monstre.

Face au silence consterné, Allegra comprend que ce seul mot ne suffira pas. Ils ont besoin d'en entendre une centaine d'autres, de savoir si leur imagination est allée trop loin. Alors, elle le décrit et efface les ailes qu'ils visualisaient, les crocs immenses, les griffes acérées.

– Il… ça ressemble à un cheval. Oui, c'est cela. Mais… fait d'eau ? une sorte d'écume, qui surgit de partout et ses côtes… ses côtes sont visibles. Et à travers, je ne voyais rien d'autre que du… vide.

Raph grogne. Un cheval monstrueux ? Allegra a dû se méprendre. Est-ce qu'une spectre peut être fatiguée ? Voilà qui expliquerait sa vision apocalyptique.

– Il… il se rapproche, frémit la jeune femme qui lévite légèrement, le nez dans les roseaux.

Cornélius a abandonné son angoisse au milieu des galets. Il déchire un bout de sa chemise et en fait un lance-pierres artisanal avant de se saisir des cailloux qui crissent sous ses godillots. Raph a envie de rire. On est loin du professionnalisme de la garde. Et tout ça pour un cheval qui s'est sans doute simplement perdu.

Il se décide quand même à tirer son épée. L'éclat de la lame étincelle un moment sous les rayons de la lune. Il adore cette sensation, ce ferraillement particulier, comme un appel à la bataille. Cornélius admire l'arme un instant, serrant piteusement son bout de chemise dans sa main.

Raph le désigne de l'index, indique une direction et reproduit la même chose sur lui en pointant la rive opposée. Il n'a jamais eu besoin de mots pour mener des bataillons. Deux doigts suffisent à gouverner des hommes.

Cornélius le comprend instinctivement, approuve d'un signe de tête et se faufile dans les roselières. Raph l'apprécie vraiment. Il écoute presque mieux que les pauvres gars qui atterrissent dans ses rangs, bouches de trop à nourrir pour des familles nombreuses, et qui n'ont jamais voulu voir d'autres champs que ceux de blé. Au milieu des batailles, ils finissent souvent par se pisser dessus avant de pisser le sang. C'est la partie que Raph déteste le plus : compter ses morts, évaluer son échec.

Derrière lui, interrompant leurs manœuvres taciturnes, les Wickwood. Décidément allergique au silence, Allegra tente de convaincre Médora de les laisser s'occuper du danger. Cette dernière tempête et râle, pour changer.

– Il est hors de question que tu me relègues au rôle de demoiselle en péril. J'y vais aussi.

– Meddie, tu n'as pas vu ce... ce... cette bête ! C'est un monstre ! À quoi penses-tu ? Chasser les rats de la maison ne fait pas de toi une guerrière.

– Ah, parce que Cornélius, lui, il peut y aller ? Tu ne l'en empêches pas ?

– Mais Cornélius est un garçon, Meddie, il peut...

– Oh, je te déconseille de terminer cette phrase.

La menace est claire. Raph, pour une fois, comprend la rage qui vient de sourdre de sa gorge comme la lave d'un volcan. Allegra est courageuse, ou inconsciente, de dire à sa sœur de quoi elle est capable. Peinée, la spectre se tortille sur elle-même, créant des gerbes d'air.

– Je... Pardonne-moi, Meddie, ce n'est pas ce que je voulais dire, tu le sais bien. Je m'inquiète simplement pour toi.

Médora marmonne des mots inintelligibles en laissant lourdement tomber le sac qui lui martyrise les épaules. Même si Raph entend très nettement un bruit de verre brisé, Allegra s'abstient du moindre commentaire. La voleuse farfouille, sort un bric-à-brac auquel Raph serait bien en peine de donner un nom et finit par trouver un objet étrange, qu'elle brandit comme une arme. Le manche doré représente des nuages vaporeux qui s'enlacent avant de s'évaser en robe irisée. La chape est divinement ouvragée de sigils mystérieux, supposés convoquer une entité céleste. Le battant vient taper contre la nacre avec un son surnaturel. Le rire de Formol ne doit pas ressembler à autre chose que le bruit délicieux de ce carillon.

– Meddie, non, pas la Cloche sacrée des Brumes, elle est précieuse !

– Ma vie aussi est précieuse, grogne la voleuse en arrachant le maillet qu'elle jette par terre.

Elle referme le sac et l'endosse avec une grimace de douleur à peine contenue. La Cloche repose dans sa main, éternellement muette, sacrément mortelle.

– Allez, tas de ferraille, on y va !

Le garde leur intime de se taire, un doigt sur le métal froid de son heaume. Médora ignore son geste et le devance sur le chemin. Fichue peste ! Raph bouillonne, mais parvient à imposer une marche silencieuse et à prendre la tête de leur petite expédition.

Cornélius les rejoint, les phalanges blanchies autour de son lance-pierres.

– Je n'ai rien trouvé, murmure-t-il à Raph. Pas de trace, aucune empreinte, pas un seul roseau cassé. Si c'était bien un cheval, on pourrait forcément sui-suivre son passage !

– Enfin, je sais ce que j'ai vu ! s'agace Allegra.

Le garde la calme d'un geste. À chaque coup d'humeur de la spectre, l'air s'empresse de fouetter tout ce qu'il y a autour d'elle. Il ignore si c'est normal, mais ça risque d'attirer l'attention sur eux.

Raph reprend le tour de la mare, l'épée en main. Il inspecte le sol, relevant discrètement le bord de sa visière. Mais il n'y a que les godillots épais de Cornélius, aucune autre marque. Il se redresse, rien. Pas de cheval, pas de menace. C'est là qu'il note l'étrange au milieu de la banalité. Des flaques, partout. Il y trempe le bout de son gantelet, Cornélius à ses côtés.

Peu farouche, le paysan porte carrément son doigt à sa bouche après l'avoir immergé à son tour.

– De l'eau sa-salée…, souffle-t-il.

De l'eau salée, en pleine région marécageuse, c'est une première. Sa rationalité se débat, s'agite, en vain. Raph reste planté là, laissant le sel ronger le métal de ses solerets comme les doutes rongent ses certitudes.

– Me… Meddie ?

D'instinct, Raph pense : « quoi, encore ? », mais la force de la bourrasque créée par Allegra l'inquiète. Autour d'eux, les roseaux se penchent dans des positions absurdes. Même avec sa visière, le garde a du mal à garder les yeux ouverts.

– MEDDIE ? hurle maintenant Allegra en abandonnant Cornélius et Raph au milieu des flaques.

La voleuse a disparu. La spectre s'évanouit dans la forêt à sa recherche.

Même si le médaillon proteste contre l'armure, Raph leur emboîte le pas, suivi de Cornélius. Ils repèrent les empreintes de Médora. Fines, légères, elles se fondent dans celles du garde et du paysan un moment… avant de repartir en sens inverse. Elles s'enfoncent dans l'orée du bois, tournent sur elles-mêmes, tâtonnent, reviennent vers le groupe, puis finalement plongent au cœur de la sylve.

Nez collés à la terre, Cornélius et Raph suivent sans hésitation le chemin tout tracé par Médora. Allegra les rejoint, les yeux lourds de larmes qui ne couleront jamais.

– Je ne la trouve pas… Je ne l'entends pas… Où est-elle ?

Raph pose un index sur ses lèvres et Cornélius tente de la rassurer à coups de paroles maladroites. Le garde poursuit sa quête jusqu'à ce qu'un éclat de rire déchire l'air. Allegra s'élance et, par réflexe, Raph essaye de la retenir. Sa main s'enfonce dans la silhouette éthérée. Ses doigts gèlent malgré l'armure, se teintent de gris cendre. Il a l'impression que la mort s'invite dans ses os. Sa respiration se glace dans ses poumons.

Ce qui a le mérite d'interpeler Allegra, choquée. Le garde s'excuse à coups de gestes maladroits, aussi pataud que Cornélius. Comment lui faire comprendre que le mieux est la prudence ? Qu'ils ignorent ce qui les attend au cœur des conifères ? Pourtant, il y parvient, car la spectre approuve doucement et imite leur démarche silencieuse.

Il ne faut qu'une trentaine de pas pour retrouver Médora. À l'air lourd qui lui colle à l'armure, Raph sait qu'Allegra se retient pour ne pas lui foncer dessus.

La voleuse n'est pas seule.

Acculée contre le tronc rugueux d'un arbre, une silhouette épouse la sienne, la plaque contre le pin. Pendant un instant, Raph croit interrompre une rencontre amoureuse. Deux amants dans le secret d'une forêt, ce n'est pas une première. L'homme est beau, c'est indéniable. Même si on le devine à peine au milieu des ténèbres, même s'il tourne le dos au groupe.

Ses cheveux longs ondulent et caressent sa nuque. Malgré l'air froid de la nuit, son torse est nu. L'envergure de ses épaules carrées, la chute de ses reins, son rire délicieux, il a tout du héros, rien du monstre. Pourtant, un frisson remonte chaque vertèbre de Raph, un mauvais pressentiment.

– Mais… que fait ma sœur avec cet homme ? Elle ne le connaît pas. Et… mais ! Qu'est-ce qu'il fait ?

Aucun doute, l'étranger arpente chaque parcelle du corps de Médora. Harponnant son genou, encordant sa jambe autour de ses hanches, il la rapproche encore plus de lui. Sa main hypnotise sa peau, sous son chemisier. Endort sa poitrine. Sa bouche dévore le cou offert. Le murmure qu'il propage se répercute en un nouvel éclat de rire de Médora qui habille le silence de la nuit.

La scène, douce au premier regard, cache une violence qui trouble Raph. Son poing se resserre sur son épée à défaut de se crisper autour de la gorge de l'inconnu.

– On doit faire quelque chose ! s'offusque Allegra.

– Non. Pas tout-tout de suite, répond Cornélius. Il faut qu'on comprenne ce qui se passe. Qui est cet-cet homme.

– Homme ? Ce n'est pas un homme, c'est une bête immonde.

Les yeux d'Allegra se posent sur le spectacle obscène et battent en retraite devant la scène insupportable.

– Je sais, Miss A-Allegra. Je suis navré, vraiment. Mais on doit d'abord analyser. I-imaginez que l'on attaque, il est proche de Médora. Il pourrait avoir un couteau dissimulé quelque part. Le pire pourrait arriver.

Allegra sonde Cornélius. En temps normal, elle polit des restes d'humanité derrière des formules civilisées et un sourire sans faille, mais Raph remarque alors à quel point elle n'en est plus qu'une ombre cendreuse : elle soutient le regard de Cornélius sans jamais ciller, sans plus prendre la peine d'imiter une respiration futile.

Raph les laisse à leur joute perçante et analyse le tableau. L'inconnu offre son torse nu à la nuit mordante, et ses pieds, déchaussés, baignent dans une flaque incongrue. Il n'a pas plu de la journée dans la région. Le garde serait prêt à parier que cette eau est salée. Autour du couple, une unique marque de pas. Ceux de Médora.

Le frisson de Raph n'envahit plus seulement son dos, mais son corps entier. Un peu plus et le métal va se mettre à grelotter dans un tintement sinistre.

Passer dans le bosquet à gauche, ramper, faire diversion sur la droite avec Cornélius ou Allegra, se positionner dans l'angle mort de l'inconnu, l'éloigner du mur et de Médora, le saisir par la gorge, serrer, fort, très fort, lui apprendre le respect, et puis…

Mais Raph n'a pas le temps de répéter son plan que l'homme bouge. Il agrippe la main de Médora dans la sienne, cette main si fine et si agile, et il l'attire sèchement à lui. Il cramponne ses doigts vicieux sur sa hanche gracile et la fait tourner sur elle-même. Elle enchante la forêt d'un rire joyeux, naïf. Elle balance ses cheveux corbeau, s'accroche au cou de l'inconnu et, dans le sillon de leur danse, une multitude de bulles s'élèvent vers le ciel. Une écume marine les enveloppe et les éclabousse. Les bulles montent, noient leurs silhouettes entières. La plongée est d'une beauté mortelle.

– Meddie ! hurle Allegra qui prend peur et se redresse subitement.

Le rideau d'eau dodeline et d'un coup les milliers de gouttes s'écrasent au sol dans un claquement sec, comme si elles giflaient la terre. L'inconnu se retourne aussitôt et Raph saisit les contours de son visage.

Un profil d'éphèbe, une mâchoire virile, des yeux perçants, un cou de taureau, des sourcils épais. Une figure d'homme, de prince, de héros, comme on les dessinait dans les livres qu'il lisait enfant.

Mais, au milieu de ses traits si parfaits, il y a quelque chose d'autre. Comme un reflet qui s'effacerait sous les ridules de l'eau. Il se cache derrière son rideau de gouttes, comme Raph derrière son armure.

– Je sais ! Je sais ! s'emporte Cornélius en appuyant sa main sur l'avant-bras de Raph. Ce n'est pas un humain, vous aviez rai-raison, Miss Allegra. C'est un monstre.

Mais la spectre n'est plus là, elle fonce vers l'inconnu. Il ne reste que les deux garçons au milieu des bosquets, quand les

Wickwood sont au milieu des ennuis. Raph se redresse pour leur porter secours, et Cornélius continue ses explications, pantelant.

– C'est un A-alastyn. Autrement appelé Glashtyn, selon qu'on est du nord ou du sud de l'î-île. Un cheval d'eau, quoi. Il faut… min-mince, que disent les histoires, dé-déjà ?

Le garde n'a pas le temps pour les bafouillements de son camarade. Il se lance à la charge du monstre, épée brandie. Allegra a foncé sur lui sans attendre, mais elle a beau le transpercer, son corps éthéré ne semble rien provoquer chez lui. Ni choc, ni froid intense, ni paralysie. Au contraire, il enrage. Il serre Médora contre lui, qui continue d'offrir sa gorge aux gouttes de pluie.

Raph tente de viser, d'épargner la voleuse, calée sur l'épaule du monstre. Sa lame ne rencontre qu'un tissu d'eau. Le corps se trouble avant de reprendre sa consistance. Un sourire sinistre passe sur les lèvres du Glashtyn. Raph sait qu'une seconde d'hésitation peut l'envoyer dans l'au-delà, et c'est un luxe qu'aucun soldat ne peut se permettre. Il repart à l'attaque quand le cri de Cornélius brise la tension du combat.

– Un coq ! Il faut trouver un coq !

– Un coq ? s'étrangle Allegra. Mais que diable voulez-vous faire d'un…

– Allez-y ! Vite !

Le garde n'a pas le temps de se retourner pour s'assurer que la spectre suit les ordres fermes du paysan. Le monstre a tout entendu, lui aussi. Il fuit. Médora sur l'épaule, il file à travers les pins, laissant derrière lui des sillons d'eau. Mais il ne court pas comme un humain, surtout pas alourdi par des kilos de métal. Quoique ce soit devenu une seconde peau depuis des années, le soldat étouffe, perd la piste, la retrouve, et c'est du temps qu'il gaspille. Un temps précieux.

Raph n'aime pas vraiment Médora Wickwood.

Mais c'est elle qui transporte le *Livre des Mondes Obscurs*.

Et de ça, il ne peut pas se passer, pas sans risquer sa propre tête à sa prochaine entrevue avec le roi.

Alors il cavale, encore plus vite, Cornélius quelques pas devant lui. Bougrement rapide, le paysan... Bien qu'essoufflé, il lui crie par-dessus son épaule :

– Il l'emmène à la mer !

La mer ? Pourquoi diable l'emmènerait-il à la mer, qui se trouve à des lieues d'ici ?! Mais l'information, si elle est vraie, est capitale. Ils sont au nord-est d'Hemlock, dans le comté de Milbanke. Il faudrait des heures, à cheval, pour rejoindre les flots, tout à fait à l'ouest. Ils doivent l'intercepter avant.

Prestige lui manque. Il était la vitesse, lui la force. Sans son destrier, il n'a plus rien d'un héros. Sans son meilleur ami, il n'a plus rien d'un homme. Perdre sa monture, c'est pourtant le quotidien d'un soldat et une des premières règles du champ de bataille : ne pas s'attacher.

C'est sur son dos qu'il rêvait de faire ses plus beaux combats, pas comme un misérable fantassin, fermant la marche avec son armure fracassante. Non, ne pas penser à Prestige, la mission, seulement la mission. Et ce livre, ce fichu grimoire aux pages blanches.

– J'ai un coq ! Enfin, j'ai trouvé un coq, précise Allegra en voletant sans effort aux côtés de Cornélius.

– Où ? demande Cornélius, la respiration coupée.

– À environ trois-mille pieds, dans une petite ferme...

– Mon-montrez-moi ! Raph, je vous lai-laisse ?

Raph ne répond pas. Il force sur ses jambes déjà fatiguées et ne lâche pas la flaque d'eau vivante qui emporte la voleuse. Il repense à toutes les heures d'entraînement, à toutes les batailles, à cette quête idiote qui l'a mené ici.

Alors seul, il s'autorise un geste qu'il ne réserve qu'à l'intimité des ténèbres : il relève la visière de son heaume. Il inspire les odeurs de pins, la fraîcheur de la nuit qui prépare la rosée de l'aube, les parfums de champignons cachés sous la mousse et qu'il écrase sans merci. Il régénère ses muscles qui hurlent de se reposer et il ne pense plus au poids de l'armure à chaque nouvelle respiration. L'air spongieux le ressuscite. Il avait presque oublié que la vie ne sentait pas que le renfermé et la transpiration.

Vu la vitesse et la fougue de Cornélius, si le coq se laisse faire, il ne lui faudra que quinze minutes. Raph doit résister, préserver les flaques que le monstre sème derrière lui. Il a fait le deuil de le rattraper.

– Il arrive ! finit par lui annoncer Allegra en revenant à toute vitesse. Je vais le guider jusqu'ici. On a le co… coq.

Sa visière ! Sa visière !

D'un geste brutal, Raph la rabaisse et renvoie son visage aux ténèbres. Allegra ne dit rien. Elle repart sans commentaire et il prie Formol pour qu'elle tienne à jamais sa langue.

Raph n'a pas besoin de stopper sa course pour savoir quand Cornélius déboule dans son dos. Il entend les gloussements apeurés de l'oiseau qui réveillent toute la forêt. Ses cris déchirent le tympan du garde… et font se retourner le monstre. Sans précaution, il laisse tomber Médora au sol. Cette dernière ne semble se rendre compte de rien et pouffe en regardant son éphèbe avec amour.

Allegra se précipite vers sa sœur. Cornélius et Raph se rapprochent, profitant de l'étrange immobilité de l'homme.

– Mais hu-hurle, sale piaf !

Le paysan pince le coq, le maltraite, manque de lui tordre le cou, ignorant les coups de becs méchants de l'animal. Et, par la grâce de Formol, le roi du poulailler daigne chanter. Loin d'une mélodie harmonieuse, c'est un cri strident qui résonne à travers les pins nus.

Le monstre frémit et montre enfin son vrai visage. Sa cascade de cheveux se mue en une crinière éclatante, la peau se transforme en poils. Les côtes redeviennent saillantes, les os transpercent le pelage, révélant une cage thoracique morte et creuse. Sa face s'allonge, se déforme, se métamorphose en celle, terrifiante, d'un cheval. Ses yeux globuleux fixent les spectateurs dégoûtés. Et, dans une myriade de bulles d'eau, son corps entier change en celui d'un destrier aquatique.

Effrayé par le coq, le Glashtyn galope sur un nuage d'écume et continue son chemin vers la mer.

– Ouais, c'est ça, sale mon-monstre, dégage !

Cornélius se pavane dans les flaques, seules reliques de la bête. Leur étonnant sauveur pince les doigts du paysan et s'enfuit à son tour.

– Meddie, Meddie, tu vas bien ?

Raph tente de ravaler sa frustration. Ce n'est pas lui qui a gagné ce combat. C'est un simple oiseau de ferme qui a fait fuir un monstre de légendes. Il n'a servi à rien dans cet affrontement qu'il a fantasmé toute sa vie. Il aurait envie de rire, de pleurer, d'abandonner les Wickwood ici et de le poursuivre jusque dans les abysses.

Mais le soulagement d'Allegra et le courage de Cornélius lui rappellent une humanité que chaque gorge tranchée a un peu plus éloignée. Alors il s'approche du trio et, dans les yeux de la voleuse qui revient à elle, la respiration saccadée, il voit quelque chose qu'il ne soupçonnait pas. Derrière la frondeuse insolente, il découvre simplement une fillette effrayée qui serre contre elle son sac à dos en cuir comme elle le ferait d'un ourson en peluche.

Chapitre 11

Mots de mort, silence d'amour

Allegra jette des regards inquiets à sa sœur. Cette dernière est encadrée par Raph et Cornélius, comme une gamine. Humiliée, effrayée, elle n'a même pas eu la force de râler quand elle a émergé de sa transe. Médora marche en silence, tête baissée, les mains harnachées aux lanières de son sac, comme si elle avait peur de s'envoler.

Elle a tenu le seul rôle qu'elle refusait d'incarner : la demoiselle en détresse. Parce que les monstres pensent encore que les femmes sont les êtres les plus faibles, c'est sur elle qu'il a jeté son dévolu. Allegra s'en veut de ne pas l'avoir sauvée. De ne rien avoir pu empêcher. De ne toujours pas trouver les mots pour faire renaître la petite peste insolente qu'ils aiment tous.

Médora Wickwood ne semble jamais tout à fait elle-même quand elle n'est pas énervée.

Raph bougonne de son côté, sans doute malheureux de la perte de son cheval.

Cornélius jette des coups d'œil inquiets aux sœurs.

Allegra préfère s'occuper pour ne pas réfléchir. Parce qu'après avoir vu le regard si noir de ce monstre, sa peau d'eau translucide, ses paupières qui ne papillonnent jamais, elle ne peut s'empêcher de se demander ce qui les différencie, elle et lui. Jamais il n'aurait pu la prendre pour proie, elle n'a rien d'humain, elle n'a plus aucun cœur à dévorer, aucune âme à aspirer.

– Je vais chercher un endroit où vous pourrez vous reposer, propose-t-elle. Nous ignorons combien de temps le médaillon va nous obliger à marcher.

Même si Médora ne l'avouera jamais, Allegra a vu la fatigue s'imprimer sur ses traits. Elle a besoin de dormir, de laisser derrière elle la nuit d'horreur qu'ils viennent de passer.

Alors que la spectre s'élance dans la forêt, Médora abandonne son sac par terre. À nouveau, Allegra entend le bruit douloureux d'une fiole qui se brise.

– Je ne vais pas suivre ce foutu médaillon, fulmine-t-elle. Je ne vais pas coucher à la belle étoile. La vérité, c'est que j'emmerde ce roi qui nous fait risquer notre vie pour trouver des mots disparus ! Mais qui sait, peut-être qu'ils ne veulent pas qu'on les retrouve, peut-être que Monseigneur Aloysius ne doit jamais connaître sa prophétie ?

Allegra se fige en entendant les blasphèmes qui convoquent un peu plus le bourreau. Insulter la figure royale, c'est passer sous la lame de l'exécuteur de haute justice, sans procès, sans tribunal. Mais Médora s'empêtre dans sa colère, les paroles butent contre ses dents, ses pensées percutent son crâne et si le tortionnaire venait la chercher maintenant, elle aurait sûrement la force de lui briser le cou avant qu'il ne lui tranche la tête.

Personne ne dit rien.

Il n'y a que Médora qui hurle, et enrage, la bave écume ses lèvres d'où jaillit le pire poison.

– On se retrouve dans ce délire absurde parce qu'il préfère changer de toilette trois fois par jour que de nourrir son peuple.

Ses cuisines débordent alors que le reste du monde crève et il pense que son salut tient à cette prophétie ? Il croit être sauvé par des *mots* ? Il me… ! Ah ! Et nous on peut tout perdre, pour cette quête idiote. Il va nous redonner notre titre ? Ouais, j'y croirai quand je le verrai, parce que toi, lance-t-elle à Raph, t'es là pour nous buter si on ne réussit pas, hein ? Eh ben, vas-y, tranche-moi en morceaux, je risque pas ma vie pour ce gosse pourri gâté qui attend que tous ses problèmes disparaissent miraculeusement. Et personne ne pourra me forcer. On est au milieu de nulle part, sans idée de ce qu'on fait à cause d'un fantoche menaçant ? Je refuse ! Sans moi !

La voyant épuisée, le souffle court, Allegra sent que cette haine n'a rien à voir avec la rage, mais plutôt avec une peur viscérale de mourir noyée dans les abysses. Elle voudrait la serrer dans ses bras, l'enlacer, la bercer, prononcer les mots pour l'apaiser. Mais elle les cherche depuis des années sans les avoir jamais trouvés. Ce n'est sûrement pas au milieu d'une forêt de pins, perdus par un médaillon, que le miracle va se produire.

– Elle ne pense pas ce qu'elle dit, tente Allegra, tournée vers Raph.

La peur que le garde tire son épée et exauce le souhait de sa sœur l'effraie.

– Bien sûr que je le pense. Au nom de Formol, mais quelle trembleuse tu fais, Allie ! Tu es naïve si tu crois qu'à la fin on ne sera pas toutes les deux en train de rôtir aux Enfers pendant que le roi rira sur nos tombes.

Médora et Allegra s'affrontent du regard. Non, la spectre n'est pas pleutre. Elle est juste prudente. Si elle enrobe ses phrases de douces politesses et d'exquises précautions, c'est pour contrebalancer l'acidité et le poison qui sort du claquet de Médora. Elle tente d'être la lumière dans ce puits d'obscurité. Elle tient à la vie de sa sœur plus qu'elle n'a jamais tenu à la sienne.

L'effroyable solitude qui la menace, si Médora meurt, la tétanise.

– Ouais, c'est bien ce que je me disais…, soupire la voleuse.

Elle reprend son sac et s'enfonce dans la nuit noire. Allegra reste, bras ballants, bouche ouverte. Elles ne se parlent pas, elles se crient dessus, mais jamais comme ça. Ça ne se termine jamais dans un silence assourdissant. Si Médora la quitte, elle emmène son cœur avec elle.

– Médora, a-attendez !

Cornélius lui court après, sous les yeux médusés d'Allegra. Il la retient, sa main posée sur son bras. La spectre n'entend que des chuchotis empressés, une sorte de prière marmonnée. Avec surprise, Médora écoute sans répliquer, sans ronchonner. Elle finit même par approuver d'un léger signe de tête et elle revient vers Allegra et Raph.

– C'est par là, tas de rouille ? demande-t-elle en désignant les ombres les plus à l'est de la forêt.

– Mmphr, grogne ce dernier.

Sans un mot de plus, ils abandonnent la querelle au fond des bois et continuent leur route comme si de rien n'était. Allegra livre Médora à la gentillesse de Cornélius, à ses paroles maladroitement prévenantes. Elle préfère tenir compagnie au garde mutique. Elle n'a pas oublié ce qu'elle a vu sous la visière. D'ailleurs, quand elle se rapproche de lui, sous le couvert des pins, elle le sent se tendre.

Allegra Wickwood a une langue bien pendue, un sens de la conversation très aigu. Mais elle a partagé assez peu de secrets pour chérir celui qu'elle a découvert.

Non, Allegra Wickwood n'est pas venue lui extorquer des informations savoureuses. Elle veut juste s'assurer qu'il ne compte pas trancher net le cou de sa sœur avec sa si jolie épée.

– Vous savez, il faut excuser Médora, elle ne pense pas ce qu'elle dit.

Face à la visière imperturbable, elle se sent obligée d'ajouter :

– Enfin, peut-être un peu. Mais pas les insultes… Oui, soit, peut-être un peu aussi. Ce que je veux dire, c'est qu'elle ira au bout, j'en suis persuadée. S'il y a bien un autre défaut que possède Médora, en plus de son fort caractère, c'est une obstination à la limite du harcèlement.

Pendant une seconde, au milieu des piaillements des oiseaux, des vibrations des moustiques et du tintement du médaillon contre l'armure, elle croit presque déceler un discret pouffement. Juste derrière le heaume qu'elle rêverait de voir relevé, rien qu'une seconde de plus.

– Disons que Médora est entière. Pour le meilleur. Surtout pour le pire. Mais nous ferons tout pour satisfaire la requête du roi. Je sais que votre rôle est de nous *surveiller*, mais… eh bien, j'espère que cette petite incartade pourra rester entre nous ?

Allegra connaît tous les stratagèmes. Elle les a vus chez les précieuses du village. Remplacer les cils par des papillons extatiques, mordiller ses lèvres avec gourmandise. Elle se contente, avec Raph, d'un regard franc, d'une mine honnête.

Comme il ne répond rien, elle en déduit que les actes ont sûrement plus de prise que les mots.

Elle s'échappe dans la forêt de pins, en perce l'obscurité à coups de bourrasques. Une liberté qu'elle n'a jamais connue à Harrow. Mais ici, au milieu d'une région dont elle ignore tout, avec les ombres pour seules spectatrices, elle tourne, cabriole, fait exploser la fraîcheur qui se dépose en gouttes délicates sur le pourtour des feuilles. Elle arrête de jouer le rôle d'une jeune fille de bonne famille et embrasse la spectre qu'elle est vraiment.

Quand elle revient, cinq minutes plus tard, elle indique aux trois autres un lieu retiré où se détendre en attendant les premières lueurs du jour. Le soulagement submerge Médora et Cornélius qui pressent un peu le pas.

L'endroit est enchanteur.

La région ressemble à un tartan. Des forêts de pins entrecoupées de marécages, de mares, de marais. Et d'autres arbres pour encercler le reste. Les oiseaux doivent se perdre au milieu de ce motif répétitif. Le groupe abandonne donc un petit étang pour un suivant. Ici, pas de cheval maudit, simplement un énorme saule pleureur qui peut les protéger du froid d'acier.

Sous sa courtine de branches, le vent devient moins mordant. Le matelas de feuilles accueille leurs jambes fourbues.

Médora délaisse aussitôt son sac et masse ses épaules endolories.

Raph et Cornélius se dépêchent de chercher du bois sec pour les réchauffer. Les sœurs restent à l'abri de ce lit à baldaquin végétal.

– Meddie, aurais-tu l'obligeance de me montrer le grimoire, s'il te plaît ?

– Le bouquin sans mots ? demande Médora en chassant les insectes qui lui chatouillent le nez. Pourquoi tu veux le voir ? Il n'y aura rien de plus dedans que la dernière fois.

– Je ne sais pas, je voudrais l'examiner. Je n'ai pas pu le regarder en détail, on trouvera peut-être d'autres indices.

– Si ça te fait plaisir, concède la voleuse en extirpant difficilement le *Livre des Mondes Obscurs* de son sac.

Le garde et le paysan en ont profité pour embraser un feu en réquisitionnant une des allumettes de Médora. Avec la joie des temps anciens, ils se réunissent tous autour de la chaleur des flammes, mains tendues. Allegra les regarde jouir de ce bonheur simple. La danse écarlate déforme les traits de leurs visages en masques grotesques. Nez difformes, bouches étirées, les ombres ondulent et leur prêtent des dizaines d'expressions.

– Alors, tu trouves quoi dans ton bouquin ? demande Médora en croquant bruyamment dans une pomme ridée sortie de son sac.

Allegra invoque de petites gerbes d'air pour faire tourner les feuilles, mais rien. Rien que des pages définitivement creuses, râpées, pas un mot à l'horizon. D'une rafale un peu plus forte, elle claque la couverture et hausse les épaules.

La moue satisfaite de Médora lui donne envie d'enflammer ses cheveux noirs, mais elle préfère changer de sujet.

– Cornélius, est-ce que vous pouvez nous parler de ce monstre ? Vous sembliez le reconnaître ?

Le paysan la regarde, surpris. Elle s'installe avec eux, rapproche ses mains du feu dans une piètre tentative d'humanité et, finalement, les enroule autour de ses genoux, serrés contre sa poitrine.

– Oui-oui, bien sûr. Si Médora est à l'aise avec…

– Ouais, vas-y, j'aime autant savoir ce qui a cherché à me bouffer toute crue en pensant que j'étais une proie facile… Comme ça, s'il revient, je me ferai un plaisir de le renvoyer aux Enfers.

Et Allegra veut bien la croire. Il suffit de voir le sort qu'elle réserve à son trognon de pomme qu'elle engloutit presque sans le mâcher pour s'en convaincre.

– C'est un Alastyn. Ou un Glashtyn, vraiment, ça dé-dépend de quelle région de Gight vous v'nez, mais c'est la même chose. C'est un mythe qu'on raconte surtout aux petites fi-filles, pour les mettre en garde, quoi… désolé, grimace-t-il en direction de Médora.

– T'inquiète, les petites filles leur feront manger la poussière un jour…

– Honnêtement, jusqu'à c'soir, je pen-pensais pas que c'était autre chose qu'une sale histoire pour faire trembler les gens pendant Samhain.

– Hurmph.

Raph, seul debout, grogne. La lumière des flammes lèche le métal violet avec avidité. Son heaume est possédé par des ombres agitées. Allegra commence à saisir les subtilités de ses borborygmes. Elle imagine donc qu'il marquait là son approbation.

– On raconte qu'un marchand partit dans un marché loin de chez lui. Il laissa sa fille seule à la maison plusieurs lunes. Sou-soupçonneux des garçons mal intentionnés, il lui demanda de garder la porte fermée. Et de ne l'ouvrir que si on tapait trois fois. Trois fois, pas plus, pas moins. Ainsi, elle saurait que c'était lui. Elle pro-promit, et le père s'en alla vendre ses poissons, rassuré. La nuit se passa bien jusqu'au moment où une tempête se leva, sortie de nulle part.

Le vent excite soudain les flammes qui viennent frôler les branches. Allegra se recroqueville sur elle-même. Elle n'a jamais été friande des histoires d'horreur et elle fixe les ombres alentour, méfiante.

– Son père n'était tou-toujours pas rentré et la fille s'inquiéta. Puis, par miracle, trois coups résonnèrent à la porte. Bam. Bam. Bam.

Allegra, aussi peu rassurée que l'héroïne du conte, jette un regard à sa sœur. Au-delà de la peur, elle voit la rage émaner d'elle. La rage de savoir que cette peur si « féminine » ne tient pas seulement à des créatures légendaires.

Cornélius ne remarque rien. Il continue son récit, alimentant le feu d'une main distraite.

– Trois coups, se dit la jeune femme, donc elle ouvrit. Mais derrière la porte, ce n'était pas son père. C'était un inconnu. Sublime, l'homme dégoulinait, trempé par l'orage. Désolée pour lui, la fille l'accueillit. Il ne mangea rien, ne parla pas. Il resta simplement près du feu. Les flammes étaient si ra-rassurantes, qu'il finit par s'endormir. Sa tête tomba sur sa poitrine, révélant des oreilles terribles... La jeune fille reconnut aussitôt le Glashtyn. Elle sa-savait qu'il pouvait l'emmener avec lui dans les abysses et la dévorer. Maligne, elle se garda bien de le réveiller, consciente que l'apparence si fla-flatteuse du monstre ne résisterait pas aux rayons du soleil. Mais l'homme, revigoré, lui présenta un collier de perles magnifiques. Elle refusa. Furieux, il décida de l'enlever de force et la saisit violemment. Elle hurla si fort que son coq se réveilla, croyant l'aube venue. Il chanta et le Glashtyn se précipita dehors, effrayé. Il reprit sa forme originelle, celle d'un terrifiant cheval a-aquatique et retourna à la mer. La jeune fille ne put plus jamais s'endormir sans entendre encore et encore le bruit de ses sabots dans la fo-forêt...

Cornélius s'arrête et le silence les enveloppe, comme s'ils cherchaient tous, derrière les légers clapotements de la mare et les roucoulements des grenouilles, les terribles galops qu'ils ont perçus plus tôt. Mais ils n'entendent rien d'autre qu'une nature paisible qui profite des dernières heures de la nuit. Et l'humeur maussade de Médora.

– Mouais, elle, au moins, elle a pas eu besoin qu'on vienne la sauver… Pourquoi est-ce que ça tombe toujours sur les femmes ? Chaque légende, chaque monstre veut la mort de la jeune fille, ça m'exaspère…

– En f-fait, ose Cornélius d'une petite voix, le Glashtyn devait surtout sym-symboliser le pouvoir de l'eau, qui offre aussi bien la vie que la mort. Et, comme Gight est une île, ce n'est finalement pas très étonnant d'avoir des mythes pareils…

– Ouais, génie, sauf que là ton mythe, il a vraiment failli me noyer au fond de la mer de Gale et me bouffer les entrailles. Ça n'avait rien d'une légende.

– Oui-oui, bien sûr, pardon… ce n'est pas ce que je vou-voulais dire.

Médora a ce don pour accentuer les bégaiements de Cornélius si violemment que sa langue pâteuse avale la moitié des mots et rend le reste à peine compréhensible.

– Eh, tas de rouille, je peux récupérer mon médaillon ? aboie la voleuse en tendant sa main au-dessus des flammes.

– Enfin… « Ton » médaillon…, relève Allegra avec une moue sceptique.

Raph ne cherche plus à lutter contre les exigences puériles de Médora et le lui offre avec précaution. Le bijou indique l'autre côté de la mare, se tend avec violence. Médora l'accueille dans ses paumes et s'allonge, le sautoir autour du cou.

Bientôt, Cornélius l'imite. Raph reste debout. Il tourne autour du saule pleureur, inspecte chaque ombre. Une fois. Deux fois. Allegra le regarde, seul spectacle pour combler ses longues heures d'attente. Avec son armure qui scintille, il lui fait penser à un gros scarabée attiré par la lumière du feu.

Finalement, il revient sous le couvert des rideaux de branches, et s'assied sans prêter attention à la spectre ou aux ronflements sonores des deux autres compères. Sa main gantée s'agite au niveau de sa cuisse droite. Il active un petit anneau qui semblait inoffensif et qui révèle en fin de compte un compartiment secret. Il en retire des cartons et un porte-plume en roseau. Un secrétariat de poche !

Feignant d'admirer la nature, plongée dans ses pensées, Allegra scrute chacun de ses gestes. Elle le voit aplanir le papier devant lui et y gribouiller des mots qui ne ressemblent à rien, de l'autre côté des flammes. Sans doute que tout cela sert à envoyer des ordres sur un champ de bataille ? Allegra ne connaît rien à l'art de la guerre. Un peu plus à la calligraphie, et il est clair, même de là où elle est, que Raph ne maîtrise pas cet art-là.

Mais, satisfait, il plie finalement la missive et la range avec son matériel.

Visiblement indifférent aux considérations des mortels, comme le sommeil et la faim, Raph se lève et patrouille autour de leur camp de fortune. Pendant un moment, Allegra n'entend plus rien. Ni l'armure qui cliquette, ni ses pas sur le sol. La seule mélodie est le ronflement bruyant de Médora.

– Vous ne dormez déjà plus ? demande alors Allegra pour confirmer son intuition.

– Non… im-impossible avec votre sœur. Qui eut cru qu'un si petit gabarit pouvait faire autant de vacarme que Maddrell, le tavernier ?

Allegra étouffe un rire au creux de sa manche évanescente.

Pause sacrée, silence langoureux pendant lequel ils s'absorbent dans la fausse contemplation des étoiles. La voie lactée apparaît, disparaît, au gré des balancements des longues branches devant leurs yeux. Il n'y a qu'eux deux, un seul cœur qui bat, le chant des grenouilles.

– Vous devriez vous rendormir, suggère Allegra d'une petite voix qui lui conjure de ne pas obéir.

Cornélius la regarde. Les flammes derrière lui embrasent ses cheveux. Dans une heure ou deux, le soleil conquerra le marais assoupi, écrasera sur le sol détrempé les non-dits qui flottent entre eux.

– Je ne pou-pourrais pas..., souffle-t-il, exhalant une buée blanche.

– Pourquoi donc ?

Elle espère une réponse autant qu'elle la craint. Allegra ne connaît rien à l'amour, rien de plus que ce qu'elle a lu dans des recoins sombres de leur chaumière. La bibliothèque familiale n'est pas friande de romances. Pourtant, elle sait interpréter le feu dans le regard de Cornélius, elle entend des variations infinies de tendresse dans chaque syllabe.

– Je... je ne veux pas vous bru-brusquer. Mais ça me hante. A-avez-vous souffert ? Je détesterais que vous ayez souffert. Et la simple pensée que vous-vous ayez été toute seule... ça me rend fou, vous comprenez ?

Allegra Wickwood voulait parler d'amour, pas de mort. Elle n'en parle jamais. Parce qu'en la taisant pour l'éternité, elle a le secret espoir de pouvoir conjurer le passé.

Mais la tension dans les yeux de Cornélius, ses poings serrés sur son ventre, la scène d'horreur qu'il semble visionner sans fin, la calme. Elle apaise le vent qu'elle sentait éclore en elle.

Oh, comme elle aimerait toucher sa main...

– Non, rien de tout cela. Ou peut-être que si. Je ne me souviens de rien. Absolument rien. Ni d'avant, ni... ni de ma mort elle-même. Rien que le vide. Parfois, j'ai l'impression que je suis née au cœur de ces flammes noires. J'ignore si les autres...

spectres, comme moi, oublient tout de leur existence d'humain. L'incendie m'a tout pris, ma famille, la vie et la mémoire.

– Mais Mé-Médora – il murmure le nom, jette un regard vers elle comme s'il craignait de réveiller le monstre qui dort – doit avoir des souvenirs pour deux ?

– Aucun. Rien. Le choc, sûrement, qui nous a fait oublier la plus grande tragédie de nos vies…

Les ombres derrière eux ondulent à leurs pieds. Elle aurait envie de les écraser, de jouer avec ces flammes noires comme une enfant. Mais celles-ci n'ont rien à voir avec l'incendie du cottage. Un feu terrifiant, d'une violence si extrême qu'il a balayé tout le monde, sauf Médora qui a miraculeusement survécu au brasier maudit.

De Réséda Wickwood, Tisiphone Wickwood, Prosper Wickwood, Persiphae Wickwood, Athanase Wickwood et Vulpine Wickwood, plus rien. Ni souvenirs dans les mémoires des plus jeunes, ni amis pour se rappeler d'eux. Que des cendres emportées par l'oubli et quelques membres carbonisés enterrés à la va-vite.

Allegra a retrouvé leurs noms au milieu de papiers administratifs, de photos légendées et de lettres signées. Parmi cette foule anonyme, il doit y avoir celui de son père, celui de sa mère. Et les autres ? Qui sont-ils ?

Absorbée par ses morts, elle a perdu les mots de Cornélius, offerts à jamais à la nuit ténébreuse qui s'étale devant eux.

– … ce serait le pire pour moi. Je… Miss Allegra, je ne veux que votre bonheur. Et, parfois, je me prends à rê-rêver que je pourrais, peut-être, si vous me le permettiez, vous en apporter un peu. Car, enfin, je crois… Non ! Je suis per-persuadé que vous êtes mon bonheur.

– Oh, Cornélius, non, je vous en prie.

Un mot, trois lettres, ont suffi à décomposer le peu de joie gravée sur le visage du paysan. Il s'affaisse, ses yeux fondent au sol. S'il le pouvait, il s'enterrerait sans doute vivant, et emporterait avec lui toutes ses vaines espérances.

Pourtant, Allegra aimerait répondre à ses avances. Effleurer ses cheveux roux qui embrasent ce qu'elle a de cœur quand elle les aperçoit au loin. Elle adorerait caler son nez au creux de son cou, respirer cette odeur de limon, de foin, de crin de cheval qu'il dégage. Elle rêverait de se fondre contre son torse, jouer, du bout des doigts, avec les poils qui peuplent si densément ses avant-bras.

– Je ne peux...

Pas « *je ne le veux* ». La nuance échappe au désespoir mélancolique de Cornélius.

– Vous avez vu les réactions des villageois lorsque nous quittions Harrow ? Je ne suis qu'une ombre, un reste impalpable. On m'insulte en tant qu'esprit, on me maudit en tant qu'occultiste. Je n'ai que du déshonneur à vous offrir. Je ne pourrais ni caresser votre joue pour essuyer vos larmes, ni me poser devant vous pour vous épargner les outrages. Je ne pourrais pas vous faire oublier l'opprobre par des nuits sans sommeil, ni vous embrasser le matin pour vous donner la force d'affronter la journée à venir. Je refuse de vous condamner au mépris, à la haine publique, à une vie sans passion...

Le regard de Cornélius, harponné au sien, lui hurle déjà la réponse qu'il s'apprête à formuler : qu'il est prêt à braver tout ça, qu'il se moque de ce qu'elle est, qu'il n'a d'yeux que pour elle, qu'il lui dédie ses dix-sept premières années et lui offre toutes celles que Formol lui concèdera. Elle voit tout ça, le feu qui se reflète dans ses iris, et plus encore. Alors elle éteint la flamme qui couve en lui, elle noie ses espoirs à coup de froideur factice.

– Cornélius, je suis navrée. Comprenez, je…

Elle n'a pas le temps de finir cette phrase, Formol soit loué ! Le voilà qui se lève, époussette son pantalon côtelé et feint d'aller retrouver Raph pour patrouiller à sa place.

Le craquement des branches explosées par la chaleur n'est d'aucun réconfort pour Allegra. Trois mots restent en elle, qu'elle n'osera jamais dire. *Je vous aime. Je vous aime. Je vous aime.*

Et cet amour la dévore. Elle n'a plus de cœur, et pourtant, elle est certaine de l'avoir entendu se briser. Elle n'a pas de ventre, et pourtant, elle est persuadée de pouvoir vomir. Elle n'a pas de larmes, et pourtant, comme elle voudrait pleurer… Tout cela, c'est pour le mieux. C'est pour lui. Il trouvera bien mieux qu'une morte. Allegra peut mimer des conversations polies, des respirations inutiles et des courbettes impeccables, rien de plus. Et Cornélius mérite tout ce qu'on peut avoir sur cette terre. Des légères caresses du pouce, aux baisers qui enflamment. Des mèches qu'on replace derrière une oreille, aux larmes qu'on essuie. Il mérite d'avoir quelqu'un qui puisse éponger son front brûlant pendant une poussée de fièvre, qui puisse chasser de ses épaules une journée de travail, qui puisse lui tenir le bras lorsque, les cheveux blancs, il épuisera ses vieux os.

Elle voudrait devenir son ange gardien et faire de son corps un autel.

Allegra étouffe un cri. Elle retient la bourrasque qui menace de s'échapper d'elle, et de détruire sur son passage le feu, le sommeil de Médora et la coiffure impeccable du saule pleureur.

Ce vent qui monte en elle depuis quelques lunes, à chaque émotion trop forte. Avant, les bocaux de la cuisine ne tremblaient que doucement. Aujourd'hui, elle sent qu'elle pourrait faire imploser la pièce rien qu'en fermant les yeux. Cette puissance qui la prend à la gorge la terrifie autant qu'elle l'exalte.

Pour occuper ses pensées, pour s'empêcher de chercher la silhouette flamboyante de Cornélius dans le noir, elle feint une respiration vaine, recrée un souffle de vie qui ne détruit pas tout sur son passage.

Et puis, elle parcourt le grimoire. Elle agite les pages du livre et éloigne cette pensée qui l'obsède : *je vous aime.* Elle scrute chaque aspérité. *Je vous aime.* Les brunissures sur les coins supérieurs. *Je vous aime.* Les cahiers déréglés qui forment un mille-feuille bancal. *Je vous aime.* Les éclats marron, comme autant de taches de rousseur. *Je vous aime.* Et... des ombres ! des ombres mouvantes !

La page blanche s'agite, sursaute presque comme si l'encre revenait à la vie. D'abord des arabesques voluptueuses, puis la danse noire s'accélère.

– Meddie ! Meddie !

– Mmrph ? ronchonne la voleuse, refusant de quitter son sommeil.

– Meddie, regarde ! Des mots ! Des mots !

Le cri a attiré Raph et Cornélius qui se précipitent. L'épée est déjà tirée, bien sûr, mais le garde ne trouve aucun ennemi dans cet abri de fortune. Juste un feu qui meurt et un espoir qui renaît.

– Regardez ! répète Allegra en désignant le grimoire devant elle.

Les quatre têtes se penchent avec attention sur les feuilles blanches. Des volutes s'agitent toujours. Des ombres d'encre, des reflets, des coups de plume. Mais rien de lisible.

Les yeux plissés sur les mots qui éclosent timidement, personne n'aperçoit les ondulations qui troublent l'eau si tranquille du marais. Même pas le garde si vigilant, soudain fasciné par cette magie étrange. Personne ne remarque le bout de crâne qui émerge du marécage.

Chapitre 12
Noyée oubliée

– Fu-fuyons…

C'est le seul mot qui réussit à briser l'hébètement général. C'est Raph, bien sûr, qui a d'abord remarqué la tête morbide qui dépassait de la mare. Cornélius, le premier qui a pu parler. Médora, qui a initié la course dans les bois en fourrant le grimoire dans le sac en urgence.

– Mais qu'est-ce que c'est encore que ce truc ? hurle la voleuse en enjambant des flaques énormes. Je vous préviens, je refuse de jouer la victime une deuxième fois.

Allegra se retourne, tente d'apercevoir le marais à travers les rideaux de pins, de saules pleureurs. Incapable de distinguer le crâne au milieu de la mousse touffue.

– Je pense que c'était un mort-vivant… Je vais voir !

– Allie, non !

Mais elle file déjà. Elle profite de cette fugue furieuse, de l'unique privilège des spectres comme elle : voler, transpercer les troncs épais, les animaux sauvages. Elle qui a si souvent mimé les montées d'escaliers, renié cette légère liberté, il lui semble impossible maintenant de poser un pied par terre, de marcher.

Alors elle revient sur leurs pas, se poste à l'orée des bois et observe.

Au milieu de la mare spongieuse, de la danse macabre des lucioles qui s'apprêtent à mourir aux lueurs de l'aube, une tête. Des épaules. Un torse. Une robe mouillée qui colle à une peau pourrie depuis longtemps. Et aux chevilles, des chaînes épaisses tapissées de mousse et d'algues.

La noyée a émergé de son cercueil aquatique, a perturbé le microcosme dans lequel elle était endormie. Allegra se rapproche. Elle n'a pas peur d'elle. Elle devine sa solitude sur les restes osseux de son visage. Le dessus du crâne est plus recouvert de varech que de cheveux. Les orbites creuses la sondent sans détour.

Allegra s'approche encore. Et, à voir cette pauvre âme, la Wickwood se sent presque vivante. L'eau viciée du marais coule sur le front du squelette. Elle n'a rien d'un spectre, elle n'est qu'une noyée oubliée au fond des flots. Son corps a été dévoré par les animaux qui peuplent l'étendue sombre. Elle a déjà renoncé à un bras, sans doute prisonnier des algues dansantes. Bientôt, les os pourris de ses jambes n'auront plus la force de la soulever.

Allegra s'approche encore. Elle remarque de l'or qui se reflète pâlement sur sa chair putréfiée, un petit pendentif en cœur qui repose sur sa poitrine creuse. Pourquoi a-t-elle interrompu son sommeil éternel, pourquoi se relever, transpercer la surface épaisse et la foudroyer d'un regard mort ?

Allegra s'approche encore, attirée malgré elle.

Son nez touche presque ce qui reste de celui de la trépassée.

Le geste s'impose à elle. Cette malheureuse a besoin de réconfort. Elle n'a pas brisé le calme du marais pour séduire d'autres âmes et les dévorer au fond de l'eau. Non, Allegra ressent sa douleur, sa solitude sans fin, ces heures à contempler les flots troublés, à regretter les chaînes à ses pieds. Alors, sans se l'expliquer, elle touche le front de l'infortunée du bout de son doigt grisé.

Allegra se sent aspirée par des souvenirs qui ne sont pas les siens. Pourtant, elle les revit comme si c'était son cœur qui était brisé, ses poumons qui se noyaient. L'histoire commençait si bien, mais c'est souvent le cas.

Annaca se fondait dans les ombres de son village. C'était une bonne fille. Pas très jolie. Pas très laide. Pas très riche, pas trop pauvre. Pas très intelligente, mais gentille. Elle avait toujours un sourire aimable pour tout le monde. Mais surtout pour *lui*. Elle l'observait à la dérobée. Échanger un mot avec lui, un rire, suffisait à son bonheur. Alors un rendez-vous, en pleine nuit ? C'était un rêve éveillé.

Il y eut un rendez-vous, il y eut un sourire, un rire, un baiser, des corps qui se cherchent, qui se trouvent. Et il y eut d'autres rendez-vous, d'autres baisers, d'autres danses. Toute leur histoire, ils la réservaient aux yeux de la lune. Le jour, point de sourire, point de baiser, point d'échanges.

Et puis, Annaca a brisé cette routine tendre lorsque ses menstrues sont restées trop longtemps absentes. Il a suffi de ces quelques phrases pour qu'Ismuth disparaisse de sa vie. Il n'y eut plus aucun rendez-vous, plus aucun baiser, plus un seul mot. Le regard de celui qu'elle aimait se chargea de haine, puis d'une indifférence sournoise.

Ismuth trouva une nouvelle femme, eut d'autres rendez-vous, d'autres baisers, d'autres sourires. Annaca pleura beaucoup. Elle était seule, et en même temps, elle ne serait plus jamais seule. Mais si ce bébé venait à voir le jour, ce serait l'opprobre pour toute sa famille. Ils ne comprendraient jamais l'amour réel, le bonheur qui s'était enfin offert à elle.

Alors Annaca a récupéré une chaîne, l'a solidement fixée à ses fines chevilles. Et, les mains sur son ventre plein, elle s'est enfoncée dans l'eau boueuse du marais. Là où elle jouait à attraper les grenouilles, petite. Là où elle et Ismuth se retrouvaient parfois. Elle a reposé au milieu des algues. La première minute, sa tristesse a commencé à s'apaiser. Mais elle a simplement reflué pour laisser place à une haine sans nom. C'était Ismuth qui aurait dû se trouver au fond de l'eau croupissante. Pas elle. Pas ce bébé à naître. C'est sa honte qu'elle tentait d'engloutir, et c'est leurs vies, à eux deux, qu'elle allait laisser ici.

Annaca a voulu défaire les chaînes. En vain.

Une minute peut être très longue quand elle est la dernière qu'il reste à vivre. Elle périt, les mains sur son ventre, et son ultime mot fut « désolée ». Pour la jeune fille naïve qu'elle venait de noyer, pour ce petit être qu'elle condamnait, pour son futur qu'elle avait cru gâché.

Et puis, un jour, ou une année, ou dix années après ? Annaca ne sait pas trop, elle a entendu un appel. Elle n'était plus si morte, plus si vivante. Elle a trouvé la force d'abandonner les algues familières pour retrouver l'air sur ses membres.

Allegra ouvre les yeux, éloigne son doigt du front humide.

Cet appel, c'est elle. C'est pour elle qu'Annaca s'est relevée.

– Mais… pourquoi ? demande-t-elle en vain à la noyée.

Annaca ne bouge pas. Le silence n'est brisé que par les gouttes d'eau qui s'écoulent du crâne et de ses lambeaux de chair. Allegra tente de comprendre, mais il ne reste qu'à l'aider. Aider Annaca, l'amoureuse qui prit vie au milieu de *ses* bras, et mourut au fond d'un marais.

– Rendors-toi, murmure Allegra.

Elle n'a jamais douté que ses paroles porteraient assez de magie pour qu'Annaca l'écoute. La noyée recule, agite l'onde paisible du marécage, et s'enfonce sans une goutte, sans qu'aucune bulle d'air ne remonte à la surface.

Allegra reste immobile, au milieu des algues, sa peau éthérée semble picorée par des lucioles excitées. Elle ne comprend pas ce qui vient de se passer. Quelle force elle a pu exercer, quels mots elle a bien pu dire pour réveiller cette pauvre âme. Elle est submergée par des questions sans réponse. C'est l'appel lointain de sa sœur qui la ramène dans le monde des vivants.

Elle garde ce secret pour elle. Tant qu'elle n'en sait pas plus, elle ne veut pas les inquiéter. Ils ont bien assez de mystères à gérer.

Elle profite de la course folle à travers la forêt pour y abandonner tous ses doutes et reconstruire un sourire sur son visage. Ils doivent avancer, laisser les noyés au fond des marais.

– Tout va bien ! annonce-t-elle joyeusement.

– Comment ça, tout va bien ? s'enquiert Médora, suspicieuse.

– C'était une morte-vivante, elle ne reviendra pas.

– Et on peut te demander comment tu as fait ?

Allegra sourit, hausse les épaules, espère que ça suffira à éloigner leurs doutes.

Le soleil réveille maintenant toute la forêt. Le médaillon continue à s'agiter, leur compte à rebours à s'amenuiser.

– On devrait vraiment avancer, propose-t-elle.

Médora l'interroge sur une partie du trajet, avant de se lasser. Ils progressent en silence, ne croisent qu'un village où Raph exige de faire un crochet. À son tour, il esquive les questions grâce à son mutisme perpétuel. Ils ne s'arrêtent que pour manger quelques baies et un bout de pain retrouvé au fond du sac de Médora, et ils repartent sur les routes de campagne.

Le marais n'est maintenant qu'un lointain souvenir. Les jambes enfoncées dans les bruyères sauvages, chaque mètre exige un effort harassant. Mais personne ne prononce un mot. Ils gardent les yeux rivés sur le médaillon comme sur une boussole.

– Allie, tu peux nous dire où on pourrait se poser ?

Médora est la première à avouer sa fatigue. Personne ne conteste sa demande. Allegra approuve d'un signe de tête et revient vers eux, dix minutes plus tard, pour leur indiquer un abri de chasse abandonné non loin.

Raph et Cornélius proposent d'aller chercher de quoi manger, aussitôt suivis par Médora. Et ils se retrouvent assis devant un feu, le ventre presque plein, les joues réchauffées. Raph est le seul à délaisser sa portion dans un coin.

Allegra ne s'en étonne plus, Cornélius et Médora non plus, d'ailleurs. Mais, contrairement à eux, la spectre sait que Raph se nourrit. Quand les autres dorment, il relève sa visière. Allegra feint alors de s'occuper ailleurs, de ne pas être au courant. Elle ne comprend pas pourquoi il s'impose ça, pourquoi il se cache, pourquoi il a l'air si effrayé.

La nuit est complètement tombée sur les champs autour d'eux. L'abri de chasse est à peine assez grand pour y coucher. Surtout, le médaillon est plus agité que jamais. Il se tortille au point d'empêcher le porteur de s'endormir. Ils ont eu plusieurs frayeurs, cru que le sautoir allait s'enfuir dans les hautes herbes, et qu'ils perdaient ainsi leur unique piste.

Alors, ils se relaient entre vivants pour tenir cette petite chose si remuante.

Raph en hérite, incapable de s'assoupir devant les autres.

Il serre le médaillon, la chaîne entortillée autour de son gantelet alors que leurs deux compagnons s'enfoncent dans un sommeil profond.

Allegra veille sur ces êtres, jalouse de ce repos offert aux dormeurs. Elle aimerait pouvoir imposer le silence à ses doutes, ses questions, ses peurs. Pour elle, la nuit s'étire, interminable. Elle assiste aux cauchemars qui troublent les paupières de Médora. À la respiration lourde et tranquille de Cornélius, imperturbable. Au heaume de Raph qui s'affaisse à l'occasion, malgré lui. À l'agitation sans répit du médaillon dans ses doigts.

Le garde accepte ce sommeil en pointillé, ce bijou possédé qui lui arrache presque la main. Et, pour la première fois, rien ne vient interrompre cette nuit épaisse. Pas de cadavre, pas de noyé, pas de découverte dans un cimetière. Rien que la nature qui vit autour d'eux, l'air froid qui écrase les maigres planches de bois qui les protègent.

Allegra est appelée au-dehors par les premières lueurs du jour qui réchauffent l'herbe haute, par cette brume qui endort encore la campagne et le soleil timide qui émerge doucement.

Quand elle sort au milieu des bruyères, les éclats de l'aube embrasent à peine la cime des arbres au loin. La lumière particulière transforme le paysage en toile d'artiste. Le décor semble échappé d'un rêve. La profondeur de la nuit recule, les oiseaux chantent le départ de la lune. Les rayons rosés qui repeignent la campagne lui permettent enfin de faire taire toutes ses questions. Elle arrête de se repasser la conversation avec Cornélius. Les mots « Je vous aime », s'effacent un peu plus à chaque minute.

Ils ont une quête à mener et ils vont y arriver, elle n'en doute plus.

Revigorée par une beauté à couper le souffle, elle réveille tout le monde. Elle partage avec eux ce spectacle somptueux, cette nature qui renaît, ce soleil d'automne plein de promesses.

– Allons-y.

Médora brise la magie et tous s'arrachent à leur contemplation, incertains de la destination. Allegra voit à leurs visages fatigués que leurs corps sont courbaturés. Le repos a été trop bref pour effacer les douleurs. L'attaque du Glashtyn leur a fait perdre un temps précieux, les emmenant vers la mer, à l'opposé du médaillon.

Ce dernier s'agite désormais dans la main de la voleuse qui a pris le relais de Raph. Tous la talonnent, sauf Allegra qui ouvre le chemin, cherche les traces de la moindre créature qui en voudrait à ses compagnons. Ils marchent encore des heures. Ils traversent de nouvelles forêts, de nouvelles campagnes, croisent des villages plus ou moins abandonnés, des champs morts, des visages émaciés.

Ses amis aussi souffrent de la faim, elle le devine, elle l'entend au bruit de leurs ventres creux. Mais il n'y a guère plus là-dehors que des baies et quelques tubercules.

Les contadins qu'ils rencontrent ne leur parlent pas. Comme s'ils tombaient sur les quatre cavaliers de l'apocalypse, ils se cloîtrent chez eux, tournent la tête, ferment les yeux. Tout pour ne pas voir cette fantôme, ce garde, cette voleuse, ce paysan. Allegra a beau multiplier les sourires, les courbettes et les compliments, après six villages, son enthousiasme s'effrite.

Désormais, ils longent une rivière nichée au creux d'une petite vallée. L'herbe est roussie, le camaïeu orange de l'arrière-saison a repeint toute la combe. Il n'y a plus de moutons, les prés sont vides. Les bêtes ont sans doute été sacrifiées pour remplir la gamelle.

Les arbres obèses, lourds de feuilles mortes, penchent vers les voyageurs. Le sentier chante sous les pieds des trois humains. Une harmonie automnale qui les accompagne sur la fin du trajet. Car, peu à peu, la route s'amenuise, étouffée par une nature folle qui a repris ses droits. Ils laissent derrière eux le monde des vivants et arrivent dans un autre univers, où la brume épaisse empèse toute la végétation.

– Mais où est-ce qu'on est ? grogne Médora.

– Au-aucune idée, mais on dirait que la nuit vient de tomber.

– Non, impossible, on était en début d'après-midi, il reste encore au moins deux bonnes heures de jour…

Et pourtant, la luminosité est presque nulle, le moindre rayon de soleil semble englouti par des branches voraces. Médora lève les yeux : rien qu'un plafond noir, dans leur dos les arbres donnent l'impression de s'être refermés sur eux.

– Tout va bien, Meddie, murmure Allegra qui sent l'angoisse de sa sœur.

Cette dernière se contente d'approuver et les Wickwood restent côte à côte. Devant eux, une haie énorme, trop haute pour en voir le bout, trop large pour en deviner les contours. Vraie muraille végétale.

Le médaillon se contorsionne, menace de faire sauter son attache. Médora est obligée de le tenir à deux mains pour le maîtriser.

– On fait quoi ? On avance ? demande-t-elle.

Le talisman répond d'un bond en avant, confronte la barrière de lierre, l'imbroglio de feuilles, de fleurs et d'épines.

– Nous n'avons pas le choix, je crois, approuve Cornélius, aussitôt imité par Raph.

Ils font trois pas. Sans s'en rendre compte, alors que tout les oppose, alors qu'ils grognent plus qu'ils ne se parlent, ils progressent parfaitement coordonnés. Jusqu'à ce que l'impossible se produise : le mur s'ouvre devant eux. Les branches se déchirent, craquent et forment une arche somptueuse, entourée de roses rouges qui éclosent d'un coup, comme au cœur du printemps.

– Oh, quelle beauté, s'émerveille Allegra.

Les fleurs sont sublimes, grosses, sans moucheron, ni rouille. Les pétales sont parfaits, gourmands. L'odeur, enivrante. Elles n'ont rien à faire là, à cette époque de l'année, dans cette impasse obscure. Mais le spectacle les oblige à s'arrêter un moment, ils n'osent passer le seuil de la voûte, ils profitent du parfum captivant. Ils observent les ombres noires qui dansent devant eux dans la brume épaisse.

– On y va ? demande Médora.

Raph et Cornélius confirment d'un signe de tête. Le médaillon n'attend que ça, déchaîné.

Dans un geste chorégraphié, le trio s'élance comme une seule personne. Et, aussitôt qu'ils s'engouffrent dans l'arche créée par les roses enchanteresses, ces dernières pourrissent sous leurs yeux. Le rouge carmin se fane, se délite, les pétales se ratatinent, s'écrasent au sol, et en deux secondes, les fleurs ne sont plus que de la poussière balayée par le vent. Et la voûte si accueillante se referme sur eux, les cloîtrant sans retour en arrière.

– Restez-là ! hurle aussitôt Allegra, saisie par l'angoisse.

Elle se redresse, fend l'épais couvercle de brume, mais la chape blanche l'aveugle. Prisonnière d'un nuage, elle ne voit rien d'autre qu'un paysage vide, une feuille vierge.

– Désolée, je suis incapable de discerner quoi que ce soit, bafouille-t-elle de retour au sol.

– Et ce maudit truc ne fonctionne plus ! s'agace Médora en frappant sur le cœur noir du médaillon.

On dirait que le sautoir est mort. Lui qui était si remuant repose, inerte, au creux de sa main. Raph le lui prend, aussi délicatement que possible, le tourne et le retourne, sans succès. Il fait un petit signe négatif de la tête, et le passe autour de son cou, sous son armure.

Médora n'y trouve rien à redire. Ses yeux sondent en vain l'obscurité dense qui lui fait face.

Prudents, ils se décident à avancer à petits pas, bras tendus devant eux.

– Là ! Une lueur ! s'exclame la voleuse en pointant du doigt le seul point de lumière dans cette poix infecte.

Ils se précipitent et découvrent des chemins de bougies. Des bougies, partout, qui dessinent dans la brume les différentes directions.

– Un la-labyrinthe…, souffle Cornélius, confus.

– Et aucun foutu moyen de faire demi-tour, peste Médora.

– Avec toute cette brume, je ne peux pas vous guider, je ne m'y retrouverai jamais, se désole Allegra.

Impossible de trouver un point de repère, de s'orienter, elle est aussi perdue qu'eux. Inutile. Ils optent pour un sentier, la première à droite, par dépit. Terrifiés, ils n'ont même pas la force de grogner, de se disputer, d'argumenter sur le meilleur itinéraire à prendre. Dans cette purée brouillardeuse, il n'y a rien à manger, rien à boire, et aucun espoir de survivre pendant des jours. Ils doivent sortir de là, vite.

Ils tombent sur des culs-de-sac. Parfois, les buissons ne sont pas entretenus, alors que d'autres fois, possédés, ils s'agitent, se secouent, les forcent à faire demi-tour de crainte de ce qu'ils pourront trouver. Chaque impasse leur pèse un peu plus. Ils tentent de se repérer mentalement, mais en réalité, ils sont perdus dès la deuxième intersection. Il n'y a rien qui ressemble plus à une haie qu'une autre haie. Rien qui ne ressemble plus à une bougie qu'une autre bougie.

Raph s'est saisi d'une chandelle qu'il tient dans son gant, plus par réconfort que par réelle utilité. Ils sont avalés vivants par les ténèbres blanches. Ils ont suivi un médaillon qui pourrait appartenir au diable et ils ont foncé droit dans sa gueule ouverte. Excités par cette unique piste, ils ont négligé tout le reste, jusqu'à leur propre sécurité. Et maintenant, il est trop tard…

Ils tournent en rond, l'angoisse les prend à la gorge, quand, au milieu de ce silence lourd, étouffé par la brume, ils entendent très distinctement un grognement violent. Une bête est là, juste devant eux, dissimulée par le smog.

Chapitre 13
À la conquête des trésors oubliés

Médora refuse de trembler. Une fois sortie des bras du Glashtyn, la peur a failli lui faire perdre la raison. Elle s'est rappelé qu'elle possédait un trésor précieux, bien trop souvent négligé : sa vie. Désormais, elle ne veut plus y renoncer, l'offrir sur un plateau d'argent à des monstres légendaires.

Alors, encerclée par Raph, Cornélius, Allegra, par un brouillard épais et étouffant, des haies touffues et aveuglantes, elle s'oblige à calmer sa respiration. Peu importe ce qui grogne dans les ténèbres, son combat sera acharné. Elle s'abaisse rapidement et ressort la Cloche sacrée des Brumes. Seule arme potentielle dans tout le fatras que sa sœur l'a contrainte à emmener.

Dans les bois, elle ne se souvenait plus de rien, simplement de ce poids dans sa paume. Puis de s'être dit que c'était idiot, qu'elle ne risquait rien, qu'elle pouvait la ranger dans son sac, que tout se passerait très bien. Tout ça à cause de ce monstre qui lui murmurait à l'oreille, qui l'a convaincue de se laisser faire, qui a vu en elle une victime parfaite, une femme faible et fragile.

Cette idée l'enrage.

Elle refoule la bile qui lui monte à la gorge quand elle repense aux mains du Glashtyn qui ont lacéré sa peau, violé son intimité. Le lendemain, elle a eu beau frotter son corps dans une rivière, enfouir sa tête aussi longtemps qu'elle pouvait sous l'eau, frictionner le cou qu'il avait harcelé de baisers, impossible d'éloigner la sensation d'être salie, d'être *autre*.

Cette fois, face à ce nouveau monstre, elle n'abandonnera ni conscience ni vie. La Cloche la rassure.

L'objet est massif, en or. Allegra a dû le lui cacher, sinon, il aurait déjà été vendu, fondu, transformé en panais, harengs et pain de seigle. Pour l'heure, elle est soulagée de le trouver là, dans sa paume, chargé d'une violence qu'elle est prête à abattre sur ce qui se dissimule derrière le rideau nébuleux.

Grâce à deux cataplasmes, attentivement surveillés par sa sœur, son poignet ne lui fait presque plus mal. Un petit tiraillement, rien de plus. Rien qui la retienne de frapper de toutes ses forces, de se déchaîner, de briser son rôle de victime pour prendre celui de bourreau.

– Vous voyez quelque chose ? demande-t-elle, les yeux fixés sur l'opacité.

– Ri-rien.

Ils sont tous armés. Cloche sacrée. Lance-pierres artisanal. Épée. Puissance innée.

Les grognements s'approfondissent, recouverts par la brume et pourtant plus proches que jamais. La bête est là, les guette, s'amuse. Puis elle surgit de l'épais nuage.

Ce monstre-là aussi semble tout droit sorti des contes et des légendes.

C'est un loup. Médora le reconnaît aussitôt au museau allongé, à la carrure canine, à la large gueule et aux oreilles pointues. Mais il n'est ni gris, ni noir, ni brun, comme on le trouve parfois dans les contrées reculées de Gight. Il est blanc. Pas seulement sa fourrure ; ses iris, le dessous de ses pattes, de son poitrail. On le croirait fait de brume. Presque aussi éthéré qu'Allegra et pourtant Médora est persuadée que ses crocs s'enfonceraient parfaitement dans sa chair.

Il s'arrête face au groupe, babines retroussées.

Puis l'agressivité fait place à la curiosité. Il lève un peu sa truffe, renifle les alentours. S'approche. S'approche très près. S'approche si près que sa fourrure nébuleuse caresse les phalanges de Médora. Elle hésite à resserrer son poing autour de sa gorge. À fracasser sa cloche précieuse sur son crâne. Elle pourrait frapper là, juste entre les oreilles, pour peu que son corps brumeux encaisse le coup.

Au lieu de ça, prise d'un instinct si fort qu'il dépasse son désir de violence, elle murmure :

– Laissez-le. Ne faites pas un bruit.

Comme s'il la comprenait, le loup se tourne vers elle. Ses yeux blancs la happent tout entière. Elle y plonge comme si elle traversait des couches de nuages. Aussi riches que la nacre, les reflets de sa pupille lui transmettent des dizaines d'émotions. Elle y voit une part d'humanité qu'elle ne s'explique pas... Byron, cette saleté de chat, lui fait le même effet. C'est pour ça qu'elle évite de le croiser. Il y a quelque chose en eux deux qui la cloue sur place.

Heureusement, la bête détourne le regard, se concentre sur Raph. Elle se moque de son heaume baissé, elle ne partage pas la curiosité de la voleuse. Le museau se colle au poitrail du garde, la truffe humide astique l'armure. Les deux pattes s'appuient sur ses épaules, dans une danse absurde.

– Ne bouge pas, l'intime Médora.

Elle observe le loup, et comprend.

– Le médaillon, donne-le-moi. Tout doucement.

À pas mesurés, elle s'avance vers le couple grotesque, mains tendues. Médora pose ses doigts froids sur ceux de Raph, qui serrent la tête de serpent, menaçants. Il accepte à contrecœur de relâcher son emprise et elle passe alors ses bras autour de son cou. Si proche de lui, si proche du loup qui se laisse tomber au sol dans un bruit sourd, elle déglutit avec peine.

Elle n'ose pas faire face à cette visière qu'elle scrute depuis le début du voyage. Elle se contente de s'activer sur le médaillon bloqué derrière le métal. Heureusement, il ne porte aucune mentonnière et elle sent sa peau brûlante et humide, la tension dans sa nuque alors qu'elle essaye de défaire l'attache.

– Désolée, murmure-t-elle, à la fois pour lui et pour elle.

Raph ne répond pas. Parfaitement immobile, crispé, il lui rappelle soudain ces armures décoratives qui font le planton au *Castle*. Cette proximité est douloureuse pour eux deux, elle en a conscience. Mais ses doigts sont moites, ils glissent contre la chaîne tiède.

Enfin, la fermeture du sautoir cède.

Médora bondit presque en arrière. Raph n'est toujours qu'un objet statique dans un décor morbide. Statue pétrifiée. Elle mime une nouvelle excuse et abandonne les mots au fond de son ventre. Ils rejoignent tous ceux qui n'ont jamais été prononcés et qui débordent parfois en bile acide.

Elle inspire, se tourne vers le loup. Le médaillon figé au creux des doigts, elle le tend à la bête qui le renifle. Son museau vaporeux est chargé d'humidité. Les petites gouttes qu'il dépose dans sa paume la chatouillent.

Et, en un clignement d'œil, il s'éloigne, s'enfonce dans le labyrinthe, jette un dernier regard derrière lui. Immobile, il attend. Médora admire ce pelage nébuleux qui se fond dans le décor.

– Je crois qu'il faut qu'on le suive, propose la voleuse.

– Tu-vous êtes sûre ? demande Cornélius, prudent. C'est une bête sauvage…

– Non, pas sauvage.

Elle ne sait pas d'où elle tient cette certitude. Elle emboîte le pas à l'animal, espère que les autres l'imitent. La brume aspire le moindre bruit. Il n'y a même plus le cliquètement familier du médaillon. Il est redevenu un métal froid, inanimé. Médora le glisse dans une poche de son pantalon. Peut-être qu'elle le vendra quand tout ça sera fini. Ou peut-être n'aura-t-elle jamais plus besoin de voler et de se remplir le ventre grâce à la fortune d'autrui.

L'esprit embrumé, elle abandonne ses doutes derrière elle autant que possible. La priorité, c'est de sortir d'ici. Dans la forêt, Cornélius a su lui rappeler que tout ça, c'est pour Allegra qu'elle le fait, c'est pour lui offrir ce dont elle rêve.

Chercher des mots qu'ils ne retrouveront peut-être jamais, c'est pour elle.

Manquer de se faire engloutir dans les abysses par un monstre, c'est pour elle.

Avancer dans un labyrinthe derrière un loup nébuleux, c'est pour elle.

Peut-être qu'ils se dirigent droit vers leur mort. C'est ce qu'elle ressent, à force de marcher, de tourner, retourner, à droite, à gauche, à gauche, à droite. L'animal semble savoir où aller, il n'hésite jamais. Mais à chaque virage, Médora perd un peu plus espoir. Il s'est évanoui depuis longtemps quand, enfin, des roses éclosent sur leur passage, devant eux. Une nouvelle arche se forme en quelques secondes, perce la brume, les haies, l'obscurité, et leur offre la lumière et la liberté.

L'odeur des fleurs écœure Médora qui s'empresse de sortir de cet enfer. Les trois autres se précipitent aussi, retrouvent la chaleur d'un soleil timide d'automne sur leur peau. Le ciel est dégagé, le sol rougi par les feuilles mortes les accueille en tapis morne. Elle a l'impression d'avoir passé une éternité dans ce labyrinthe, mais le monde ne semble les avoir oubliés qu'une seconde.

La bête les regarde un moment avant de retourner dans la brume, où elle est engloutie par les roses pourrissantes et les haies voraces.

– J'ai cru qu'on ne sortirait jamais... Comment as-tu su qu'il fallait faire confiance au loup, Meddie ?

– Je le savais, c'est tout, confesse la voleuse en reprenant son souffle.

Elle inspire profondément, nourrit ses poumons de cet air saturé par la terre humide, les arbres qui se meurent et le vent qui se lève.

– Qu'est-ce que c'est que ça ? demande Cornélius en pointant du doigt une silhouette massive.

Dans le dos de Médora, le dédale redoutable, devant elle, au-delà d'un jardin laissé à l'abandon, un manoir lugubre. La bâtisse est monstrueuse. Elle a vampirisé une petite colline et s'étale avec vanité sur une largeur que l'œil de la brune n'arrive même pas à saisir. Un nouveau labyrinthe, de pierres cette fois.

De là où elle est, elle remarque les verrières, les grandes arches, les fenêtres à encorbellement. À cause des nombreuses tours qui jaillissent de sa carcasse noire, on dirait un oursin venimeux. Longues, fines, les guètes parasitent les toits pentus du manoir comme des tiques voraces, des griffes pointues. Les clochetons transforment la silhouette en une gueule aux dents acérées qui dévore les nuages. Car, si le reste du paysage baigne dans une lumière sereine, la demeure est confortablement endormie sur sa colline dans une couverture nébuleuse qui tranche avec la paix alentour.

Comme Médora a trouvé le courage de se lancer dans la brume cauchemardesque, elle part à l'assaut de ce nouvel enfer. Allegra ne l'attend pas et fonce telle une luciole éthérée pour se perdre dans la noirceur de la bâtisse. Médora ne s'inquiète plus pour elle. Chaque heure arrache à sa sœur un peu plus de naïveté. La fantôme quitte peu à peu son rôle d'éternelle adolescente.

La voleuse suit le chemin pavé, solidement escortée.

Derrière elle, le labyrinthe semble tout d'un coup inoffensif. Et devant elle se trouvent les restes de ce qui devait être un jardin bourgeois autrefois charmant.

Les fontaines devaient alors rafraîchir la balade, les rosiers – desséchés depuis longtemps – devaient embaumer l'air, les dalles devaient créer une jolie mélodie sous les talons des dames. Au loin, sur sa droite, au milieu des bosquets, de la jachère et des plantes qui ont cannibalisé tout le mobilier en fer forgé, elle devine un petit kiosque en marbre étouffé par le lierre.

Plus ils se rapprochent, plus la luminosité fait défaut. La bâtisse avale le soleil. Les nuages noirs écrasent le ciel, les toits, le bout des tours. Mais, surtout, Médora remarque que la richesse du manoir s'est évaporée avec les siècles d'abandon. La demeure est dévorée par l'usure et le temps.

Un escalier en fer à cheval, autrefois majestueux, les invite à rentrer par une double porte vitrée. Les carreaux ne sont plus que des miettes de verre que Médora piétine sans pitié. L'immense hall d'entrée est en aussi piteux état que le jardin.

Malgré les fenêtres qui lacèrent la carcasse en pierres noires, l'intérieur est sombre. La lumière cendrée pique les yeux. La poussière est la seule propriétaire des lieux. Elle a établi ses quartiers sur le dallage en marbre, sur les armoiries et les tableaux qui habillent les murs, sur les statues qui soutiennent les piliers, sur le double escalier prétentieux qui mène à l'étage supérieur.

Là où les marches divorcent, au-dessus d'un tapis épais autrefois carmin, un énorme vitrail rond perce toute la paroi. Les éclats rouges et or incendient la poussière.

– Séparons-nous, propose Médora en détachant son regard du panneau lumineux. Raph, tu prends les appartements des domestiques, moi la partie ouest, Cornélius, la partie nord. On se retrouve avant de monter, on finira bien par retomber sur Allegra. Ça vous va ?

Elle pose la question, se fiche de la réponse, et part à la conquête des trésors oubliés. Ses doigts chapardeurs s'agitent, excités. Il doit bien y avoir ici des richesses qui peuvent tenir dans sa besace surchargée ou ses poches trouées. Elle ferme la porte en bois vermoulu derrière elle. Pas besoin du regard froid du sac à rouille, ou de la moralité effarée du paysan.

Enfin, calme, paix et tranquillité.

Médora débarque dans un premier salon, royaume de mites, de poussière, de souris et d'araignées. Le claquement de la porte fait même déguerpir un rat entre les lourds rideaux de velours râpé. Les canapés et les fauteuils sont dévorés, hors d'usage. Seule demeure la cheminée, massive, avec son marbre éternel.

La voleuse laisse ses mains caresser les lits de saleté, chercher des pépites précieuses sous la couverture cendrée. Après quoi, elle étudie les restes désastreux d'une vie seigneuriale fanée depuis des siècles. Au-dessus du manteau, un homme fat la surplombe, la menace de son air prétentieux. Elle lui tire la langue. Elle se moque de ses petits yeux porcins, de sa moustache guidon bien entretenue et de son menton tout en pointe. Maintenant, il ne doit être que poussière, il est un squelette de plus, alors qu'elle est chez lui comme si elle était chez elle.

Rien dans le salon. Rien dans le boudoir qui a dû être rose un jour. Rien dans le fumoir des messieurs. Rien dans la salle de réception. Rien dans l'ancienne salle de bal.

Son espoir se ravive un peu en pénétrant dans le grand salon.

D'abord, son regard est accroché par les pendeloques d'un lustre alourdi par la saleté. Allumé, il devait réfracter sa lumière sur les murs marquetés en bois précieux. Les antiques tapis ne sont plus que des loques épuisées qu'elle foule sans ménagement. Alors que le maître des lieux la toise encore depuis le haut d'une autre cheminée (même moustache en guidon, même petits yeux persécuteurs), elle ignore les règles de bienséance et s'affale sur une marquise. Un nuage gris lui gratte la gorge.

Elle observe cette pièce en enfilade et son regard s'écrase sur les carreaux sales qui donnent sur le jardin. La voleuse fixe chaque objet, des candélabres au buffet surchargé de statuettes de dragons aux ailes dorées. Le salon semble respirer. Les poutres au plafond sont autant de côtes d'une cage thoracique qui craquent à chaque souffle rauque. Le manoir est vivant. Habité de lourds souvenirs.

Médora se redresse alors. Elle croise ses jambes menues, pose ses mains sur ses genoux comme si un galant lui contait un poème. Mais il n'y a rien qu'elle et cette vieille demeure qui s'étire. Elle se laisse retomber dans les pivoines de velours en riant. Échapper à la mort dans un labyrinthe pour jouer à la comtesse dans un manoir abandonné, quelle idiote.

Pourtant, elle s'enfonce dans un fantasme dangereux : elle imagine la silhouette de ses parents. Imagine ce que ça doit être de vivre dans un domaine luxueux, entretenu, d'être reconnu pour un savoir familial ancestral. Sa mère qui rirait près de la cheminée, ses anglaises rebondissant sur sa gorge blanche. Son père, entouré des autres Wickwood, agaçant dans son rôle de patriarche. Médora se plairait à le provoquer, à susciter sa révolte paternelle, pleine d'affection. Elle regrette ce père dont elle ne se souvient pas.

Elle revient sur terre, retrouve la poussière qui l'enveloppe, son cœur qui bat si vite dans sa poitrine. Elle a failli mourir pour récupérer cette vie perdue. Cette vie qu'elle pensait ne jamais désirer et qui maintenant flotte devant elle avec envie. Il lui suffirait presque de tendre la main pour caresser ce rêve et faire renaître le faste des siècles passés, pour honorer sa famille, pour offrir un bonheur éternel à sa sœur.

Elle se relève, abandonne ses fantasmes sur la marquise, s'approche du lustre somptueux qui règne en maître au cœur de la pièce. Puis, en appui sur un canapé marqueté, elle époussette quelques pendeloques. Un rayon de soleil, plus courageux que les autres, est parvenu à s'immiscer à travers les carreaux et à embrasser le verre poli. Médora admire le spectacle, comme si le salon allait se réveiller sous ses yeux.

Elle essuie ses mains sur son pantalon en loques et redécouvre les lieux. Elle cherche des éclats de vie prisonniers sous des abat-jours, guette des silhouettes qui viendraient paresser après un repas chargé.

Le voile des souvenirs est si fin, elle pourrait le déchirer du bout de l'ongle pour faire revivre la mémoire de ce salon. Mais Mais rien. Personne. Il n'y a que ce regard inquisiteur qu'elle sent sur elle, peu importe où elle se tient. L'aristocrate ne la lâche pas des yeux depuis la cheminée. Médora a le sentiment d'être un papillon pris au piège dans la poussière.

Quand il est évident qu'elle ne trouvera rien pour appesantir ses poches, elle fait demi-tour et abandonne le patriarche au milieu de ses bibelots étranges et sans intérêt.

Ses bottines martèlent le parquet autrefois lustré jusqu'à retrouver le son croustillant du verre échoué sur le sol de l'entrée. Raph et Cornélius sont déjà là. Le premier, immobile, pourrait faire partie du décor, le deuxième a posé ses fesses sur les marches du double escalier et semble peu rassuré, comme si le bois menaçait de l'avaler tout entier.

– Tu-tu as découvert quelque chose ? questionne-t-il en voyant la voleuse débarquer.

Obnubilée par sa soif de trésors, par ses poches vides, Médora en a oublié le but premier de cette visite : chercher des indices pour leur quête. Elle masque ses errements par une brusquerie prétentieuse.

– Et toi ? T'as trouvé quelque chose ?

Meilleure défense, l'attaque. La voleuse l'a appris dès le lendemain de l'incendie qui lui a tout pris.

– Euh… euh, non, rien. Raph non plus, apparemment.

– Allegra est là ?

– N-non, je ne l'ai pas vue.

– Elle doit être en haut, assure Médora qui dévore des yeux la rambarde supérieure.

Elle part à l'assaut des premières marches avant qu'un craquement sourd fasse éclater le silence du manoir. Son pied est englouti par le bois mité et Médora se retient tant bien que mal au balustre branlant. Raph est déjà là, derrière elle, et l'aide à se sortir des crocs ligneux qui lui déchirent la cheville. S'extirpant de l'emprise mordante grâce au garde, Médora regarde l'escalier comme un nouvel ogre. Les yeux exorbités sur ces marches devenues autant de mâchoires dangereuses, il lui faut un moment pour se rendre compte que les bras de Raph encerclent encore sa taille.

Elle se dégage d'un coup de cette armure froide qui lui rappelle trop la domination sombre du Glashtyn. Médora inspire et se ressaisit. Elle a connu des demeures de bourgeois plus imprenables que ça. Elle s'est fait courser par des chiens plus redoutables que cet escalier. Jetant un nouveau coup d'œil envieux à la balustrade, elle transforme la menace en défi.

– La statue, propose-t-elle en désignant la dame de marbre qui les surplombe depuis leur arrivée.

Les regards de Cornélius et Raph passent du doigt de la voleuse à la femme qui se tient immobile derrière elle. Spectaculaire, elle domine tout le hall d'entrée. Haute de plusieurs mètres, elle semble taillée pour vivre dans cette pièce aux proportions démesurées. Sa peau marmoréenne est entièrement recouverte d'un voile noir, et pourtant sculpté lui aussi dans la pierre. L'illusion est impressionnante. L'œuvre dérange autant qu'elle fascine. Les plis du tissu, les ombres qui dissimulent les traits du visage donnent envie de relever la voilette de cette mariée funèbre. L'inconnue tient dans sa main droite une bougie, noire également. En se rapprochant, Médora remarque même les coulures de la cire qui lèchent les doigts de celle qu'elle suppose être une veuve.

Admirant la maîtresse des lieux, Médora ne peut retenir un sourire. Drôle d'accueil bien loin d'un chaleureux « bienvenue ! » et digne d'une veillée funéraire.

– Comment ça, la statue ? l'interrompt Cornélius, peu rassuré.

– On va l'escalader pour atteindre l'étage supérieur, explique Médora comme si c'était une évidence.

– Tu-tu es sûre ?

Le paysan se retourne vers la colosse de marbre, la gorge serrée. Il évite presque son regard, comme s'il craignait qu'elle ne lui jette une malédiction. Derrière son voile, on dirait que la veuve ne le lâche pas des yeux, scrutant chaque mouvement de ses orbites creuses.

– Je commence. Prenez les mêmes appuis que moi et ça ira.

Brisant la symphonie de doutes qui étourdissent Cornélius, Médora frotte ses paumes sur la toile râpeuse de son pantalon, réchauffe son poignet tiraillé et analyse. Elle pose sa main droite sur le genou droit qui se devine sous la robe épaisse de pierre. Main gauche sur le bas du voile, et elle se hisse jusqu'à la bougie noire. Le nez de Médora embrasse le nombril de la statue. Puis, en appui sur la main de la veuve, elle monte au sommet de sa tête. Par superstition ou par hâte, la jeune femme évite de regarder sous le voile de marbre. Elle a peur de ce que cache ce visage. Au lieu de ça, elle prend une dernière impulsion, écrase le cuir chevelu et se hisse jusqu'à la rambarde qu'elle enjambe avec facilité.

Elle n'attend même pas de voir si Cornélius la suit, elle admire le hall depuis les hauteurs. Une frise dépeignant un serpent court tout le long de la pièce, jusqu'à se mordre la queue. Des anges pleurants qui encadrent des fenêtres, contemplent les nuages inaccessibles, les tapis si carmins qu'ils pourraient être imbibés d'un sang séché depuis des lustres.

Mais surtout, d'ici, Médora détaille le vitrail qui perce toute la façade. Ce n'est que maintenant, sous cet angle, qu'elle peut déchiffrer le motif. Les fragments de verres teintés semblent respirer, s'agencer. C'est une tête de mort entourée de roses, créée par des milliers de petites lunes, d'étoiles, d'astres.

Décidément, drôle de lieu, se dit Médora. Bien loin du seigneur de campagne qui ne jure que par les chasses sanglantes où il peut massacrer toute la forêt.

Le cri étouffé de Cornélius qui s'étale à ses pieds la sort de ses pensées. Il est affalé sur la moquette, aussi rouge que lui. La voleuse comprend qu'il lui demandait de l'aide, main tendue, quand son équilibre précaire a eu raison de lui.

Elle ne s'embarrasse pas d'excuse. Le mot lui a déjà échappé plus tôt, c'est bien assez pour la prochaine décennie.

Le duo se penche pour regarder Raph s'agiter sur les orteils de la statue. Son armure semble soudain bien lourde. Il s'empêtre, peine à lever son bras sans grincer, à hisser sa jambe sans souffler. Après trois essais, des dizaines de grognements, un bon lot de frustration, Médora abrège ses souffrances.

– Laisse tomber, attends-nous ici. On cherche Allegra et on revient.

Elle imagine avec plaisir les sourcils froncés derrière l'armure et part avec un sourire conquérant explorer l'étage supérieur. Elle s'enfonce dans les couloirs sombres alors que Cornélius continue de guider Raph tant bien que mal par des conseils maladroits.

Des indices pour la quête, des indices, des indices, se répète Médora, engloutie par l'obscurité.

Seulement, c'est plus fort qu'elle, ses yeux cherchent les babioles qui brillent, les bricoles qui scintillent. Les chambres se succèdent, mais toutes ont été saccagées par des visiteurs bourrus. Des mains impies ont mis à mal le contenu des coffres, ont renversé les papiers inutiles au sol, ont défait les draps de tous les lits. Surtout, elles ont emmené avec elles le moindre objet de valeur.

Gardant le meilleur pour la fin, Médora se dirige vers la double-porte qui lui fait de l'œil au fond du couloir. Derrière les moulures de soleil noir et de hibou protecteur, une vaste chambre. Aucun doute, c'est l'antre du maître des lieux. Comme le reste, le parquet mité est tapissé de papiers, de colifichets sans intérêt. Le lit à baldaquin, recouvert de velours dévoré par les rats, est encadré d'immenses fenêtres percées qui laissent maintenant filtrer le vent d'automne. Dans le petit cabinet attenant, les tiroirs ont été éventrés, poussière et chaos sont les seuls habitants de cette chambre depuis des siècles.

Le luxe se niche dans chaque objet, finement détaillé. De la lampe de bureau aux vitraux excentriques, aux rideaux lourds et voluptueux, à la tapisserie ravagée et qui garde pourtant des éclats de sublime. À une époque, Médora imagine que les rayons dorés du soleil devaient irradier les reflets d'or des coupes, des candélabres et des boiseries.

La voleuse a beau faire le tour, soupeser chaque coussin désuet, débusquer chaque cachette potentielle, elle ne trouve ni indice ni trésor. Elle revient sur ses pas, se plante finalement devant le lit massif. D'un coup sec, le nez protégé dans le creux de son coude, elle tire sur les rideaux en velours, réveille la poussière qui se répand en nuages grisés.

La jeune femme rouvre les yeux pour faire face à un squelette. Elle devine, sur les os blancs, les restes d'un costume trois pièces en brocart floral. La lavallière s'est avachie sur un cou depuis longtemps disparu. Les rats et les souris ont dévoré les pivoines du tissu. Ce qui étonne vraiment Médora, ce n'est pas le cadavre, c'est l'ombrelle en dentelle qu'il tient dans les bras.

Un hurlement la fait se retourner, main sur le cœur. Elle n'est pas la seule surprise et les dizaines de bestioles tapies dans l'obscurité déguerpissent dans les murs, les trous de lambris et sous les lattes de parquet.

Cornélius l'a rejointe et fixe le squelette avec horreur. Médora est sur le point de lui offrir une réplique acide dont elle a le secret quand un éclat de vie retentit dans le couloir sombre : le rire d'Allegra. Elle plante le paysan devant le lit et se précipite à la rencontre de sa sœur. La peur la fait galoper sur le sol dévoré. Jamais elle n'a été séparée d'elle sans savoir où la trouver. Cette absence, pourtant si courte, résonne en elle comme une éternité. Elle a besoin de la voir, maintenant.

Elle la découvre dans le corridor sud, devant une chambre inoccupée. Dans un couloir abandonné. Elle rit au vent. Elle parle au vide. Allegra ne baragouine pas des recettes de potions, des formules ou des sortilèges qu'elle ne parviendra jamais à produire, non, elle mène une vraie conversation.

– Allie, avec qui tu discutes ? demande-t-elle en s'approchant à pas feutrés.

– Oh, Meddie, te voilà !

Sa sœur a enfilé son attitude de mondaine là où d'autres portent un costume. Ses mains s'agitent dans tous les sens comme des papillons.

– J'ai rencontré Eliphas Ivel. *Le* Eliphas Ivel. Il est le maître des lieux et il te salue.

Chapitre 14
OÙ L'AMOUR DANSE AVEC LA MORT

Cornélius découvre Allegra, le visage illuminé par la joie. Elle sourit au vide. Pendant une seconde, il aperçoit la jeune fille qu'elle aurait dû être. Le plus solaire des astres, la plus courtisée du royaume. Si l'incendie n'avait pas brûlé le fil de son destin, elle aurait été le bijou le plus précieux de la couronne.

Le garçon, perdu dans les limbes d'un avenir impossible, redescend sur terre au moment des présentations.

– J'ai rencontré Eliphas Ivel. *Le* Eliphas Ivel. Il est le maître des lieux et il te salue.

Cornélius déchiffre le visage d'Allegra. La poussière a dû lui monter au cerveau, il n'y a personne d'autre ici qu'une voleuse, un paysan et une fantôme ravissante.

– Vous… ne le voyez pas ? interroge Allegra en jetant un regard inquiet sur sa gauche.

– Non, Allie, il n'y a personne. À quoi tu joues ? s'impatiente Médora.

– Mais, je ne joue pas !

Cornélius fixe les cendres qui sont embrasées par un timide rayon de lumière et dansent en un millier d'éclats devant lui, en vain. Pas de spectre, pas de silhouette. Pourquoi peuvent-ils observer Allegra, l'entendre, et pas son compagnon ?

– Tu as dit qu'il s'appelait Eli-Eliphas Ivel ? reprend soudain Cornélius.

Il revoit le cénotaphe, le nom gravé, le cercueil vide. Aussi vide que ce couloir. Ça ne peut pas être une coïncidence. Le médaillon les a ramenés jusqu'à son maître.

– Oui ! s'enthousiasme Allegra, soulagée d'ignorer le scepticisme de sa sœur.

Allegra tourne son visage vers l'espace désert et s'illumine. Elle approuve, minaude, et Cornélius sent ses organes s'agiter en une valse nauséeuse. Jamais il n'a fait naître chez elle une telle joie.

– Lord Ivel nous remercie.

Allegra prête sa voix à son alter ego fantomatique. Médora croise les bras sur sa poitrine, renfrognée. Elle fixe le couloir, cherche les traits de leur hôte au milieu des grains de poussière.

– Il nous remercie ? grogne-t-elle.

– Oui ! Lord Ivel a…, ose Allegra avec un regard timide sur sa gauche.

L'embarras de la jeune Wickwood colore ses joues.

– Qu'est-ce qu'il dit ? feule Médora, excédée de ne pouvoir entendre.

– Oh, il… rien. Il se trouve que sa disparition est très ancienne, mais jusqu'ici personne n'avait pu lui offrir de repos, car il semble que le manoir était sous l'emprise d'une malédiction séculaire.

– Une ma-malédiction ? ose Cornélius.

Ses sourcils sont aussi ébouriffés qu'une bruyère sous le vent d'automne. Il a du mal à saisir les fils de ce dialogue entre une fantôme trop loquace et un autre condamné au silence. Chaque regard échangé entre les deux spectres lui donne la sensation de s'enfoncer des épines sous les ongles. C'est comme si c'était lui qui s'effaçait, qui devenait invisible.

– Lord Ivel n'en sait pas bien plus. Simplement, il était bloqué dans son manoir comme dans une bulle : impossible d'en sortir ou d'y entrer.

Allegra marque une pause, nouveau dialogue, nouveau sourire à fendre le cœur d'une gargouille.

– Enfin, jusqu'à nous… Oui, nous l'avons croisé ! s'exclame la jeune fille après un silence.

– Qui ? Quoi ? peste Médora qui tente de retrouver les mots manquants comme les pièces d'un puzzle.

– Il me parlait de Keats, son familier.

– Il veut dire le gros loup blanc du labyrinthe ? demande Médora, intriguée.

Allegra approuve d'un petit signe de tête, toute tournée vers son compagnon invisible. Pendant quelques minutes, ils n'ont qu'une moitié de ce dialogue. La spectre s'enthousiasme, s'étonne, étouffe des cris, des lamentations, de fausses larmes. L'histoire d'Eliphas se reflète sur son visage comme les nuages sur la surface troublée d'un lac. Médora grogne de nombreuses fois, soupire, s'impatiente, mais sa sœur, plongée dans son échange, l'ignore superbement.

– Oh quelle affreuse destinée ! Je vous présente mes plus sincères condoléances…

– Bon, Allie !

Allegra souffle des excuses excédées à l'hôte des lieux et approuve d'un petit geste avant de se tourner vers les vivants.

– Je vais vous raconter l'histoire d'Eliphas Ivel.

Elle se gratte la gorge, et reprend d'une voix de conteuse :

– L'an de grâce 1588, sous les auspices du roi Éphinaien le Rustre, fut l'année la plus prospère pour…

– Pour l'amour de Formol, Allie, abrège ! Le tas de ferraille va nous assourdir avant que tu ne termines cette histoire déjà trop longue.

Et en effet, Cornélius entend la symphonie de grognements dépités, de chutes bruyantes derrière eux, dans le hall. L'armure de Raph cliquette contre le marbre impitoyable de la jeune veuve. La statue est une adversaire coriace.

– Oui, je suis bien d'accord avec vous, Lord Ivel !

Le regard noir que la spectre lance à sa sœur suffit à traduire toute la frustration qu'elle a de devoir renoncer à ses talents de narratrice.

Au lieu d'un récit rempli d'hyperboles et de soupirs étudiés, elle livre une histoire vieille comme le monde. Une légende où un héros affronte des ennemis, où l'amour danse avec la mort, où la vengeance tire les ficelles.

Eliphas est décédé ici, dans ces murs, des siècles plus tôt. Lui qui venait de s'éprendre de la plus exquise des femmes, il ne savait pas qu'en scellant ses lèvres à sa dulcinée, il embrassait la grande Camarde. Cette femme a été son empyrée et son tombeau.

Leur passion a donné la vie et il allait la perdre avec la mort. Il ne verrait jamais son descendant, son héritier. Les proches de sa belle lui ont tout ravi : son souffle, son amour, son fils à naître. Il a été assassiné au moment où son existence prenait un sens.

– Oh, je vous en prie, pardonnez-moi ! s'exclame alors Allegra qui se précipite à la suite d'un courant d'air dans le couloir.

– Quoi encore ? tempête Médora alors qu'une porte claque au loin.

– Il est… parti.

– Parti ? s'interroge Cornélius.

Allegra approuve d'un petit signe de tête contrit.

– Lord Ivel est… intense. Nous discutions tout à l'heure et j'ai bien cru qu'il allait défaillir quand je lui ai appris que nous étions désormais en 1822, et qu'il allait rendre ses boyaux sur le tapis en croisant son squelette, qu'il a pourtant déjà dû voir des dizaines de fois… J'imagine qu'il ne supporte pas certains mots, « assassiné » doit être l'un d'eux.

– Un fantôme bavard et maniéré et maintenant un spectre susceptible ? C'est bien notre veine !

La mauvaise humeur de Médora assombrit encore plus le regard d'Allegra. Cornélius intervient à temps avant que la tempête explose entre les deux sœurs.

– Pourriez-vous nous retracer toute son histoire maintenant que Lord Ivel est… parti ? propose-t-il pour calmer l'atmosphère électrique.

– Eh bien, il m'a raconté qu'il a découvert l'amour quand il n'y croyait plus. Il avait plus de cinquante ans, il était persuadé que sa lignée s'éteindrait avec lui, puis il a croisé le regard d'une femme sublime. Vous auriez vu les yeux qu'il avait lorsqu'il parlait d'elle…

Allegra soupire d'adoration, les doigts serrés sur son cœur.

– Seulement, la dame venait d'un clan peu recommandable. Ils semblaient adeptes de larcins, de mauvaises mœurs, et Lord Ivel savait qu'en épousant cette femme, il plongerait en plein déshonneur.

– Et pourtant, il l'a é-épousée ? devine Cornélius.

– Oui ! La famille l'a éconduit de nombreuses fois, il a été dupé, moqué, mais il a fini par obtenir la main de sa bien-aimée. Forts de cette promesse, de leurs noces prochaines, ils ont…

Le malaise se peint sur son visage un instant. Heureusement, sa pudeur est contrebalancée par l'indécence décomplexée de la voleuse.

– Consommé avec passion ? ironise cette dernière, friande du trouble qu'elle provoque chez Allegra.

– Disons cela comme ça... Le fait est que la dame s'est retrouvée... embarrassée.

– Avec un marmot en devenir ?

– Médora !

– Mais c'est ça, non ?

Allegra se redresse, comme si ses manières pouvaient purifier l'attitude honteuse de sa sœur.

– Eliphas a voulu précipiter les noces afin de sauver le peu d'honneur qu'il restait, mais la famille de sa future compagne a pris ombrage de la situation et a interdit à Lord Ivel de revoir sa promise avant leurs épousailles. Un soir, au prétexte de sceller leur réconciliation et l'alliance prochaine, les frères et les cousins de sa dame sont venus célébrer cette union au manoir. Eliphas, complètement enivré, a cru que de meilleurs jours l'attendaient, sans savoir qu'il vivait là ses dernières heures.

– Ces canailles l'ont assassiné ? devine Médora.

– Non seulement ils lui ont ôté la vie, mais ils ont dépouillé son domaine, ses richesses, l'espoir de rencontrer son unique héritier et son plus cher trésor. C'est une histoire terrible, mais une passion pareille a de quoi faire pâlir nos plus grands poètes !

Pour une fois, ce n'est pas Médora qui grogne, mais Cornélius. Il ne voit pas d'amour, que l'égoïsme d'un homme qui a tout pris : la beauté et la jeunesse d'une femme, son innocence, et qui a tout perdu. Lord Ivel lui semble plus attaché à son titre, son héritage, qu'à adorer sa fiancée pour l'éternité.

– Mais je comprends pas tout, là, souffle Médora. Depuis il erre ici à cause d'une malédiction ? Lancée par qui ? Je conçois mal une bande de vauriens avec un tel pouvoir. Et qu'ont-ils volé, au juste ?

– Je l'ignore, admet Allegra. Il n'a pas pu tout me raconter, et sa mort semble… l'indisposer. J'imagine que cela explique sa réticence à éclaircir les parties les plus sombres de son histoire.

Médora bougonne, peu convaincue. Cornélius partage sa frustration. Il se moque bien des trésors qui ont disparu, il souhaiterait savoir ce qu'est devenue sa bien-aimée, quelle vie a été réservée à cette pauvre âme qui a eu le malheur d'être désirée par un noble ?

– Oh, Lord Ivel, je suis ravie de vous revoir ! s'exclame alors Allegra, toute tournée vers le couloir vide. Je suis navrée de vous avoir troublé plus tôt.

– On vous a volé quoi, au juste ? les interrompt abruptement Médora.

– Meddie, enfin ! Au nom de Formol et des tout-puissants, quand apprendras-tu les bonnes manières ?

Après un moment de silence, Allegra aplanit sa robe d'un geste de la main.

– Lord Ivel a l'obligeance de te faire savoir qu'ils ont dérobé des livres, des grimoires et…

Elle se fige comme si elle passait de fantôme à statue. Le gris de sa peau se confond presque avec le marbre. Interloquée, elle ne mime plus sa respiration. Cornélius fixe le nuage cendré devant lui. Un timide rayon de soleil lui donne vie, sans révéler aucune autre silhouette face à Allegra.

– Comment ? Occul… ? Depuis la nuit des temps ?

Cette conversation qui leur échappe met les nerfs de Cornélius et ceux de la voleuse à rude épreuve. Ils pensent reconnaître des mots, imaginent la suite de ce dialogue à une voix, mais c'est comme regarder un miroir qui ne renvoie aucun reflet.

– Est-ce que vous connaissez le *Livre des Mondes Obscurs* ? les interrompt soudain Médora. Un vieux machin en cuir, avec un triangle, une lune et tout le tintouin, là ?

Elle fixe le vide, cherche une réponse dans un grain de poussière, puis dans le regard de l'unique interprète. Mais Allegra ignore sa sœur. Ses yeux sont voilés, son front fripé, sa bouche froissée.

– Je ne peux pas vous laisser dire ça ! s'emporte-t-elle. Je suis navrée de vous l'annoncer, Lord Ivel, mais vous êtes un fieffé menteur ! Les Wickwood sont les seuls occultistes royaux depuis des générations !

L'air fraîchit soudain. Les quelques carreaux de verre, épargnés par deux siècles d'abandon, cèdent. Les vitres sont parcourues de frissons glacés, des fissures gelées les font exploser d'un coup. Le vent se lève au milieu du corridor, c'est comme si le manoir se réveillait, possédé par un glacier. Un cri strident dégonde les portes, fait hurler le parquet qui s'arc-boute, les rideaux s'effilent sur eux-mêmes.

Le paysan ne peut retenir le claquement de ses mâchoires. Médora se tient violemment à lui. Menacée par le tourbillon terrible qui agite le couloir comme le souffle puissant d'un dragon, elle risque de s'écraser contre une cloison pleine d'échardes ou sur les dents en verre acérées des vitres explosives.

– Vous n'êtes qu'un fou et un menteur ! hurle Allegra.

Cornélius a tout juste la force d'ouvrir ses paupières. L'air est chargé d'électricité, de glace, de vent, de haine et de violence. Il comprend que cette tempête est l'œuvre d'Eliphas autant que d'Allegra : elle lévite au-dessus de la moquette gelée comme un lac en hiver, ses cheveux forment une couronne d'épis autour de sa tête, ses yeux lancent des éclairs, ses doigts crépitent, son corps est secoué de vibrations monstrueuses.

– Allegra, que se pa-passe-t-il ? tente-t-il, au risque de se mordre la langue.

Emportée par la trombe de sa hargne, elle ne l'entend pas. On dirait que le ciel et la glace se confrontent. C'est effrayant et sublime. Allegra n'est plus une fantôme, c'est une déesse vengeresse. Il ne la reconnaît plus. Subjugué, il s'approche, inquiet, il veut la toucher, s'assurer que tout va bien, qu'Eliphas ne la maudit pas, qu'elle est encore l'Allegra qu'il a toujours connue.

– Mais tu fais quoi, sombre idiot ?!

Médora vocifère, tente de retenir son bras, mais déjà, sa peau bleuie par le froid se mêle à l'épiderme cendré d'Allegra. Et il croit presque la sentir. Ses doigts picotent, s'agitent, elle est là, elle est…

– FUYEZ !

Allegra hurle, une main tendue devant elle, l'autre vers le hall qui déjà se fait avaler par le parquet épineux. Cornélius se refuse à partir, il ne peut pas l'abandonner. Ses dents s'entrechoquent, ses cils s'alourdissent de petits flocons givrés.

– Je vous rejoins ! Cornélius, j'arrive.

Elle le rassure, dernière seconde de paix au milieu du chaos. Enfin, il se met à courir.

Chapitre 15
Un livre sans mot, un heaume brisé et un manoir en ruines

Autour d'elle, le chaos. Elle a offert une seconde suspendue à Cornélius. Une seconde sainte pour le rassurer, pour l'enjoindre de fuir. Puis le temps a repris sa course folle, les mains gelées d'Eliphas ont fondu sur son cou. Pendant un moment, elle n'a vu que son visage déformé par la haine, par la rage, par des siècles de solitude.

– Sale emberlificoteur. Retourne aux Enfers ! crache Allegra.

Du fond de son ventre creux et décharné monte une puissance dont elle ignorait tout jusque-là. Elle la sent qui l'emporte et elle accepte la vague, elle flotte sur sa crête et l'envoie s'écraser sur l'hôte des lieux. La décharge le touche en pleine poitrine, l'assomme assez longtemps pour que la spectre s'échappe.

Hors de question de mimer un pas pressé, une course empruntée de courtisane faussement pudique. Maintenant, elle vole à travers le corridor, fend l'air autour d'elle. Elle ne ressent pas le froid, mais elle le devine aux dentelles de givre qui habillent les tissus, du tapis aux rideaux, aux tatouages glacés qui marquent le marbre, les vitraux, les dorures.

Allegra rejoint Médora, Cornélius et Raph en un souffle. Ce dernier n'a pas eu besoin de suivre la conversation pour tout comprendre : fuir, vite. Son instinct de guerrier agite son armure entière. Elle doit peser trente kilos, et pourtant, il a la rapidité d'un coléoptère.

– Attention ! hurle Allegra.

La veuve vengeresse vacille sur ses pieds de marbre. La spectre devine tout juste un visage sous le voile noir, un cri d'alarme, des yeux terrifiés, avant que les traits de la statue n'explosent en milles fragments. Raph bondit sur Médora, l'écarte, Cornélius saisit sa main, les relève, et les voilà qui foncent vers la double porte d'entrée, loin d'ici.

Ils n'ont que le hall à traverser et pourtant Allegra tremble. Elle ne peut pas les protéger des dents acérées du parquet, des moquettes étouffantes, des rideaux suffocants, des pampilles létales. Eliphas infuse sa haine dans son mobilier. Le manoir meurtrier menace de les gober tout rond. Chaque pas au sol crée un nouveau tombeau prêt à les avaler. Raph ouvre la voie, abrite autant que possible de son corps métallique les os fragiles de ses camarades.

Allegra n'a qu'une chose à faire : gagner du temps.

– Cuistre cuisant ! crache-t-elle en se lançant à la rencontre du maître des lieux, en haut des marches vermoulues.

– Sois maudite, toi et tous les Wickwood, la condamne Eliphas.

Lorsque leurs corps éthérés se rencontrent, ils produisent une décharge puissante. Le vitrail en tête de mort, cœur de l'entrée, explose en milliers d'étoiles. La détonation fait trembler jusqu'à la plus haute tour du manoir. Allegra sent des étincelles au fond de ses os qui n'en sont plus. Sa haine est bien réelle, en revanche.

Elle devine, du coin de l'œil, que les trois autres sont partis, elle les sait qui remontent une colline, qui s'échappent, qui disparaissent. Et elle a l'intuition qu'en dehors de ces murs qu'Eliphas a enduits pendant des siècles d'animosité, de rancœur, de fatuité, il n'est rien. Elle évite l'éclat de glace qui manque de transpercer son cœur chimérique et elle canalise sa rage en une petite boule électrique qui le frappe en plein front.

Elle n'a qu'une seconde pour suivre le trio. Une seconde pour se soustraire à l'emprise de ce monstre et l'ensevelir sous les ruines de sa demeure vaniteuse.

À toute vitesse, elle retrouve sa sœur, qui soutient Cornélius, blessé. Elle n'a pas le temps de poser de question.

– Continuez de courir ! Encore ! Allez !

Allegra ne se permet aucun coup d'œil par-dessus son épaule. Elle ne veut pas croiser le regard glacial d'Eliphas, déformé par la malveillance. Ni voir son manoir, qui pourrait devenir leur tombeau. Médora, Raph et Cornélius accélèrent le pas, haletants. Au sommet de la colline, à l'orée du bois, le répit, la fin du domaine de Lord Ivel.

La spectre se retourne et contemple, avec ses amis, les miettes d'un autre temps, d'un autre monde. Les tourelles s'affaissent, perdent tout appui, tremblent, s'écroulent, et emportent avec elles des pans de murs entiers, une vie, des pignons, un héritage, des fenêtres à encorbellement, une histoire. Il ne faut qu'une minute pour que le manoir s'effondre comme un château de cartes.

Raph, Médora, Cornélius et elle dominent le coteau, vue plongeante sur les cendres de la famille Ivel. Ils prennent un moment pour intégrer ce qui vient de se passer. La rencontre avec un fantôme invisible, la force puissante d'Allegra, la blessure de Cornélius…

– C'était quoi ce bordel ? souffle Médora.

Allegra n'a pas la foi de la sermonner. Elle rêve de la serrer contre elle, de tester la solidité de ses os, les engelures de ses doigts, le rythme de son cœur. Mais elle laisse ce souhait impossible reposer au milieu des décombres du manoir.

– Et merci, Ra…, commence Médora, qui se tourne vers le garde.

Allegra suit le regard de sa sœur. Le heaume de Raph est fendu de part en part, comme la toile d'un tableau, le visage offert au soleil. La brune le fixe, confuse.

– Alors t'es pas un putain de mort-vivant ou un truc du genre ?

La panique de Raph l'engloutit. Ses mains affolées se posent sur sa peau à nu. Son identité a volé en éclats, le laissant plus vulnérable que jamais.

– Merde ! s'exclame-t-il.

– Et tu parles ?! Il parle ! Tu te fous de nous ?!

Cornélius, resté bien discret jusque-là, admire juste son compagnon d'armes en haussant les épaules.

– Tu te contentes de grogner depuis le début, alors que tu pouvais utiliser de *vrais* mots ? grommelle la voleuse.

– Question d'habitude, bougonne Raph, dont la voix est rauque, moulée dans le silence.

– On devrait faire une pause, je crois que nous avons beaucoup de choses à discuter, propose Allegra pour mettre un terme à la rage de sa sœur. Mangez.

Elle ne feint plus d'avoir un estomac à remplir, elle laisse la première personne du pluriel se noyer dans le marais avec Annaca, griller à cause de l'électricité qui court sur ses doigts. Elle n'est pas comme eux, elle est lasse de prétendre le contraire, lasse de jouer les jeunes filles à marier prêtes pour la saison des bals.

Elle veille sur les ombres de sa sœur, de son paysan, et de son garde, qu'elle voit fureter comme des vers luisants au pied des arbres. Ils devront se contenter de quelques champignons déjà grignotés par des rongeurs affamés, de quelques baies blettes à cause du soleil d'automne.

Raph garde la tête baissée, il profite de chaque miette d'obscurité. Il se tapit au fond de son heaume de métal. Il évite les regards comme s'ils lui brûlaient l'épiderme. Allegra ne peut pas s'empêcher, pourtant, de fixer ses traits fins, ses cils épais, ses yeux perçants, sa peau brune et chaude, les milliers de secrets que renferment ses cicatrices. Et, quand elle l'observe, elle le trouve courageux, et beau, et fier.

Pour la première fois, il mange avec eux, incapable de se séparer du reliquat métallique qui protège son crâne. Ils ne parlent pas, ne se regardent pas. D'un accord tacite, ils se laissent le temps de cette collation avant que les mots n'explosent comme des pétards mouillés. Le silence avant la tempête.

Médora est le premier coup de tonnerre.

– Qu'est-ce qui s'est passé, Allie ? Qu'est-ce que…

Elle gratouille l'herbe devant elle, scalpe le gazon, encrasse ses ongles. Allegra ne dit rien, elle aime autant qu'elle se venge sur le tapis de la forêt plutôt que de subir ses foudres.

– Je vous ai abandonnés à la fin du labyrinthe parce que j'étais… attirée par le manoir. J'ai rencontré Lord Ivel au dernier étage, dans sa chambre. Au début, il était ébahi, avant de redevenir un vrai gentleman.

– Un vrai monstre, ouais, complète Médora.

Personne ne conteste.

– Il a rattrapé en dix minutes de conversation des siècles de solitude. Il m'a noyée sous les paroles, les bons mots, les souvenirs, les anecdotes et les compliments. Puis, vous nous avez trouvés, et ensuite, eh bien…

Allegra se racle la gorge. Elle aimerait ravaler les propos d'Eliphas. Si elle les enfonce au fond de son ventre, peut-être pourra-t-elle les faire disparaître à jamais.

– Lorsque tu lui as demandé pour le *Livre des Mondes Obscurs*, reprend-elle, avec un coup d'œil vers sa sœur, il s'est enflammé. Il a commencé à parler de son plus grand trésor, de la fierté de sa famille. Il a dit une chose… absurde. Impossible.

Elle sent le regard de ses trois compagnons qui la transperce. Elle sent sur elle les iris perçants de Raph, comme s'il lisait son âme en filigrane sur sa peau évanescente.

– Il a dit que les Ivel étaient des occultistes royaux depuis la nuit des temps… Que tout leur pouvoir tenait dans un grimoire.

Elle souffle un petit filet de voix, comme des mots en vapeur qui pourraient s'échapper, s'évaporer, s'oublier.

– Quoi ? Les Ivel, des o-occultistes ? résume Cornélius.

– Quand j'ai argué que les Wickwood étaient les seuls occultistes royaux, il a… explosé. Son visage s'est transformé, il a perdu tout ce qui restait du gentleman pour devenir… autre chose. Une boule d'énergie et de haine.

– Mmph, grommelle Raph, avec un sourcil dubitatif.

– Eh oh, sac à rouille, le rabroue Médora, je te rappelle qu'on t'a pété le bocal, tu peux parler maintenant. Avec de *vrais* mots. Un autre « mmph » et je finis de t'exploser ce qui te sert de heaume.

– En tout cas, reprend Allegra, il a déversé sa rage. Sa bien-aimée était une Wickwood, et il a prononcé notre nom avec tellement de fureur, Meddie…

Si elle avait encore des larmes, Allegra les verserait. Si elle avait encore un cœur, il cognerait douloureusement dans sa poitrine. Si elle avait encore des nerfs, son corps se recroquevillerait comme une pelote de laine.

– Allie…

Allegra sort de ses pensées. Elle suit le regard de sa sœur sur sa silhouette, s'attend à trouver sa peau habituellement laiteuse, cendrée, transparente, mais elle découvre des bluettes qui recouvrent son épiderme comme autrefois la chair de poule. Elle sent l'énergie qui la caresse, qui fait presque revivre ses tendons, ses muscles, ses ligaments. Une puissance telle qu'elle pourrait croire sa poitrine prête à battre à nouveau. La même chose s'était produite dans le corridor, un peu plus tôt.

Ce qui est nouveau, c'est l'effroi dans les yeux de Médora. L'idée de lui faire peur annihile toute étincelle. Le brasier s'éteint comme on souffle une bougie.

Allegra repense aux paroles d'Eliphas, quand il a croisé son regard pour la première fois. Lord Ivel la fixait de la même manière qu'on observe une fée au détour d'un marais. Comme si elle était irréelle. Il a laissé un doigt courir le long de ses longs cheveux, émerveillé. Et il a prononcé cette phrase qui maintenant résonne en elle aussi fort que si on agitait la Cloche sacrée des Brumes sous son nez : « Vous n'êtes pas comme les autres, ma chère. Vraiment pas comme nous autres. »

Elle sent que l'angoisse la transforme en luciole mortelle, elle ne peut pas céder à la panique. Et si elle devenait un spectre sans conscience, un esprit vengeur ? C'est impossible. Aussitôt sa peau redevenue laiteuse, ses trois compagnons s'apaisent à leur tour. Elle surprend la main armée de Raph retourner pacifiquement sur son genou.

– Hum, commence Médora en se raclant la gorge. Alors cet aliéné prétendait quoi ? Que les Wickwood étaient les vauriens dont ils parlaient ? Ceux qui l'ont volé, assassiné ? Ces bohémiens de mauvaises mœurs ?

– Oui. Il a affirmé que nos ancêtres sont ceux qui l'ont dépouillé de sa vie, de son titre, de son amour, de son héritier, de ses trésors, de sa magie, et de son *Livre des Mondes Obscurs*. Meddie, et si c'était vrai ?

Sa sœur balaye sa crainte d'un geste de la main. Allegra cherche une réponse dans les yeux verts de Cornélius, tourné vers le soleil qui se couche sur les ruines du manoir. Raph la perce du regard, taciturne.

Emportée par ses réflexions, Médora rase le gazon devant elle. Aucune herbe ne résiste à ses ongles revanchards. Si Allegra pouvait empêcher son cerveau de s'agiter comme une luciole dans un bocal, elle imiterait sa sœur et au Diable la bienséance.

Car plus la spectre y pense, plus ses certitudes se craquellent, et derrière cet écaillement, elle devine le vernis resplendissant d'une vérité trop dure à affronter…

Le caveau était au nom des Ivel, surmonté du symbole qui hante leur quête. Le cénotaphe était prêt à accueillir le *Livre des Mondes Obscurs*. Les tombes des Wickwood, dans ce cimetière, étaient abîmées, dignes d'aigrefins, pas d'occultistes royaux. Elle a déjà parcouru des grimoires qui mentionnaient des familiers. Des créatures ramenées de la mort par le sang offert de leur maître, dévouées pour toute leur vie d'éternel à servir leur sauveur. Un tel sort exige une magie puissante.

– Mais pour-pourquoi avons-nous pu passer le gros loup ? demande Cornélius.

– Keats, murmure Allegra, au risque de l'invoquer.

– Keats ? répète Raph.

La spectre lui explique que l'animal blanc était le familier d'Eliphas. Et tous replongent dans leurs sombres pensées, tentent de défaire les nœuds de la vérité engloutis par des puits sans fond. À chaque nouvelle question, il manque la réponse. Engluée dans un mystère épais, Allegra ne sait comment mener à bien la quête royale. Pourtant, elles ne peuvent échouer, autrement Médora la rejoindra de ce côté du voile. Et elle ne peut le permettre.

– Et le livre ? maugrée Raph, que chaque mot semble faire souffrir.

La voleuse se saisit de son sac en cuir, violemment rayé par les échardes, les stalactites, la fuite et la chute de la statue de marbre. Elle délasse les lanières avec une habileté forgée par l'habitude.

– Toujours là ! s'exclame-t-elle en le tenant à bout de bras.

Au milieu des miettes de leur repas, des herbes décapitées et des éclats dorés du soleil couchant, il ne leur reste rien qu'un livre sans mots, un heaume brisé et un manoir en ruines.

– Je crois re-reconnaître l'endroit où nous nous trouvons, lance alors Cornélius en analysant les arbres autour d'eux. Nous ne sommes pas si loin de Harrow. J'ai repéré l'essence de mélèze, typique du nord de nos forêts.

– Si tu le dis, l'écureuil..., ironise Médora qui rassemble ses affaires et soupèse son sac, accablée.

– Je devrais pouvoir nous ramener chez nous.

– Guide-nous, dicte Raph qui est déjà debout, prêt.

Le tapis d'herbe, écrasé par leur poids, semble soupirer d'aise alors qu'ils se relèvent et s'éloignent. Le froid commence à tomber sur les feuilles orangées. Le soleil couchant embrase la chevelure de Cornélius, en chef de file.

– Comment allez-vous Miss ? demande-t-il alors qu'Allegra volette à ses côtés.

– Bien.

Son regard la transperce. Il voit au-delà du mensonge, de sa réponse trop brusque pour être sincère. Il devine sa peur, ses angoisses, son désarroi, mais lui laisse son droit au silence. Elle espère qu'il lit aussi dans chaque fragment de ses iris l'aveu qui la hante. *Je vous aime.*

Rapidement, il interrompt sa marche, jette un œil derrière lui comme un berger prudent. Allegra remarque seulement que Raph est immobile, figé.

– Vous allez bien, Monsieur Raph ? ose Allegra.

– J'imagine que je vous dois des explications…

Sa voix est si enrouée, pleine de toiles d'araignées, étrangère aux mots, aux rires, aux cris, que la spectre souffre rien qu'en entendant les paroles râpeuses qui lui échappent. Et, à sa grande surprise, c'est Médora qui s'approche de lui.

– Tu ne nous dois rien, sac à rouille. Ton histoire t'appartient, si tu veux te confier à nous, c'est toi qui vois, mais franchement, je m'en fiche. La seule chose qui m'importe, c'est qu'on arrive au bout de cette mission idiote, qu'on retrouve les mots, la prophétie du roi, notre rang, et que tu rentres gentiment au *Castle* sans me couper la gorge. Mais sans toi… je serais sûrement ensevelie sous ce manoir. Alors merci.

Allegra a du mal à interpréter le regard de Raph. Du soulagement, du respect ? Il approuve d'un signe discret, retourne dans le confort de son silence et ferme la marche.

Le petit groupe s'enfonce dans la forêt comme dans les mystères, Cornélius en tête.

Chapitre 16
Emprisonnés par un rideau de lumières

En règle générale, Cornélius évite de parcourir les forêts de nuit. Depuis tout bébé, Grand-maman lui a raconté des mythes terrifiants. Il ne craint pas les sangliers nerveux, les épines malignes ou les branches cinglantes. Il a peur de ce qui se cache derrière les pins sombres, au plus profond des bois. Ces contes que beaucoup ne prennent que pour des légendes, des « histoires de bonnes femmes », des inventions pour faire frissonner, Cornélius n'a jamais douté qu'ils étaient vrais. Après tout, sa voisine est une spectre, digne d'une « fable pour hystériques » à en croire certains. Alors, si un tel être sublime est réel, il a toujours été persuadé que les monstres devaient également exister.

Suivi par Médora, Allegra et Raph, il scrute la pénombre, à la recherche de la moindre griffe, du moindre regard perçant, de la moindre menace. Il sait que la voleuse n'en reparlera pas, mais il ne veut pas qu'elle revive une seule seconde son cauchemar à dos de cheval aquatique.

Derrière lui, les sœurs insultent copieusement Lord Ivel. Elles se débattent avec la toile tendue des mensonges, incapables d'accepter que la vérité est déjà là, sous leurs yeux.

Cornélius leur laisse le temps de faire le deuil d'un héritage familial brisé. Il a explosé en même temps que le manoir.

Mais il ignore rapidement les murmures rageurs des Wickwood.

La forêt, les arbres, c'est sa deuxième maison. L'endroit où il se sent bien. Il en maîtrise tous les bruits, toutes les traces, toutes les complaintes. Le soupir du vent dans les feuilles, quand elles frémissent à l'approche de la pluie. Les cachettes préférées des champignons, les empreintes nocturnes des bêtes. Les cicatrices laissées sur les troncs par des canines de sanglier.

Malgré la chape verdoyante qui étouffe toute la lumière de la lune, il sait se repérer. Il connaît le nord, ne le perd jamais de vue. Il place ses pieds sur des tapis de mousse moelleux, loin des fleurs délicates, des insectes fragiles. Il passe au milieu de la forêt comme un invité soucieux de ne pas perturber les lieux. Il aurait été seul, jamais la chouette n'aurait ululé pour annoncer le danger, jamais un cerf n'aurait couru au loin pour fuir. Mais avec les Wickwood, les piaillements ne s'interrompent pas. Raph est l'unique parangon de silence.

Les sœurs tournent en rond dans leurs discussions, dans leurs reproches, dans leurs marmonnements inquiets, quand Cornélius file droit à travers les mélèzes, les fougères et les troncs renversés.

Et, là ! Au milieu des chuchotis chargés d'angoisse, un bruit.

Pas un animal. Pas un frémissement. Pas un soupir d'arbre. Pas un craquement d'écorce. Pas une Wickwood apeurée. Autre chose.

Cornélius s'arrête, percuté par Médora qui interrompt sa réprimande en croisant le regard vigilant du paysan. Il a saisi ses poignets pour la figer tout entière. Raph, derrière les sœurs, a déjà la main posée sur son serpent. Il est tendu, à l'affût, comme lui. Médora s'échappe de ses doigts menottés à ses avant-bras et se jette sur son sac. Elle en sort sa Cloche sacrée des Brumes qu'elle retient contre elle.

Allegra scrute le couvert des arbres, en vain. Cornélius échange un regard avec Raph. Quel soulagement de deviner enfin son visage, de pouvoir se fier à ses yeux perçants qui lui indiquent d'un mouvement imperceptible l'origine du bruit.

C'est un grognement profond qui monte des entrailles de la forêt. Comme si chaque brin d'herbe se mettait à frémir de terreur, à l'unisson. Un bourdonnement que Cornélius est bien en peine d'identifier. Même un millier d'abeilles ne produirait pas un tel déferlement.

Cornélius empoigne la branche qu'il tenait négligemment jusque-là. Celle qui ne servait qu'à débusquer des crevasses invisibles se révèle une arme parfaite dans sa main calleuse. Campé sur ses jambes arquées, il attend, aux aguets.

Pendant de longues minutes, rien.

Que ce vrombissement qui menace, mais n'éclate pas. Et derrière lui, deux bavardes invétérées.

– Ça se trouve, Lord Ivel a vraiment pu mettre sa malédiction à l'œuvre, soupire Allegra, peinée.

– Mais de quoi tu parles ? rétorque Médora. Quelle malédiction ? Ce vieux pouilleux a cané il y a des siècles, il va rien nous faire ! Et puis…

– Fermez-la !

La voix tranchante de Cornélius surprend les deux Wickwood. La vivante semble prête à l'étriper, la morte à le méconnaître. Raph approuve d'un signe de tête soulagé. Enfin, ils peuvent entendre le bourdonnement, évaluer sa distance.

Ça bouge, ça avance, ça se rapproche. Mais ça vient de toutes les directions à la fois et Cornélius ne sait pas vers où fuir.

Il ignore allégrement les mines offusquées des Wickwood.

Depuis peu, il ne craint plus les foudres de Médora. Longtemps, il a pensé qu'elle était l'image miroir de sa sœur, son contraire parfait, l'ombre de cette lumière allègre. Maintenant, il comprend que sa mauvaise humeur cache une peur incontrôlable. Peur de perdre sa sœur déjà perdue. Peur de perdre le peu de possessions qui lui reste. Peur de mourir de faim. Peur de découvrir des secrets qu'elle n'est pas prête à voir révélés. Allegra et Médora ne sont pas des opposées, elles sont le reflet d'une même pièce, elles se poursuivent sans jamais se trouver.

Et toutes deux ont la même angoisse au cœur.

Elles redoutent ce que cachent les bois, et sans doute ont-elles raison.

D'un regard, Cornélius se coordonne avec Raph.

Il a suffi d'une course épique après un cheval pour qu'il ait l'impression de le connaître, la déflagration de son heaume ne change rien pour le paysan. Simplement, maintenant, il devine mieux les souffrances derrière sa peau noire, constellée de cicatrices et de mémoires de guerre. Il devine la souffrance sous ses yeux perçants qui voient tout. Il devine la souffrance derrière ses lèvres closes pendant des années. Il devine la douleur derrière son squelette de métal.

Ce qu'il ne peut imaginer, en revanche, c'est la douleur que ça doit être, d'être plus à l'aise dans une armure que dans sa propre peau. Mais Raph ne se laisse pas de temps pour douter, pour gémir, pour se plaindre. Ce qu'il est, avant toute chose, c'est un guerrier.

Sans aucun doute le meilleur, pense Cornélius.

Ils décident de repartir, étouffant leurs pas sur les tapis de mousse épais, et ils parviennent jusqu'à une petite clairière. Une percée parmi les arbres oppressants, un écrin de beauté et de douceur recouvert de fleurs violettes délicates. À peine Cornélius pose-t-il un pied sur le matelas de lathrées clandestines que le bourdonnement s'interrompt. Soulagée, Allegra le suit au cœur du camaïeu améthyste. Il n'y a qu'elle pour s'extasier de cette peinture vivante au milieu du chaos.

Le quatuor avance prudemment. Sans y réfléchir, ils se tournent le dos, scrutent chaque arbre qui les menace. La clairière, entourée par cette muraille végétale, a maintenant l'air d'une gueule ouverte.

– Pourquoi ça s'est arrêté ? demande Médora.

Cornélius se pose la même question.

Mais rapidement, la réponse surgit devant eux en milliers de petites boules lumineuses. Elles émergent de chaque feuille, de chaque nœud des troncs, de chaque branche, de chaque ombre. Si Cornélius avait dû dessiner une fée, il ne l'aurait pas représentée autrement que comme ces entités phosphorescentes qui volettent aux abords de la trouée. Rapidement, elles masquent les arbres et forment un rideau éclatant impénétrable. Le paysan croit deviner des ailes qui s'agitent, qui résonnent en ce vrombissement assourdissant. Il doit lutter pour ne pas se protéger les oreilles, pour ne pas abandonner son bâton, sa seule arme.

– C'est quoi ces trucs ? proteste Médora qui plisse les yeux, éblouie.

– Ce ne sont pas des trucs...

Allegra répond, comme ailleurs, comme si le vacarme ne l'indisposait pas. Elle s'approche doucement des minuscules boules de feu. Cornélius tente d'agripper sa main, de la retenir près de lui, mais il ne fait que frôler le voile glacial et insaisissable de sa robe. Elle l'ignore et avance encore.

– Ce sont des âmes.

Elle n'est qu'à un souffle de caresser les lumières, mais elle s'arrête, en scrute une qui se pose devant son nez.

– Ce sont des défunts. Ceux qui n'ont pas pu partir de l'autre côté. Je les *sens*.

Cornélius remarque le regard dubitatif de Médora. Comme lui, elle est campée sur ses pieds, genoux pliés, prête à bondir, Cloche en main, pour sauver la vie déjà perdue de sa sœur.

– Mais c'est quoi ce bordel ? Un fantôme, un cheval aquatique, une noyée, un autre fantôme taré et maintenant ça ? Des âmes en suspension ? Mais qu'est-ce qui se passe ?!

Le paysan se retourne, estomaqué. La tempête de mots ne vient pas de Médora, mais de Raph. Épée posée contre la hanche, bras ballants, il tourne sur lui-même, embrassant toutes les lucioles du regard. Cette fois, c'est de la panique qui brûle dans ses yeux.

– Je peux trucider des armées entières, faire couler le sang d'un prince, démembrer un comte ou arracher ses secrets à un espion, mais je ne peux rien contre… *ça*.

Son impuissance durcit ses traits. Face à ces créatures, bien loin des monstres qu'il imaginait, il ne trouve pas la force de lever son épée.

– Je ne crois pas qu'ils nous veuillent du mal, souffle Allegra, le doigt tendu vers une âme luminescente.

– Ne les touche pas, Allie ! lui crie sa sœur.

Là où le garde panique, la spectre est éblouie par le spectacle. Le rideau lumineux oscille, bourdonne gravement, comme si tous les défunts grondaient en même temps pour se concentrer sur la plus belle âme de toutes. Médora doit hausser la voix pour que la fantôme daigne enfin l'entendre et revenir vers eux, au cœur de la clairière.

– Meddie, je t'assure qu'ils sont inoffensifs ! s'insurge Allegra.

– Ah ouais ? Alors comment t'explique que tous tes lampions nous empêchent de sortir d'ici et se rapprochent de nous ?!

Cornélius a aussi remarqué le phénomène : l'air de rien, les lumières les encerclent, se resserrent. Le bourdonnement devient insupportable. Raph, paniqué, lève son épée et tranche une boule qui le nargue. Mais rien. L'âme ne flanche pas, la perle de feu bat toujours furieusement des ailes et s'avance, encore et encore.

– Qu'est-ce qui se passe ? hurle Raph alors qu'il se fait piquer au visage.

Une main sur la joue, sonné, il se rappelle que son heaume n'est plus qu'une écorce de métal qui ne le protège plus...

– Non, arrêtez, je vous en prie ! s'emporte Allegra en levant les bras.

Cornélius ne sait pas à qui elle s'adresse entre les âmes en furie qui commencent à les harceler et ses compagnons. Imitant Raph, il a saisi son arme et l'abat autour de lui comme un beau diable. Il frappe à l'aveugle, espère en mettre certaines à terre, recommence. Le bourdonnement violent lui donne envie de s'arracher la tête, de noyer ses tympans dans du miel.

Incapable de percer le rideau lumineux, il se contente de faire danser son bâton autour de lui. Il sent des dizaines de morsure qui lui entaillent la peau. Sous l'œil, sur les bras, sur les jambes.

– Je vous en supplie, cessez tout cela, s'il vous plaît !

Il devine plus les prières d'Allegra qu'il ne les entend réellement. Sa voix brisée suffit à lui redonner de la vigueur. Les yeux fermés, la tête baissée, il tente de se protéger, impuissant. Il ne sait pas où en sont ses camarades. Ils ne peuvent pas s'échapper, ils ne peuvent pas abandonner, ils ne peuvent pas se replier, emprisonnés par un mur de lumières.

Après cent nouvelles piqûres, Cornélius n'a plus la force de tenir debout. Haletant, il se laisse tomber au sol, agite en vain son bâton pour éloigner ces milliers de harpies. Raph est déjà par terre, secoué par une horde de lucioles qui s'excitent sous son armure et le mettent au supplice. Son visage est contorsionné de douleur et on dirait que le métal est animé d'une volonté propre et cruelle.

Médora se précipite vers le garde, essaye d'arracher les harnais de cuir, de défaire le plastron, de tuer toutes les lumières qui le dévorent de l'intérieur. Mais c'est sur elle que les boules de feu s'acharnent désormais.

Après cela, Cornélius n'entend plus rien que le bourdonnement assourdissant. Il a l'impression que des milliers d'âmes se sont immiscées sous son crâne et tournent en rond. Il ne sent plus sa peau, piquetée de toutes parts. En revanche, il est persuadé de reconnaître un cri. Un cri rauque, fort, puissant. Un cri de désespoir qu'aucun animal n'a jamais poussé.

Et un vent, fort lui aussi, qui vient lui lécher la figure et le débarrasser des monstres qui le harcelaient. Pendant une seconde, plus rien qu'une brise réparatrice sur son visage.

Le silence, enfin.

Il parvient à entrouvrir les paupières. Au-dessus de lui, sublime et terrifiante, Allegra, en habit de lumières. Elle a les bras tendus, suspendue au milieu de la prairie, ses cheveux forment une couronne d'épines autour de sa tête. Et les milliers de boules de feu tombent à ses pieds en adoratrices dévotes.

Puis, les feuilles se meurent, caressent le visage du paysan, et le vide l'engloutit tout entier.

Chapitre 17
Ursine

Ursine a beaucoup marché, et ses courtes jambes la lancent. Son menton épouse presque sa poitrine flasque. Ses cheveux filasse sont rabattus par le vent, mais elle n'a même pas la force de les coincer derrière son fichu. Elle hume l'air qui passe devant ses narines creuses, vainement. Elle n'entend plus le médaillon. Elle ne le ressent plus. Ursine caresse son buste cave qui habite de nombreux bijoux, mais pas le plus précieux.

Au début, la piste était comme éclairée par la pleine lune. Aujourd'hui, il lui semble qu'elle progresse au milieu d'une forêt de poix. Incapable de s'orienter, elle tourne en rond dans des bois étrangers. Le néant au fond de la poitrine, elle chemine dans l'inconnu, la peur au ventre.

Maman, à sa place, continuerait de marcher. Alors Ursine avance.

Lorsque ses guibolles protestent, s'écroulent sous l'effort, elle convoque le peu de force de ses bras pour se relever. Quand ses yeux se ferment, troublés par ces arbres qui se ressemblent tous, elle s'appuie sur son instinct. Quand son espoir meurt, la haine le fait renaître.

Elle ne peut pas laisser un tel pouvoir à une fripouille, une fantôme, un paysan et un garde.

Maman ne le permettrait pas. Aucun Ivel ne le permettrait.

Alors Ursine avance.

Elle a toujours vécu avec ce médaillon. Relique unique d'un ancêtre glorieux. Promesse d'un futur plein de richesses. La preuve que les Ivel étaient les grands occultistes royaux, autrefois, avant d'être dépossédés.

Toute sa vie, Ursine a été la gardienne de cet héritage, du cercueil sans dépouille. Elle a attendu que le corps d'Eliphas revienne et ses pouvoirs avec lui. Ce médaillon était le dernier phylactère, comme un fil entre folie et raison sur lequel toutes les Ivel ont adroitement dansé.

Sa famille n'a vécu que pour lui. Alors Ursine avance.

Elle se souvient très bien du jour où maman l'a faite s'asseoir devant la cheminée. L'hiver avait glacé les fenêtres, bleui les lèvres, durci la détermination. Maman avait pris sa main dans la sienne. Ursine se rappelle sa peau chaude et calleuse, aussi râpeuse que la langue d'un chat. Sans un mot, maman avait saisi l'aiguille de son ouvrage et piqué le bout de son doigt d'enfant. Une goutte de sang rouge, petit point vermeil, qu'elle avait récupéré comme un trésor et posé sur le cœur noir du médaillon.

Et le collier avait englouti ce petit point vermeil comme un noyé sa première goulée d'air. L'or avait semblé plus poli, les rayures plus rares. Avec des yeux émerveillés, Ursine avait étudié le talisman sous toutes les coutures. Maman avait souri.

« Cet objet est la chose la plus précieuse du monde, Ursine. Ce n'est pas n'importe quel bijou, rien à voir avec ceux-là », avait-elle dit en triturant les chaînes qui lui ceignaient le cou comme de vulgaires pacotilles. « Ce médaillon vient de notre ancêtre, un très lointain parent, Eliphas Ivel ».

« Oh, le monsieur du tombeau », s'était enthousiasmée Ursine, bercée dès ses premières heures dans l'obscurité étouffante du cénotaphe.

« Oui. Cette relique lui appartenait et elle est magique. »

Après avoir observé la goutte de son sang disparaître au milieu de la pierre noire, Ursine était toute prête à le croire. C'était l'évidence même. Maman, pour la première fois, lui avait laissé toucher le bijou, le soupeser dans sa petite main, épouser du doigt les contours dorés tout doux, le cœur rugueux. La magie au creux de sa paume.

« Ce médaillon reconnaît ton sang, le même qu'Eliphas. Ce sera ton meilleur ami, celui que tu reconnaîtras même au cœur des nuits les plus sombres. Mais, plus les années passent, plus son pouvoir s'efface. Nous devons retrouver notre Maître, faire revivre notre nom, Ursine. Tu comprends ? »

Bien sûr, elle avait compris, maman.

Ses paroles la hantent encore, alors que son pied bot se prend dans une racine traitresse. Ressusciter l'honneur des Ivel, abattre leur meilleure carte : celle de la vengeance. Mais pour cela, elle doit récupérer le médaillon, la fripouille, la fantôme, le paysan et le garde. Et vite.

Alors Ursine avance.

Au début, elle sentait l'appel de son sang, comme un battement de cœur qu'il lui suffisait de suivre. De quoi remplir le vide profond de sa poitrine. Mais, heure après heure, pas après pas, le souffle s'est fait plus court, jusqu'à ce qu'elle n'entende plus rien. Elle est restée seule avec son néant. Sans moyen de rejoindre la lumière de sa vie, l'unique voie de sa rédemption.

Abandonnée à son propre sort au milieu des bois, elle continue d'errer, cherchant le sautoir sous chaque coussin de mousse, chaque tas de feuilles, chaque bosquet.

Je vais le retrouver, maman. Mais il est... Pas là. Pas là. Pas là.

Médaillon. Nulle part. Ursine.

Maman serait furieuse, personne ne l'avait jamais perdu avant. Non, pas perdu, Ursine. Volé ! On te l'a *volé*. Et le bruit des grigris attachés autour de son cou mollasse et de sa ceinture ne la rassure en rien.

La nuit est tombée plusieurs fois, le jour s'est levé aussi vaillamment, et rien. Ursine est penchée sur le sol, recroquevillée comme dans son tombeau, elle embrasse la terre qui accueillera vite son pauvre corps.

Les branches griffent sa peau et tirent ses cheveux. *Non, s'il vous plaît.* Des échardes vicieuses se glissent sous ses doigts abîmés. *Laissez-moi tranquille.* L'obscurité trompe ses yeux fatigués et lui font craindre des monstres terribles. *Maman, au secours.* Elle parcourt la forêt comme l'antichambre des Enfers.

Médaillon, trouver le médaillon. Pitié.

Malgré tout, Ursine avance toujours.

Son pauvre cœur a du mal à ne pas céder à la panique. Il s'affole, s'emballe, menace de s'effriter au moindre hululement de chouette, au moindre froissement d'aile de chauve-souris. Elles sont des centaines à parcourir le ciel, à surveiller la maigre silhouette qui s'égare sur leur territoire.

Ils vont faire de moi leur casse-croûte. Je suis la dernière. Seule. Maman, aide-moi.

Et peut-être maman a-t-elle entendu, ou peut-être, à force de tourner en rond, Ursine est-elle parvenue à sortir de son propre labyrinthe. Mais au milieu des milliers de voix dans sa tête, elle en surprend deux. Inconnues. Elle les suit aveuglément, comme si le médaillon l'appelait.

Ces pépiements joyeux d'enfants éloignent les corneilles qui tempêtent sous son crâne. Elle piste les cris des gamins qui sonnent comme des moineaux enjoués. Ils batifolent à l'orée des bois, léchés par la lumière du soleil. Joues rouges et bras tendres qui font sourire Ursine.

– Shelly, tu es une sorcière et de ce fait, nous te condamnons à mort. À mort, à mort ! hurle le petit garçon en pouffant de rire.

Il simule un bâton qu'il abat sur la fillette. Une fois. Deux fois. Trois fois. Ursine se recroqueville comme si c'était sur elle que tombaient les coups. Mais la gamine s'amuse. Elle mime des doigts crochus, tord sa bouche en une grimace répugnante et se contorsionne par terre, inconsciente de la terre et des brindilles qui s'entortillent dans ses cheveux blonds.

– Bon, Carlisle, à moi de jouer le médecin, et toi la sorcière ! tempête la mioche qui bondit sur ses pieds.

– Non, c'est toi la méchante. C'est toi la fille, c'est normal que je sois le médecin.

– Mais non ! Donne le bâton !

– Arrête…

Les enfants s'interrompent, leurs regards posés sur la vieille en lisière. Celle qui ressemble tant aux sorcières qu'ils battent. Recroquevillée sur elle-même, salie, ils ne savent pas s'ils doivent ressentir de la peur ou de la pitié.

Ils m'ont vue. Vue. Vue. Vue.

Un silence alors que ces deux mondes se rencontrent, s'éprouvent. Les uns proches du berceau, l'autre de la tombe. Ursine envie leurs gambettes vaillantes, leurs cœurs infatigables, leur peau douce. Elle tripote ses grigris, incapable de s'extirper des ombres rassurantes des arbres. Maman lui dirait d'être courageuse, que les enfants, ça ne mord pas, mais elle sait que c'est faux. Les enfants peuvent mordre. Les enfants peuvent être encore plus diaboliques que des chats.

Pour le médaillon. Sortir. Affronter. Pour les Ivel.

– Shelly, Carlisle, rentrez. Tout de suite.

Ils déguerpissent en entendant l'ordre paternel. Avec un dernier regard pour la vieille qui se confond avec l'écorce, ils disparaissent dans les entrailles de leur maison. Ursine voudrait s'évanouir aussi. Maman lui dirait de courir. Un homme, ce n'est pas la même histoire. Un homme ça peut vraiment faire mal. Ça fait peur. *Courir*. Mais ses jambes ne lui répondent plus. Elle a si mal.

– Que fais-tu ici, l'ancêtre ? Tu viens nous chercher des noises ?

Ursine tourne la tête d'un côté, de l'autre. Aucun mot ne parvient à sortir de ses lèvres parcheminées. Elle donnerait tout pour une petite lampée d'eau. Et des réponses. Et son médaillon.

– Qu'est-ce que tu voulais aux mômes ?

Le mâle se rapproche, la violence durcit sa voix, ses traits, sa carrure. Il pourrait l'avaler tout entière. D'un coup de pied, Ursine pourrait rejoindre ses ancêtres. Un souffle suffirait à la briser.

– Rien, mon bon m'sieur.

Des mots pour survivre. Elle sort de son silence et de l'ombre avec la joie d'une impie qui regagne une terre sacrée. Par Formol, elle n'a plus rien à perdre maintenant que la peau qui recouvre ses os.

– Alors quoi ? Pourquoi tu te planques dans les bois ? Si t'es une sorcière, comme les deux autres, t'as plutôt intérêt de faire demi-tour et tout de suite.

– Une sorcière ? Comme les deux autres ?

Le monsieur la perce de son regard. Ce bout de femme n'est pas une menace, juste une misérable. Ursine n'ose pas croiser ses yeux bleus. Maman avait raconté que les hommes faisaient peur. Jamais qu'ils pouvaient aussi être beaux. Peut-être que c'est ce qui les rend encore plus terrifiants.

– Ouais, les sœurs Wickwood, deux saloperies qui vivent dans le coin. Si tu les vois, tu me le dis, on a un compte à régler avec elles, ici au village, et ces deux garces ont pris la poudre d'escampette.

– Les Wickwood ?

Ursine voudrait se laver la langue. Elle ne peut retenir un énorme crachat qu'elle balance sur une fougère proche. Maman a prononcé ce nom avec horreur, elle l'a jeté sur des poupées qu'elle tentait vainement d'ensorceler. Il réveille en Ursine une haine vigoureuse.

– Ouais, les sales gamines. Leur baraque est partie en fumée. Des flammes noires comme si Formol avait vomi toute sa fureur là-dedans. La maison est maudite depuis un moment, les Wickwood aussi, à mon avis. Elles ont fait quelque chose à notre village, Harrow se meurt, et j'suis sûr que c'est à cause d'elles.

Ursine ressasse les mots. Les flammes, la malédiction, le nom, les sœurs. Elle reconnaît la rage qui colore les paroles de l'homme, c'est une vieille amie commune.

Il jette un œil aux alentours, au soleil qui tire sa révérence en peignant en doré les feuilles des arbres. Un regard sur la silhouette devant lui transforme son aversion en pitié.

– Vous devriez aller au pub du village. C'est pas bon de dormir dehors par les temps qui courent. Vous y s'rez plus en sécurité.

La gorge asséchée par des jours d'errance et des décennies de haine l'empêche de répondre. Elle hoche la tête et prend la direction indiquée par la main tendue de l'homme. Elle le remercie et poursuit sa route. Elle remarque deux caboches blondes qui la suivent du regard derrière le carreau.

Elle repère de vieilles cheminées qui crachent des fumées éparses. Le cœur du village se cache au détour du chemin, derrière la maison du brave monsieur et un bosquet de pins. Des chaumières épuisées qui se reposent les unes sur les autres. Certaines sont grignotées par un lierre gourmand, d'autres s'enfoncent dans la terre molle, mais toutes ont l'air bien plus confortables que sa pauvre bicoque. Elle localise tout de suite l'enseigne du corbeau, bec dans la chope de bière.

Ce n'est de toute façon pas très compliqué de trouver le pub. Elle suit les cris, les rires, les chants. Elle repère les vitraux embués par des corps réchauffés au houblon. Elle s'interdit d'hésiter à pousser la lourde porte en bois.

Et aussitôt les rires s'arrêtent.

Ils m'ont vue. Vue. Vue. Vue.

Maman ne serait pas contente, pas contente du tout de la savoir dans un tel lieu de perdition. Mais Ursine n'a pas le choix. Il ne lui reste plus que ce nom, cette haine, rien d'autre. Alors elle ravale sa peur, bouge son pauvre corps. Elle a l'impression que tout le monde l'entend grincer au milieu de ce silence soudain. Ils la fixent comme une sorcière, comme le monstre sorti des contes pour dévorer leurs enfants. Mais c'est juste elle qui a été dévorée par le temps. Ils ne risquent rien. Elle ne souhaite du mal qu'à une engeance particulière, les Wickwood.

– Qu'est-ce que tu veux ? Ici, c'est pas un endroit pour les vieilles bonnes femmes dans ton genre, l'alpague le tenancier.

– Ha, ha, bien dit, Maddrell !

Les rires gras rebondissent sur elle. Elle a l'impression qu'ils salissent sa peau. Elle resserre son fichu autour de ses cheveux, ramène ses loques sur son pauvre corps. *Pas le choix. Pas le choix. Pas le choix.* Maman comprendrait.

Ils me voient. Voient. Voient. Voient.

– Vous connaissez des Wickwood ?

– Les Wickwood, grogne le mastroquet qui s'étouffe presque avec sa moustache. Un peu qu'on les connaît. C'est les diables de ce village…

– Ouais, de vrais chats noirs, renchérit un client.

– Dites-m'en plus, supplie Ursine qui caresse ses ex-voto.

– Il va vous falloir un truc à boire alors, ma bonne vieille, vous allez pas en revenir.

Autour d'elle, les chaises et les gorges se raclent, les verres se remplissent. Le patron verse un breuvage épais dans un broc devant Ursine qui l'ignore.

Désolée, maman, juste une goutte pour qu'on m'écoute.

– Qui sont ces Wickwood ? demande-t-elle, la langue acide.

– Des démons, on vous dit !

Tous les clients hochent la tête, grognent, croisent les bras. Leurs visages trahissent les mille expressions de la haine, de la peur et du dégoût. Ursine se reconnaît en toutes. Assoiffée, elle écoute sans sourciller.

– Ce sont deux sœurs, vous pouvez pas vous tromper. Une petite brune, filoute comme le diable, cheveux noirs comme les Enfers. Et l'autre est un spectre, un foutu spectre ! Quand on vous dit que ce village est maudit !

Elle connaît une fantôme et une fripouille. Elle rejoue cette soirée où elle a accueilli les étrangères, ce lendemain où son trésor a disparu. Le néant dans sa poitrine. Une nouvelle fois, un Ivel a été dépouillé par ces bandits de Wickwood.

Maman serait folle de rage de savoir tout ça. Ursine a hébergé chez elle leurs ennemis mortels ! Bon sang, elle a partagé sa soupe de pissenlits avec elles.

Elle crache au sol avec fureur.

Elle les a vues. Vues. Vues. Vues.

Et elle n'a rien fait. Elle s'est laissé dérober, elle a été détroussée du dernier bien précieux des Ivel. Les Wickwood ont volé tout ce qui lui restait.

– Je vois qu'vous les connaissez, grogne Maddrell.

– Je les ai effectivement croisées, les deux teignes.

– Ouais, ben savez pas la meilleure ? Paraît-y pas qu'elles sont en mission royale, les gamines ? Mandatées par l'Attendu en personne pour prouver qu'elles peuvent récupérer leur rang d'occultistes. Comme si toutes ces conneries valaient quelque chose. On est vraiment gouvernés par une vraie baltringue.

– Tu l'as dit, Maddrell ! C'est à cause de ses goûts de gonzesse qu'on se retrouve avec un roi qu'a autant de nouvelles tenues ! Parait qu'il se regarde toute la journée avec ses nouvelles couronnes pendant qu'nous on enterre nos gamins ! Trouvez ça normal, vous ?

Le bar est soulevé par des vivats, les chopes se rencontrent, la bière et le gin se déversent sur le bois usé des vieilles tables. Plutôt que de céder au désespoir, les soulards imitent le souverain, échangent des rires gras et des mimes grotesques. Ursine se sent tout à l'étroit dans sa petite peau, son petit fichu, au milieu de ses hommes lourds, et gros, et grands.

– Comment qu'on veut que c'pays tourne ben si on est gouvernés par un roi qui bouffe tellement qu'il s'endort dans ses assiettes alors qu'nous, nos bonnes femmes ont les seins trop secs pour nourrir nos gosses ?

Tous oublient leur estomac creux au fond de leurs verres de gnole. C'est là qu'ils trouvent une fureur nouvelle, une rage profonde. Mais Ursine se moque de ce roi vautré dans son luxe.

– Et les Wickwood ? demande-t-elle, au milieu du fatras de rires virils, de poitrines qu'on se frappe, de chopes qu'on explose, d'insultes qu'on déverse.

– Ben quoi ? Vous leur voulez quoi à ces deux saloperies ?

– Elles m'ont volée, clame Ursine avec une voix imbibée de courage et d'une goutte de liqueur de genièvre. Elles ont abusé de mon hospitalité, de ma confiance et m'ont dérobé un bien très précieux. Je veux le récupérer. Elles étaient avec un garde et un gamin rouquin qu'avait pas l'air bien méchant.

– Cornélius ? s'exclame un homme replet, aux joues colorées par l'alcool.

– Les sorcières, elles l'ont perverti, lui aussi ! tempête le tenancier qui joue avec une bouteille vide, la dernière de son stock.

– Racontez-nous tout, ma p'tite dame.

Alors Ursine raconte. Elle parle surtout de la teigne, qui trouve un nom. Médora. Et de sa sœur, à première vue charmante. Allegra. L'épanouie, aux pétales fripés avant l'heure, morte sur les bourgeons de sa vie.

En échange de ses confidences, elle recueille celles des pochards du coin. Elle apprend que Thelema, la mère-grand de Cornélius, est soigneusement empoisonnée depuis des années par Médora et Allegra. La pauvre vieille perd la boule, elle prend des cailloux pour des trésors à force de boire les décoctions des Wickwood.

– Ouais, ben, moi, ma femme s'est fait tirer les cartes par la crevée, là. Elle est ressortie paniquée, affolée. J'ai ben cru qu'elle allait me claquer dans les mains, ma bonne Maddie, clame Mr. Albert.

À défaut de pouvoir mettre leur tête au bout d'un piquet, les soiffards ont la langue acérée, la rancœur à vif. Les Wickwood les ont tous maudits. Elles pourrissent les cœurs et les récoltes. Elles veulent le mal, elles sont le mal, elles auront le mal. Le bourgmestre rubicond tente d'apaiser les esprits, en jurant de les confronter dès qu'elles reviendront à leur cottage.

Ursine en apprend beaucoup sur les Wickwood, et se promet que ce ne seront pas les habitants qui obtiendront leur vengeance en premier. Ce sera elle.

Oh oui, maman serait tellement fière.

Chapitre 18
Rien que le néant sur sa peau

Le cottage, enfin. Sans cheval infernal, sans noyée oubliée, sans fantôme chrysostome. Juste la maison, avec ses toits troués, ses vieilles corneilles, ses volets renversés, son jardin sans soin. Et Allegra, comme ses trois comparses, est heureuse de voir ses pierres affaissées et sa porte en bois vermoulu. Jamais tel taudis n'a paru plus accueillant.

Raph jette un œil inquiet à la bicoque mal en point.

– Vous apprendrez à l'apprécier, lui assure Allegra avec un sourire.

Elle mime malgré tout une grimace désolée. Non pas pour leur maigre logis, mais pour le visage de Raph. Son heaume gît désormais au milieu d'un cimetière d'âmes. Pauvres lambeaux de métal, Médora n'a eu d'autre choix que de les retirer complètement pour panser les milliers de petites plaies qui constellaient sa peau. Les onguents tapissent les cicatrices du garde. Sa lèvre tuméfiée et ses yeux plissés ne laissent pourtant aucun doute : leur cottage ne vaut pas l'abri d'un bon saule pleureur pour passer la nuit.

Médora l'ignore et file vers ces murs qu'elle considérait comme une prison et qu'elle retrouve avec soulagement.

– Oh, Nigot ! s'exclame Cornélius qui fonce jusqu'à la chaumière qu'il partage avec sa grand-mère. Tu es rentré, vieille carcasse ! Tout va bien ?

Il embrasse le sommet du crâne de son bourriquet et le caresse de la tête à la croupe avec un soin d'amoureux. L'âne semble étranger à l'inquiétude des jours passés, trop occupé à brouter les malheureuses pensées qui ont eu l'audace de pousser devant les fenêtres.

Les yeux d'Allegra suivent ces mains épaisses et calleuses qui épousent la courbe de l'animal, ces lèvres pleines qui se posent délicatement entre les oreilles, ce regard épris, empreint de réconfort.

Il y a des choses qu'on imagine, dont on rêve.

Et être un âne n'avait jamais été un souhait d'Allegra. Jusqu'à aujourd'hui.

Je vous aime. Je vous aime. Je vous aime.

– Vous avez vu ça, Miss Allegra ? Nigot est revenu !

– Hum... Oui, je suis ravie pour vous, parvient-elle à articuler, la voix enrouée d'un désir grave qu'elle s'empresse de refouler.

Elle ignore la moue moqueuse de Médora, le regard perspicace de Raph, et poursuit sa route vers le cottage. Cornélius embrasse encore Nigot, lui souhaite une bonne nuit et s'interdit de rentrer chez lui, au risque de réveiller sa Grand-maman et de lui causer une peur panique.

Mais la peur panique, c'est chez Allegra qu'elle s'installe à l'idée d'avoir Cornélius chez elle, de le laisser coucher dans ses murs, de pouvoir hanter son sommeil en toute intimité.

– Oh, Byron !

Allegra s'exclame, s'élance vers le chat qui les attend devant la porte d'entrée. Elle accueille avec soulagement cette distraction et abandonne les images lascives de Cornélius endormi dans ses draps, indignes d'une jeune fille de bonne famille.

La spectre se penche vers le félin, son nez évanescent frôle ses oreilles pointues. Elle pourrait presque sentir la chaleur de Byron, la douceur de son poil, toujours impeccable malgré les toiles d'araignées qu'il affronte toute la journée à la recherche de son déjeuner. Elle aimerait le prendre dans ses bras, le serrer contre elle, que son ronronnement résonne dans sa cage thoracique. Elle se contente de l'œillade câline de son chat qui mime de se frotter contre ses jambes.

Il ignore superbement Médora qui lui rend la pareille et rentre au cottage sans s'inquiéter de Byron, de sa sœur, du garde, du paysan ou de l'âne.

Les deux garçons la suivent sans un regard en arrière.

Allegra, elle, ne peut s'empêcher de fixer la forêt dévorée par les ténèbres d'où ils ont émergé.

Elle a veillé sur les âmes inconscientes de ses amis pendant des heures. Incapable de distinguer le jour de la nuit derrière la canopée. Attentive au moindre bruissement, au moindre éclat de lumière dans les fougères. Elle a attendu si longtemps que le camaïeu améthyste des lathrées clandestines l'a écœurée.

Pourtant, avant ça, le spectacle de ces milliers d'esprits qui créaient la clarté au milieu de l'obscurité, qui faisaient vibrer le violet des fleurs, était à couper le souffle... Avant qu'elles ne cherchent à littéralement couper le souffle des vivants. Allegra n'arrive plus bien à tirer le fil des évènements ensuite. Elle se souvient de sa peur qui roulait dans sa poitrine comme une mer déchaînée, de la panique électrique au bout de ses doigts.

Elle a bien cru que ces misérables lucioles allaient sucer tout le sang de sa sœur. Cette pensée seule a fait surgir les

Enfers dans son esprit. Allegra a hurlé. Un cri venu du tréfonds des mondes, là où la vie et la mort se rencontrent. Un cri capable de réveiller Formol lui-même. Et sa peau, d'habitude si éthérée, est devenue brillante. Comme si elle avait avalé les milliers de lumières qui l'entouraient. Elle s'est soulevée de terre, a écarté les bras et a rugi jusqu'à ce que les âmes se soumettent.

Elles sont tombées à ses pieds comme de vulgaires moustiques, éclairant les visages inconscients de Raph, Médora et Cornélius. Puis elles se sont dispersées au milieu des bosquets. Allegra s'est retrouvée plongée dans un noir d'encre, au cœur d'un silence lourd.

Ensuite, elle a veillé sur ses amis, au milieu de la clairière. Quand ils se sont réveillés, elle était assise, calme, mains sur les genoux, sourire aux lèvres.

– Ils sont partis, tout va bien.

– « Ils nous veulent pas de mal », mon cul ! a tempêté Médora.

C'est là qu'Allegra a su que sa sœur allait bien. Que tout allait bien.

– Merci, a soufflé Raph.

La douleur déformait ses traits. Parler était visiblement pénible, tant son visage était lacéré de toutes parts, mais le mot même lui semblait inconnu. Allegra a froncé les sourcils, laissé tomber sa tête sur le côté, incapable de déchiffrer ce garde.

– De nous avoir sauvés la vie, a-t-il cru bon de rajouter.

Médora a arrêté de grogner pour se tourner vers lui. Raph est resté étranger à son regard étonné, à la mine sombre de Cornélius ou au sourire doux d'Allegra. Il fixait les ténèbres boisées d'où avaient émergé des milliers d'ennemis trop petits pour être égorgés, trop évanescents pour être trucidés.

– C'est mon rôle, normalement.

Sa voix aussi brisée que son heaume a imposé le silence à toute la forêt. Médora a mordu ses lèvres bleuies et ravalé son sarcasme. Allegra, peintre, n'aurait pas fait un autre portrait du désespoir que celui que lui offrait Raph à cet instant, carcasse de métal décharnée au milieu d'un champ violet.

Il contemplait son casque qui reposait entre ses doigts gantés. Cadavre d'un passé, d'un secret qui éclatait en même temps que ses convictions.

– Tout ça est réel, alors ? La magie, les êtres surnaturels…

Médora s'est redressée, a fixé Allegra, le garde, la fantôme à nouveau avant de soupirer.

– Sérieusement ? T'as vu ma sœur ? Comment tu peux être aussi fermé d'esprit ? Tu crois que parce que tous les médecins te disent que ça n'existe pas, alors ça n'existe pas ? T'avais qu'à ouvrir tes yeux ! Il te fallait quoi après tout ce qu'on vient de traverser ? Une horde de vampires qui te bouffent le sang ? Un clan de sorcières nues sur des balais qui ricanent à la pleine lune ? Des trolls qui sortent des cavernes en grognant ? Une armée de…

– Meddie, je crois que Raph a compris…

Après ça, la voleuse a juste fui au milieu des fougères. Cornélius a dû reprendre la marche au risque de la voir continuer à avancer tout droit, quitte à nager dans la mer d'Abbydos, à l'opposé de Harrow. Allegra n'a pas trouvé les mots pour faire fleurir un sourire sur le visage dévasté du garde. Il les a laissés partir, et a abandonné les ruines de son heaume au milieu du champ violet. Il est resté seul deux minutes, après quoi il a tourné les talons sans un regard en arrière.

Maintenant, ils dorment tous. Même Byron a fini par s'assoupir à l'abri d'une pyramide de parchemins dont il a fait un nid. Et Allegra veille une nouvelle fois sur ses camarades, sur le silence, sur le *Livre des Mondes Obscurs.*

Tout pour ne pas penser au corps fort et chaud de Cornélius qui réchauffe sûrement ses draps éternellement froids. Elle pourrait se laisser fondre à travers le plancher de la bibliothèque et le retrouver. Observer la flaque rousse de ses cheveux s'épanouir sur la dentelle fatiguée de ses oreillers. Danser sur ses respirations lourdes au milieu des couvertures. Imaginer ce que renferment les caresses des duvets.

Je vous aime. Je vous aime. Je vous aime.

Impossible. C'est inconvenant.

Alors elle contemple les arabesques créées par la cire de la bougie qui s'égoutte sur le sol. Et devant elle, le *Livre des Mondes Obscurs*.

Elle l'ouvre d'un coup de vent et, malgré elle, souffle la flamme qui lui tenait compagnie. Elle parcourt une nouvelle fois, à la lumière de la pleine Lune, les pages usées et parcheminées. Elle effleure le vélin et... là, un picotement. Une sensation, une douceur qu'elle découvre.

Concentrée, elle tend à nouveau son doigt au-dessus de la feuille. Une caresse. Comme si sa bulle venait d'exploser et que le monde, enfin, s'offrait à elle. Excitée, elle se penche vers la cire encore chaude qui constelle le parquet. Rien que le néant sur sa peau.

Allegra se redresse, dos bien droit, mains sur ses genoux qui ne sont rien d'autre, pour elle, qu'une présence imaginaire. Elle n'a jamais pu toucher son corps, alors comment peut-elle *ressentir* la feuille ? L'espoir renaît comme une luciole aux ailes brisées.

De sa forme humaine, elle n'a pas de mémoire. Elle est incapable de se rappeler le goût d'une pomme qui éclate sous la dent, la sensation d'un baiser maternel sur sa joue, la caresse d'un vent frais au milieu d'un été trop chaud, la douceur d'un drap propre sur sa peau. Rien.

Alors, sous sa pulpe grise, c'est un nouvel univers qui se déploie. Parce que ce papier, vieux, usé, racorni, elle le *sent* enfin. C'est l'humanité qu'elle effleure du bout du doigt. Très vite, ça ne lui suffit plus, elle colle toute sa paume, le nez au cœur de la reliure. La sensation est ténue, mais là.

Pendant des heures, elle savoure ce picotement, cette chatouille. Elle croit sentir aussi l'odeur du papier ancestral, sourit de sa naïveté, profite déjà de cette petite fenêtre vers le monde des vivants. Quand son doigt lui semble presque endormi, elle hésite à réveiller les autres. Sa langue est empesée de questions qu'elle meurt de leur poser.

Lorsqu'elle entend, au loin, le vieux coq du père Aberdeen, elle n'y tient plus et se précipite dans la chambre de Médora.

– Meddie ! souffle-t-elle à son oreille.

Grognement importuné.

– Meddie ! Réveille-toi, j'ai un truc à te montrer ! Vite !

– Au nom de Formol ! Je te jure que quand je te rejoindrai de l'autre côté, je vais te faire regretter tout ça... Quoi ?!

Médora se redresse sur un coude, la mine aussi froissée que ses coussins. Elle n'a pas pris la peine de se changer, a à peine eu le temps de rabattre une couverture mitée sur elle que le sommeil l'emportait.

Allegra résiste au désir de promener son doigt sur la joue de sa sœur. Elle a déjà épuisé son toucher sur toutes les surfaces du bureau, le papier, le métal, le verre, le plancher, sa propre peau. En vain. Elle est donc arrivée à l'accablante conclusion :

– Je peux sentir le *Livre des Mondes Obscurs* !

La fantôme se laisse tomber sur le lit, sans perturber le moindre tissu.

– Comment ça ? grogne Médora, la voix empâtée de sommeil.

– Eh bien, je peux toucher, ressentir, je ne sais pas comment dire ça… Comment tu décrirais le drap sous ta main, toi ?

Allegra voit les sourcils froncés de sa sœur, qui dansent de sa propre paume à la sienne.

– Viens, suis-moi !

Quand la vivante ouvre la porte par laquelle la morte est passée, elles tombent sur les deux garçons, bien réveillés.

Raph inspecte la chambre de Médora, sur ses gardes, serpent aux aguets.

– Tout va bien ?

– Oui, preux chevalier, merci. Juste cette demoiselle qui délire, maugrée Médora qui accepte pourtant de suivre sa sœur à l'étage.

Allegra se précipite sur le *Livre des Mondes Obscurs*, la main en suspens. Le doute l'étreint, tout d'un coup. Et si ça ne marchait pas ? Et si la sensation n'était qu'une illusion au cœur de la nuit ? Si les premiers rayons de l'aube venaient balayer tout espoir ?

– Allez-y, montrez-nous, Miss, l'invite Cornélius.

Son regard tendre et sa joue encore abîmée par l'oreiller suffisent à la troubler. Elle contracte ses articulations et les appose sur le papier racorni, les yeux fermés. Et elle sent la texture, l'irrégularité du vélin, la douceur de la page, les cicatrices laissées par le tracé d'anciennes lignes.

– C'est quoi ce bordel ?! jure Médora.

Ils sont désormais quatre, penchés sur le grimoire. Alors, avec le soleil qui se fraie un chemin jusqu'à elle, Allegra remarque un autre miracle. Les mots. Ils reviennent à la vie sous ses doigts. Bouillie d'encre encore illisible. Prisonnière de la nuit opaque, elle était toute tournée vers le sens qui lui a fait défaut si longtemps, oubliant un des seuls qu'il lui restait.

– Attends, j'essaye, je veux vérifier un truc.

Allegra regarde sa sœur imiter tous ses gestes. Ses doigts se crispent et se détendent au-dessus du vélin, sa paume embrasse le papier. Mais ce n'est rien qu'un parchemin ancestral et muet.

– Les gars, à vous, ordonne Médora.

Et le paysan et le garde se plient à ses volontés. Sans succès. Allegra reprend alors sa place, en reine du *Livre des Mondes Obscurs*. Elle réveille les mots, sa pulpe embrase l'ouvrage qui s'anime.

– C'est... étonnant. Vous semblez la seule à avoir le moindre pouvoir sur ce grimoire.

La fantôme tourne son regard vers Raph. Elle apprécie d'entendre le son de sa voix. Brisée, rauque, elle provient du tréfonds de son armure, empoussiérée par des années de silence forcé. Elle aime ses mots choisis avec soin, son attention aux détails, son ton empli de respect.

– On avait remarqué, tas de ferraille. La question, c'est pourquoi ? Pourquoi toi ? Est-ce que ça a un rapport avec tes... étincelles, là ?

– Sans doute parce que Miss Allegra est la seule à... enfin la seule qui..., bafouille Cornélius.

– La seule morte, ouais, tranche Médora.

Les yeux désolés du paysan excusent les paroles acides de sa sœur. Ce n'est que la vérité. Allegra s'est voilé la face trop longtemps. Elle est morte. Alors pourquoi a-t-elle l'illusion de revenir à la vie à chaque fois qu'il la regarde ?

Je vous aime. Je vous aime. Je vous aime.

– On dirait que le grimoire me répond, comme si… Je ne sais pas. Je me sens différente, depuis qu'on l'a récupéré. J'ai l'impression…

– Taisez-vous.

Raph a grondé. Sourcils froncés, genoux arqués, on le croirait prêt à foncer dans la bataille. Alors que les seuls ennemis qui l'entourent sont des moutons de poussière bloqués entre des livres séculaires.

Allegra obéit pourtant. Elle devine sa concentration, l'urgence, et Cornélius l'imite rapidement. Il faut une minute de plus pour qu'elle comprenne ce qui l'inquiète. Un bruit.

La spectre connaît toute la symphonie du cottage. Ce n'est pas la carcasse en bois qui s'étire. Ce n'est pas une tuile tremblante qui s'écrase au sol. Ce n'est pas un rat qui gratte le chaume. Ce n'est pas le parquet qui fait des vocalises.

Lorsque Byron bondit entre Médora et elle, le poil dressé, elle comprend que c'est plus grave encore qu'elle ne le pensait.

Raph semble en être venu à la même conclusion car il leur fait signe de rester immobiles et se précipite sans un bruit en bas des marches. Un exploit quand on sait que le vieux bois gémit à chaque contrariété.

– Comme si j'allais me laisser faire dans ma propre maison, il rêve, râle Médora.

Sa main se saisit aussitôt de la Cloche comme un enfant serre contre lui une peluche par une nuit d'orage.

Allegra se colle à son ombre.

Raph a empoigné son épée qu'il tient au côté. Il épouse les contours obscurs des fenêtres, caché par les rideaux, jette un coup d'œil à travers les carreaux salis et poursuit sa traque jusqu'à l'ancienne orangerie, effondrée sur elle-même, ravagée par le passage des flammes noires.

Mais il ne trouve pas d'ogre, pas de sorcière, pas de créature mortelle. Juste deux enfants.

Armés de tissus élimés, ils balancent des cailloux et des insultes dans le cadavre de l'ancestral jardin d'hiver, sur l'héritage des Wickwood, sur l'honneur de Médora et Allegra. Cette dernière n'ose pas quitter les ténèbres réconfortantes de sa maison. Elle décèle dans les traits de ces deux gamins la haine infusée par les autres villageois. Et, pour la première fois, sa naïveté cède le pas à sa peur.

Raph, Médora et Cornélius n'hésitent pas.

Ils piétinent les miettes de verre, souvenir de jours passés, et foncent vers les enfants. Mais les crapules ne baissent les yeux que lorsque le regard gris vengeur de Médora se plante dans le leur.

– Vous voulez me répéter ça en face ? gronde-t-elle, éclipsant l'ombre menaçante de Raph derrière elle.

– Vous êtes des sorcières, des bouffeuses de Satan. Vous avez maudit tout le village et vous méritez de… de… Le petit blond d'à peine huit ans cherche son courage dans une grosse inspiration. De brûler et de vous faire rôtir par Formol. Vous finirez sur un bûcher et, nous, on rigolera bien !

Mais celle qui pouffe, ce n'est pas le gamin ou sa copine, c'est Médora. Elle se fend d'un rire aussi soudain et violent qu'un éclair dans un ciel d'été.

– Oh, mais tu sais, on a déjà voulu me brûler, il y a dix ans. Et je suis toujours là.

Elle s'est penchée pour foudroyer l'enfant qui tremble dans ses chausses. Allegra devine le sourire carnassier qui retrousse ses lèvres.

– Alors tu peux bien essayer de me faire rôtir, mais assure-toi de réussir ton coup, morveux, ou je vais revenir te hanter pour l'éternité.

Abandonnant tout honneur et tout courage, les gamins lâchent leurs cailloux et partent en courant se réfugier dans leurs lits douillets. Médora se redresse, aussi fière d'avoir menacé deux mômes que si elle avait vaincu les troupes d'un démon.

– Bravo, Médora, brillante idée, soupire sa sœur. Nous aurions simplement pu leur parler, tranquillement. Ils auraient compris. Ils ne pensaient sûrement pas à mal.

– Ah ouais ? raille la voleuse. Tu veux dire qu'ils étaient inoffensifs comme tes moustiques bouffeurs de sang dans la forêt ? Je crois pas, non. Ils viennent répéter ce que leur racontent leurs parents. Ça pue, Allie, ça pue vraiment.

La brune rentre en trombe dans la maison, sans un regard pour les petits cailloux qui ont écrasé les chardons. Raph et Cornélius se sont éclipsés depuis longtemps. Plus courageux face à deux gamins armés que devant les Wickwood.

– Tu viens ? J'ai un truc à vous montrer, lance Médora depuis le pied de l'escalier.

Sa sœur la rejoint en un souffle, oubliant l'orangerie violentée par deux innocents. Ignorant la menace sourde de leurs cailloux qui résonne comme un avertissement.

La petite troupe se recueille autour du *Livre des Mondes Obscurs*. Allegra entrelace ses doigts pour résister au désir de tester une nouvelle fois la douceur du vélin. Sans ménagement, sa sœur vient balancer un livre épais sur le précieux grimoire.

– Là. Ça me travaille depuis qu'on a vu le cénotaphe de l'autre prétentieux.

Médora pointe son ongle terreux sur une note manuscrite et à première vue innocente, en haut d'une page de garde. Allegra, Raph et Cornélius se penchent comme une seule personne. Dans une vie différente, la spectre aurait pu sentir la douceur des cheveux roux du paysan caresser sa joue…

Le nom « Ivel » est barré avec rage. Relégué aux oubliettes.

Sur un grimoire des Wickwood. Sur *leur* héritage.

– Impossible, souffle Allegra. Eliphas ne pouvait pas dire vrai.

– Allie, c'est là, sous tes yeux. Tout concorde. Est-ce qu'on a jamais eu le moindre pouvoir, la moindre magie ? Est-ce qu'on a jamais lancé un seul sort ?

– Non, mais c'est parce que tu es aussi motivée qu'un porc qu'on emmène à l'abattoir. Si tu y mettais du tien, je suis sûre qu'on y arriverait. Je le ferais bien, mais… enfin…

– Ce livre maudit, poursuit Médora en désignant le grimoire des *Mondes Obscurs* avec dédain, ne nous a apporté que des emmerdes. On devrait tout abandonner tant qu'il est encore temps. Peut-être que le passé doit rester dans le passé. Peut-être… peut-être que l'incendie était là pour punir les Wickwood, Allie. Peut-être que nos ancêtres ont vraiment fait quelque chose de très mal et qu'on ne doit pas en apprendre plus.

La voix brisée de Médora lacère le cœur de la spectre comme un millier d'échardes. C'est la première fois qu'elle la voit renoncer à son masque de sarcasme, qu'elle décèle une peur, si jumelle à la sienne.

– Nous ne pouvons pas faire ça, Meddie. Sans ça, sans la gloire passée, on ne sortira jamais de cette misère. Nous méritons mieux. *Tu* mérites mieux. Il nous reste trois lunes pour trouver la réponse.

– Non, je ne mérite pas de me faire poursuivre par un Gashtlyn, un fantôme vengeur ou dévorer par une armée de moustiques hystériques.

– Mais nous méritons de savoir qui nous sommes, qui étaient nos parents. De retrouver notre rang, non ?

– Allie...

Allegra ignore si c'est le remords qui écorche la voix de sa sœur, l'inquiétude, ou la fin de toutes leurs croyances, de toutes leurs espérances.

– Peut-être que ce qu'a dit Sir Eliphas est vrai, reprend la spectre, mais peut-être pas. On pourrait rendre l'honneur à notre nom. Nous le devons à nos parents. Nous sommes des Wickwood, c'est notre destin.

– Je ne sais pas. Je ne sais pas qui on est, Allie. Je ne sais pas qui étaient les Wickwood, je ne sais plus rien. On perd notre temps. J'arrête.

Avant même de laisser une chance à sa sœur, Médora s'enfuit de la bibliothèque avec le luxe des vivants : celui de claquer une porte en sortant. Allegra voudrait s'abandonner dans le fauteuil derrière elle, serrer les coussins bourrés de poussière contre sa poitrine. Mais son regard se pose sur Raph, statue immobile dans un coin de la pièce.

– Désolée pour tout cela, dit-elle en se râclant la gorge pour retrouver une contenance. On va bien sûr mener la mission du roi au bout, ne vous en faites pas.

Le garde, d'abord, ne rétorque rien. Il se rapproche, le drelin de son armure aussi rassurant qu'une musique de fée.

– Elle a juste peur.

– Qui ? demande Allegra.

– Votre sœur. De ce que vous pourriez découvrir, des conséquences.

Sans attendre de réponse, une fois de plus, Raph abandonne Allegra à son sort. Sa seule compagnie est un nom barré et renvoyé aux Enfers, une bougie tristement éteinte, un livre dont elle peut faire revivre les mots, et des milliers de questions et de doutes qui tourbillonnent sous son crâne.

Elle se laisse lentement dériver par ses pensées. Ignorant les tours de garde successifs de Raph et de Byron, la danse du soleil, les chants des corbeaux. Elle voudrait sombrer dans le sommeil, elle aussi. Que les voix dans sa tête se taisent un moment. Que sa peur s'éteigne, soufflée par Morphée.

Allegra n'émerge que plus tard, alertée par un bruit, par une dissonance inédite au milieu de la symphonie du cottage. Cette fois, elle ne cherche pas refuge dans les ténèbres de sa maison, ou l'ombre du garde. Elle part à l'assaut de cette nouvelle menace, seule.

Chapitre 19
Ramener la couleur au cœur du sentier

Cornélius a profité de la dispute explosive des Wickwood pour s'éclipser. Il ne tenait pas à être pris à partie, à surprendre une conversation trop intime, des regards trop déchirants, des vérités trop douloureuses. Il a salué Raph d'un coup de tête et a fui chez sa Grand-maman.

Après ces jours d'absence, il pénètre le cœur serré dans leur chaumière obscure et dénuée. Malgré l'heure, les rayons du soleil évitent l'intérieur de la demeure. Tout y est sombre, et la main tremblante de Thelema n'a même pas réussi à allumer un seul cierge. Il trouve sa petite silhouette décharnée sur le matelas de paille, à l'endroit exact où il l'a quittée. L'odeur étouffante soulève le cœur du paysan qui laisse la porte bien ouverte.

– Nana ? C'est moi, Cornélius.

– Pas là. Pas là.

Le garçon tombe aux côtés de sa grand-mère. Il tient sa main si frêle, si froide, dans la sienne si grosse, si chaude. Thelema est en proie à ses démons intérieurs, en pleine crise. Son corps s'agite, les soubresauts arquent son vieux dos, coupent sa respiration déjà haletante.

Mu par l'habitude, la culpabilité de l'avoir abandonnée, Cornélius trouve aussitôt la bassine qu'il remplit d'eau, saisit un linge propre, le fond d'une potion concoctée par Allegra. Il incline la bouche pâteuse de sa Grand-maman, la fait boire, ralentit son rythme cardiaque en épongeant son front, en rassurant son âme. Il reste des heures, au sol, sa main dans la sienne. Il ne comprend pas les paroles visqueuses que Thelema peine à articuler. Ses pensées sont comme des serpents qui se mordent la queue, tournent en rond et s'épuisent. Il ne cherche plus de sens à ses mots depuis longtemps. Depuis toujours.

Les épisodes de clémence sont de plus en plus rares. Les remèdes d'Allegra sont encore les seuls capables de créer une petite accalmie en plongeant la vieille dans un sommeil serein.

Quand il est sûr qu'elle dort, il l'abandonne. Et laisse, au pied du lit, toute sa culpabilité.

Ces derniers jours l'ont changé. S'occuper des champs, des bêtes, livrer son foin à Severage, ça lui semble être une autre vie. Une vie qu'il ne veut pas revivre. Pas quand il peut passer ses heures aux côtés d'Allegra.

Elle aussi a changé. Elle n'a plus rien d'une poupée de cour, à mimer vainement sa respiration, à se plier en révérence pour le moindre prétexte. Miss Allegra… à qui il a osé parler, et qui n'a pas répondu. Pourtant il a cru voir, sous le saule pleureur, une lueur qu'il n'aurait jamais espéré déceler.

Ainsi il abandonne sa grand-mère pour retrouver celle qui fait battre son cœur alors qu'elle n'en a plus. Il a pu rentrer chez elle, mais il a refusé de dormir dans sa chambre, de découvrir le théâtre de tous ses rêves. Il a passé la dernière nuit recroquevillé sur un fauteuil, à s'en briser la nuque.

Quand il pousse la porte du cottage, personne ne l'accueille à part Byron qui se frotte à ses mollets. Il fourrage l'arrière de ses oreilles, le caresse du museau à la queue, l'abreuve de noms affectueux. Le chat est le premier à se lasser et à fuir dans le jardin à la recherche de son casse-croûte nocturne.

Cornélius jette un regard aux alentours. Il ne sait pas où sont Raph, Médora et Allegra, mais il ne peut s'empêcher d'embrasser le décor des yeux. Il habite en face depuis des années sans jamais avoir posé un pied chez les Wickwood. Jusqu'à la veille. La peur l'étreint d'un coup : peut-être n'en aura-t-il plus jamais l'occasion après la fin de cette quête.

Alors ses pas le mènent à l'étage avant même qu'il se demande si c'est une bonne idée. C'est plus fort que lui. Il est possédé par un fantôme. Amoureux d'une fille éternellement jeune.

Cornélius ne se rappelle pas quand c'est arrivé. C'est là depuis la première fois qu'il l'a vue. C'est là depuis toujours. C'est là depuis qu'il l'a aperçue à travers un carreau miteux. À l'étage, derrière un rideau grignoté par les mites, un voile qui avait dû être blanc, un jour.

Le garçon n'habitait pas chez Thelema depuis très longtemps. C'est une époque qu'il a passée dehors, loin du lit de la chaumière, loin des appels de la Faucheuse. Loin de sa mère qui s'éteignait à petit feu, loin de sa Grand-maman qui sombrait dans le délire.

Le jour où il a deviné la silhouette éthérée de sa voisine, il était prêt à partir. À fuir la mort qui venait de prendre sa mère par la main, et la folie vers laquelle dérivait Nana. Il voulait être partout sauf ici, partout sauf au bout de ce chemin terreux, dans ce trou de Harrow. Il désirait retrouver son père, cet inconnu dont il avait rêvé tant de fois. Celui qu'il cherchait dans ses propres traits, le portrait en miroir de ce géniteur dont il ignorait jusqu'au prénom.

– Il ne mérite pas que tu penses à lui, Cornie, avait dit Augusta. On se porte mieux sans ce butor.

Cornélius n'était pas d'accord, mais n'avait rien répondu. Et maintenant, elle emmenait ce nom et tous ses souvenirs avec elle dans la tombe.

Il avait perdu un père. Il perdait sa mère. Il allait perdre sa grand-mère.

Augusta et lui se sont installés des années après l'incendie, et pourtant, il a cru que les flammes venaient juste de s'éteindre. Les cendres couvraient encore tous les carreaux, les arbres carbonisés donnaient l'impression d'être arrivé au centre des Enfers. Cornélius a ravivé le potager comme un phénix, incapable de ranimer sa mère ou la raison de sa Nana. Il a plongé ses mains dans cette terre où il a fini par allonger Augusta. Il a nettoyé, bêché, planté, arrosé. Le cœur en friche, il s'est occupé du jardin en jachère. Il a ramené la vie au cœur des cendres, la couleur au cœur du sentier.

Et l'amour s'est ramené dans sa vie.

Cornélius revenait des champs, Nigot et sa charrette derrière lui. Il avait marché trois heures avant de faire demi-tour. Trois heures à imaginer un nouvel avenir, à s'avancer vers l'espoir. Mais il pensait à la tombe fraîche de sa mère, aux fleurs qu'il voulait planter pour lui tenir compagnie, à Nana qui pouvait rejoindre sa fille à tout moment, à ce hameau sous les ruines.

C'est en sortant de la forêt, de retour à la maison, ses désirs au fond des poches, qu'il a levé la tête. Le crépuscule léchait la façade noircie du cottage voisin. Et là, prise entre deux rayons de soleil, embrasée par la lumière rougeoyante, une silhouette.

Comme une apparition, le visage s'est enfui, faisant à peine frémir le rideau autrefois blanc.

Les jours suivants, Cornélius s'est affairé, un œil sur le vitrail, à la recherche de son nouveau rêve.

Il avait vu quelqu'un, et son cœur, désormais, appartenait à cette fenêtre. Il était sûr d'une chose, c'est que celle qu'il avait vue n'était pas cette petite peste aux cheveux noirs, qui s'amusait à lui piquer des choux et à piétiner ses parterres de pensées.

Dès qu'il demandait à Thelema de lui parler des voisines, sa voix tremblait, sa raison fichait le camp. Cornélius courait après son nom. Il ne l'a appris que des lunes plus tard, au détour d'une venelle, suspendu au milieu d'une conversation. « Les Wickwood ».

Il lui a fallu quelques semaines de plus pour comprendre qu'elles étaient occult- quelque chose, des sorcières, des bannies, autrefois guérisseuses, aujourd'hui maudites. Personne ne voulait plus emprunter leur sentier, tout le monde fuyait cet endroit dévoré par les flammes des Enfers. Cornélius s'était demandé si, parce qu'il mourait d'envie d'y entrer, ça faisait de lui un cousin de Satan.

Il lui a fallu encore plus de temps pour trouver le courage de taper à la porte du cottage. Pour apprendre le nom de la garce brune. Médora. Pour quérir de l'aide pour Nana. Pour rencontrer Allegra, pour apprendre son nom, qui dès lors ne quitta plus sa tête, ni son cœur. Il faisait ronronner les trois syllabes tout contre lui pour s'endormir.

Allegra. Allegra. Allegra.

Médora l'avait foutu dehors quand il était venu demander une potion pour Thelema, Allegra avait pesté et traversé la porte d'entrée par réflexe. Cornélius avait fixé cette silhouette.

C'était celle de la fenêtre. C'était celle d'une morte. Il ne pensait pas les spectres réels. Après tout, maman était de l'autre côté du voile, et son corps nourrissait les carottes. Mais il avait tout de suite compris qu'Allegra en était un. Et il savait qu'il ne pourrait jamais aimer plus qu'elle.

Elle a accepté de l'aider. Elle a offert à Thelema un repos inestimable.

Lui avait une excuse parfaite pour revenir la voir toutes les semaines. De quoi le faire rêver pour les décennies à venir.

Alors, vraiment, il ne peut pas s'en empêcher. Arrivé sur le palier, il tombe sur des chambranles qui s'ouvrent sur le néant et la nuit noire. Certains sont bloqués de pierres limées par les cendres. Le toit s'est effondré par endroits comme un château de cartes et de maigres seaux en métal récupèrent l'eau de pluie. Deux portes se détachent tout de suite. D'instinct, il sait laquelle il lui faut pousser. Byron se poste à ses côtés. Gardien immobile du sanctuaire d'Allegra. Dans ses yeux, Cornélius ne voit aucun avertissement, juste une mise au défi.

Le voilà, à l'orée de ce monde qu'il n'a fait que deviner à travers des carreaux sales, qu'il a imaginé des dizaines de fois. Il pose sa main calleuse sur la poignée blanche en porcelaine. Il pourrait tourner les talons, laisser l'intimité à sa fantôme, mais il brûle de découvrir l'envers du décor, de se rendre de l'autre côté du rideau jauni par les ans. De toucher l'ombre de ce voile qui a dû caresser sa peau. De sentir l'odeur passée de ses cheveux, emprisonnée dans la dentelle de son oreiller.

Il pousse la porte, les yeux fermés. Il veut d'abord capturer le parfum d'Allegra. C'est seulement quand l'effluve capiteux de roses fanées et vieillies sature son nez qu'il s'autorise à ouvrir les paupières sur cet univers dont il a tant rêvé.

Tout de suite, son intérêt se porte sur la fenêtre. L'oriel est toujours agrémenté des mêmes voilages. Une petite banquette coquette embrase l'imagination de Cornélius. De son vivant, Allegra a dû y passer des journées à jouer, à lire, à écrire, à regarder la vie s'étaler devant ses yeux.

Le reste du mobilier est à l'image de ce qu'on attendrait de la chambre d'une jeune fille noble. Un petit nuage de douceur, où le blanc et les roses se déclinent sous toutes les formes, dans toutes les matières. On dirait un champ de fleurs, des oreillers à la courtepointe, de l'armoire aux tapis. Allegra est l'héroïne de cette pièce.

Comme un dévot, il s'interdit de franchir le seuil de ce sanctuaire, de tendre la main vers le châle abandonné sur le dos de la chaise, devant la coiffeuse. Il supporte à peine la vue de son peigne et de son pinceau à lèvres sans rougir.

Pendant un long moment, il se fait violence pour ignorer le lit, roi des lieux. Il sent son sang bouillir dans ses veines. Et quand ses yeux se sont abîmés dans la contemplation des moindres détails, du sol au plafond, il s'autorise enfin à poser son regard sur le cadre doré, gravé de dizaines de roses, sur les pieds galbés, sur ce qui reste de la passementerie.

Mais surtout, sur les draps en mousseline, sur les oreillers en dentelle. Sur cette couche, parfaitement bien faite, épargnée par la cendre, jaunie par les années. Combien de fois a-t-elle dû s'allonger là et mimer un sommeil qui ne viendrait plus ?

Hypnotisé, doigts tendus, il s'approche sur la pointe des pieds, comme s'il risquait de réveiller le lit. Il voudrait juste sentir quelque chose d'elle, il voudrait juste…

Et là, un bruit, un vide, une douleur qui lui mange toute la cheville. Le pas de trop. Le parquet ne répondant qu'à Allegra depuis des années s'est effondré sous le poids de Cornélius.

Le bois, grignoté par des mérules ou des capricornes, a puni la curiosité du paysan.

Le mollet de ce dernier a été avalé par le sol. Il tente vainement de s'échapper des crocs boisés, mais les échardes se bloquent dans sa peau tendre avec avidité. Il grogne, se débat, sent la douleur l'enserrer. Il ne peut pas crier. On ne peut pas le trouver là…

Jetant un œil désespéré aux alentours, il ne remarque que Byron, planté à l'entrée de la chambre, parfaitement immobile.

– Tu pourrais m'aider, non ? supplie le garçon.

La moquerie semble agiter la moustache du félin, l'air de dire que même lui ne se risque jamais à marcher sur cette marqueterie. Et puis, le chat disparaît d'un pas léger dans les escaliers.

La jambe de Cornélius a été dévorée par le parquet, mais la gêne a englouti le reste. Il se sent fébrile, les mains moites, le souffle court. Les yeux fermés, il n'ose plus contempler ce temple pour lequel il vient de sacrifier son amour-propre.

– Cornélius ? s'étonne une voix qu'il ne reconnaît que trop bien.

Il garde les paupières fermées, il prie pour que la maison finisse de l'absorber et qu'il disparaisse pour de bon. Il imagine que le rouge a consumé ses joues car il sent le feu de la honte sur son visage.

Pendant un moment, il n'y a plus aucun son, puis un esclaffement lui fait ouvrir les yeux. Allegra est là, à la porte, encadrée par Raph et Médora. Ils l'observent en silence et finalement, l'hilarité de la fantôme les emporte tous. Et chaque éclat de rire éloigne un peu plus les souvenirs sombres du Glashtyn, de la noyée, des enfants aux poches remplies de cailloux.

Chapitre 20
Et le serpent qui la nargue

En le voyant là, piégé par des crocs de bois comme une biche capturée par un chasseur, Médora ne peut retenir un éclat de rire. La silhouette massive du paysan est recroquevillée au milieu du parquet. Raph, éternel sauveur, mime un pas pour secourir son ami, mais Médora l'arrête d'un geste.

– Tu penses aller où avec ton armure ? Si tu poses un pied sur ce parquet ramolli, la baraque s'effondre, gros bêta.

Raph, question d'habitude, grogne, et se rencogne contre la porte. La voleuse connaît les lattes qui grincent, elle sait équilibrer son poids sur la pointe de ses orteils pour ne pas réveiller une maisonnée. Testant la solidité du sol, elle avance avec précaution et tend sa main à Cornélius qui s'en saisit sans hésitation.

Il bougonne, se débat contre la marqueterie avide et finit par dégager sa jambe, non sans y laisser des bouts de peau, des poils, du sang et tout son orgueil, non sans tacher un vieux tapis qui n'a pas pris l'air depuis des années.

Aussitôt libre, il s'élance en dehors de la chambre, suivi par Médora qui ferme la porte derrière eux. Elle est prête à parier qu'il n'osera plus jamais regarder sa sœur dans les yeux après ça…

– Miss Allegra, veuillez me par-pardonner, je…

La bonne excuse qu'il cherchait ne vient pas. Médora, la spectre et le garde imaginent très bien ce qu'il faisait dans cette chambre. Raph le sauve en proposant de descendre à la cuisine, là où le parquet gorgé d'humidité n'est pas amoureux des mollets.

– Je vous assure, Cornélius, tout va bien.

Médora presse le pas pour s'épargner le dialogue de sourds entre ces deux tourtereaux contrariés. Elle voudrait les secouer, leur ouvrir les yeux, délier leurs langues, mais ce n'est pas son combat. Elle ne s'y connaît pas en affaire du cœur, elle ne sait pas quels mots on emploie, quel feu on ressent.

Quand elle arrive dans la cuisine, son regard se pose aussitôt sur le sujet de toutes ses peines. Sur l'origine de tous ses maux, sur leur malédiction : le *Livre des Mondes Obscurs*. À première vue, rien n'a changé. Toujours la même couverture en cuir élimé, le même dos épais et caressé des dizaines de fois. Le même symbole qui la hante.

Pourtant, hier, Allegra a ravivé des mots et des lettres. Et, pendant une seconde, Médora s'est prise à espérer. Espérer ne pas finir la tête sur un billot. Espérer revenir à leur existence morne, triste, mais revenir en vie. La veille, elle était prête à fuir, à partir le plus loin possible, mais là, elle se demande pour la première fois si elles ne peuvent pas aller au bout de cette quête absurde. Si elles n'ont pas une chance…

– Résumons la situation, soupire Raph.

Médora lui jette un regard en coin. Elle n'arrive pas à fixer ses iris éclair depuis la chute de son heaume. Elle se contente de caresser son épée des yeux. Elle est hantée par l'idée que le seul baiser qu'elle connaisse un jour soit le tranchant de cette lame sur son cou.

– Qu'est-ce que ça peut te faire ? crache-t-elle en se postant devant le grimoire.

– Je…

La voleuse ose enfin croiser le visage sans visière. Elle est frappée par la couleur noisette, par les longs cils, par la douceur qu'elle devine derrière cette armure, derrière ce rôle de garde. La phrase de Raph meurt sur ses lèvres, et c'est tant mieux pour elle.

– Il nous reste très peu de temps, et on a aucune piste. C'est ça que tu voulais nous dire, sac à rouille ? Je suis sûre que ton épée te démange, hein ?

L'humour, toujours, le sarcasme pour protéger son âme. Elle mime un sourire acide.

– Si tu veux un résumé, en voici un.

Elle croise ses mains dans son dos et fait les cent pas comme un alchimiste qui a le goût de l'or sur le bout de la langue.

– Nous devons trouver les mots de cet antique parchemin maudit, pour offrir à notre très cher et adoré roi sa prophétie. Sinon, *couic*, plus de Wickwood. On a chopé un médaillon à une vieille forcenée, qui…

– On ?! s'étrangle Allegra.

– Qui, l'ignore Médora, s'est avéré être notre seul indice, donc c'était franchement une idée de génie. De là, on a fini chez un autre foldingue, qui nous a grosso modo accusées d'avoir des ancêtres voleurs, qui lui ont chouré sa fortune et son pouvoir d'occultiste. Après quoi… rien. On a plus rien. Content ?

– C'est pas tout à fait vrai, reprend Cornélius, les joues en feu.

– Tu veux rajouter un truc, tête de carotte ?!

Médora s'exaspère. Elle sent la peur qui lui picote le cœur, qui électrifie sa peau, qui transforme toutes ses paroles en venin. Ils perdent du temps, elle perd la vie.

– Miss Allegra est peut-être la solution.

– Oui, je vais réessayer, peut-être que les mots vont revenir.

– On a aucune idée de comment t'as fait ça, Allie…

La fantôme dépasse sa sœur, l'éclabousse de sa silhouette éthérée. Médora frissonne alors que le froid glacial la saisit. Elle observe sa cadette se poster devant le grimoire, inspirer, et d'un coup de vent ouvrir l'ouvrage. Elle invoque une brise qui caresse les pages.

– Vous devriez poser votre main, dessus, comme hier…, suggère Cornélius qui est venu se placer à ses côtés.

Le paysan mime le geste, la spectre l'imite et, pendant une seconde, Médora a l'impression qu'ils se touchent, qu'ils se rejoignent là, devant un livre séculaire, à mi-chemin entre la vie et la mort. La scène écaille un peu plus son cœur.

– Regardez !

Médora se précipite. Des mots, des lettres, ou plutôt des ombres d'encre dansent sur le vélin sans jamais s'arrêter. La valse folle des caractères lui fait tourner la tête.

Ivresses divines. Lune. Mor-. Rêv-. Réinca. Flamnoi. Transmigr âm

Peu à peu, tout se délite. Ce ne sont plus que quelques syllabes. Puis le sabbat frénétique empêche la moindre lecture.

– Allie, arrête.

Il faut quelques secondes à la fantôme pour retirer sa main, pour que le grimoire revienne à sa morne existence, pour renvoyer les lettres à la mort. Pour prouver une théorie qui émerge sous son crâne, Médora pose ses doigts, plus blancs encore que le parchemin usé. Rien. Pas un souffle, pas l'ombre d'une enluminure.

– Tu provoques tout ça, lance-t-elle à voix haute, en s'adressant à sa sœur, à elle-même, à personne. Mais pourquoi ?

Et comment ? Tu n'avais aucun pouvoir sur le livre au début de tout ce bordel...

– Je ne sais pas, je n'ai rien fait Meddie, je te le jure.

– Pourtant, quelque chose a changé, assène Raph.

– Tu tapes toujours dans le mille toi, hein ?

Le garde grogne pour toute réponse et Médora préfère ça qu'entendre le miel de cette voix qui revient à la vie après des années de silence.

– Il a raison, Meddie. Quelque chose *a* changé. *J'ai* changé. Mais ce n'est pas suffisant pour qu'on puisse déchiffrer le grimoire.

– Pas encore. Mais ça va venir, l'encourage Cornélius.

– Ouais, espérons que ce soit avant que ce pantin me démantibule.

La voleuse pouffe, mais ce rictus ne convainc personne. Incapables de trouver de réponse, ils se contentent de noter tous les mots qui leur passent sous le nez quand Allegra réveille le livre. Ça ne donne rien, pire, l'encre finit par devenir une mélasse incompréhensible.

– « La mélodie du chakra par la libellule de lune », déchiffre Allegra.

– Ça ne veut rien dire, traduit Raph.

– Non, sans blague ?! s'impatiente Médora.

Elle ronge le peu de peau qui reste autour de son pouce en râlant. Sa colère semble couler sur l'armure qui lui fait face. Il ne cille jamais en l'entendant lever la voix. Ses sautes d'humeur se heurtent au métal comme un papillon sur les parois d'une lanterne.

Elle s'affaisse sur une vieille chaise qu'elle a déjà essayé de réparer trois fois et observe les autres s'acharner sur le livre réfractaire. Allegra appose ses paumes, Raph déchiffre les lettres qui passent sous ses yeux comme s'il chassait des mouches d'encre, il note tout, se relit, Cornélius tente de trouver du sens au milieu de l'imbroglio de mots.

Médora laisse son regard filer sur la scène, impuissante. Toujours, il revient se poser sur le serpent, fidèle aux hanches de Raph. Elle le revoit dégainer, imagine le fil de la lame sur sa chair. La morsure de métal et le sang. Sa main caresse cette ligne de vie, du menton au creux entre ses clavicules. Elle ignore son cœur qu'elle sent battre si fort sous ses os, qui se débat, qui l'enjoint à fuir d'ici, à quitter ce grimoire, ce paysan, et ce garde.

Eux, elle pourrait les abandonner, mais pas Allegra. Jamais sans sa sœur.

C'est pour elle qu'elle fourre ses mains dans ses poches trouées, qu'elle se penche à nouveau sur l'ouvrage, qu'elle laisse ses doutes et ses peurs sur la chaise brinquebalante. Alors, elle fixe les caractères qui s'agitent comme des abeilles prises au piège.

– Là ! Ce sont des écritures différentes, non ?

Les petites mouches d'encre virevoltent tellement que Médora a à peine désigné deux mots qu'ils s'envolent, disparaissent dans les plis du vélin.

– Là ! s'exclame-t-elle encore.

Cornélius, Allegra et Raph se penchent tous sur les pages. Leurs crânes s'embrassent alors que leurs yeux tentent de saisir les caractères.

– Mais oui ! s'emporte le garde. Ce sont différentes plumes !

– Oh, merveilleux ! s'enthousiasme Allegra. C'est... une chouette nouvelle. Non ?

Le pessimisme de Médora revient engourdir ses veines. L'entrain de sa sœur ne trompe personne. Ce n'est pas un indice, ça ne veut rien dire, ça ne mène nulle part. Et le serpent toujours, qui la nargue.

– Qu'est-ce que c'était que ça ?!

Allegra a sursauté, posant les mains sur son cœur, renvoyant les mots à l'oubli. Ce n'est qu'à ce moment qu'elle entend. Un rugissement, un bruit étrange, autour de la maison. Comme une vague sur le point de s'écraser sur le cottage.

– Si c'est encore ces gosses, je vais leur faire regretter de pas dormir, grogne Raph.

– Ah, je préfère nettement cette version, s'amuse Allegra.

Elle le regarde lever son armure jusqu'à la porte d'entrée. Médora n'a pas le temps de répondre, on dirait que leur foyer combat une infection des poumons. Les murs s'étirent, toussent, crachent, se contractent, les planchers les imitent dans une cacophonie de bois maltraité. Tout craque, gronde, bouge, et Médora a l'impression d'être au cœur d'un ouragan.

À croire que la maison a peur. À croire qu'elle se protège.

Les précieux bocaux tremblent sur leurs rayonnages, s'écrasent au sol. Les fenêtres manquent de se déboîter. Les derniers gonds vaillants cèdent et les portes claquent sur les parquets.

Médora voit alors Byron débouler de l'étage. Sa fureur hérisse tous ses poils. Moustaches en avant, queue épineuse, babines écumantes, il accourt à l'extérieur comme un guerrier part au combat.

– Byron, mon chat, ça va ?! s'alarme Allegra.

Même la voleuse doit admettre que le félin infect l'inquiète. La spectre se précipite à sa suite, Médora derrière elle, mais le battant de l'entrée ne les autorise pas à sortir. Pour la première fois, Allegra ne peut pas traverser la matière, elle est prise au piège. Et sa sœur a beau s'acharner sur la poignée, la porte demeure inflexible.

Rapidement, Raph et Cornélius les imitent, sans plus de succès.

Médora cherche à se glisser à travers les fenêtres brisées, mais les carreaux lui mordent la peau, les volets branlants s'écrasent contre son crâne, l'obligeant à se replier.

Il n'y a que Byron qui parvient à échapper aux Enfers qui s'abattent autour d'eux.

Car les murs continuent de trembler, les parquets de claqueter, les poutres de craquer.

– Mais c'est quoi ce bordel ?!

Médora tempête pour ne pas frémir. Elle colle son nez mutin à la vitre, en vain. La nuit est d'encre. Elle entend à peine, au-delà de la cacophonie de la maison, les bruits du dehors.

– Chut, taisez-vous, au nom de Formol !

Le trio derrière elle fait enfin silence. Des grognements, comme une mer de rage, rien de clair. Elle surprend des éclats de voix, mais elle est incapable de savoir si c'est un enfant, des adultes, des goules, tant qu'à faire, vu la malédiction qui leur colle à la peau.

La maison, elle le comprend, les protège de ce qui cherche à les attaquer.

Raph semble parvenu à la même conclusion. Il range son serpent à sa hanche, et observe simplement ces murs phtisiques retenir la menace. Médora suit son regard qui se pose sur les rideaux, prêts à étrangler le premier intrus, sur les poutres, prêtes à assommer, sur ces carreaux vicieux, prêts à entailler une veine aussi efficacement que lui.

– C'est ça qu'il faudrait au *Castle*... C'est bien plus fiable qu'une poignée de gardes complètement souls, souffle-t-il, ébloui.

Médora rit, et elle est à nouveau étonnée des éclats de sa voix qui se brisent comme les pampilles d'un lustre s'éclateraient sur un sol en marbre. Raph se retourne vers elle, surpris. Et il la fixe avec autant d'émerveillement que lorsqu'il regarde une maison magique se transformer en une forteresse impénétrable. Il sourit, presque, et les plis de ses lèvres, peu aguerries, ressemblent à une rose qui a fané trop tôt.

Il faut un bruit, plus menaçant que les autres, pour que Médora se glisse à nouveau dans la peau d'une voleuse sarcastique, et Raph dans l'armure d'un garde sans cœur.

Et puis, plus rien. Un silence épais éteint tous leurs sens.

La maison retombe dans son immobilité habituelle. Raph n'hésite pas une seconde. Il s'arme de son serpent et s'apprête à sortir sur le sentier. La porte renâcle et met l'impatience du jeune homme à rude épreuve. Finalement, elle s'ouvre sur la nuit noire. Médora le suit, Cloche sacrée des Brumes dans la main. Son poids lourd la rassure plus que n'importe quel couteau émoussé.

Ils font le tour du cottage, retrouvent Cornélius qui endort l'angoisse d'Allegra de paroles.

– Rien. Il y a rien. Cette bicoque déconne complet, on dirait.

Médora n'en croit pas un mot. Mais elle revient à son langage normal, à cette peau de raillerie et d'insouciance pour apaiser sa sœur. Si elle continue de jouer son rôle, c'est que rien n'a changé, que tout est comme avant, que la mort n'attend pas au coin du chemin ou à la hanche d'un garde.

– Je vais faire le guet, allez vous reposer, propose ce dernier.

Sa bouche est faite pour les ordres, même s'il a toujours été obéi au doigt et à l'œil. Cornélius et Allegra ne rechignent pas et retournent aussitôt à l'intérieur. Bien sûr, Médora est son élément perturbateur. Poings sur les hanches, elle lui barre l'entrée au cottage.

– Je pense qu'on peut tous rentrer dormir, tas de ferraille. Cette maison n'a pas besoin de tes muscles pour se protéger toute seule. Reposons-nous, on ne sait pas de quoi demain sera fait.

Raph fixe la façade souffreteuse, les ombres ténébreuses des arbres, il analyse tous les plis de la nature qui pourraient accueillir des menaces. Finalement, il accepte d'un signe de tête et rentre. La porte du cottage n'en attendait pas plus et se ferme dans un claquement franc derrière lui.

Cornélius et Raph partent s'installer pour la nuit alors qu'Allegra pose un regard dévasté sur le grimoire. Médora, résolue à aller se coucher, revient sur ses pas.

– Tu sais, tu as le droit de faire autre chose, toi aussi.

Ses mots sont maladroits, ses pensées se bousculent. Ses peurs font la guerre à ses envies.

– On pourrait peut-être, reprend la voleuse, rendre ce foutu grimoire au roi et juste retourner à notre vie d'avant, non ?

– Notre vie d'avant ? se moque soudain Allegra, contaminée par le cynisme de sa sœur. Tu veux dire quand on était seules, sans perspective, sans amis (son regard suit les ombres qui fuient à l'étage) et que ton ventre vide menaçait de t'envoyer de ce côté du voile ? C'est à cette vie-là que tu veux revenir, Meddie ?

– Le sarcasme te va vraiment pas bien, grogne Médora.

– Ouais, mais je veux prouver à notre cher et adoré roi, comme tu dis, qu'on est les Wickwood, qu'on ne peut pas juste nous laisser pourrir dans un misérable trou et qu'on ne peut pas nous menacer impunément. Meddie, tu...

La voleuse s'attend à ce que sa sœur lui fasse un compte-rendu dramatique de la manière dont Aloysius va lui faire payer leur échec.

– Tu mérites tout l'or du monde, tu comprends ? Tu mérites un palais, et des draps propres, et un ventre plein. Tu mérites tout. Et tu l'auras, on va s'en assurer.

– Ouais, répond Médora d'une voix tremblante. On est les foutues Wickwood, pas vrai ?

Allegra tique à l'injure, mais approuve avec un sourire.

Ce nom, cette famille, cet héritage. Peut-être que tout est pourri jusqu'à la moelle. Peut-être qu'elles vont encore apprendre des secrets qu'elles auraient préféré laisser moisir avec leurs morts. Peut-être que sauver la vie de Médora ne vaut pas le coup, pas avec ce qui les menace. Mais la brune n'a pas le courage de parler de cette vérité trop compliquée, de ce mythe qui s'effondre.

Alors, elle abandonne sa sœur devant un grimoire maudit et part se reposer dans sa chambre. Aussitôt la tête sur l'oreiller, elle s'endort et elle ne remarque pas Byron, couché en boule à ses pieds, sentinelle éternelle.

Chapitre 21
À L'ASSAUT DE CELUI QU'ILS VÉNÈRENT

Allegra ne regarde pas sa sœur disparaître à l'étage. Elle ignore les mots qui restent tendus entre elles à la manière d'une toile d'araignée. Elle attend que tout le monde soit couché, que la maison s'endorme aussi, comme une vieille matrone rassurée. L'échéance du roi arrive à sa fin. Elle sent l'urgence qui lui chatouille le bout des doigts. Et elle sait, à la lumière des derniers évènements, que le pire est à venir. Le danger est là, juste derrière la porte d'entrée.

Alors elle se concentre sur le grimoire. Leur seule piste, leur seul salut. La source de tous leurs maux, la cause de leurs souffrances, le bourreau de Médora. Si Allegra ne parvient pas à lui faire cracher sa prophétie, elle condamne sa sœur. Elle les condamne tous. Car, sans Meddie, elle ne voit pas l'intérêt de vivre cette demi-vie.

Le *Livre des Mondes Obscurs* la nargue depuis la table de la cuisine. Elle ignore les herbes qui maculent le sol, les éclats de pots brisés par la crise de panique de la maison et avance vers lui.

Allegra a changé.

Elle le sent, au creux de ce corps qui n'en est plus un. Une étincelle. Un pouvoir. Une possibilité qui ne demande qu'à éclore et qui tourbillonne en elle comme un chat devenu fou. Alors elle convoque le vent, et ouvre en deux les pages jaunies. Vierges, comme toujours. Jusqu'à ce qu'elle appose sa main.

Depuis la veille, le contact est encore plus puissant. Elle ressent les squelettes des encres passées, des odeurs. De la poussière. De l'humidité. De la pourriture. Elle a aussi au cœur des émotions qui ne sont pas les siennes. Des doigts chafouins, des yeux curieux, des orgueils piqués, des amours contrariées. Elle lit tout ça, et pourtant les mots ne surgissent pas.

Alors elle appose ses deux mains sur le vélin.

Et l'encre s'anime enfin, comme un serpent de mer. Le tourbillon noir prend vie et Allegra remarque les différentes plumes. Elle décrypte une lettre, une autre. Pas de début, pas de milieu, pas de fin, encore moins de prophétie.

Le Livre et elle semblent prendre en puissance. Et si… Et si elle pouvait convoquer les mots comme elle convoque le vent ? L'électricité qui fait vibrer le fond de son âme, peut-être qu'elle peut la contrôler. Alors, seule au cœur d'une cuisine rongée par l'obscurité, elle essaye. C'est aussi simple qu'attraper une anguille avec les mains recouvertes de beurre.

Elle ferme les yeux, tente de fuir au fond d'elle-même, là où elle ne va jamais. Dans ce puits sans fin rempli de regrets, de souvenirs inatteignables, d'un amour indicible. Ce nouveau sentiment qui l'habite lui donne l'impression d'être vivante, et si elle pouvait en extraire une goutte et l'injecter dans ce livre maudit, ce serait sans doute la fin de leurs errances.

Allegra passe des heures à arpenter sa conscience, à chercher ce qui a changé, à mettre en bouteille ce pouvoir, à l'encapsuler, à lui construire une cage pour le maîtriser. En vain. Elle ignore tout de ce qui l'électrise. Autant qu'elle ignore ce que ça fait que de respirer l'air plein de rosée.

Quand elle ouvre les yeux, qu'elle revient au monde des vivants, face à ce grimoire inutile, elle n'abandonne pourtant pas. Elle prie, elle invoque le meilleur d'elle-même et elle appose à nouveau ses paumes sur les pages. Le contact de la feuille sur ses doigts est presque violent.

Mais elle serre les dents, et recommence. Rien.

La bonne volonté d'Allegra s'écrase encore contre le livre pendant des heures, comme des vagues qui voudraient déplacer un rocher. Décidée à lui faire cracher ses secrets, elle le martyrise davantage.

Lasse, elle étouffe un cri qui menacerait d'ébranler la maison et de réveiller ses compagnons.

En relevant la tête, une main sur son cou, elle entend leurs lourdes respirations qui empèsent l'atmosphère. Elle se laisse bercer par leurs ronflements apaisés, par le fantasme d'une nuit de sommeil.

Et puis elle fixe ses doigts, au bout desquels frémissent tant de nouvelles possibilités. Elle jette un œil au grimoire, se retourne et volette, à l'écoute de son cœur. Elle se retrouve en quelques secondes devant Cornélius. Il dort dans une position absurde, recroquevillé comme un pantin sur un divan qui a connu des jours meilleurs. La poussière a irrité son nez. Son visage n'est qu'un camaïeu de rouges tendres et charmants.

Alors, Allegra s'interroge.

Elle tend un index diaphane vers cette figure si pleine de vie. Vers ces lèvres délicates comme des cerises. Vers ces joues douces comme des pommes. Vers ces cils longs comme des aigrettes de pissenlit. Vers ces cheveux de feux, soyeux comme le pelage d'un agneau. Et avant que ses doigts ne désacralisent sa peau, c'est son nez qui capte un peu plus de Cornélius. Un effluve fugace qu'elle parvient à saisir. Une odeur de foin coupé et de marche matinale dans la campagne. Une transpiration âcre qui électrifie la petite bête au fond du puits.

Tout brûle en elle et elle caresse cette peau dont elle a tant rêvé. Elle compte sous son ongle les taches de son. *Je vous aime. Un peu. Beaucoup. Passionnément. À la folie.* Et elle reprend le compte de son amour à chaque nouvelle étoile rousse, à chaque baiser du soleil. Elle devine sa chaleur, mais elle découvre tout le reste. Le velouté de sa peau, les cicatrices qui racontent son histoire, en creux de son épiderme, le feu brûlant que ça réveille en elle.

– Miss Allegra ?

Ses yeux verts papillonnent et la spectre sursaute, bascule en arrière. Elle ne doit de ne pas alarmer toute la maisonnée qu'à sa silhouette éthérée qui s'enfonce dans le parquet au lieu de renverser tables, vases et fatras. Pendant une seconde, elle hésite à s'extirper des lames de plancher. Elle pourrait rester là, enterrée dans les fondations, et ignorer la fenêtre qui vient de s'ouvrir sur son désir impossible. Elle pourrait tout oublier. Après trois siècles d'existence, peut-être.

– Allegra ? souffle à nouveau Cornélius.

Alors la fantôme émerge des profondeurs. Le paysan est assis sur le divan, son torse nu à peine dissimulé sous une couverture patchwork dévorée par les mites.

– Bonsoir, Cornélius.

– Vous… vous m'avez ?

Il l'a sentie ?! Elle détaille ses cheveux ébouriffés, les épis roux qui se tendent vers le ciel, ses cils alourdis par la fatigue, révélant pourtant des iris brûlants de vérité. Elle cherche au creux de sa peau le sillage laissé par son ongle, en vain. Elle l'ignore tout à fait quand il s'humecte les lèvres, essuie discrètement la bave qui constelle sa fossette.

Elle ne peut pas l'avouer. Pas la première. Ils se quittent donc des yeux pendant un moment, détournent la tête dès qu'ils surprennent le regard ardent de l'autre. Leur émoi se joue sur la symphonie bruyante imposée par les ronflements de Médora. Mais aucun des deux ne l'entend.

Cornélius se tasse dans le sofa, lui désigne la place à ses côtés. Là, dans le creux des coussins déformés par son corps, Allegra vient s'asseoir. Elle imagine le fantôme de chaleur laissé par le paysan. Incapable de parler, incapable de partir, elle se retrouve à nouveau piégée dans un entre-deux pesant. Dissimulée derrière le rideau de ses cheveux blafards, sa main se porte encore à son collier, seul geste rassurant. Elle n'ose plus la poser ailleurs, elle ne veut plus rien toucher d'autre que sa peau à lui, alors elle retient ses doigts tout contre elle, de peur qu'ils courent à l'assaut de celui qu'ils vénèrent.

Bloqués entre le désir et la pudeur, la vie et la mort, la nuit et le jour, ils assistent passivement à l'aube qui se lève. C'est peut-être parce que la tentation des ténèbres a disparu que Cornélius se risque enfin à parler. Sa voix rauque se heurte dans sa gorge.

– Vous m'avez touché, n'est-ce pas ? souffle-t-il.

D'un index pensif, il retrace le chemin parcouru par le doigt d'Allegra, évitant toujours soigneusement son regard. Perdu entre le songe et la réalité.

– J'ai dû rêver. J'imagine. Ce n'est pas grave.

Et d'un sourire triste, il enterre toutes ses espérances sous la couverture. Sa tête se pose sur le velours râpé du coussin et il s'apprête à retomber dans le sommeil, où ses fantasmes pourront s'épanouir, quand Allegra chuchote :

– C'était moi.

Cornélius se redresse aussitôt, faisant hurler de douleur le vieux divan. Enfin, ses yeux croisent ceux de la fantôme, qui s'échappent comme des papillons.

– Je suis désolée. J'ai pensé. Eh bien… comme je peux toucher le livre, j'ai imaginé que, sans doute, je pourrais…

– Recommencez. Je vous en prie.

Avec sa voix rauque, la phrase de Cornélius ressemble plus à une supplique qu'à une requête. Allegra est incapable de répondre. Elle hoche juste la tête. Endormi, elle savait quelles lignes de son visage elle voudrait apprendre par cœur, mais maintenant qu'il la regarde comme ça, elle ignore quoi faire de ses doigts. Elle continue de jouer avec le collier qui enserre sa gorge.

– Je vous en prie.

C'est à cet instant précis qu'Allegra succombe.

Sans réfléchir plus longtemps, elle abandonne son ras de cou en velours et contemple les paumes de Cornélius qui saluent le ciel, devant elle. Alors, elle laisse ses mains à elle voler au-dessus des siennes. Dans cette maison encore assoupie, sous les yeux intrigués d'un Byron qui observe la scène comme un témoin indésirable.

Allegra sonde une nouvelle fois le regard de Cornélius. Il y aura un avant et un après cette rencontre entre leurs deux peaux. Un monde entier va s'ouvrir sous leurs pieds. S'ils survivent à ça, leurs cœurs pourraient danser sur une tout autre mélodie.

Alors qu'il s'apprête à la supplier à nouveau, elle répond à ses prières et abaisse lentement sa paume qui embrasse la sienne. Les yeux du paysan s'écarquillent. Comme s'il n'avait jamais rien touché avant elle. Allegra devine un sillon de frisson qui recouvre son corps. Elle ignore s'il est dû au froid qu'elle provoque toujours, ou à tout le reste.

Les doigts de Cornélius avalent les siens. Son index caresse le dessus diaphane, émerveillé.

– Vous… vous sentez, ça ?

Allegra approuve très doucement. Oui. Elle sent. Cette petite brise sur sa main qui devient un ouragan au milieu de son cœur. Oui, elle sent cette révolte en elle, ce feu qui embrase, qui dévore.

Las de ces deux amants qui se découvrent malgré la mort, Byron file se coucher sur le *Livre des Mondes Obscurs*.

Mais Cornélius et Allegra jouent de leurs mains, de leurs doigts, de l'intérieur tendre d'un poignet, du galbe d'une joue, du creux d'une fossette, des bourrelets d'une oreille. Ils explorent du doigt toutes les micros-expressions qui façonnent le visage qu'ils chérissent tant.

Allegra voudrait passer des jours à compter, du bout de l'index, chaque cil de Cornélius. À tester la détermination de ses boucles à reprendre leur forme à l'identique, même quand elle tire dessus. Elle aimerait rester là, devant lui, jusqu'à ce que la mort l'emporte à nouveau.

Parfois, le feu lui susurre des choses indécentes.

Ce que ça ferait de poser ses lèvres sur ses paupières. Sa main dans son cou. Sa bouche sur la sienne. Alors, elle l'étouffe très vite. Elle prie Formol que ses joues soient aussi ternes que la cendre.

Cornélius l'imite, comme un miroir appliqué.

– Est-ce que vous sentez, ça ? demande-t-il, minutieux, en caressant le bout de son nez.

– C'est comme un souffle, très fin. Je dois me concentrer. Et vous ?

Elle réplique le geste, maîtrise le brasier qui s'insurge quand elle refuse de baisser encore son doigt, de le laisser mourir sur ses lèvres.

– Je sais que c'est vous. Je devine presque le contour de la pulpe de votre index. Je sens la légère morsure de votre ongle quand vous arrêtez, je sens que, si vous répétiez ce geste, mon nez pourrait me démanger, s'endormir.

– Oh, non, je suis navrée, je…

– Ne vous excusez pas, c'est la chose la plus délicieuse qui soit.

Conscient de la confession qui lui a échappé, ses cils papillonnent, il s'avoue vaincu et sourit. Et entre eux crépite un désir qui ne se nomme pas, un amour qui s'est déjà révélé, et un futur qui pourrait être heureux.

Il tente d'apposer sa main sur sa joue. Il demande la permission plusieurs fois, bégaye beaucoup. Ses doigts tremblent, comme un enfant qui s'apprête à souiller une peinture. Elle le prie du regard, mais elle doit fermer les yeux quand il s'exécute enfin. Allegra devine une présence, mais elle ne retrouve ni la pulpe de son index, ni la légère morsure de son ongle. Juste une petite brise.

– Je voudrais tellement vous rejoindre de l'autre côté du voile, confesse Cornélius, qui meurt de ne pas pouvoir sentir sa peau sur la sienne, que les frissons répétés rendent fou.

– Oh non, Cornélius, c'est bien la dernière chose que je vous souhaite.

– Je le ferais, pour vous.

Elle s'apprête à le supplier d'abandonner cette idée, quand un rayon de soleil vient lécher la face de Cornélius, lui rappeler que le jour est bien levé, que c'est la fin du rêve.

– Je ferais mieux d'aller prendre des nouvelles de Grand-maman, souffle-t-il. Elle est sans doute réveillée, et je n'ai pas pu lui rendre visite hier.

Sa phrase éteint la mèche de leur espoir. Ils se redressent maladroitement et Allegra défroisse sa robe éternellement lisse.

Cornélius, gêné, mime un bref salut qui se conclut en révérence étrange, qu'il maintient en reculant, ne lui tournant le dos qu'au dernier moment.

Pendant une seconde, Allegra se demande si la porte d'entrée acceptera de le laisser s'échapper, mais elle ne fait pas la difficile et écourte cette scène compliquée pour eux deux.

La fantôme suit des yeux sa lourde silhouette qui se fond sur le sentier, qui s'enfonce dans les herbes folles étouffant le petit cottage. Elle ne sort de sa contemplation qu'attirée par les miaulements de Byron. Il s'étire, baille à s'en décrocher la mâchoire, ses griffes plantées dans la couverture du *Livre des Mondes Obscurs*.

– Bonjour, mon beau, susurre Allegra.

Il se pavane devant elle, arrondit le dos. La spectre ne peut s'empêcher de lire une pointe de jalousie dans son regard, alors elle tente de caresser ses poils qu'elle n'a jamais pu brosser. Byron sursaute en sentant son contact. Il se retourne vers elle, hume ses doigts évanescents et se met à ronronner avec un bonheur nouveau.

Le cœur d'Allegra se gonfle à l'idée de pouvoir câliner cet éternel compagnon.

Mais leur parenthèse est soudain interrompue par Cornélius qui revient en courant. Son visage est dévasté par les larmes, ses yeux rouges et bouffis, sa bouche arquée par la douleur.

– Cornélius, tout va bien ? demande Allegra devant cette allégorie de la tristesse.

Le paysan met un moment à déterrer les mots, à trouver le courage de les formuler, la force. Il s'écroule en sanglots sur le sol.

– Grand-maman est morte.

Chapitre 22
URSINE

Maman disait toujours qu'il ne fallait pas abuser des larmes de Formol. Que l'alcool pervertissait tout. Son cœur le premier. Parce que maman s'enfilait de petits dés à coudre à la fin de chaque repas. « Pour vivre un jour de plus », elle expliquait. Une fois, Ursine avait quémandé une goutte.

– Non, ma fille, tu es trop jeune.

Ursine avait trente ans.

Et, cinquante-cinq ans plus tard, les paroles de maman résonnaient toujours dans sa tête. « Je suis trop jeune. » Alors, elle abandonne l'eau de vie de genévrier. Elle observe les autres toucher le fond de leur choppe avec leur nez, le gosier décidément très sec. Elle s'est noyée dans les propos acides des habitués du bar. Elle les a écoutés déverser leur venin, elle les a regardés se souler et terminer les dernières bouteilles épargnées par la famine.

– Ben là, c'est vraiment la fin, a soupiré le tenancier en léchant sur ses lèvres l'ultime perle de gnôle, en essuyant sur ses joues la première larme d'une longue série.

Trop avinés, les clients n'ont rien remarqué. Ils se sont effondrés sur les tables, leurs ronflements chargés d'alcool.

Ursine a quitté son tabouret trop haut et s'est évanouie dans la nuit. Elle ne cherche l'hospitalité nulle part, elle veut juste mener sa guerre contre les Wickwood.

Un drôle de sentiment s'agite dans sa caboche depuis qu'elle est arrivée à Harrow. Une voix, une autre que celle de maman, qui prévient et qui crie et qui hurle. Elle l'a appelée « Vengeance », mais elle n'est plus sûre que ce soit tout à fait elle.

Elle doit les retrouver, remettre la main sur le médaillon, malgré son dos courbé, ses yeux voilés.

Elle se répète les indications des hommes. Elle traverse le village, passe devant le temple, tourne à droite tout au bout de la grand-place. Les rues sont endormies, les champs sont vides. Bientôt, comme dans son propre bourg, les gens partiront vers des prés plus verts.

Ursine remonte le vieux sentier tapissé d'un camaïeu orangé. Ses souliers usés font craquer les branches mortes. Ce qui ne prend habituellement que dix minutes en demande vingt à ses pauvres jambes. La voix en elle hurle et crie et tempête plus fort à mesure qu'elle parcourt le layon en terre battue. Une bicoque à droite, comme prévu.

Ursine claudique encore.

Là ! Il est là ! Elle n'est jamais venue ici, en tout cas, elle ne croit pas. Pourtant, elle reconnaît le cottage. Ses vieilles pierres noircies par la cendre, ses toits cabossés, ses volets mal en point, résonnent en elle.

Déterminée, elle ne laisse pas la voix la convaincre de faire demi-tour. Elle n'écoute que maman, qui vocifère d'avancer encore, de détruire les petites pestes.

Un pas de plus et c'est comme si son cœur était pris dans un piège à rat. Ses muscles se tétanisent. Sa bottine refuse de se poser sur le sol, ses membres crispés font machine arrière. Ursine fronce des sourcils.

Impossible, impossible, impossible.

Elle ne peut pas avancer ! En plein désarroi, elle fixe la silhouette de pierres devant elle. Les garces sont à portée de main, quelques mètres de plus et elle pourrait serrer ses doigts desséchés sur ce cou qui se croit assez fier pour porter le médaillon, enfoncer ses ongles dans cette chair si tendre !

Ursine enrage.

Que faire, maman ? Je ne peux pas bouger !

Elle contourne. Cherche à pénétrer sur le domaine par un autre angle. Rien à faire. On dirait que le cottage a dressé autour de lui une barrière invisible contre laquelle bute Ursine. La maison grogne, se rebique, l'empêche de faire un pas de plus. Son pauvre squelette est ébranlé au bout de trois tentatives. Menacée, elle laisse tomber son postérieur flasque sur les rochers trop durs du chemin. Ses yeux s'abiment à regarder les pierres qu'elle devine dans les ténèbres protectrices.

Maman, je te jure que j'ai tout essayé.

Elle a envie de pleurer. Tout d'un coup, la malheureuse Ursine est accablée par une fatigue qui la secoue tout entière. Ce sont des larmes de détresse, de frustration. Alors Ursine hurle, car sa voix est la seule qui n'a pas tout à fait foutu le camp.

Et, comme une réponse, la maison craque et un chat noir, apparu à ses pieds, feule.

Il retrousse des babines redoutables. Sa fourrure se confond avec la nuit et la cendre. Le cœur à deux doigts de rompre, Ursine se réfugie dans les ombres, loin de ce félin diabolique, de cette maison hantée, loin de ce médaillon chéri.

Ne pars pas, Ursine, maman ne serait pas heureuse que tu abandonnes. Tu es si près, plus près que toutes tes ancêtres.

Alors Ursine reste dans un bosquet. Les aubépines lui piquent les fesses, les hanches, les côtes, mais elle les ignore. Les doigts noués autour de ses colliers. Charmes pathétiques comparé au cottage ensorcelé.

Elle les voit tout d'un coup ! Le garde, la peste, le paysan et la fantôme. Ils sont là, le nez collé aux carreaux sales, ils guettent la menace.

Et c'est moi la menace, moi !

Ils ne la trouvent pas. Le garde fixe bien sa cachette une seconde de trop, mais il imagine sûrement qu'un oiseau agite l'acinier. Il grogne, se détourne, continue sa ronde comme s'il protégeait un joyau royal. Ses yeux se posent sur la voleuse, se dérobent, sa silhouette est dévorée par le cottage qui engloutit ensuite la peste, la fantôme et le paysan. Le félin jette un regard mauvais à Ursine, retrousse une nouvelle fois ses crocs menaçants et se fond derrière eux.

Mais Ursine est restée à l'abri des épines. Incapable de bouger, une main sur son cœur fatigué, la seconde sur les ex-voto lovés contre sa poitrine creusée. Et maintenant ?

Fourbue, bouleversée, animée par une vengeance séculaire et une lassitude énorme, elle se tourne vers la bicoque à l'autre bout du chemin. Elle espère pouvoir reposer son vieux corps en surveillant les Wickwood. Elle frappe, mais n'entend rien. Alors Ursine pousse la porte de ce bouge. Ses yeux usés ne peuvent compter que sur la lueur faiblarde de la lune pour éclairer les contours de quelques meubles. Deux chaises, une table, un seau, et au fond, une paillasse. Et sur la paillasse, une forme.

Elle ignore la pièce de vie et fonce vers ce corps qu'elle devine. Un grognement lui indique que la Faucheuse n'a pas encore rempli son office avec cette bonne femme. Mais Ursine reconnaît les traits usés, le dos vouté comme si elle se regardait dans un miroir. Sans la vengeance pour faire battre ses veines, elle aussi serait roulée en boule comme un chien qui attend qu'on l'abatte.

Alors Ursine découvre, au milieu de sa rancune aigre, une compassion toute douce. Avec ses bras maigres, elle parvient à redresser la forme, et elle s'applique à lui redonner une apparence humaine. Elle trouve le seau, un linge immaculé, elle lave cette peau parchemin, ces doigts crispés par la douleur, elle rafraîchit ce visage contorsionné par l'épreuve, ces sourcils froncés dans l'attente de la mort. Elle coiffe ces cheveux filasse, blancs comme la neige piétinée par une troupe de soldats.

Elle murmure des paroles qu'elle connaît sur le bout de la langue. Les mêmes qui ont accompagné le trépas de sa mère, de sa grand-mère, de ses tantes. Ceux qu'elle sait que personne ne prononcera pour elle, elle en fait cadeau à cette ancienne, qui se tient au bout du monde des vivants. Les larmes lui montent aux yeux tandis que ses doigts retrouvent de vieilles habitudes.

Une fois qu'elle l'a allongée, dans des draps aussi propres que possible, Ursine lui apporte un thé chaud.

– Comment que vous vous appelez ?

Mais la pauvre âme bougonne, grogne, incapable de saisir sa tasse sans s'en renverser dessus. Pourtant, cette infusion, elle doit la boire. Jusqu'à la dernière goutte. Ursine l'aide, elle pose sa main sur la sienne et l'abreuve. Elle essuie ses lèvres trempées, la félicite.

Puis elle attend.

Car ce n'est pas n'importe quel thé. Ce n'est pas le même que celui qui accompagne la collation des bourgeois en fin d'après-midi. Dans l'eau bouillie, elle a laissé tomber des plantes qu'elle connaît bien. Elle a surtout glissé le peu de magie qui lui reste. Ce « trois fois rien » dont parlait maman. Ces quelques pincées de pouvoir qu'elle a économisées toute son existence, attendant le bon moment.

Maman disait que c'était comme une bourse d'or. Elle n'avait que deux, trois pièces en poche pour toute une vie, et elle devrait les utiliser avec parcimonie. Ursine ne l'avait jamais avoué à maman, mais elle avait déjà gaspillé une pièce. Un jour qu'un homme, un très bel homme, était venu au village. Ursine en était tombée amoureuse aussitôt. Il était grand, la peau lisse et tendre, les yeux gris et pétillants. Elle s'est imaginée bercée par ses bras pendant les nuits d'hiver, loin de sa bicoque, de sa mère, de sa vengeance. Pendant des mois, elle a eu dans le cœur l'espoir de cette vie toute douce. Mais l'homme ne la voyait pas. Alors, elle a tenté un sort pour qu'il devienne fou d'elle. Au lieu de ça, il s'est entiché d'un poulet, et s'est coupé les veines quand le boucher a décapité la volaille.

Mais maintenant, elle le sait, c'est le bon moment. Maman serait d'accord.

Parce qu'Ursine a reconnu la vieille dame dont parlait Maddrell. Elle a compris qu'elle tenait la pauvre âme de Thelema, une victime des Wickwood, une témoin des années sombres. Alors elle a convoqué son soupçon de magie pour redonner la parole à tous les souvenirs enfermés dans la caboche de l'ancienne. La combinaison de pétunias, de schizanthus et de mandragore séchée (qu'elle porte toujours autour du cou) peut faire parler un mort. Si on y ajoute un peu de sorcellerie. Ursine y a intégré tout ce qu'elle a.

Comme c'est la première fois qu'elle teste une telle potion, elle ne peut pas s'empêcher de guetter le moindre froncement de sourcils, grognement, hoquet. Elle analyse chaque souffle de

Thelema, espérant que ce ne soit pas le dernier. Pas tant qu'elle ne lui aura pas livré tous les obscurs secrets des Wickwood, en tout cas.

Au pub, tout le monde a pleuré sur cette vieille ruinée par les flammes noires et par le cœur plus sombre encore des Wickwood. Ils sanglotent de loin sur le destin de cette ancienne qui pourrait être une de leurs proches mais qui, heureusement, ne l'est pas. Ainsi, ils peuvent en toute tranquillité la laisser pourrir entre quatre murs humides comme son futur tombeau.

Les soulards ont raconté qu'elle était la bonne à tout faire des Wickwood. « Quand tout était recouvert d'or, pas de cendre. » Avant la nuit tragique, avant la mort de tous sauf de la peste, et de son ombre éthérée.

Mais le destin de Thelema est pire que la mort. Elle croupit au milieu de souvenirs si acres que sa respiration s'étouffe. Paraît qu'elle avait un petit-fils attentionné, mais Ursine a vu comme les deux sorcières l'ont corrompu. À côté de ce cadavre en devenir, il n'y a que la solitude et l'abandon.

Thelema ouvre sa bouche, et rien.

Ursine cache son impatience. Cette langue pâteuse retient les secrets des derniers jours fastes des Wickwood. Elle détient les réponses sur l'évènement qui a déchaîné les ténèbres à Harrow, dix ans plus tôt. Peut-être connaît-elle des faiblesses à ce cottage, à ces deux sœurs.

Alors Ursine attend.

Quand la tête de la vieille se met à osciller de gauche à droite jusqu'à reposer sur sa poitrine, Ursine soupire. Elle a tué la seule personne capable de lui raconter ses ennemis. Pourtant, elle rapproche sa tasse pleine d'eau encore bouillante devant le nez de Thelema, et elle prie Formol.

D'un coup, la vapeur se brouille, s'épaissit, tournoie et se focalise dans les cheveux blancs filasse.

Le cottage apparaît. Le soleil éclaire des pierres ocres, des rosiers en fleurs habillent les fenêtres en croisillon. Tout respire la vie. Depuis les yeux de Thelema, on la voit qui ferme la porte de sa maison, remonte vers le manoir des Wickwood. Elle est accueillie par une sublime jeune femme au sourire franc, aux boucles noires comme la nuit et aux cils papillon.

– Oh, Thelema, c'est la Passation, aujourd'hui, vous vous souvenez ?

– Et comment ! C'est votre grand moment, Miss !

L'émanation se trouble, Ursine ne comprend pas ce qui se passe, le brouillard emporte la suite des paroles, voile le déroulé. Elle comprend que la servante est renvoyée, qu'elle s'affaire dans les champs, qu'elle pense à son mari. Jusqu'au moment où le sol résonne, se rebelle. Thelema relève les yeux vers la demeure. À l'étage, des lumières violentes font exploser les vitraux, des hurlements à glacer le sang la figent sur place.

Jusqu'à ce qu'un feu éclate. Il ne se déclare pas, comme ça arrive parfois parce qu'on laisse un bout de paille près d'un foyer. Il détone. Des flammes détruisent les murs. Au centre de la pièce, Thelema devine à peine un néant qui dévaste tout autour de lui.

La servante abandonne ses outils et se précipite. Le brouillard emporte sa course folle, ses pensées sont tellement bousculées que le souvenir se trouble. Puis elle arrive au milieu de ce qui devait être un bureau. On ne reconnaît plus rien. Les flammes noires dévorent les parquets, les planchers. Elles dévorent aussi le cœur de la vieille.

Ursine sent sa raison qui commence à partir en cendres, comme le mobilier. Ses yeux se posent sur quelque chose qu'une humaine ne devrait pas voir. Thelema se débat, elle veut la sauver, la protéger, l'emmener loin, mais elle en est incapable. Le feu magique la repousse violemment. Sa tête se cogne contre le coin d'un escalier, emportant pour toujours sa faculté à parler, sa volonté, sa lucidité.

Quand Ursine relève le nez, que la vapeur d'eau constelle de gouttelettes sa peau et les cheveux de cette sœur de douleur, elle ne sait pas d'où viennent ses larmes. L'ancienne servante s'agite, des spasmes secouent sa vieille carcasse, qui retombe alors mollement sur la paillasse.

Ursine, cette fois, pleure tout à fait.

Toute la nuit, elle reste auprès de cette âme jumelle, elle l'apaise, la couche, la berce, et lui souhaite de trouver de l'autre côté du voile la paix qui l'aura tant fui ici. Ursine sanglote. Tout ce qu'elle imaginait s'est effondré, léché par les flammes noires. Sa vengeance se transforme en culpabilité. Les sœurs Wickwood sont aussi dépouillées qu'elle. Victimes d'ancêtres au cœur bouffé par l'orgueil.

Est-ce que Thelema méritait de mourir pour tous ces occultistes ? Pour Eliphas, réduit en poussière depuis des siècles ? Ursine se redresse, époussette ses genoux calleux, ses états d'âme, et fuit dans la forêt, laissant là le cadavre. Que fait-elle ici ? Que se passe-t-il ? Pourquoi les fondations sur lesquelles elle a construit toute sa vie commencent à s'ébranler ? C'est sa propre lucidité qui menace de ficher le camp alors qu'elle pose une dernière fois les yeux sur sa victime. Elle a tué. Et pour quoi ? Pour qui ?

Pour nous, Ursine, parce que tu nous dois vengeance. Tu dois à ton ancêtre, Eliphas, vengeance. Vengeance pour les Ivel et tout ce qu'ils ont perdu.

Ursine fait taire les voix.

Car, aujourd'hui, c'est elle qui a tout perdu.

Chapitre 23

La haine valse avec la pitié

Médora est réveillée par les sanglots abrupts d'un homme qu'elle n'a jamais vu pleurer : Cornélius. Elle le trouve en bas, effondré. Il nettoie le vieux parquet avec ses larmes, incapable d'articuler un mot. Raph est déjà là, Allegra aussi. La voleuse les interroge des yeux, mais elle sait pourquoi l'âme du paysan est fendillée, pourquoi il éparpille des miettes de cœur sur le sol de leur cuisine. Il n'y a que deux raisons possibles.

La première, c'est qu'Allegra le rejette, ou meure pour de bon. Mais sa sœur est là, et elle a entendu leurs soupirs d'amoureux toute la nuit.

La deuxième, c'est que Thelema a rejoint l'autre côté du voile.

D'un signe de tête, Médora suit Raph dehors pour laisser à Cornélius l'intimité dont il a besoin. Personne ne trouvera mieux les mots qu'Allegra. La voleuse sait qu'elle le laisse entre les mains les plus douces, les seules capables de panser son chagrin.

Précédée par le garde, elle remonte le petit chemin jusqu'à la bicoque.

Il n'y a qu'une vingtaine de pas et c'est assez pour bouleverser l'âme de Médora. Elle n'a jamais vu la mort de si près. Pas qu'elle s'en souvienne, en tout cas. Car sa famille entière l'attend de l'autre côté, sans qu'elle ait vu un seul cadavre. Et puis, elle a une sœur décédée, officiellement du moins, mais qu'elle trouve souvent trop vivante.

Médora a toujours considéré Thelema comme une vieille indigne de son temps. Pourtant, plus elle avance vers la maisonnette, plus sa poitrine se serre. Parce que la voisine a toujours été là. Parce que sa maladie rythmait sa propre vie, imposant des visites de Cornélius dans son quotidien.

Elle laisse Raph pénétrer en premier dans le foyer.

Rompu aux batailles, au sang, fidèle bras armé de la Faucheuse, il franchit le seuil et fonce vers la petite masse au fond de la pièce sans hésiter. Médora marque une pause, une main sur le chambranle de la porte d'entrée. Là, le soleil caresse sa peau. Devant elle, les ténèbres ont déjà grignoté tout ce qui faisait de cet endroit une maison pour Cornélius.

Elle inspire un bon coup, admire le calme de Raph imposé par l'habitude. Il s'est penché sur le cadavre sans blêmir. Sa main ferme s'est posée sur la poitrine cave de la voisine.

– Elle est bien morte.

Médora inspire à nouveau, avant de se laisser engloutir par l'obscurité humide de la bicoque. Elle rejoint Raph, planté comme une sentinelle à côté de Thelema. Ses lèvres s'agitent dans une prière silencieuse que son heaume devait autrefois masquer.

Et, finalement, la voleuse pose ses yeux sur le corps. Sur cette grand-mère. Sur cette âme oubliée de tous. Sur la mort. Thelema est allongée. De la porte, on pourrait la croire endormie, de près, il est évident que la Faucheuse a fait un sale travail. Ses cheveux sont ébouriffés, comme si elle avait cherché à se débattre, ses yeux sont révulsés, noir néant, sombres comme ravagés par un incendie.

Médora peine à contenir la bile qui remonte en traînées acides dans sa gorge.

La peau de Thelema est déjà aussi épaisse qu'un vieux parchemin. Jaunie, usée, elle ressemble à une poupée de cire qu'on aurait laissée trop près d'une bougie. La jeune femme repense à ces remèdes que Cornélius et Allegra l'obligeaient à préparer pour lui offrir un peu de repos. La voleuse rouspétait, soupirait, s'activait malgré tout. Et, dans le secret de sa chambre, elle soufflait de soulagement en apprenant le succès de sa concoction.

N'empêche, elle recommençait à râler la semaine suivante.

Désormais, il n'y aura plus de potions, plus de sommeil à apaiser. C'est avec cette nouvelle absence que Médora comprend qu'elle aimait l'aider, se rendre utile. Les derniers bocaux d'herbes médicinales ne servent plus qu'à décorer leur cuisine misérable.

Médora ne peut empêcher son regard de se poser sur ce tas de fripes qui était un être humain il y a encore quelques heures. Cornélius prenait tellement soin de sa Grand-maman que ça lui brise le cœur quand elle remarque un bouton qui manque, des traces de thé qui maculent sa robe de chambre, les nœuds dans ses cheveux, la terreur qui déforme son visage, qui a envahi ses yeux. Elle tente de passer sa main dans la crinière hirsute, de lui offrir un peu de dignité.

– La mort a vraiment une sale gueule, souffle-t-elle, espérant que son sarcasme chasse le nuage d'horreur qui voile son âme.

– Mmh.

Raph ne l'écoute pas. Il a posé les mains de la vieille sur sa poitrine, baissé ses paupières sur le néant et il parcourt la petite maison. C'est quand elle se retourne que Médora remarque sa paume qui caresse son serpent, son regard sévère qui perce les ombres.

Ses mains habiles retournent des meubles, débusque les maigres cachettes.

– Elle est morte, Raph. Elle était âgée. C'est juste l'œuvre de la Faucheuse.

Quand il entend son nom, le garde se retourne, troublé de ne pas être appelé « tas de ferraille ». Mais le sens du devoir s'imprime vite sur ses traits. De l'index, il désigne une tasse échouée au pied du lit. Médora se baisse, épouse du doigt les bords ébréchés.

Alors qu'elle s'apprête à poser le récipient sur un guéridon, elle en remarque une deuxième, déjà soigneusement rangée. Deux tasses !

– Elle n'était pas seule.

Raph approuve d'un petit signe de tête, comme un maître fier des progrès d'une élève. Soudain, elle comprend que le travail de la Faucheuse a été un peu précipité. Les traits d'horreur qui déforment le visage de la vieille la transpercent d'effroi. Pauvre Cornélius… Elle se saisit de la Cloche qui ne quitte plus sa hanche depuis deux jours. La robe froide l'arrache à la contemplation du cadavre, à l'odeur de mort qui colle à sa peau devenue moite.

Elle se glisse dans l'ombre rassurante de Raph. Il lui désigne la tasse renversée qui gisait aux pieds de l'assassinée. Toujours chiche de mots, il communique d'un regard appuyé, narines retroussées.

Médora comprend.

Elle comprend toujours Raph, même quand elle prétend le contraire, même quand elle râle et lui tourne le dos. Elle déchiffre chacun de ses souffles, arrive à lire en lui. Il a enlevé son heaume, sa carapace, son armure tout entière et elle le voit comme il est. Celui qui pourrait lui couper la tête, mais qui trouve comment apaiser son cœur. Elle plonge le nez dans le récipient.

– Mandragore, je crois, analyse Médora qui préfère oublier cette petite flamme qui brûle en elle et qui pourrait s'éteindre d'un coup de lame. Allegra m'a rabâché les oreilles avec cette plante. C'est comme un sérum de vérité. Il y a d'autres machins, là-dedans, mais je sais pas ce que c'est...

– Mais pourquoi on voudrait faire parler cette pauvre dame ? maugrée Raph qui jette un regard de pitié à l'amas de cheveux et de tissus.

Médora n'a pas la réponse, elle hausse les épaules. Raph pivote autour de la petite table basse, soupèse la porcelaine de l'invité, son regard est transpercé par des milliers de questions qui naissent à chaque nouveau détail.

– Elle a bu...

– Thelema. Son prénom. C'était Thelema.

Raph se tourne, lèvres pincées. Il incline doucement la tête avec respect.

– Thelema a bu. De gré ou de force. La deuxième personne, non.

– Le plus étrange, c'est qu'il n'y a que de l'eau, dans la deuxième tasse. Pas de thé, pas d'herbes, rien.

Le garde jette un regard admiratif à Médora qui se retient de pavaner avec orgueil. Elle préfère réfléchir. Elle comble le silence de mort imposé par Raph. Elle lui explique qu'il n'y a pas de mandragore aux alentours. Même Allegra n'en possède plus depuis qu'elles ont vidé les réserves familiales. C'est donc quelqu'un qui s'y connaît.

– Quelqu'un comme nous, souffle Médora.

– Personne n'est comme vous.

Raph a répondu sans réfléchir. La voleuse prend ça pour un compliment. Mais elle renvoie au néant le sourire qui s'apprêtait à naître.

Quand le garde sort de la bicoque, elle le suit sans un regard en arrière. La seule chose qu'elle puisse faire pour Cornélius, pour sa grand-mère, c'est de trouver celui qui l'a envoyée si violemment de l'autre côté du voile.

Elle comprend aussitôt que Raph cherche, autour de la maison, des traces de l'intrus. Grâce à ses yeux aiguisés, il ne tarde pas à repérer des gypsophiles giflées, des pensées piétinées. Avec la rosée, la terre est devenue meuble, les pieds se sont enfoncés et dessinent un petit sentier traitre, un fil vers l'assassin. Médora sent la haine l'animer, elle s'élance, mais Raph retient son bras avec autorité.

Elle est prisonnière de cette emprise de métal. Malgré l'armure, sa poigne est légère, il ne lui fait pas mal. Au contraire. Son regard est doux, pourtant, elle ne peut pas s'empêcher de penser que c'est là la main de son bourreau. Il la retire, comme s'il voyait passer dans ses iris l'éclat d'une guillotine. En silence, épée dégainée, il désigne la piste boueuse.

Médora ne sait pas ce qu'ils trouveront. Un assassin. Un monstre. Une légende sortie des contes de leur enfance pour les hanter. Le tueur les mène jusqu'au cœur de la forêt. Raph pose un doigt sur ses lèvres, un autre devant lui. Comment un gaillard d'un mètre quatre-vingts avec une armure de trente kilos sur le dos peut se faufiler entre les fougères sans faire de bruit, c'est un mystère de plus pour Médora.

La voleuse admire les talents de contorsionniste du garde. Il s'arc-boute pour éviter un tronc, enjambe une racine, dégage une branche sans réveiller un seul oiseau. Et là, au milieu des trilles rouges, sur un tapis de mousse, une enfant dans un corps de vieille. Médora reconnaît aussitôt Ursine, sa haine aiguise son courage et, sans y penser, son bras armé de la Cloche se lève au-dessus de sa tête. Raph la retient.

Il la serre contre lui. Observe cette âme à qui la vie a déjà tout pris.

Il accorde à la meurtrière un répit pour abreuver les filicophytes de ses larmes.

Ursine implore les fantômes qui la hantent, recroquevillée dans les sous-bois, animal blessé. Elle serre ses phylactères dans ses phalanges fatiguées. Mains, sourcils, paupières, elle est plissée, feuille froissée. Médora l'entend qui supplie. Elle se balance, se berce, s'enveloppe de paroles qui n'ont de sens que pour elle. Les sanglots noient ses joues, ses rides sont comme des canaux.

Et puis, Raph ramène Ursine dans le monde des vivants.

Médora le voit s'approcher et, avec douceur, relever le visage de la vieille vers la lumière. Ses grands yeux s'ouvrent sur le regard si tendre du garde et elle se jette contre lui. Son corps entier réclame cette présence humaine, aussi métallique soit-elle. Raph recueille les dernières larmes qu'il lui restait et l'aide à se redresser. Il la porte à demi à travers les fougères et les racines. Les jambes d'Ursine n'ont plus la force de la soutenir.

Quand Ursine dépasse Médora, elle ne la remarque même pas. La voleuse ferme la marche comme une Faucheuse qui suit un cadavre. Raph ramène la vieille au cottage. Devant la porte d'entrée, Ursine s'écrase au sol. Elle pleure sur le sentier, sur les chausses de Cornélius et Allegra qui tentent de déchiffrer la scène.

Médora ne parvient pas à prononcer un mot. Ses sentiments se livrent une guerre atroce. Sa haine valse avec la pitié. Sa vengeance susurre des promesses perfides à sa compassion. Mais sa colère finit par remporter la victoire. Le désespoir de Cornélius suffit à rallumer sa rage. Ses yeux bouffis qui évitent de se poser sur la bicoque au bout du chemin, sa gorge pleine de sanglots et de paroles qu'il ne pourra plus dire à sa Grand-maman. Et Ursine pleure à ses pieds comme si elle ne l'avait pas précipitée de l'autre côté du voile.

Médora ne peut pas regarder Cornélius. Elle ne se fait pas confiance pour dire les bons mots, pour canaliser la fureur dans sa voix. Par contre, elle peut cracher son venin au visage d'Ursine. Quand elle se penche au niveau de la vieille, Raph ne retient pas son bras, cette fois.

– Tu dois au gars qui se tient devant toi de tout dire. Et si tu oses encore sangloter face à lui, je te jure que je me ferai un plaisir de t'arracher tes aveux.

– Meddie ! peste Allegra qui ignore tout du monstre recroquevillé au sol.

La voleuse néglige sa sœur et saisit le menton pointu de la folle entre ses doigts. Ses yeux lancent des éclairs qui brisent un peu plus l'âme d'Ursine. Médora n'en a que faire. Elle repense au corps parchemin de Thelema, au cœur chagrin de Cornélius. Sa pitié n'est pas dans le camp d'Ursine. Plus maintenant.

– Tu vas le regarder bien droit dans les yeux et tu vas lui raconter tout ce que tu as fait à sa grand-mère. Tu sais, je peux inventer des milliers de façons de te faire supplier la venue de la Faucheuse. Ne me tente pas.

– Meddie !

Cette fois, c'est Allegra que Raph retient. D'un geste, il l'enjoint à se taire, à garder son indignation pour elle. Cornélius hoquette. Il a compris, derrière les menaces de la voleuse, ce qui s'est passé. Mais il attend. Il se tient au bord du précipice, en équilibre sur le fil ténu de la vérité. Il a sûrement cru que Thelema était partie d'une belle mort, pas que celle qui les avait accueillis était revenue les hanter d'une si tragique façon.

Médora n'ose pas le fixer. Elle préfère épingler Ursine du regard. Elle craint de ciller, que la vieille s'éclipse d'un claquement de doigts et échappe à la vengeance amère qu'elle lui réserve. Alors qu'Ursine s'étouffe dans de nouveaux sanglots coupables, Raph s'accroupit à côté de Médora.

– Ne précipite pas la Faucheuse, Médora. Elle vole au-dessus de cette âme depuis bien longtemps, elle ne verra pas la prochaine lune. Épargne ta lame.

Elle jette au garde un regard étonné. Elle l'imaginait cruel et sanguinaire. Aussi froid que son armure.

– Elle doit être gelée, peut-on au moins rentrer ? propose Allegra.

Raph approuve, redresse Ursine, la mène à l'intérieur, suivi par Allegra, Cornélius et Médora. La voleuse ne rechigne pas, simplement parce que ses propres doigts sont engourdis par l'aube glacée. Elle est sortie en trombe, sans cape, avec sa popeline noire, la peur chauffait alors son âme à blanc. Maintenant, c'est la haine qui brûle dans ses veines.

Après que Médora a fermé la porte derrière elle et suivi la petite troupe, ils se postent en demi-lune autour de la loque humaine qu'est Ursine, recroquevillée sur une ancienne marquise défraîchie. Le cottage grogne, craque, se rebelle, comme un chat sur le point de cracher une boule de poils.

Allegra accueille chaque nouveau bruit en sursautant, les yeux fixés sur le plafond qui toussote.

Les pleurs d'Ursine redoublent. Le vacarme enserre le crâne de Médora. À chaque sanglot violent, la demeure intensifie son concert, Byron se joint au spectacle cacophonique en feulant sur l'assassine.

Ce tapage lui rappelle la nuit dernière. La révolte de la maison. L'agressivité du chat.

– Vous avez essayé de venir ici cette nuit ! écume Médora en pointant un doigt rageur sur la silhouette ramassée d'Ursine.

Silence total.

Plus de feulement, plus de craquements, plus de larmoiements.

Ursine relève vers Médora sa face fripée. Elle prend conscience du siège sous ses fesses, des visages sévères qui la fixent. Les mots coupables se pressent sur sa langue en une bouillie incompréhensible. Les sanglots retenus noient le peu de sens qui restait.

– Calmez-vous, soufflez fort, l'enjoint Allegra qui s'accroupit à ses pieds, prête à donner une chance à cette pauvre âme.

Ses mains se posent à quelques centimètres des doigts noueux de la vieille et elle mime une ample respiration. Comme une enfant, Ursine suit les gestes appliqués de sa maîtresse. Elle n'a plus d'yeux que pour celle qui lui montre un peu de pitié. Le reste de la pièce s'efface et elle raconte son histoire à Allegra.

Les souvenirs se marchent dessus, les idées se percutent, la culpabilité et les émotions mettent à mal la chronologie, le sens, mais le quatuor finit par saisir l'essentiel. Ursine est une Ivel, elle s'est lancée à leurs trousses, sans savoir leur identité, quand elle a remarqué le vol du pendentif (à ce stade, Médora n'échappe pas à un regard assassin de sa sœur), puis, en arrivant à Harrow, elle a compris qu'elles étaient ses ennemies mortelles. Que, sans doute, elles avaient le Livre que sa famille a passé plusieurs vies à chercher. Que, peut-être, Thelema connaissait leurs secrets, de quoi venger tous les Ivel sacrifiés sur l'autel de la vindicte.

– Je ne voulais pas, je ne voulais pas, ânonne l'unique Ivel qui se berce d'avant en arrière. Je veux juste rentrer à ma maison, je veux rentrer, oublier, plus être. Ici. Et les flammes…

– Quoi, les flammes ? s'emporte Médora que le mot fait bouillir.

Mais la vieille est repartie dans une psalmodie intérieure.

La voleuse jette un œil au paysan. Son corps entier vibre de haine, de colère, de pitié. Elle a dansé cette valse complexe, elle peut le comprendre. Et, en même temps, elle ne le peut pas. Elle a perdu toute sa famille, elle aussi, mais sans jamais avoir eu besoin de faire de deuil. Sans avoir à revivre en boucle des souvenirs heureux. Il a perdu l'ancre de son monde, et il se rappelle tout. C'est la plus belle bénédiction, la pire malédiction.

Médora admire sa réserve. Il reste figé là où elle aurait bondi sur le cou décharné de la vieille pour lui arracher son dernier souffle. Allegra parvient à apaiser Ursine une fois de plus, et Médora garde pour elle les questions sur les flammes noires qui ont ravagé sa vie. Elle laisse à Cornélius l'occasion de calmer sa fureur.

– Que s'est-il passé ?

Sa langue est chargée de haine, mais Ursine, les yeux plantés dans ceux d'Allegra, ne le regarde pas.

– Des plantes. Pour la faire parler. Mauvais dosage.

– Mais comment vous saviez où elle était, qui elle était ?

– Le pub. Les habitants les détestent. Vous veulent mortes. Pensaient qu'elle était maudite par les Wick…

Le nom des ennemis éternels s'évanouit sur ses lèvres. Parce qu'elle n'a plus de haine pour le prononcer. À force d'interrogatoires, Cornélius parvient à lui faire rejouer la scène en détail. La mandragore, la vapeur, les souvenirs. Mais là, les mots manquent. Ursine se tait. L'émotion trop forte qui a tué Thelema semble la consumer également à petit feu.

Ce qui avive encore plus l'intérêt de Médora.

Collée à Raph, elle s'est rapprochée de son armure sans s'en rendre compte. Le métal froid apaise sa peau incandescente, calme ses ardeurs, sa fureur de voir Ursine rejoindre les flammes.

– Le feu, impossible. Trop. Brûle. Brûle. Brûle.

Ursine se balance avec plus de violence, ses mains grattent ses paupières. Allegra tente de la consoler, mais quand la vieille ouvre les yeux, même la fantôme recule d'horreur.

Les globes sont entièrement noirs, noirs de cendre. Médora se précipite sur ce corps qui n'est qu'à un souffle de se transformer en cadavre.

– Mais qu'est-ce que tu as vu, putain ? C'était quoi le feu ? Il s'est passé quoi ? Et nos parents ?!

Raph la saisit dans ses bras et la serre contre lui. Il éteint le désespoir qui l'enflamme. Elle ignore les larmes qui coulent en torrent sur ses joues. Elle pose son front sur le plastron glacé. Oublie les hurlements terrifiés d'Ursine dans son dos. Elle met même un moment à comprendre que ce n'est pas la vieille qui crie.

Il y a des dizaines de voix, des centaines. La maison craque, tempête, panique.

Le garde n'ose pas bouger. Alors c'est Cornélius et Allegra qui se collent aux fenêtres. C'est sur leurs visages que Médora lit d'abord l'effroi. Elle se précipite à leurs côtés. Ignore Ursine qui perd le peu de raison qui lui restait au creux de la marquise.

Autour du cottage, tous les villageois de Harrow sont venus, la haine au cœur. Ils brandissent des piques, des haches, des faux, des casseroles, des battoirs. Et au bout de leurs armes improvisées, une envie de meurtre. Leurs yeux lancent des éclairs sur la maison en cendres, leurs cris jettent du venin sur les deux sœurs qui y habitent.

Byron, aux pieds des Wickwood, feule, le dos hérissé.

Il aurait pu s'échapper, pense soudain Médora qui l'observe avec douceur malgré son nez qui la picote. Mais il est là. Avec elles. Raph et Cornélius aussi. Alors qu'ils n'ont rien à voir avec tout ça. Les maudites, ce sont elles. Elle échange un regard avec Allegra et cette fois, la voleuse laisse tomber son masque au sol. La terreur s'imprime sur tous ses traits.

– Formol, ayez pitié de nous, souffle-t-elle.

Chapitre 24
Les crocs de la foule

Raph a reconnu les rumeurs des villageois des mètres avant qu'ils n'atteignent le bord de la propriété. Il a reconnu la haine, la peur, la fureur d'un groupe qui ne craint plus l'horreur. Mais il ne pouvait pas lâcher Médora. Il voulait que la terreur de la voleuse se fracasse sur son armure, qu'elle lui emprunte autant de courage que possible.

Parce que Raph sait, pour avoir déjà démoli des émeutes, que rien ne peut arrêter une foule survoltée. C'est comme une vague déchaînée qui vient annihiler tout ce qui se trouve sur son passage. La faim enflamme même les caractères les plus doux. Il n'a pas besoin de regarder par le carreau pour constater que la rage embrase les jeunes garçons, ou que des femmes à peine sorties de couches sont aux premiers rangs.

Quand Médora s'écarte pour assister au spectacle de ce flot qui s'agglutine autour de leurs fenêtres, il frissonne à l'absence qu'elle laisse entre ses bras. Il tremble en se rappelant sa mission, les mots de son roi, son serment. Il a oublié tout ça en quelques jours avec les Wickwood. Elles l'ont envoûté, oui, mais alors de la plus belle des façons.

Elles l'ont brisé.

Parce qu'elles l'ont arraché du carcan où il était emprisonné, elles l'ont affranchi de la cuirasse dans laquelle il pensait justement être libre. Il est lui-même sans qu'il surprenne un seul regard, réflexion ou moquerie. Il a remarqué les yeux tempête de Médora. Ils oscillent dangereusement entre sa main, son serpent, son propre cou.

Mais désormais, il est incapable de mener à bien les ordres royaux.

Alors, il se plante aux côtés de ses amis, parce qu'il sait déjà que sa vie ne sera plus jamais la même et qu'il compte bien rester avec eux aussi longtemps que Formol le permettra.

Médora ne contemple pas une seconde de plus la vague de haine qui éclate autour d'elle. Elle se jette sur Ursine et tente de lui faire avouer que c'est elle qui a attisé la rage des habitants, qui les a poussés à venir ici. Ursine ricane, pleure, sanglote, supplie, tout ça à la fois. Elle ne prononce aucun mot. Surtout pas ceux que Médora désespère d'entendre. Raph retient la main qu'elle s'apprête à abattre sur la pauvre carcasse. Il déchiffre aussitôt les affres qui l'étreignent.

Il a déjà vu cet éclat de panique. Bien trop souvent. Dans les yeux des comtes belliqueux qu'il a cloués au pilori. Dans ceux des gardes déserteurs et des nobles apostats.

En spectateurs passifs, les quatre se postent devant la fenêtre, Byron à leurs pieds. Sa fourrure est toujours piquante, ses crocs menaçants.

Dehors, la foule aussi montre les crocs. Des armes improvisées qui, brandies avec tant de hargne, sont non moins dangereuses que n'importe quelle épée. Raph ne peut s'empêcher de se placer légèrement devant ses trois amis. Il analyse la cohue. Il laisse tomber au fond de sa cuirasse ses sentiments, sa propre peur. Il revêt l'aplomb de garde qui lui a collé à la peau tant d'années.

Il comprend rapidement que les villageois sont désorganisés. Ils sont fous de rage, excités par leur nombre, par la fureur de leurs voisins, mais la Faucheuse, le sang, la violence pure leur sont, pour le moment, inconnus. C'est le nom des Wickwood qu'ils crachent. Elles sont maudites, Harrow est maudit par leur faute. On leur impute la famine, la mort des champs, des poules, du dernier nouveau-né, de la pluie et de l'espoir.

Ils veulent les brûler sur la grand-place, et en grandes pompes. De ça, Raph en est persuadé. Ils sont prêts à conjuguer la brutalité à tous les temps. Ils ont beau être désordonnés, ils sont fougueux, et surtout, eux ne sont que cinq. Dont une morte.

Avant, Raph avait une armée entière derrière lui. Là, il a quatre âmes à protéger. Une jeune fille terrorisée. Un fermier en deuil. Une fantôme épouvantée. Et Ursine, une vieille en larmes. Mais il sait reconnaître le voile de la Faucheuse. Elle ne restera pas longtemps dans les rangs des vivants.

Ils n'ont aucune chance. Pourtant, Raph dégaine son arme.

S'il attire l'attention, s'il passe une dizaine d'habitants au fil de son épée, peut-être qu'il pourra faire gagner un moment à ses compagnons. Assez pour qu'ils soient avalés par la forêt, loin des cris et de la rage. Il pourrait sortir par la porte d'entrée, et eux par la serre, comme ça…

– N'y pense même pas, crache Médora.

Son regard le foudroie. Elle a tout compris. Elle comprend toujours tout, cette petite effrontée trop maligne. Ils se reconnaissent, se sourient. Fragile lumière au milieu des ténèbres.

– Qu'est-ce qui se passe, là-bas ? demande alors Allegra.

Elle attire leur attention sur le bord du chemin, près de la chaumière de Thelema. La foule s'ébranle, la vague ondule et une rumeur trouble les villageois. Certains crient, hurlent, et c'est une nouvelle tempête qui s'abat sur le cottage. La maison a beau se défendre, elle ne peut rien contre cette haine viscérale.

– Elles ont tué la bonne Thelema ! Sorcières ! À mort ! À mort !

Les fourches flottent, brandies par la détestation, par l'envie de meurtre. Les rugissements résonnent tant que le temps semble suspendu. Des sanglots invisibles agitent Allegra. Même Ursine se redresse en chancelant. Emprisonnée dans son esprit comme dans une toile d'araignée traître, elle n'est déjà plus tout à fait de ce monde. Elle s'approche de la fenêtre, salue la foule comme si elle venait d'être sacrée reine.

Elle ignore tout du danger.

Emportée par l'excitation, elle ouvre la porte d'entrée et s'élance vers les fourches avec le sourire ébahi de celle qui renonce enfin à la solitude.

– Elles n'ont rien fait ! Je vous le jure. Foi d'Ivel !

Raph se précipite pour la retenir, trop tard.

– Qu'est-ce que tu fais ici, la vieille pie ? T'es venue nous tourner la tête hier, c'est ça ? crache un habitant. Tu les as prévenues de notre arrivée, c'est pour ça qu'on peut pas foutre un seul pied plus loin ? Sorcière !

C'est le cri de ralliement. Le mot résonne dans toute la foule, se répercute, décuple la haine déjà à fleur de peau. Incapables d'atteindre les Wickwood, ils se vengent sur Ursine.

Elle venait chercher la rédemption au bout de leur fourche, elle ne trouve qu'un trépas plus rapide. Ils l'embrochent comme un porc. Ils hurlent si fort qu'ils n'entendent pas son cri déchirant de douleur. Ils sont tellement aveuglés par leur animosité qu'ils ne remarquent pas les yeux d'Ursine qui s'écarquillent dans un dernier sursaut de lucidité. Ils la maudissent avec tant d'ardeur qu'ils ne voient pas que c'est le cadavre d'une innocente qui repose maintenant à leurs pieds.

Les piques défigurent la vieille dame. À chaque coup qu'on lui porte, les habitants s'enlaidissent. Ils laissent dans chaque cicatrice un peu plus de bonté. Jusqu'à ce qu'un garçon terrifié braille. Il a le visage couvert de sang. Les paumes aussi rouges qu'un boucher. Sur le sol, Ursine n'a plus rien d'humain, comme la foule qui vient de l'assassiner.

Pourtant, au milieu des entrailles, des tissus déchiquetés, des chairs lacérées, Raph croit reconnaître la main de la vieille, resserrée autour de ses médaillons, dans une ultime prière silencieuse.

Et c'est bien le silence qui cueille ce bout de sentier perdu au fond de Harrow, là où le sang rejoint le camaïeu orange des feuilles. Personne ne parle. Ni les habitants, ni les quatre âmes recroquevillées au creux du cottage, ni les oiseaux qui ne s'étonnent plus de la barbarie humaine.

Raph a déjà tué des gens. Trop pour en garder le compte. Pas avec des pieux, ou des fourches, ou des faux. Avec son épée. Parce que son roi lui avait ordonné de le faire. Il n'oubliera jamais la première vie qu'il a soufflée. Un soldat, anonyme. Un heaume gris qu'il a détaché du reste du corps au milieu d'un champ de bataille. Il en a eu mal au bras pendant des lunes, il en a souffert au cœur pendant des années.

Aujourd'hui, c'est la première fois qu'il sort son épée sans qu'on lui en ait donné l'ordre. Il dégaine son serpent parce qu'il aime, et pas pour sauver l'honneur d'un roi pourri gâté, d'un noble corrompu. Il brandit son arme pour trancher des chairs parce que c'est la chose la plus juste à faire. Pour lui. Pour elles.

Les villageois ont un moment de choc, mais ils piétinent le corps de la vieille sans plus de cérémonie. Ils avancent vers le cottage, même si la barrière invisible de la maison les retient aussi vaillamment que possible.

Ils ont attisé la haine de Raph.

Le garde ignore les cris de Médora, Allegra et Cornélius, et charge.

Ils ont osé tuer une pauvre âme sans défense. Qu'ils essayent contre lui.

Mais les sœurs l'ont suivi et les villageois ne voient plus qu'elles. La soif de sang déforme leurs traits, corrompt leur regard. Raph comprend ce ressentiment. Ils souffrent, ils ont faim. Ils ont surtout peur. Il ne saisit pas qu'elle se cristallise sur les Wickwood. Sur une pauvre fille terrifiée et une fantôme aux manières impeccables. Sur deux malheureuses à qui la vie a déjà tout pris.

Raph s'interpose dans ce face-à-face silencieux.

Il ne dure que quelques secondes, mais il le ressent comme un moment d'éternité. Il voit tellement de choses dans le regard de ces pauvres habitants. Dans celui d'Allegra et de Médora. Elles, deux femmes, seules, ces étendards d'indépendance, de féminité, de sorcellerie. Qu'il est simple d'assassiner deux demoiselles plutôt que de s'en prendre à un roi incapable qui les affame pendant qu'il se gave...

Raph a servi Aloysius l'Attendu toute sa vie, il sait de quoi il parle. Il sait qu'il a obéi à un homme abject. Il sait qu'il a voué son existence à la mauvaise personne. C'est sur *lui* que devrait s'abattre la vindicte. C'est son cou royal qu'on devrait trancher. Son ventre plein de tous les trésors dont il prive ses sujets qu'on devrait ouvrir. L'injustice est à vomir.

Alors Raph lève son épée.

Il se battra pour elles.

Il mourra pour défendre tout ce qu'elles incarnent.

– Je ne veux pas vous tuer, reculez.

Il supplie une dernière fois, il conjure les villageois de rebrousser chemin, de retourner dans leur chaumière chaleureuse, de laisser les Wickwood en paix. Il pourrait s'en aller, lui aussi, mais s'il ne les étripe pas, ils immoleront les sœurs. Au moins une. Et il ne peut le permettre.

Médora tient sa Cloche sacrée. Son regard est impénétrable, même s'il reconnaît sa peur.

Allegra a les bras tendus devant elle. Même effrayée, ses mains ne tremblent pas.

Cornélius menace d'un tisonnier. Même terrifié pour sa spectre, il ne fléchit pas.

Raph complète le tableau. Ses genoux pliés, son arme levée.

– Ha ha, eh ben, quelle honte pour le royaume ! se moque alors une voix épaisse.

La vague se fend en deux et un homme en veste de brocart et jabot déboule, sourire aux lèvres. Son costume écarlate a connu de meilleurs jours. Mais la broche sur sa poitrine est lustrée avec les soins d'un dévot. Grâce à elle, Raph l'identifie aussitôt : le bourgmestre de Harrow. Fier, il parade à côté d'un cadavre encore chaud et contemple avec délice les deux futures victimes d'une vindicte populaire.

– Tiens, tiens, tiens, Allegra et Médora Wickwood.

La première grimace, la seconde grogne. L'échevin pavane, gonfle sa poitrine de coq et se délecte de la peur qu'il détecte dans les yeux de ses proies. Il savoure l'impuissance contrainte des sœurs, acculées contre leur propre demeure. Raph voudrait lui sauter au cou et lui enfoncer sa fierté au fond du gosier, son prétendu courage de s'en prendre à deux innocentes. Médora le retient d'un geste.

Ses doigts effleurent les siens. Plus efficace que n'importe quel ordre royal. Raph obéit. Et ses phalanges continuent de caresser les siennes, elles lui murmurent : « Tu n'es pas seule », et espèrent que la voleuse les comprend.

– J'ai l'immense privilège et honneur de vous annoncer que vous allez être enfermées pour sorcellerie ! Et pour le meurtre de la vieille Thelema. Suivez-nous. Vous allez être emmenées pour votre procès.

– Et avec quelles preuves ? gronde Médora.

Le bourgmestre se pourlèche les lèvres avec gourmandise et désigne derrière lui un carrosse de prisonniers. C'est une énorme citrouille de métal montée sur quatre roues et tirée par deux chevaux. Raph ne l'avait pas remarquée jusqu'à maintenant, étouffée par la mer de monde.

Comme s'ils n'attendaient que ça, les habitants se jettent sur Médora. Ils la saisissent par le cou, les cheveux, les bras, les mains. Ils l'arrachent à Raph qui n'a même pas le temps de la retenir. Elle l'en empêche d'un regard et se laisse porter par la haine des villageois qui la soulèvent comme une poupée de chiffon.

Allegra la suit, docile.

Personne n'a osé s'attaquer à sa silhouette éthérée. Raph soupçonne qu'ils ont peur de la frôler, qu'ils se fichent de ce corps qui ne brûle pas, ne saigne pas, ne souffre pas, ne crie pas.

Alors que Médora est emmenée de force dans le carrosse carcéral, le bourgmestre se pose à côté de Cornélius. Il enveloppe les épaules du paysan d'un bras épais comme un jarret.

– Ah, mon garçon. Quelle tragédie que la mort de ta Nana ! Ces harpies t'ont monté la tête. Avec ton jeune âge, ce n'est pas étonnant que tu sois tombé dans le piège, mais nous allons te venger, et…

Cornélius se dégage d'un coup sec. La fureur embrase son visage, sa prise sur le tisonnier se raffermit. Raph a appris, en quelques jours, à reconnaître chaque souffle, chaque œillade de ses amis. Il les connaît comme il n'a jamais connu personne. Alors il voit la détermination dans le regard de Cornélius, la crispation dans ses phalanges. Et il lève son épée au moment où le paysan lève son arme de fortune.

Les deux garçons abattent leur coup au même moment, avec le même cri de fureur.

Les habitants, étonnés, mettent un battement de cœur à comprendre. Un autre à réagir. Un autre encore à s'écarter et plus longtemps à se défendre. L'échevin, en un clin d'œil, a compris qu'il valait mieux dégager.

Raph n'a pas le luxe de s'inquiéter pour Médora. Il a déjà balayé deux hommes qu'il a juste assez blessés pour les décourager. Son coude s'enfonce dans le ventre affamé d'un troisième. Les villageois sont animés autant par leur colère que par leur incompétence. Ils frémissent, hésitent, se marchent dessus. Ils frappent trop fort, trop vite, trop mal. Raph les évite sans effort.

Seulement, quand sa lame rencontre un adolescent, son épée tremble. Sa détermination vacille. Il prend un premier choc alors qu'il décide d'assommer le jeune garçon. Sa blessure est légère, l'armure a résisté à de pires brutes.

Raph continue d'attaquer, de remonter le flot jusqu'à trouver la chevelure corbeau de Médora. D'un coup d'œil, il suit les offensives flamboyantes de Cornélius. Les habitants n'osent pas s'en prendre à lui. C'est l'enfant du village. L'endeuillé. La victime. Leur pitié est un tremplin terrible pour que la frénésie du paysan se déchaîne. Il ne respire plus, son visage se parsème de nouvelles taches rougeâtres.

Près de la prison de métal, Raph repère Allegra.

C'est là qu'il ressent une drôle d'énergie. C'est comme l'éclosion de milliers d'étoiles dans son ventre, derrière ses paupières, à l'arrière de son crâne. Il identifie le pouvoir de la spectre. C'est le même tourbillon que dans la clairière. Il admire le spectacle de ce fantôme immobile qui cloue tout le monde au sol. Elle se charge telle un soleil. Rayonnante, elle a les yeux fermés, les mains plaquées sur la poitrine. Elle va chercher au fond d'elle de quoi défendre la moitié de son âme. Quand elle ouvre les paupières, les bras, Raph est incapable de rester debout. Il s'écrase par terre comme un papillon qu'on épingle sur une feuille.

Il entend les cris de stupeur de la foule, les craquements lugubres du cottage. Il entend la magie d'Allegra, comme jamais auparavant. C'est un scintillement grincheux, une musique plaignarde. Un son aussi agréable que déplaisant qui fait grincer ses os, claquer ses dents.

Raph parvient à se redresser, des villageois s'enfuient sans un regard en arrière.

Mais l'un d'eux s'accroche à sa haine comme une tique. Il tient un couteau dans ses mains grasses et menace la brune de sa lame émoussée. Le tranchant embrasse la peau de la voleuse, mord dans sa chair.

– Ne bouge pas, Meddie ! conjure le garde.

Allegra est contrainte de laisser retomber son pouvoir. Elle baisse les bras, les yeux rivés sur sa sœur. Raph et Cornélius l'imitent, impuissants.

– Ah, voilà donc comment vous faire entendre raison ! fanfaronne le bourgmestre, revenu d'entre les ombres, comme par magie. Bien, comme je le disais avant que vous ne vous transformiez en bêtes furieuses, vous allez être jugées.

Il annonce ça avec un sourire ravi, les pupilles dilatées, le ventre en avant.

On arrache son arme à Raph et il se retrouve bloqué avec Cornélius entre des faux, des piques, des fourches.

– Et vous deux, vous allez nous suivre également, se délecte l'homme.

Raph regarde donc Médora grimper dans le carrosse comme une luciole qu'on enferme dans un bocal. Sa sœur vole à travers les barreaux, s'installe à ses côtés.

– Quant à vous, mon cher, s'enchante l'échevin en se plantant devant Raph, je meurs d'envie de raconter votre petit interlude à l'Attendu. J'ai comme le sentiment qu'il ne sera pas ravi d'apprendre qu'un de ses soldats est devenu le chien de ces sorcières.

Raph ne parle pas. Il ignore la tête incrédule du bourgmestre quand il s'est rapproché de lui, quand il s'est mis à analyser ses traits. Il ne lui offrira pas un mot. Il ne grogne pas cette fois, il pouffe. Parce qu'il n'est plus un garde royal. Plus depuis le moment où son heaume et son secret sont restés au milieu des fougères, plus depuis le moment où il a voulu donner sa vie pour deux sœurs, plus depuis le moment où il a compris qu'il pouvait être lui sans vivre caché, plus depuis le moment où il a été accepté pour qui il est.

Alors Raph se poste lui-même derrière la cage tirée par les chevaux.

Il n'abandonne pas les Wickwood. Il s'interdit presque de ciller. Et il ignore les moues mauvaises, les murmures qui fendent la foule. Ils doivent tous s'interroger sur ce garde parjure qui a vendu son âme pour une mèche corbeau et un regard gris tempête… Et sur cette fantôme qui pleure, cette voleuse qui reste aussi digne que possible, et ce paysan qui les a tous reniés pour pactiser avec le Diable.

Il imagine que les rumeurs parlent d'eux, de qui ils sont, de ce qu'ils sont.

De leurs différences qui égratignent tant leurs certitudes.

Au début, c'était le cas. Plus maintenant. La masse s'interrompt, retient son souffle, la vague se calme, se fissure à nouveau. Et, dans son dos, une voix retentit que Raph reconnaît aussitôt.

Chapitre 25
Seules, enfin. Ensemble, jusqu'à la fin.

Une voix pleine d'autorité soumet la foule au silence. Médora, bloquée dans son cercueil ouvert, ne voit rien. Elle se tord le cou, rejoue dans son crâne l'inflexion, les mots. Elle l'a déjà entendue. Où ? Non. Impossible.

Elle fronce des sourcils, scrute les têtes qui s'abaissent. C'est un raz de marée de soumission auquel elle se refuse. Son menton reste haut, son regard féroce. Elle ne pliera pas la nuque devant celui qui menace de la lui briser. Médora fixe le roi Aloysius qui ne sait où poser ses bottes à revers. Il grimace quand son frac violet brodé de demi-lunes argentées frôle la mise pouilleuse d'un villageois.

Encadré par Nescarius, Ekhart et son chef de garde Victurnien Despines, il scrute la scène, médusé.

Médora sent son cœur s'affoler dans sa poitrine. Si les habitants enragés ne la mettent pas sur le bûcher, le roi la décapitera. Devant elle, partout, la mort. Sa vie ne valait peut-être pas grand-chose, mais elle y tenait. Elle se demande pourquoi elle s'est cloîtrée dans ce cottage, pourquoi elle n'est pas partie à la conquête du monde. Elle n'avait rien, elle aurait pu découvrir tout le reste. Elle enterre la panique qui s'agite dans son ventre comme un chat qu'on enferme. Médora sent l'angoisse qui lui griffe les entrailles, qui se débat. Mais ça ne sert à rien, son sort est scellé. Le bûcher d'un côté, l'épée de l'autre.

Allegra est là, à ses flancs. Elle voudrait qu'elle s'enfuie, loin. Qu'elle n'assiste pas à son dernier souffle, qu'elle ne l'embaume pas d'un espoir vain. Et, prisonnière de sa citrouille métallique, son ultime souhait, est de la rejoindre dans l'entre-voiles. Passer l'éternité à lui chercher des poux, à l'engueuler parce qu'elle ne la laisse pas respirer alors que sa sœur est sa seule raison de vivre.

– Nous allons nous en tirer, murmure Allegra.

– Ouais, pouffe Médora. On va surtout se tirer aux Enfers. Formol a intérêt à m'avoir réservé son plus beau trône.

Allegra rouspète, l'émotion empoigne sa gorge. Et elle pose sa main sur celle de sa moitié. Et Médora la sent. C'est froid, ça picote un peu, mais c'est là. C'est sa sœur, et sa peau contre... ce qui doit être sa peau, sans doute. La voleuse n'en revient pas. Elle croise son regard, la bouche entrouverte dans une stupéfaction muette. Elle n'ose pas bouger. C'est étrange, comme sa paume à elle, soudain, lui paraît plus vivante, plus forte. Entière.

– Mais... mais !

Elle aurait tellement de choses à dire, mais le roi continue de jouer sa scène et la rappelle sur le devant des planches en se tenant face à la citrouille grotesque, les mains aux barreaux.

– Ah, Miss Médora Wickwood. Miss Allegra Wickwood.

Comme un pantin, il abaisse sa bedaine sur son bas-ventre, tord ses pieds en une révérence absurde. Il leur offre une vue splendide sur sa calvitie, aussi resplendissante qu'une demi-lune, encadrée par sa couronne. Ni la voleuse au vitriol ni la fantôme façonnière ne lui font d'honneur. Elles gardent le menton haut, phalanges contre phalanges.

Médora ne comprend pas ce que l'Attendu fait ici, avec toute sa clique. Elles avaient encore une lune pour lui livrer la prophétie. Pour fuir à l'autre bout du monde.

– Vous voilà donc. Vous savez, j'ai été fort contrit d'apprendre, par une lettre de mon garde, que vous ne preniez pas ma mission très à cœur. Et j'ai été très inquiété quand j'ai vu le fidèle destrier dudit garde revenir au *Castle* sans son écuyer. Vous vous doutez bien que moult explications me sont passées par l'esprit, et aucune en votre faveur, je le crains. Alors qu'avez-vous fait de Raph ? Je n'imagine pas deux méprisables tiques comme vous, venir à bout de l'homme le plus fort de mon royaume. J'exige des réponses. Maintenant.

Médora n'a aucune idée de ce dont il parle. Une lettre ? Il a cru qu'elles avaient trucidé Raph ? Oh, Médora ne peut pas dire qu'elle n'y a pensé. Plusieurs fois. Mais c'était dans une autre vie.

Elle n'a pas le temps de répliquer. L'intérêt royal s'est figé ailleurs.

Elle voit la face rougeaude de leur dirigeant tourner au vinaigre. Ses sourcils épilés dansent de perplexité, son manteau arrogant s'avance, les cicatrices de sa peau abîmée ondulent sous les mimiques. Médora suit ses yeux porcins. Ils sont posés sur Raph.

Raph, l'homme le plus fort de son royaume.

Raph, sans son heaume.

Raph, dans toute sa beauté.

Son regard croise celui du garde. Son ami hausse simplement les épaules. Son armure cliquette avec dépit. Médora repère dans l'éclat déterminé de ses yeux une résignation jumelle à la sienne. C'est son propre spectre qu'elle contemple. Elle n'a même pas le cœur de lui en vouloir pour sa lettre, pour ce qu'il a pu écrire au roi.

Il s'avance vers elle, de son pas militaire, le menton fier, le port altier.

Le vrai souverain, ici, c'est lui.

La mâchoire d'Aloysius l'Attendu en tombe. Il saisit le garde par les fossettes, oriente son visage sous tous les angles, comme si le soleil lui mentait. Et Médora voit l'instant précis où l'incrédulité se transforme en dégoût. Les yeux noirs du roi n'osent même plus se poser sur son soldat le plus émérite. Sa bouche grasse est tordue en une grimace écœurée.

Il a la tête d'un méchant dans un spectacle de guignol. Le médecin, le secrétaire et le chef de garde sont des répliques grotesques.

Médora aimerait être la marionnettiste, et claquer son visage rond jusqu'à lui faire voir les étoiles.

– Raph ? s'étrangle Aloysius.

Il s'écarte violemment de son plus fidèle sujet. De celui qui n'attendait qu'un mot pour trancher des gorges, qui a sauvé l'honneur de son nom en mettant son âme en pâture. Raph ne répond pas. Il salue le roi, avec une habitude teintée de raideur. Son regard est fixé droit devant lui. Il redevient un soldat de plomb.

– Tu... tu es une *femme* ?

Le terme est lâché avec un tel mépris qu'il sonne comme la pire des insultes. Raph ne tremble pas. Médora note juste une petite veine près de ses tempes qui bat ardemment. Autour d'eux, le silence est complet. Raph ne reprend pas Aloysius, ne le contredit pas, ne se défend pas. La voleuse connaît un dictionnaire entier d'injures qu'elle se ferait un bonheur d'étaler sur cette face royale. Le garde le lui interdit d'un regard.

Pourquoi ne dit-il rien ? Il est Raph. Il est sublime, il est lui, il l'a prouvé. Son heaume ne devrait pas faire la moindre différence, pas après des années de service, tant de médailles, pas après tant de victoires, tant de sacrifices.

Mais le roi ne voit que cette armure qu'il voudrait arracher. Son visage s'enflamme de haine, de dégoût et de rage.

– Une femme… dans *ma* garde ? Dire que je vous faisais confiance. Je vous ai confié ma vie !

Ce ne sont plus des mots, c'est du venin, c'est de la fureur.

– Et ne l'a-t-il pas précieusement gardée, pendant toutes ces années ?!

Médora éructe. Raph la retient encore d'un regard, la conjure de l'imiter et de retourner au silence. Mais la voleuse se fiche de savoir que c'est un roi. Ça ne l'empêche nullement d'être un monstre. Elle lui renvoie son dégoût et sa haine en miroir.

Elle ne craint plus rien. La Faucheuse affûte déjà ses outils dans l'ombre du carrosse, de toute façon. Sa langue est sa seule arme.

– Sire, si je puis me permettre, l'urgence est ailleurs, persiffle Nescarus.

Cette petite fouine en hermine s'est glissée à l'oreille du roi et jette un regard lourd de sens sur les Wickwood enfermées.

– Pourquoi sont-elles là-dedans, ces deux-là ? vocifère Aloysius à l'attention du bourgmestre.

Ce dernier, qui n'a rien loupé de la scène, semble miteux à côté des vêtements somptueux de l'Attendu. Il ordonne sa mise, chagriné.

– Eh bien, il est apparu à mes villageois qu'elles étaient certainement la cause de... de notre misère, votre Excellence. Comme vous le savez sans doute, car j'ai envoyé plusieurs missives à votre Seigneurie – toutes restées sans réponse par ailleurs –, nous manquons cruellement de vivres et...

– Sortez-les de là. J'ai besoin d'elles. Ensuite, vous pourrez en faire ce que vous voulez.

– Mais, oui, bien sûr, Sire...

Le bourgmestre écrase une goutte de sueur qui lui lèche la tempe et, d'un signe de tête, deux de ses trolls viennent ouvrir la cage de Médora. La voleuse refuse d'en sortir. Tout acte de rébellion est une bénédiction, dernier panache avant la hache. Il ne lui reste que peu de temps sur cette terre, elle compte bien le transformer en enfer pour eux tous. Ils veulent de la haine ? Elle va se faire un plaisir de leur en donner.

– Oh, mais faites-la bouger !

Cette fois, c'est Victurnien qui prend les choses en main. Sa belle armure dorée, finement gravée, qui n'a jamais connu la violence d'une bataille, reflète les pâles rayons du soleil. Il parvient à peine à se glisser dans la cage et Médora lui échappe comme une anguille, frappe ses traits si parfaits, lui offre le premier coup que ce chef de garde n'ait jamais rencontré.

Il porte la main à son arcade, au sang qui goutte dans ses sourcils.

– Mon roi, souffle-t-il en se tournant vers Aloysius, la mine froissée. Elle m'a blessé !

– Et je serais ravie de recommencer. Ramène-toi !

Elle se débat contre Victurnien, l'écorche sur la pommette, ricane quand il s'éloigne, effrayé. Elle crache au visage du bras droit du bourgmestre, enfonce son poing dans la poitrine d'un troisième tortionnaire.

Mais elle se soumet au regard sévère de Raph.

La Furie se recroqueville, range ses griffes et obéit. Elle s'extirpe du carrosse, garde toujours son menton haut, ne cille pas devant les mines menaçantes des hommes qui l'entourent. Elle dépasse le roi et son petit chien de garde, qui jappe dès qu'on lui tord la moustache.

– Sire, je suis navrée pour le comportement de ma sœur.

Bien sûr, Allegra joue les parfaites femmes de cour, elle contrebalance l'animalité de Médora, adoucit ses paroles, apaise ses gifles, enchante et ravit tous ceux à qui elle s'adresse.

– N'y pensons plus..., tempête Aloysius.

– Enfin, mon roi ! larmoie son garde, la main sur sa joue blessée.

– Vous en êtes où, avec le livre ?

Allegra jette un œil autour d'elle. Parler d'occultisme au milieu d'une foule prête à les égorger pour sorcellerie lui semble aussi sensé que de sauter d'une falaise avec des ailes de cire, mais elle obéit.

– Nous avons retrouvé des mots. Ils apparaissent, mais disons que...

– Parfait alors ! Allez chercher le grimoire, lisez-moi ma prophétie.

– Eh bien, Sire, reprend Allegra, il y a méprise, en réa...

– Maintenant !

Médora s'éloigne à grands pas de ce souverain qu'elle exècre, de ce chef de garde qui l'exaspère, de ces habitants qui l'épouvantent. Elle savoure la liberté de marcher jusque chez elle, les rayons timides du crépuscule qui caressent sa peau pour la dernière fois.

Allegra s'engouffre avec elle dans le cottage et elles referment la porte derrière elles, ignorant les hommes de main du roi qui ont vainement tenté de les traquer à l'intérieur.

Seules, enfin. Ensemble, jusqu'à la fin.

– Tu dois fuir, Meddie, maintenant !

– Non, Allie. Je peux pas. C'est fini.

– Meddie, non, je t'en conjure. Prends la sortie de derrière, coupe à travers le cimetière, suis le soleil couchant jusqu'à tomber dans la mer, s'il le faut.

– Et abandonner Raph, et Cornélius ? Jamais.

La spectre fixe sa sœur, avec une infinie tristesse, avec une fierté nouvelle. Mais Allegra a la confiance chevillée au corps, inscrite dans chaque maille de dentelle Chantilly.

– Il veut une prophétie ? Nous allons en imaginer une.

– Comment ça ? s'étonne Médora qui s'absorbe dans cette demeure qui a avalé les souvenirs de son passé et où elle espère ancrer sa présence un jour de plus.

– Oui, je vais lui en inventer une. Et qu'il aille rôtir dans les flammes des Enfers !

Allegra pose une main délicate sur ses lèvres qui viennent de prononcer la pire parjure. Médora ne peut s'empêcher de pouffer. Ce monde ne mérite pas la douceur de sa sœur.

Avec la rage du désespoir, sans plus se soucier de l'énergie qu'elle déploie et qui envoie valser bocaux et plantes sèches, elle se jette sur le grimoire. Médora ne la suit pas. Elle n'a plus le courage. Elle doit réparer en quelques minutes tout le mal qu'elle a causé. Byron est le premier témoin de sa rédemption. Elle s'agenouille devant lui, les yeux baignés de larmes et elle embrasse la tête du félin. Le chat la sonde du regard, ses pupilles noires épousent son obscurité, Médora reconnaît les cendres, et l'attente, et la fidélité. Byron ne miaule pas, ne feule pas. Il vient se frotter à ses jambes, puis il cède à l'appel de l'aube et bondit dans les herbes folles du cimetière, emmenant avec lui son pardon.

– Meddie !

Le cri d'Allegra est si puissant que le cottage entier tremble. Les poutres protestent et la voleuse s'élance, imaginant déjà le pire.

– Des mots, là ! Partout ! Partout !

Médora contemple le *Livre des Mondes Obscurs*. Les pages obstinément vides prennent vie. Le vélin s'habille d'une dentelle noire, les lettres valsent, se posent, s'accordent, comme la plus belle des partitions.

– Mais… comment c'est possible ? s'ébahit la brune.

– Je crois que… c'est moi, répond pudiquement la spectre. J'ai touché beaucoup de gens, j'ai convoqué beaucoup de pouvoir. Et je t'ai touchée, toi ! Et ça n'avait rien à voir avec la sensation que j'ai eue avec Byron, ou Cornélius.

Cet aveu lui arrache une moue gênée. Médora imagine l'éclat rosé qu'auraient pu prendre ses joues. Elle aurait subi trois-cents damnations pour offrir ce cadeau à sa sœur, pour échanger leur rôle.

– J'aimerais qu'on ait toute l'éternité pour que tu me racontes tout ça, soupire Médora.

– J'aimerais aussi, avoue Allegra. Mais, eh bien, le fait est que je me sens puissante. Encore plus depuis que je t'ai touchée, toi. C'est le cas depuis le début de notre quête, je ressens comme un feu au fond de moi, et plus il s'électrise, plus les mots réagissent. Enfin, à moins que ce soit l'inverse, je n'en sais rien…

Médora réfléchit à toute vitesse. Elle dévore le grimoire des yeux. Ce sont des recettes de potions, de vrais sorts. Des pages remplies d'une puissance sans nom. De quoi faire se relever un squelette, de quoi transformer l'air en pluie, de quoi offrir la gloire et le pouvoir à des générations entières. Le cœur obscur des occultistes royaux est là.

– Sortez d'ici !

Le roi ne prend pas la peine de hurler ses ordres lui-même. Le décérébré Victurnien s'en charge pour lui. Et, pour une fois, l'espoir d'Allegra est contagieux. Il se dépose sur le pessimisme de Médora comme des gouttes de rosée sur des roses fermées. Peut-être que son salut se trouve au creux de ses bras, dans le grimoire qu'elle emmène avec elle dehors.

– Meddie, tu es sûre ?

– Aussi sûre que de mon nom.

Médora sort des ténèbres du cottage. Elle ignore les fondations de la maison qui grondent, qui tentent de la retenir dans ses entrailles comme une mère au creux de son ventre. Elle affronte le soleil qui se couche et la haine du souverain qui l'éblouit et la submerge.

Il se jette sur le livre, lui arrache des mains, ouvre les pages, fébrile, se brise les pupilles sur un vélin irrévocablement vierge.

– Il ne vous dira rien, peste Allegra qui a abandonné toute bonhommie. Vous voyez, Sire, il n'offre ses secrets qu'aux occultistes royaux.

– Eh ben, qu'attendez-vous ? furibonde Nescarus. Décryptez-le ! Livrez-nous la prophétie.

Médora voudrait faire payer à l'Attendu sa haine, son dégoût pour Raph, mais elle éventre le grimoire et espère y trouver l'oracle, sa délivrance.

– Regarde à la fin, conseille Allegra.

Toute l'attention est braquée sur l'ouvrage séculaire. Même le soleil vient le lécher de ses derniers rayons. Il est au centre d'un tableau malsain qui décidera du destin de jeunes filles innocentes. Même les habitants, si prompts à brûler toute trace de magie, tendent leurs cous décharnés. Ils sont prêts à vomir l'occulte, et pourtant, leurs yeux s'agrandissent comme des enfants devant un spectacle inédit.

Médora feuillette le *Livre des Mondes Obscurs*, ses ongles noirs accrochent les plis usés du papier, les mots inutiles, les sorts puissants mais qui ne parviendront pas à la sauver aujourd'hui.

– Plus loin, la conjure Allegra, va plus loin !

Alors la voleuse effleure des pages et des pages et des pages. L'ouvrage en contient des centaines, certaines sont emportées par le vent. Et, dès l'instant où le contact avec les doigts de Médora et d'Allegra se brise, les lettres s'envolent.

Au bout d'un moment, la brune parcourt ce qui ressemble à des prophéties. Elle compulse avec plus de minutie, ses yeux cherchent le nom d'Aloysius n'importe où. Toutes les têtes se rapprochent, se penchent, veulent être les premières à découvrir la feuille qui scellera le destin de leur roi.

– « CXLII. Aloÿsius le troisième. »

Tout le monde retient sa respiration, les villageois ont posé fourches et faux.

– Eh bien, la suite, au nom de Formol !

– « Pour celui plus proche du trépas que du berceau, qui sitôt sur le trône chuta de… »

Médora interrompt sa lecture, elle s'interdit de prononcer une syllabe de plus. Cette prophétie la condamne à un bûcher éternel. Mais le roi lui saute dessus, arrache le grimoire, la bave aux lèvres.

– Quoi ? Qu'est-ce que ça raconte ?!

Les mots se sont évaporés, les petites pattes d'encre ont fichu le camp, comme des milliers d'araignées effrayées.

– Recommencez ou je vous fais égorger, recoudre, puis éventrer. Qu'en dites-vous ?

Aloysius a le visage d'un forcené. Sa couronne tombe de son crâne dégarni. Ses pupilles dilatées dévorent Médora. Ses doigts épais lui fourrent le livre dans les bras, ses dents luisent de bave, prêtes à croquer sa peau. Mais Raph avance d'un pas, son serpent paré. Le roi n'a pas encore perdu toute sa raison. Un fil de conscience le somme de reculer. Raph serait capable de le tailler en petits morceaux avant que le moindre homme ici ne puisse lui arracher son arme.

– Lisez !

Le souverain se contente d'une violence verbale.

Mais Médora, désormais, connaît le pouvoir des mots, elle le contemple, là, sous ses yeux. Elle sait qu'ils peuvent briser une vie, modeler un avenir, bouleverser des esprits. Ils apparaissent, s'évanouissent, animés d'une volonté propre, obéissant à un maître. Aloysius l'Attendu est sur le point d'en faire l'horrible constat.

Allegra a déchiffré la prophétie. Elle a compris. Et elle encourage sa sœur à déchaîner sur ce terrible souverain les foudres d'une destinée qui n'a rien pour lui complaire.

L'occultiste se saisit du grimoire qui s'ouvre à la page parfaite. Elle se racle la gorge, relit ce texte qui lui brûle les iris, face à ce parterre attentif. Mais il n'est pas question de fables et de légendes ici. Les phrases qu'elle s'apprête à prononcer contiennent un pouvoir étranger aux mortels. Elle commence sa lecture et les mots disparaissent sous ses yeux, s'envolent comme de petites hirondelles prêtes à façonner une destinée. Libérées de leur carcan de papier, les lettres d'encre s'échappent et vont se réaliser.

« Pour celui plus proche du trépas que du berceau,
Qui sitôt sur le trône chuta de haut.

Par grand discord, le soleil d'hiver en été brillera
Accord rompu, pêchés trop vils, défi au Ciel.
Bouche sanglante dans les mots nagera
Au sol, la face ointe de rage et de fiel.
Et au soleil, la couronne abandonnée
Que nul ne viendra point enterrer. »

Médora et Allegra observent les mots, comme de petites ailes perfides, qui s'immiscent dans les cerveaux. Le sens éclaire les pupilles, les unes après les autres. La famine, la haine se cristallisent. Les têtes meurtrières se tournent vers ce souverain fantoche qui a fait passer tous ses caprices avant l'île de Gight, qui a rompu son serment au Ciel, attirant les malédictions de Formol.

En missionnant les deux sœurs oubliées de tous, il a concrétisé son pire cauchemar, il a étalé toutes ses fautes. Le parjure à son trône. Le jour de son sacre, tous les prêtres lui ont fait jurer fidélité à son royaume. Un engagement pour en assurer la pérennité. Un serment bafoué par ses excès, ses lacunes, ses faiblesses. Si Aloysius était né autre que roi, ses vices égoïstes auraient été écrasés par la dure réalité de l'existence. Il n'aurait sans doute pas vécu si longtemps. Mais il a engagé sa parole devant Formol et brisé son devoir en méprisant la vie de ses sujets. Il a donné ses mots, et en trahissant sa promesse, il a joué avec les fils de son existence.

Les occultistes ont disparu de la cour, mais pas les secrets.

La haine des villageois a changé de couleur. Elle se cristallise autour de ce monarque prévaricateur. À ce félon qui a convoqué la famine. À cette malédiction qui s'abat sur eux, qui creuse leur ventre par sa lâcheté. On reprend les fourches, et les piques, et les faux.

L'armure de Victurnien tremble, il se ratatine sous son plastron et abandonne l'ombre de son royal amant sans un regard en arrière. Mais les paysans affamés le retiennent, le dépouillent, le giflent, crachent sur son visage de prince charmant.

Aloysius est acculé, menacé de houes et de lames émoussées prêtes à défricher sa peau comme les sols morts de l'île de Gight.

– C'est la faute de ces sorcières ! Ce sont elles qui ont menti, enfin, comment pouvez-vous les croire ? supplie l'Attendu.

Raph se place derrière Médora. Son armure avale sa petite silhouette qu'il entoure de ses bras, mais trop tard. Un paysan, lassé de l'attente, de cette rage qui gronde mais ne hurle pas, lance une faucille. La serpe est un éclair au milieu de cette nuit qui tombe. Un coup de tonnerre. Puis le silence.

Allegra a été plus rapide que Raph. Elle s'élance et s'interpose. Son corps éthéré est entièrement absorbé dans sa sœur. C'est peau contre peau, tête dans tête, c'est un calque parfait qui trouve son autre moitié.

Chapitre 26
Souffler sur les cendres des souvenirs

La première chose que comprennent les sœurs Wickwood, c'est un prénom. *Ada*. Il résonne en elles, s'empare de leur cœur, fait vibrer leurs os, c'est une seconde peau qui remplit leur crâne de souvenirs. Ils volent comme des papillons et elles n'ont qu'à tendre la main pour en saisir un.

☽☽☾☾

– Allons, Tisiphone, cours plus vite !

Une fillette poursuit un trentenaire dégingandé dans des couloirs familiers. Les roses noires aux murs sont éclatantes. Les sœurs Wickwood comprennent alors qu'elles sont chez elles, avant que tout ne fane et pourrisse.

Elles suivent la petite silhouette d'Ada qui s'amuse à chat, qui n'hésite pas à feuler sur ses poupées, à rouspéter Prosperus parce qu'il ne veut pas jouer avec elle, qui part sauver sa mère, Persiphae, d'un sommeil trop lourd, puis embêter sa tante Vulpine en pleine élaboration de potions. Sa course se termine dans les bras de son père qui la stoppe dans son élan, la porte sur son épaule et perce ses côtes de doigts mutins.

Ada rit, se débat dans un délice juvénile qui serre le cœur.

– Pèèèère, non, ah !

– Eh oui, petite corneille, voilà ce qui se passe quand on perturbe les affaires des grandes personnes. Continue et je te laisse pourrir sur le toit comme une gargouille.

– Vous n'oseriez pas ! bougonne la fillette.

Dès que ses pieds touchent le sol, elle supplie avec des yeux larmoyants. Elle connaît déjà tous les sortilèges pour faire fondre le cœur paternel et en joue avec la virtuosité d'une sorcière aguerrie.

☽☽☾☾

Le souvenir s'efface dans un nuage incandescent. Autre temps, même lieu. Les silhouettes se forment dans un brouillard, s'évanouissent comme une bougie laissée à une fenêtre. Les sœurs Wickwood assistent à la représentation, le tout voilé par un filtre terne. Elles ont l'impression d'être des spectatrices malvenues, qui observent des joyaux d'intimité derrière une vitre teintée. Elles ne devraient pas être ici. Et pourtant, les évocations dansent devant leurs yeux, sur un air familier.

☽☽☾☾

La fillette a grandi. Elle lisse sa robe en dentelle blanche, ajuste le nœud qui éclate dans ses cheveux si noirs. Elle salue les portraits et les cadres dorés qui habillent tous les murs, caresse les papiers peints si doux. Elle est la maîtresse des lieux. Il n'y a aucune cachette qu'elle ne connaisse, aucun coin qu'elle n'ait exploré. Sous ses pieds, les marches ne s'effondrent pas. Les échardes ne mordent pas ses doigts, la poussière n'agresse pas son nez. Il n'y a que le parfum de pivoines noires dans un vase en porcelaine fine, que des lustres à pampilles éclatants, que des tapis moelleux qui étoufferaient le bruit d'un troupeau de golems.

Et Ada est la reine de ce domaine.

Pourtant, elle sort du cottage sans un regard en arrière. Elle n'admire pas les toits reluisants, les gargouilles aux sourires grotesques ou les cheminées qui s'embrasent en toussant une fumée âcre et réconfortante. Elle se dirige droit vers le jardin.

Là, les herbes hautes ne dévorent pas ses mollets tendres.

Elle parcourt les demeures éternelles de ses ancêtres, le menton fier, comme une princesse qui salue ses valets.

– Bonjour Mère-grand, bonjour Grand-tatie.

C'est un rituel parfait. Chaque mausolée semble fondre sous la caresse de ses doigts. Les noms de ses aïeuls resplendissent sous le soleil, les pierres tombales croulent sous les offrandes. Ils sont autant ici chez eux que les vivants.

Ada a un mot pour tous. Mais elle poursuit sa route vers la plus splendide sépulture. Un ange, aux ailes sublimes, lance un cri rageur vers celui qui voudrait arracher la dépouille qu'il protège farouchement. Quasi nu, il est écrasé sur un rocher brut alors que sa peau parcourue de veines palpitantes semble sur le point de prendre vie.

Un autre gardien éternel surveille les visiteurs de son seigneur. Une ombre noire qui fond sur Ada. La fille sourit et caresse Byron d'une main distraite.

Aleister Cosmin Wickwood
☽ Maître occulte ☾
1588 – 1676

Elle termine toujours par le plus illustre des Wickwood, par celui qui inspire leurs légendes les plus glorieuses, par celui qu'elle compte bien déloger un jour dans les mythes. Il était le plus grand occultiste que l'île n'ait jamais connu. Elle sera encore meilleure.

Elle flatte Byron qui se prosterne, lui reconnaissant déjà un pouvoir qui fait défaut à Aleister : celui de lui papouiller le ventre. Ce à quoi elle s'emploie avec beaucoup de soins.

– Ada ! Cesse de rabaisser ce pauvre Byron à un rôle de chat. Combien de fois dois-je te le dire ? Traiter le familier de la famille comme un vulgaire félin revient presque à cracher sur le nom des Wickwood.

La jeune fille retire sa main et se redresse pour faire face à son père, Athanase. Il tient un panier en osier qui déborde d'herbes. Derrière lui, la serre regorge de vie, les plantes et les arbres se collent aux fenêtres. Tante Vulpine a fait des merveilles.

– Oui, père, bien sûr.

Elle n'a plus l'âge pour les tempêtes de bisous, pour les ouragans chatouilleurs, pour les escalades sur le dos paternel. Alors Ada reste au sol, les mains bien nouées sur les reins. Elle fait danser le ruban blanc entre ses doigts, contre ses vertèbres. Dès qu'Athanase disparaît, elle échange un regard complice avec Byron.

Elle continuera de l'embrasser, lui de dormir tout lové contre ses jambes, et ils se font la promesse silencieuse de garder ce secret pour eux.

Byron repart sur les allées pavées, la queue haute et fière, l'air de dire : « Merci bien, mais je suis capable d'être un chat comblé *et* un familier. » Une souris un peu trop prétentieuse ravive ses instincts de félin et le voilà qui la poursuit à toute allure.

Ada reste seule au milieu des disparus.

☽☽☾☾

Elle a encore grandi. Ses cheveux noirs dégoulinent autour de son visage délicat en boucles épaisses. Sa taille s'est affinée, sa poitrine a éclos. Ada n'est plus une enfant, pas tout à fait une femme. Elle se situe entre deux voiles, un pied dans l'innocence, une main tendue vers de nouveaux plaisirs qui l'attendent.

Assise dans la bibliothèque, elle s'abime les yeux sur des pages de grimoires, déchiffre des sorts qui s'opposent à elle. La moitié des mots se révoltent, refusent de lui livrer leur sens. Peu importe, ce n'est pas pour eux qu'elle est venue. La lecture l'ennuie et la dégoûte. Les livres ne servent qu'à lui apporter du pouvoir, qu'à réaliser des enchantements et des potions. Ils sont aussi de parfaites excuses pour écouter à la porte de cette salle où elle n'est jamais conviée.

Ada peut escalader le toit, ramper dans les sous-sols, s'écraser entre deux cloisons mal rafistolées, mais cette pièce où s'enferment tous les adultes lui est résolument interdite. Enfant, elle pensait qu'il lui fallait atteindre le vénérable âge de dix ans pour y pénétrer. En vain. À dix ans, elle imaginait que lire les grands grimoires familiaux ferait d'elle une femme digne de percer l'ultime secret de la demeure. En vain.

Elle fixe plus souvent le panneau de bois qui dissimule l'accès caché que les pages qu'elle feuillette. Elle tente de surprendre des bribes de mots, mais elle ne comprend que des chuchotis, le reste est étouffé comme dans un verre d'eau.

Ils sont tous là-dedans : ses oncles, sa tante, Mère-grand, ses parents. Ada rage et balance un grimoire contre un astrolabe. Pour ce qu'elle en sait, même Byron doit s'y trouver. Sur la pointe des pieds, elle se rapproche, colle son oreille au lambris.

– Prête… lune… passation…

Ada retient sa respiration dans l'espoir d'affûter son ouïe.

– Avez-vous débusqué les notes d'Aleister ? interroge Tisiphone qui doit se tenir tout près de la porte.

– Non, répond sèchement sa mère. Et il est impossible de convoquer son âme pour le lui demander. Nous devons à prés…

La jeune fille s'agglutine au bois dans l'espoir de saisir la suite, mais il avale les mots avant qu'ils ne parviennent à son oreille. Elle ne retrouve la voix de Persiphae que quelques secondes plus tard, alors que le sens lui échappe.

– Nous devons nous en tenir à ce qu'il a été décidé.

– Hum, reprend Tisiphone, gêné. Il se trouve que j'ai déjà abusé des dons de Formol durant mon adolescence.

– Oui, on sait, Tiss. Et dis-moi, mon vieux, à quoi cela t'a-t-il servi hormis gagner quelques parties de whist et détrousser des vicomtes avinés ? Moi, je n'en ai jamais eu besoin pour remporter de jolies sommes.

Les rires gras écorchent l'oreille d'Ada, leur humour aussi. Elle se fiche bien de tout ça. Alors elle délaisse le lambris et s'éloigne. Son doigt distrait caresse des bocaux remplis de serpent, des crânes difformes, un cierge éternel et la Cloche sacrée des Brumes.

Elle abandonne les cadavres des livres ouverts sans un regard. Dans sa tête fourmille des dizaines d'idées qui se piétinent, c'est sans doute pour cette raison qu'elle ne voit pas la vieille servante quand elle arrive au pied de l'escalier.

– Tout va bien, Miss ? demande Thelema qui arrange un nouveau bouquet de fleurs exotiques.

– Oui, parfaitement, merci, répond Ada de sa voix la plus innocente.

– Si je ne vous connaissais pas, on pourrait croire que vous êtes sur le point de réaliser un sort particulièrement diabolique…

– Une chance que vous ne me connaissiez pas trop bien, dans ce cas.

Ada s'éloigne et son sourire est repris en miroir par la servante derrière elle.

Elle a encore grandi. Ada a du mal à gérer les yeux grivois des hommes qui lui collent à la peau et l'écœurent. Elle, qui voulait tant sortir du manoir et découvrir le monde, se demande si elle ne devrait pas rester chez elle, se contenter de danser avec les fantômes de son cimetière.

Mais ce jour-là, le regard qu'elle sent dans son dos n'a rien de malsain.

– Qu'est-ce que ?…

Tisiphone se tient à l'encadrement de sa porte. Il observe Ada comme si la Faucheuse lui brossait les cheveux.

– Un problème, mon oncle ?

– Comment ? Mais ? Cesse donc !

– Quoi ?

– Ça ! Enfin !

Ada esquisse une moue mutine. Elle adore Tisiphone, c'est son oncle préféré. Il est toujours le premier à sourire à ses frasques, à approuver ses bêtises. C'est le plus crapule de tous. La jeune fille agite son index et les fards et les poudres interrompent leur ballet pour colorer ses joues et ses yeux. Les objets retombent, morts, sur sa coiffeuse.

– Ada...

Tisiphone rentre dans cette chambre d'adolescente comme s'il craignait que les roses qui entourent le lit lui griffent le visage.

– Tu ne peux pas ruiner ta magie comme ça. Tu te souviens de ce que nous t'avons expliqué ? Tu n'as qu'une réserve limitée, tu dois la conserver pour des sorts plus... utiles, lance-t-il avec un léger dédain en désignant son maquillage.

– Disons, au hasard, pour avoir la meilleure main au whist ?

– Comment tu ?... Rah, oublie ça, canaille. Simplement, préserve ta magie. Je ne l'ai pas fait, à ton âge, et je le regrette aujourd'hui.

Ada n'a jamais vu son oncle si sérieux. Ses yeux noisette ont perdu leur éclat. Qu'il retrouve vite, car chez les Wickwood, on sait porter des masques en toute circonstance. La petite fenêtre qu'il a laissée ouverte sur son cœur se referme rapidement.

– Bien, ne tarde pas, tout le monde attend le papillon de lumière qui éclairera nos ténèbres pendant ce bal.

☽☽☾☾

Comme un souffle sur les cendres du souvenir, ce dernier s'évapore et se reconstitue sous le regard de Médora et Allegra Wickwood. Prisonnières de ces mémoires fantasques, elles ne peuvent parler, crier, ni sortir de ces limbes du temps.

Le cottage s'est étendu. Des pièces rajoutées durant l'enfance d'Ada sont venues grignoter la structure originale. Un jardin d'intérieur, une salle de réception, un fumoir, des petits salons et un boudoir. Mais également une salle de bal, où se rend la jeune fille. Depuis les escaliers, Ada entend le chant d'un violon, les pas feutrés, les froissements de robes et de tulles.

Les têtes se baissent sur son passage, les regards osent à peine se poser sur elle. Et Ada aime ça. Elle aime le respect que les gens lui montrent, la peur quand ils s'adressent à Réséda, sa Mère-grand, l'occultiste royale en titre. Les quelques villageois détaillent le moindre chandelier comme s'ils se trouvaient dans la demeure même de Formol.

– Mes honneurs, soupire un homme qui a sorti sa plus belle tenue et qui pourtant est encore moins bien habillé que l'épouvantail du potager.

– Monsieur..., répond Ada qui cache une grimace derrière un masque de bienséance.

– Albert, Miss.

Ada mime une révérence parfaite. La mousseline de sa robe effleure à peine les carreaux de mosaïque.

Tisiphone vient la sauver de cette présentation si morne et lui tend un bras élégant. Elle s'y accroche avec bonheur, le menton encore plus haut. Ses cheveux corbeau sont remontés en un chignon élaboré. Sourde aux réclamations de son oncle, elle a laissé à un sort le soin de les tresser, de les nouer avec une complexité impossible.

À ses côtés, elle s'élance à l'assaut de ce monde dont elle a été éloignée toutes ces années. Car, aujourd'hui, Ada a l'âge de s'avancer dans la vie, de s'épanouir au milieu de la société.

– Tu vas faire tourner bien des têtes. Et ta beauté seule suffira à ravir tous les cœurs, tu n'auras pas besoin de magie.

Ada retient un rire trop peu approprié. Une fois qu'elle passe les portes de la salle de bal, elle abandonne la jeune fille derrière elle, elle devient une femme. Elle sent sur sa peau un frisson de pouvoir qui l'électrise. Le monde est là, prêt à être cueilli.

La piste centrale s'écarte, comme des flots, comme si la mer reconnaissait sa reine. Le souffle du violon se suspend. Persiphae vient embrasser les mains de son enfant, avec dans les yeux un éclat de nostalgie.

– Ma si douce… Je n'arrive pas à croire que tu aies déjà tant grandi. Éblouis-les. Fais trembler le monde.

Elle dépose un baiser fugace sur sa joue pour ne pas froisser son teint. Ada étouffe en elle la gamine qui voudrait se lover dans les bras de sa mère, qui voudrait échapper aux regards inquisiteurs qui l'écrasent.

Tisiphone resserre son emprise, avance. Et Ada le suit au milieu de ce cercle d'inconnus, de curieux, de nobles. Elle offre sa plus belle révérence à sa Mère-grand, ignore les sièges royaux désespérément vides, et puis se laisse glisser sur les notes de musique. Emportée par la valse majestueuse de Tisiphone, sa robe fait virevolter les étoiles imprimées sur la mousseline. Elle fait danser toute la voûte céleste.

– Qu'est-ce que tu dirais qu'on transforme ton bal de débutante en légende ?

Ada croise le regard de son oncle, sourit, ravie. Et c'est là, dans ce visage de femme troublé par des traits d'enfant, que Tisiphone voit toute la voie lactée, et plus encore. Sans interrompre leur valse, il ferme les yeux, convoque les étincelles fatiguées de pouvoir qu'il lui reste et il offre ces dernières miettes à sa nièce.

Alors que les tourbillons de la danse s'enchaînent, que la tête d'Ada lui tourne, elle entend un bruissement, puis des exclamations de surprise, de joie, de bonheur puéril. Quand elle ouvre les paupières, elle découvre que dans le sillage de leurs pas s'envolent des milliers de papillons. Ils lèchent le bout de leurs doigts avec leurs ailes bleu iridescent. Ils s'élèvent et meurent en atteignant le plafond de la salle, un dôme en verre. Là, ils explosent contre la coupole et se transforment en neige dorée, comme si les étoiles de la robe d'Ada prenaient vie.

Ada abandonne la valse, ses yeux suivent les insectes, leur élévation, et ses paillettes qui viennent se poser sur sa peau.

– C'est magnifique, Tisiphone. Merci.

☽☽☾☾

– Tu te rends compte ? Quel gâchis ! Sombre idiot ! tempête Athanase.

Ada se cache derrière une colonne antique. Seuls au milieu des cendres de la fête, les Wickwood sont passés du beau temps à l'orage. La jeune femme se laisse dévorer par les ombres pour écouter leur conversation, surprendre leurs secrets.

– Tu n'as plus une goutte de magie en toi, pauvre dégénéré...

Athanase se tient le front, il tourne en rond, sa lavallière pend comme un furet mort autour de son cou.

– Ada en vaut mille fois la peine. Je le referais Atha, parce qu'on n'a plus rien à perdre. Je ne compte pas vivre ces derniers...

– Taisez-vous, vous deux.

Réséda n'a pas besoin de hausser la voix. Les deux hommes tressaillent comme des enfants et obéissent. Ils calment la tempête de leurs mots, mais leurs yeux se lancent encore des éclairs.

– Notre conversation n'est plus si privée que cela... N'est-ce pas, jeune fille ?

La vieille occultiste a quelques tours dans son sac et elle convoque sans un geste Ada qui sursaute. Les ombres se dérobent et les regards de sa famille se posent sur elle. Elle tente une révérence pour faire oublier sa faute.

– Il est temps de te l'annoncer..., déclame Réséda.

– En êtes-vous sûre ? Si tôt ? Si...

Réséda réduit Persiphae au silence sans avoir besoin de ciller.

– Nous allons organiser ta Passation. Elle aura lieu dans deux lunes.

Après cela, personne ne parle plus. Tous les yeux sont braqués sur Ada, elle y lit de la fierté, de la terreur, de l'appréhension, de la fatalité. Mais, dans les siens, on devine surtout de l'impatience. Elle va enfin connaître tous les secrets des Wickwood, enfin, elle va devenir un vrai membre de cette famille grâce à cette « Passation » dont elle se languit depuis si longtemps...

☽☽☾☾

Ada a quatorze ans, des espoirs plein le cœur, des ambitions plein la tête et de la magie à ne savoir qu'en faire qui lui chatouille le bout des doigts.

– Joyeux anniversaire, ma douce.

Sa mère embrasse ses cheveux noirs, imprime sur son crâne un amour éternel. Ada lui rend son sourire, étonnée de lire tant de douleur dans le regard de Persiphae.

– Ada, tu es très spéciale pour notre famille.

– Ah bon ? s'enthousiasme la jeune fille qui rêve de pouvoir, d'aventures, de puissance.

– Oui, très. Est-ce que tu savais que tu es née un jour de Solstice ? Tu es arrivée dans ce monde exactement deux-cents ans après la naissance d'Aleister, le plus grand occultiste de tous les temps. Et maintenant, c'est ton tour.

Les yeux d'Ada brillent de joie et d'envie. Elle rêve de voler à Aleister le prestige qui entoure son nom. Elle compte bien lui dérober son titre, le surpasser en tout. Les générations futures n'auront pas peur de ce vieux cadavre croupissant, mais d'*elle*.

Sa mère lui tend la main, et Ada la saisit, saisit son avenir entier.

Quand elle pénètre dans cette salle au cœur de tous ses fantasmes d'enfant et d'adolescente, elle est un peu déçue par la pièce. Ce n'est qu'un bureau, saturé, recouvert de lambris sombres, une odeur d'encens imprègne ses narines. Sur deux murs, des fenêtres. Pourtant, elle est incapable de les situer sur la façade de la maison qu'elle connaît par cœur. Sur les autres parois, des étagères, bibliothèques, tiroirs. Tout déborde de matériel mystique. Dans un coin, un secrétaire farci de papiers, de plumes, de sorts. Et un bureau d'acacia noir qui a accueilli des larmes, des coups de poings et des ratures rageuses.

Mais ce qui retient l'attention d'Ada, au milieu des piles de manuscrits qui traînent, des bibelots ésotériques que collectionne son père, c'est le sol. Par terre, des lettres blanches, gravées sur le parquet familial. Elle identifie certains symboles de ses leçons avec Réséda. Elle connaît ce diagramme astrologique, les cercles qui s'embrassent comme les planètes qui s'influencent, les arcs concentriques, un pour chaque étape de la vie. Elle repère des pentagrammes, des formules latines de résurrection et d'invocation des esprits : Agla, Adannay, Panthon et Moyon marquent l'anneau de Salomon. Elle reconnaît les signatures de Valefor, Gamigin, Amon, Barlatos ;

des dessins enfantins pour des païens, une alchimie puissante pour les Wickwood.

Au centre, une citation latine qu'Ada n'a pas le temps de déchiffrer. Parce qu'elle s'aperçoit alors que toute sa famille est là. Réséda, Athanase, Vulpine, Persiphae, Prosperus et Tisiphone. La première a quitté ses robes noires, deuil éternel de son mari que douze années n'ont pu adoucir. Le dernier a abandonné son sempiternel sourire joueur pour une mine grave qui terrifie la jeune fille.

– Que se passe-t-il ? demande-t-elle alors que Thelema referme l'étude derrière elle avec un signe de tête rassurant.

– Approche, mon enfant.

Soudain, Ada ne veut pas obéir à Mère-grand, elle ne veut rien avoir à faire avec cette Passation, elle ne veut pas connaître les secrets des Wickwood. Elle recule, percute le lambris. La porte, dans son dos, a disparu.

Et, devant elle, six silhouettes.

C'est là que ça la frappe. Ils sont tous vêtus de blanc. Ce rituel commence à la mettre mal à l'aise, un frisson réveille sa peau. Son intuition lui crie de s'échapper. Ada cherche dans le regard de Tisiphone un éclat bienveillant, un réconfort. Mais il la fuit.

– Approche.

L'ordre de Réséda résonne dans ses os. Elle obéit au sang de son sang et se place au centre des symboles.

– Il est temps, mon enfant. Temps que tu connaisses les secrets des Wickwood, temps que tu te montres digne de cette lignée. Nous te réservons une destinée sublime, Ada. Plus brillante encore que celle d'Aleister, plus puissante que n'importe quel occultiste. Ferme les yeux.

Réséda dévoile à Ada les entrailles sombres de la famille. Elle expose les fourberies, les vols, les meurtres, le cœur obscur de leur nom, qu'ils ont transformé en pouvoir, en prestige, en peur.

– Procédons désormais.

Ada ignore la suite. Persiphae passe un nouveau pentagramme autour de son cou. Elle caresse le petit collier qui lui enserrait déjà la gorge et embrasse sa joue. Il y a dans son baiser autant de regrets que d'amour. De quoi bouleverser le cœur de l'adolescente.

– Tout va bien se passer…

– Mais, mère…

Elle n'écoute pas, elle n'est plus qu'une silhouette blanche qui prend place à un bout du pentacle. Elle inspire, ferme les yeux, tend les bras de chaque côté. Et tous l'imitent. Ils forment une ronde diaphane autour d'elle, ils l'enveloppent comme un nuage terrible.

Ada les regarde faire, bouche ouverte sur des mots qui ne viennent pas. Quelque chose ne va pas. Ce n'est pas normal. Sa Mère-grand parle la première. D'une voix profonde, chargée du pouvoir des ancêtres, de la force des occultistes.

– Per Formol, per progenis nostris, illustris Aleister, hunc puerum benedicant, quem damus ad nostra. Sanguinis nostri sanguinis vires familiae possideat.

– Non, pitié, non ! hurle Ada.

– Fiat fortis sicut mare. Fiat fortis sicut fulgur. Fortis sicut ventus. Fortis sicut terrae. Sacrificium ei luceat et eius virtutes benedicat, explodant et multiplicant.

Les cris d'Ada ne brisent pas la détermination de Réséda. Elle continue de convoquer les esprits et la jeune fille comprend. Elle sait que la formule n'est pas normale, que son sang est en train de bouillir dans ses veines. Elle voudrait s'arracher la peau, mais le pentagramme la cloue au sol. Elle est contrainte d'assister, passive, à ces symboles ésotériques qui s'animent d'une lueur violette. Aux sanglots douloureux qui déforment les visages de son père, de sa mère, de Tisiphone. Elle ne veut pas contempler les larmes de son oncle. Lui qu'elle n'a jamais vu pleurer.

– *Ego, Reseda Sybilline Achlus Wickwood, plenam animi possessionem offero, magicam et vitam meam ut hanc stellam lucere faciam. Gloriam nomini nostro afferat, mundum moveat.*

– Arrêtez ! Non ! Arrêtez !

Ada redouble de rage. Ses veines sont en feu, son âme en morceaux, elle souffre. Réséda termine son invocation et s'effondre. De son corps sans vie monte une lumière faiblarde qui vient trouver refuge dans la poitrine d'Ada. Le choc la fait suffoquer. Elle s'écroule à son tour, au cœur des filons violets qui parcourent le parquet, au milieu du sang de sa grand-mère qui mouille le bas de sa robe en dentelle blanche. Ce n'est que lorsque sa joue embrasse la marqueterie qu'elle remarque la lame dans la paume de Réséda.

– *Ego, Persiphae Elsbeth Wickwood, plenam animi possessionem offero, magicam et vitam meam ut hanc stellam lucere faciam. Gloriam nomini nostro afferat, mundum moveat.*

– Non, mère !

L'effroi s'abat sur la jeune femme alors que Persiphae s'affaisse comme une poupée de chiffon. Ada tend vainement sa main. Du sang partout, et le feu dans ses veines, incontrôlable. Et ses yeux qui se ferment sur l'horreur. Mais elle ressent les invocations des autres, et leur corps sur le sol, et leur lumière qui rejoint sa poitrine, et le pouvoir qui l'embrase. Sa tête lui tourne, elle voudrait l'arracher et la poser sur le parquet à côté des cadavres de tous ceux qu'elle aime.

Ce n'est que quand Tisiphone tombe qu'elle hurle. Elle hurle à s'en lacérer les poumons, à en déchirer le Ciel, à en assourdir Formol. Elle hurle et tout se consume. Les flammes noires viennent lécher les dépouilles de ses parents, de sa famille, et tous ses souvenirs qui disparaissent sous les cendres.

Chapitre 27
La sépulture d'une lignée

Allegra regarde ce monde s'écrouler sous ses pieds. Pendant une seconde, elle sent presque les flammes lui lécher la peau, puis plus rien. Elle ouvre les yeux, les cendres s'évanouissent. Médora est bien à ses côtés, et le cottage, et Raph et Cornélius qui accourent vers elles. Là où elles les ont laissés avant de tomber dans le puits des souvenirs d'Ada.

– Allegra, tout va bien ? s'inquiète le paysan.

La spectre ne se rend même pas compte qu'il l'appelle par son prénom pour la première fois. Elle voudrait s'effondrer au sol. La main sur la poitrine, elle se sent amputée. Elle était si vivante, pendant un moment. Elle pouvait éprouver, respirer, toucher. Mais la vie lui échappe à nouveau alors que ses propres doigts s'enfoncent en elle sans effort dans ce corps qu'elle honnit. Ils disparaissent dans sa silhouette éthérée sans que ça la fasse trembler.

Les yeux de Médora sont aussi vides que les siens. Il y manque un éclat. Un bout d'elle-même. Entre elles, des fils se nouent, comme une broderie émaillée de milliers de questions silencieuses. Elles n'ont pas le temps de chercher les réponses. Pas tout de suite, en tout cas.

Mais Allegra devine. Est-elle seulement capable d'accepter l'impossible ?

Accepter qu'elle est née des flammes noires.

Que Médora est Ada, et qu'elle, n'est rien, personne. Ada, une petite fille joyeuse, aimée, pour qui une famille entière a été prête à sacrifier sa vie afin de lui offrir le pouvoir de redorer le blason des Wickwood. Ada, portrait craché de Médora.

Autour des sœurs, le chemin est brûlé. Sous leurs pieds, la terre est noire. Des armes abandonnées constellent ce champ de bataille. Le sang d'Ursine trempe encore le sentier. La cage en métal n'est plus qu'une araignée morte sur le dos. Elle a explosé et s'est recroquevillée sur la chaumière de Thelema, écroulée sous son poids.

Le cottage, si luxueux dans les souvenirs, ne ressemble qu'à un tas de ruines. Les toits ont fini de s'effondrer, les fenêtres tremblent sur leurs gonds quand les vitraux n'ont pas complètement éclaté. Allegra contemple ce foyer, cette maison aux couleurs jadis si chatoyantes, avec des tapis épais, des peintures riches, des murs diaprés. Il n'en reste rien. C'est le tombeau de leur mémoire, la sépulture de leur lignée.

Il n'y a que Byron, debout, fier, assis sur le *Livre des Mondes Obscurs*, devant la porte d'entrée défoncée. Il se lèche la patte qu'il passe trois fois derrière son oreille. Allegra voudrait y lire un bon augure et pas simplement un mauvais sens de l'humour du chat noir.

– Qu'est-il arrivé ? demande celle qui encore une heure plus tôt était sa sœur.

– C'est... indescriptible, souffle Cornélius. Vous êtes entrées en collision, et la terre s'est presque arrêtée de tourner. Et puis, c'était... Enfin, jamais rien vu. Comme ça, en tout cas.

Raph pose une main attendrie sur l'épaule de son ami. Son armure a de nouvelles cicatrices, son visage est recouvert d'un masque de suie. Ses cheveux bouclent sur ses tempes trempées de sueur.

– Vous êtes entrées en collision, en effet, au moment où Allegra a cherché à te protéger d'une lame mortelle. Puis, vos corps ont fusionné et vous avez créé, ensemble, une bulle éclatante au bruit assourdissant. La plupart des habitants ont fui. Le roi et sa garde se sont évanouis dans la nature... Ça a été le chaos. Une tempête de lumière. L'apocalypse. Les tuiles volaient, le sol s'effondrait à moitié sous tes... vos pieds.

Raph se reprend, son regard bascule de l'une à l'autre, elles qui formaient un tout capable de faire trembler le monde.

– On aurait dit que les Enfers venaient de se réveiller. Et puis, soudain, tout s'est arrêté, et vous étiez là.

Cornélius approuve cette version des faits avec force hochements de tête.

– Ça a duré longtemps ? demande Allegra.

– Assez pour que la Lune ait totalement remplacé le Soleil, déclare le paysan.

En effet, autour de la spectre et de Médora, la nuit a succédé au jour, le ciel noir est lourd de nuages menaçants.

Médora se laisse tomber au sol, le front entre les mains. Et Allegra n'ose pas regarder cette presque sœur, celle qu'elle pensait être le sang de son sang. Elle voudrait la réconforter, mais elle ne peut se résoudre à toucher son épaule, à tâter sa peau. Elle meurt d'envie de fondre en elle, de retrouver cette étincelle de vie, cette palette de sensations qui lui fait tant défaut. Ça serait si simple de se mêler à ce corps chaud et vibrant. De redevenir Ada.

Cornélius et Raph regardent les Wickwood, et échangent une œillade aussi lourde que les nuages. Les questions dansent entre eux tous, comme les gouttes de pluie qui s'échappent du ciel triste. Alors Allegra leur raconte les souvenirs. Elle leur parle d'un oncle trop gentil, d'une famille étrange, d'un cottage idyllique, de parents affectueux, d'un bal féérique, d'une soirée d'horreur et de flammes noires.

– Et ces souvenirs, ce sont ceux d'Ada, conclut-elle.

– Qui est Ada ? demande Raph, la langue aussi affûtée que la lame.

– Ce que nous a raconté Sir Eliphas Ivel était vrai, élude Allegra. Les Wickwood étaient des brigands de grand chemin. Ils ont jeté Obscura, la plus jeune, la plus belle, dans ses bras, sans imaginer qu'elle puisse l'aimer en retour. Puis, une fois qu'elle a été enceinte, ils ont tué l'homme, volé ses biens les plus précieux, sa magie, ses grimoires, ils ont tout raflé. Ils se sont approprié son titre. Mais ils n'avaient que des miettes de pouvoir. Jusqu'à la naissance d'Aleister Wickwood. De son père, le grand Eliphas Ivel, il a hérité d'une magie réelle, ancestrale et puissante. Du côté de sa mère, un don pour la perfidie.

La suite est plus trouble, à peine croyable. La Passation n'était qu'un moyen pour les Wickwood de transmettre ce noir secret, de sceller dans le sang le silence éternel des futurs occultistes. La cérémonie d'Ada a été bien différente. Inconcevable. La violence fait encore vibrer le crâne d'Allegra. Elle peine à trouver les mots pour raconter l'horreur de voir mourir cette famille vouée à l'oubli.

– Dans le dernier fragment, les Wickwood pratiquaient un sortilège pour… offrir leur vie et leurs pouvoirs à la dernière. Née le même jour qu'Aleister, à deux-cents ans de différence, je crois qu'ils espéraient lui accorder un avenir radieux. Mais l'enchantement a dégénéré et...

La vérité s'écrase sur ses lèvres qu'elle garde fermées. Cette Ada, c'est Médora. Ses souvenirs lui appartiennent, sans qu'elle puisse jamais les retrouver.

Médora est toujours au sol, dans un mutisme inquiétant. Pas de sarcasme, pas de venin. Elle abandonne ses larmes amères au chemin noirci par leur union. Alors, Allegra convoque du courage pour elles deux. Peut-être qu'un sort récompense les audacieux qui disent la vérité ?

– C'était bien trop puissant pour une fille de quatorze ans. C'était trop. La magie s'est séparée du corps. Au cœur des flammes, la vie et la mort se sont offert un dernier combat et l'incendie a eu pitié d'Ada.

Cornélius et Raph secouent la tête, circonspects. Ils fixent la fantôme, la mort, et la voleuse, la vie. Ils tentent de résoudre une équation impossible.

– Médora est Ada ? ose le garde qui ne peut pas croire à ce qu'il dit, qui espère une négation quelconque. Et vous ?

– Je ne sais pas. Sa magie ?

– Donc, d'un côté le corps, de l'autre... le pouvoir, suppose Cornélius. Ce qui veut dire que vous n'êtes pas vraiment une fantôme ? Et ça explique sans doute que vous soyez si différente, que vous puissiez... enfin, hum... Tou-toucher les autres ?

Le rouge de ses joues ravit Allegra. Seulement ses mots sont comme un poison. Elle n'est ni vivante ni morte. Ni magique ni païenne. Ni là ni absente. Ni Allegra ni Wickwood. Elle est unique. Venue au monde un soir de pleine lune, pendant un solstice, au cœur de flammes noires et d'une sorcellerie plus obscure encore.

– Médora, ça va ? souffle alors la jeune fille en se penchant sur la masse de cheveux corbeau.

La voleuse prend une minute. Une minute pendant laquelle elle ne parle ni ne bouge. Une minute où elle s'autorise à naviguer entre deux voiles, à se recroqueviller sous une couverture de tristesse. Où elle savoure le désespoir qui tapisse sa langue.

Et puis, elle se relève, époussette la cendre sous ses mains, ses genoux.

Essuie d'un geste rageur les larmes qui habillent ses yeux en perles scintillantes.

– On a pas le temps avec tout ça. On doit rendre les derniers hommages à Ursine et Thelema pour leur permettre de passer de l'autre côté.

Et elle part. Comme si sa vie ne venait pas d'être bouleversée, comme si son cœur n'était pas ravagé. Elle abandonne là Allegra, Cornélius et Raph. Le garde obéit. Il l'aide à déblayer les débris qui encombrent la vieille chaumière de Thelema, dans l'espoir de pouvoir restituer son corps à la terre fertile de son potager.

Alors que Cornélius s'apprête à les rejoindre, la spectre le retient. Elle tend sa main, n'ose pas toucher sa peau. Elle a peur de fondre en lui, peur de ne pas le sentir, peur d'avoir trop de pouvoir, peur de les avoir tous perdus. Peur de connaître la vérité.

– Comment tu vas ?

Elle laisse le vouvoiement à cette jeune fille qui espérait s'intégrer à l'aristocratie grâce à une révérence, qui pensait être une noble et illustre Wickwood. Les bonnes manières ne sont que des boulets à ses pieds. Elle ne compte plus s'alourdir de règles de bienséance dévolues aux vivants. Elle n'est rien de tout ça. Elle ne l'a jamais été...

Cornélius rougit à ce « tu » qui perfore l'âme. Il bégaie face à cette nouvelle intimité.

– Je n'arrive pas à croire que ce soit fini, avoue-t-il en observant les ruines noircies. Je n'ai plus de maison, nulle part où aller, personne à retrouver maintenant. Mais on doit tous faire le deuil de quelque chose, aujourd'hui.

Il lui jette un regard lourd, puis ses yeux se posent sur les dos courbés de Médora et Raph. Ils excavent de vieilles pierres comme si c'était la terreur dont ils voulaient désencombrer leurs entrailles. Ils s'épuisent dans cette tâche ingrate, prêts à tout pour endormir leurs sentiments.

Allegra suit la silhouette épaisse de Cornélius qui se joint à eux. Il dégage les ruines de sa maison avec l'énergie du désespoir. Avec la peur de tomber sur les reliques de sa grand-mère. Elle se répète ses paroles.

Cornélius a perdu un foyer, ce qui lui restait de sa famille.

Raph a perdu son rêve, son roi, le but de son existence.

Médora a perdu une famille qu'elle venait juste de retrouver.

Allegra a perdu tout ce qu'elle pensait être.

Ursine a perdu la tête avant de perdre la vie.

L'île de Gight a perdu l'espoir et son souverain.

☽☽☾☾

La nuit est profonde quand Raph abandonne la pelle sur la terre fraîche. Cornélius et Médora ont emballé les corps froids de Thelema et Ursine dans des linges propres. Ce sont de vraies chrysalides mortuaires. Le paysan ne souhaitait pas les condamner à une nouvelle solitude, elles qui avaient déjà été étouffées par leur isolement de leur vivant.

Sans pitié, le cottage a refusé l'hospitalité à la dépouille d'Ursine. Les barrières n'ont pas voulu se baisser, même si le cœur de l'ennemi avait depuis longtemps cessé de battre. Ils ont donc opté pour la demeure de Thelema. Pour que ces vieilles âmes reposent ensemble, à deux pas des carottes, sous un sol de pensées multicolores qui viendra égayer leur éternité.

Allegra tente un petit discours, Cornélius ne dit pas un mot. Il rajoute juste au creux des mains de sa Grand-maman une fleur séchée pour toujours. Alors que Raph s'apprête à refermer le tombeau de terre, Médora s'avance. Ses orteils embrassent le vide, elle semble hésiter à plonger les rejoindre dans la mort.

Seulement, après un moment, ses doigts courent sous sa chemise tachetée. Elle extirpe de son nid le médaillon. Allegra n'en revient pas. Il était là, entre les seins de la voleuse, comme un chaton apeuré.

Médora saute d'un pas preste dans la tombe et le dépose autour du cou d'Ursine.

– J'avais promis de vous le rendre.

Elle reste immobile, sous la pluie, sous le regard de la pleine lune, de Raph, de Cornélius, d'Allegra et de Byron. Et quand elle revient dans le monde des vivants, il leur faut encore du temps à tous avant de recouvrir les femmes de terre. Au fond de ce trou reposent non seulement deux vieilles aux destins tragiques, mais aussi tous leurs espoirs, la fin de leur quête et un bout de passé qu'ils ne retrouveront jamais.

C'est Raph qui bouge le premier. Il recouvre les cocons de limon et tasse le sol sur lequel la vie continuera de marcher, de pousser. Cornélius plante un bouquet de pensées sur la terre battue.

– Nous devrions dormir, suggère le garde. Les derniers jours ont été… éprouvants. Essayons de trouver une pièce épargnée du cottage, peut-être qu'il pourra nous protéger si les villageois reviennent. Je fais le guet le premier.

– Non. Je m'occupe de veiller sur vous pendant la nuit, souffle Allegra.

– Mais…, proteste le professionnalisme de Raph.

– Mais quoi, Raph ? Tu crois que je vais sombrer ? Vous ne risquez rien.

Le garde hésite, approuve malgré lui, submergé par l'épuisement. Ils retournent à la maison, cherchent un endroit qui n'ait pas succombé aux ruines et se roulent en boule pour dormir, laissant au lendemain le soin de leur destinée.

Allegra se poste dans un coin, aux côtés de Byron qui pose sur elle de grands yeux.

– J'ai toujours su que tu n'étais pas qu'un fichu tas de poils !

Le chat ronronne, love sa tête sur sa main et la spectre ressent ses moustaches. C'est ténu, mais c'est encore là. Elle sourit, elle voudrait pleurer.

– Mais moi ? Qui suis-je ?

Elle pose la question au familier, à elle-même, aux astres qui veillent sur elle, aux âmes perdues qui pourraient l'entendre. Au bout de plusieurs heures, persuadée que les habitants ne reviendront jamais les hanter, elle retourne près des vivants, près du grimoire.

Allegra fixe ce triangle, l'augure de la fin de son monde.

Byron reste à ses côtés et il l'encourage d'un coup de moustache. Alors, Allegra ouvre ce livre pour lequel on a tué, menti, maudit, pour lequel elle-même s'est battue.

Les mots sont là. Parfaitement rangés en petits soldats, ils forment des phrases compréhensibles, quoique les écritures soient plus ou moins lisibles. D'une bourrasque, elle passe à la première page. Et la vérité était sous leurs yeux, depuis le début. Le nom des Ivel est rageusement barré, et s'étale, en lettres rouges, celui des Wickwood.

Les feuillets regorgent de tous les trésors qu'on pourrait attendre d'un livre d'occultistes. Potion de chance, sort de guérison, philtre d'amour, pentagramme de résurrection, prophéties. Elle lit tout. Et elle sent sa peau qui crépite à l'idée de tout ce pouvoir. Elle pourrait, désormais, offrir aux Wickwood la noblesse perdue. Tout ce qu'elle désirait est là, sous ses doigts.

Il ne lui manque qu'un corps.

Elle jette un œil à Médora. À *Ada*.

Et à quoi bon ? Elle faisait tout ça pour celle qu'elle pensait être sa sœur, pour son sang qu'elle croyait être celui des Wickwood, pour cette famille qu'elle croyait être illustre, pour son destin qu'elle croyait être glorieux.

Alors qu'elle s'apprête à fermer le Grimoire, un sort l'appelle.

La mise en page est sublime, travaillée. Chaque coin est ornementé de dorures, l'écriture est claire, parfaitement alignée et lisible. Le charme promet de ranimer un mort le temps qu'il faut à une araignée pour tisser sa toile. Grâce à ses longues heures d'éternelle, Allegra a admiré le spectacle plusieurs fois. Elle estime donc que l'envoûtement leur offre une heure.

Avec l'aide de Médora. D'*Ada*. Elle pourrait ramener quelqu'un à la vie.

Elles pourraient parler à Persiphae. À sa mère. À celle qu'elle pensait être sa famille.

Chapitre 28

OUBLIÉE PAR LES VIVANTS, MÉPRISÉE PAR LES MORTS

Médora n'est pas tirée du sommeil par la lumière qui traverse leur abri de fortune. Ni par le froid qui commence à mordre sa chair. Ni par la faim qui languit dans son ventre. Ni par les bruits qui pourraient ressusciter un mort.

Non, Médora Wickwood est réveillée par le sentiment prégnant que son monde a explosé, que son nom, son héritage, ne sont que des mensonges. Elle peut ignorer son estomac qui hurle, elle ne peut faire taire la voix qui lui dit qu'elle n'est plus personne.

Elle aimerait retourner dans les ténèbres dont elle vient d'émerger plutôt que de devoir subir une seconde de plus le vide qui lui endort le cœur. Elle n'a jamais été Médora mais « Ada », un nom qui a le goût de cendres sur sa langue. Elle n'a rien d'une Ada. C'est le prénom d'une jeune fille qui a vécu dans le luxe, entourée par des parents affectueux, avec un oncle tendre et drôle, une chambre rose. Rose, bon dieu… Elle. Rose.

Médora se lève en grimaçant. Elle n'est pas Ada, ce n'est pas possible.

Elle fait encore rouler les deux syllabes entre ses dents, elle le colle sur son visage qu'elle aperçoit sur un débris de glace. Allegra. Allegra est une Ada, bien plus qu'elle. Elle a la légèreté d'une Ada, elle provoque dans l'âme autant de joie que de prononcer ce prénom « Ada » qui explose comme une bulle de savon dans la bouche.

Médora passe sa main sur son corps fatigué, usé, courbaturé. Elle a des plaies partout. Des contusions. Sa peau est un bouquet de pivoines fanées. Un champ de bataille. Une chapelle dont elle se sent excommuniée.

Alors elle l'enfouit sous une couverture dont ne dépasse que son petit nez retroussé, rougi par le froid. Elle se détourne de ce tesson de miroir. Elle passe à travers l'encadrement de fenêtre, squelette sans chair. Le verre repose au pied du cottage, en mille morceaux, comme son âme.

La voleuse soupire, tourne le dos à ce qui était sa maison sans un regard en arrière et elle marche, et marche. Elle ne veut voir personne. Elle aimerait s'abandonner aussi. S'éloigner de son corps et continuer sans lui. Laisser son nom là-bas et tracer sa route. Mais Médora sait déjà qu'elle n'ira pas au-delà du cimetière. Elle reste plantée à l'orée de la forêt, parce que celle qui était sa sœur détient pour toujours une moitié de son âme. La quitter, c'est jeter la meilleure partie d'elle-même. Médora n'est rien sans Allegra.

Elle se laisse tomber au pied de la tombe d'un ancêtre oublié. Sans doute un voleur, un menteur, sûrement un homme de peu de foi…

– Je vais squatter un peu, Exupère, m'en veux pas, marmonne-t-elle en déchiffrant péniblement la pierre.

Elle ne parvient qu'à deviner la date de naissance, 1619. Il a donc connu Aleister, et tous les secrets. Et il a accepté cette mystification. Médora pleurerait si la rage n'empêchait pas les larmes de couler. Et pleurer pour quoi ? Pour qui ?

Pour celle qu'elle pensait être ? Pour celle qu'elle espérait devenir ? Pour Allegra ?

– Qui est là ?!

Surprise par un bruit dans les hautes herbes, elle se redresse un peu, le dos contre la pierre froide. Elle resserre la couverture autour de ses épaules, regrette sa Cloche perdue dans la bataille la veille.

– Oh, c'est toi, soupire-t-elle en se laissant retomber contre Exupère.

Byron miaule doucement et s'installe à ses côtés. Et c'est là que l'âme de Médora finit de se fissurer. Là que ses larmes s'écrasent finalement, dans la fourrure du chat qu'elle pensait détester. Au milieu du pelage du dernier témoin de l'âge d'or des Wickwood. Elle sanglote, éternue contre le dernier gardien, l'ultime rempart.

Et, sans rancune, le familier laisse le temps à Médora de souffrir. Il lui offre un ronronnement doux et lent, il ponctue chaque gémissement de petits coups de museau quand elle peine à respirer, et il s'installe sur son ventre vide.

Médora et lui restent là longtemps. Le soleil, levé depuis des heures, n'atteint pas ce petit coin de cimetière, à jamais abandonné à l'obscurité. Elle se sent bien. Oubliée par les vivants, méprisée par les morts, rejetée par ses ancêtres.

Elle repense à la cage dans laquelle elle était enfermée un jour plus tôt. Elle imagine le bûcher que les habitants étaient prêts à dresser pour elle. Elle a connu trop de flammes pour les craindre et pourtant, elle frissonne, comme si le brasier était imprimé sur ses paupières. Mourir la rebute, l'idée de vivre encore une lune de plus la dégoûte.

– Alors qu'est-ce qu'il me reste ? soupire Médora en grattant la tête de Byron, le nez en feu.

– Nous, moi, Allegra, le soleil sur ta peau…

Elle sursaute et le familier, qui avait dû sentir la présence de Raph depuis le début, ne prend même pas la peine d'ouvrir les yeux. Il s'étire, s'installe plus à son aise contre Médora.

– Désolé, souffle Raph. Je ne voulais pas t'effrayer.

Médora ne répond pas. Elle n'a pas peur du garde. Elle ne craint plus le serpent qui dort sur sa hanche, sa main qui pourrait l'étouffer, son regard qui la fait suffoquer. Non, si elle est terrifiée, ce n'est pas à cause de ce tas de ferraille.

Il oriente doucement la joue de la voleuse vers lui, admire le bleu qui dévore sa pommette.

– Foutus arriérés…, maugrée-t-il.

Et Médora pouffe. Parce que c'est la première fois qu'elle l'entend jurer. Hier, sa sœur a adopté le tutoiement, Cornélius a arrêté de bégayer. C'est l'époque des révolutions. Elle sait qu'il pense aux villageois. À leur terreur, soigneusement transformée en haine à mesure que se constituait la foule.

Médora ne leur en veut pas.

On est capable de tout quand on est gouverné par la peur. À leur place, elle aurait embroché tous les occultistes du monde au bout de sa fourche pour sauver Allegra. Quand elle se tourne vers son ami, elle comprend qu'il ne parlait pas seulement des habitants de Harrow. Les arriérés ce sont ceux qui prennent des faux pour faucher les gens différents.

– Comment vas-tu ? lui demande-t-il avec un intérêt qui ravive ses larmes.

Médora l'observe pendant qu'il défait son plastron et s'assied à ses côtés. La pierre tombale dans son dos est trop petite pour eux deux, mais il s'installe sans se plaindre. Elle fixe ses yeux perçants, sa peau noire constellée de gouttes de sang, de poussière, de petites plaies.

– Je ne sais plus qui je suis… Je ne suis pas Ada. Mais qui est Médora ? Est-elle seulement réelle ? Est-ce que je me suis inventé une identité ? Je ne peux pas être… Impossible.

Raph ne dit rien, il est parfait de silence, d'écoute attentive. Alors la voleuse parle. Elle lâche les mots qu'elle retient en elle depuis la veille comme des papillons à qui on rend leur liberté.

– Tu aurais vu cette « Ada »… Oui, physiquement, elle me ressemblait, mais elle était si joyeuse, et naïve, et curieuse, et pleine de vie, et d'ambitions, et d'amour pour la magie. Je n'ai rien de tout ça. Ça, c'est Allegra. Je ne suis ni douce, ni joviale. Sur ma tombe, personne ne me trouvera de qualités, personne ne regrettera ma présence. Je ne laisserai pas de trou dans le monde. Est-ce que je suis même une Wickwood ? Une occultiste ? Ou juste une pauvre voleuse ?

Elle sent le poids de cet aveu s'évaporer et elle a dans la poitrine un brouillard incertain. Elle se tourne vers Raph. Et elle découvre un trésor. Il lui sourit et, au creux de ses joues, une petite fossette. C'est un diamant au cœur de sa peau, une raison suffisante pour donner à Médora envie de vivre un jour de plus.

– Tu es Médora Wickwood, bordel. Tu es une voleuse sarcastique, enquiquinante, avec un sens de l'humour franchement mauvais. Mais tu es aussi attachante, tu tiens plus à ceux que tu aimes qu'à ta propre vie, et je n'ai jamais rencontré plus loyale que toi.

Elle pleure, renifle. Mais surtout Médora Wickwood rit. Cette fois, parce que l'évènement est exceptionnel et imprévisible, Byron sursaute et s'enfuit. Il laisse à leur hilarité une jeune fille qui se découvre et un garde qui n'a jamais douté de qui il est. Leurs dos guillerets rebondissent contre la pierre tombale.

Et le chat reste dans l'ombre, à observer le retour de la joie, et l'arrivée d'autre chose, plus beau encore. Il demeure, jusqu'à ce que les rires meurent, et que tout se dise en un regard.

– Tu sais, reprend Raph dont la voix n'est plus enrouée, tu peux choisir d'être qui tu veux. Tu peux être une Wickwood. Ou ne pas l'être. Être Médora, ou quelqu'un d'autre. Tu peux te réinventer tous les jours. Oublie qui on a décidé que tu serais à la naissance, choisis toi. Si tu n'es pas Ada Wickwood, ce n'est pas grave. Ça ne veut pas dire que tu n'es pas quelqu'un qui vaille immensément la peine d'être connu.

La brune reste silencieuse un bon moment. Elle regarde Raph, et ses yeux soudain si doux, et ses lèvres si gourmandes qui viennent de lui livrer une vérité qu'elle rêvait d'entendre et qu'elle n'imaginait pas possible. Elle est libre. Libre de son nom. Libre de son titre. Mais le choc est trop violent et l'émotion trop intense. Alors, juste pour cette fois, elle enfile son armure habituelle et botte en touche.

– Eh ben, qui eut cru que ce tas de ferraille cachait un philosophe ? T'as épuisé ton stock de mots pour la journée là, non ?

Il en faut plus pour faire trembler le garde. Il connaît cette petite peste et il n'a plus peur d'elle. Il voit clair à travers son humour et il sait qui elle est.

– On est toujours plus que ce qu'on dit être. Parfois, comme la Lune, on ignore soi-même qu'on a plusieurs facettes.

Le regard de Raph se trouble, s'envole. Médora ne peut pas l'accompagner là où ses souvenirs l'emmènent. Elle aimerait tant, pourtant, le suivre partout. Alors Médora décide de s'ouvrir un peu, elle s'imprègne de la bonté de Raph pour définir qui elle est, qui elle veut être.

– Et toi ? Comment vas-tu ?

Le garde la regarde avec douceur, reconnaissance.

– Tu sais, je te comprends, finit-il par dire. Parce que moi, c'est à ma naissance que je me suis demandé qui j'étais, pourquoi j'étais un autre. Et je me suis fait une seule promesse : avant tout, je devais être heureux. Peu importe à qui j'ai dû mentir, du moment que je ne me mentais pas à moi-même. Alors j'ai fui ma famille, ma sœur adorée, fui mon village, fui la personne qu'on attendait que je sois. Et je suis devenu qui je suis vraiment, qui j'ai toujours été.

– Je suis contente de te connaître, Raph, souffle la voleuse.

– Je suis content de te connaître, Meddie.

Ils étouffent leurs sentiments dans des moues douces, dans des gestes parasites. Médora joue avec les franges râpées de sa couverture, Raph avec le pommeau de son épée, allongée à son côté. Mais, même quand le silence s'installe entre eux, il est aussi tendre que leurs sourires, aussi réconfortant que son plaid, et la brune se sent bien. Elle peut être seule, si c'est avec lui.

Elle aime ce Raph mutique autant qu'elle aime celui qui s'essaye à l'humour. Elle l'aime l'arme au poing ou les yeux brillants de félicité. Et elle admire son courage de savoir ce qu'il veut, qui il est, de se battre pour le rester en dépit des regards.

Médora, depuis dix ans, vit dans l'ombre de ce cottage auquel elle tourne le dos. Elle survit au milieu des cendres des flammes noires. L'incendie a ravagé ses souvenirs, sa maison, sa famille, la laissant orpheline. Allegra a été la seule constante de son existence, son seul rempart face à la solitude, sa seule lueur d'espoir.

Grâce à Allegra, Médora est devenue loyale, aimante.

Grâce à Cornélius, Médora voudrait devenir tendre, sensible.

Grâce à Raph, Médora deviendra courageuse, fière.

Elle reste à l'abri de la pierre tombale, de l'ombre de Raph, de l'orée de la forêt. Juste un moment. Loin des souvenirs qui ne sont pas vraiment les siens, de cette vie qu'il va falloir réinventer, des questions sans réponse. Sans y penser, elle pose sa tête sur l'épaule du garde, sur ce métal austère.

De manière très réfléchie, il enlève son gant et prend sa main froide entre ses doigts chauds.

Il y a là des mystères auxquels Médora préfère ne pas réfléchir. Au lieu de ça, elle admire les ongles impeccables de Raph, sa peau lisse qu'elle découvre pour la première fois. Protégées depuis toujours, ses mains sont aussi douces que celles d'un bébé qui n'aurait pas connu la guerre. Elles ont donné la mort et pourtant Médora ne peut se rassasier du contact sur ses doigts gourds. Elle prend honte de ses cales, de ses ongles cassés, mais Raph retient sa main, sa vie entière.

Ce n'est qu'après un bon moment qu'une question émerge, et celle-là mérite une réponse.

– Non, mais attends, c'est quoi cette histoire de lettre envoyée au roi, au fait ?! s'insurge-t-elle.

Mais Raph ne prend pas peur. Médora éructe, mais elle n'a pas osé retirer ses doigts des siens. Ses yeux ne brillent pas de haine, juste de curiosité.

– Eh bien... (De sa main libre, il ébouriffe sa tignasse sauvage.) On partait de chez Ursine, et je suivais une voleuse à la tête très dure. Une sale engeance, vraiment. Et elle a déclaré vouloir tout arrêter, abandonner la mission, fuir. Elle est devenue une terrible furie. Seulement, comme je refusais de couper cette si jolie tête, j'ai tenté de la convaincre de rester. Et, un soldat étant un soldat, j'ai rendu des comptes à mon souverain, en l'informant de cette petite peste qui vrillait et que je peinais à garder dans le droit chemin. Je n'ai fait qu'un rapport avant de comprendre que mon allégeance avait changé de camp.

– Oh, articule Médora. Chanceuse, cette voleuse…

– C'est une reine. Je pensais que la suivre mettrait fin à mes rêves… sans savoir qu'elle était mon rêve.

Il se passe quelque chose. Quelque chose que le chat noir dissimulé sous les fougères avait senti naître. Une petite flamme qui n'attendait qu'un mot, qu'un regard pour s'embraser. Raph avance sa tête. C'est trois fois rien, et pourtant, Médora découvre tout un nouveau monde dans ses pupilles. Le vert des premiers brins d'herbe au printemps, le brun des noisettes sur les chemins de forêt, l'émeraude des bagues de ses ancêtres. Quand elle avance son nez, elle sent l'odeur et la chaleur de sa peau. Un mélange de sueur, de braises et de métal. Le parfum d'un dieu de la guerre au repos. Quand Raph se rapproche encore, c'est leurs êtres qui fusionnent. La bouche de Médora rencontre celle de Raph, et ses dents, et sa langue. C'est maladroit, un peu timide, mais pur. La voleuse a l'impression que son cœur s'est posé sur ses lèvres et qu'elle l'offre tout entier à celui qu'elle imaginait lui couper la tête.

Ce sont les plaintes répétées du ventre de Médora qui les obligent enfin à se décoller. Raph tend sa main à la jeune fille et l'entraîne avec lui vers le cottage. Elle ne craint plus ce qu'elle va y découvrir, ce qui l'attend. Elle ne sait pas forcément qui elle est, mais elle sait avec qui elle veut être, et ils se trouvent tous dans cette maison en ruines.

Sur la tombe d'Exupère Wickwood, deux gantelets abandonnés que les corbeaux regardent d'un œil mauvais.

Chapitre 29
Se perdre sur le chemin des ombres

Allegra repère une épaisse silhouette depuis les ténèbres du cimetière. Elle met un moment à comprendre que c'est sa sœur et Raph, et pas un seul être monstrueux et difforme. Leurs visages sont traversés par mille nuances qu'elle n'a pas le temps de déchiffrer. Dès qu'elle voit Médora, elle lui fonce dessus, la colle devant le *Livre des Mondes Obscurs* et lui explique son plan : ramener, pour une heure, un membre de la famille. Exiger des réponses.

– Les mots… ils ne bougent plus, constate la voleuse, penchée sur l'ouvrage.

Elle caresse du bout de l'ongle les lettres docilement alignées. Allegra surprend ses sourcils froncés d'incompréhension. Cornélius se racle la gorge et développe sa théorie.

– Je crois que… c'est lié à Allegra. Si on suppose qu'elle est… eh bien, l'incarnation de ta magie, tout prend sens.

Médora lui jette un regard en biais. Pas de ceux destinés à le renvoyer dans ses ténèbres, ni à embarrasser sa timidité, juste une curiosité sincère. La spectre ne peut s'empêcher de sourire en voyant éclore devant elle une amitié nouvelle et insoupçonnable.

– J'ai l'impression que le grimoire s'est ranimé à chaque émotion forte d'Allegra…

Les joues du paysan s'enflamment aux souvenirs qu'il révèle à la brune et au garde.

– D'abord, quand nous avons… discuté, sous le saule pleureur, ce qui a ressuscité la noyée, puis, quand elle a vu un autre fantôme, quand elle a dompté les feux follets de la forêt, quand elle t'a défendue, Médora. Son pouvoir a augmenté à chaque peur, à chaque joie, au contact des autres entités. Et plus elle devenait forte, plus le *Livre des Mondes Obscurs* s'animait en retour.

– C'est sensé, tranche Raph qui, cinq lunes plus tôt, niait encore l'existence des esprits.

– Et je crois, continue doctement Cornélius, que si Allegra est l'incarnation de la magie offerte cette terrible nuit, Médora… euh, Ada ? est l'occultiste, mais sans pouvoir. Puisque c'est Allegra qui… enfin…

– On a compris, t'inquiète, coupe la voleuse pour abréger son supplice.

Elle fixe le grimoire, la spectre, et Allegra ne parvient pas à décrypter la moindre pensée dans ses yeux ténébreux.

– Donc vous croyez vraiment que je suis Ada, qu'Allegra est juste la magie qui a été expulsée cette nuit-là et que c'est elle qui fait réagir le bouquin ?

Les trois autres approuvent de concert. Médora gratte une tache séculaire sur le vieux vélin. Allegra voudrait tellement comprendre ce qui se passe sous cette frange corbeau, sous ces yeux de félin, sous cette caboche d'entêtée. Mais elle connaît cette sœur qui n'en est pas vraiment une, elle la connaît comme elle se connaît elle-même, alors elle la laisse s'absorber dans le silence comme elle se recroqueville sous sa couverture.

– Je n'ai pas de meilleure hypothèse, mais elle me répugne. Je ne suis pas cette Ada, éructe-t-elle avec dégoût.

La voleuse s'éclipse avant même qu'Allegra puisse lui parler de son plan. Elle regarde Médora fuir leur passé, la vérité, les doutes. La spectre lui accorde le temps, elle n'a que ça à offrir, son éternité. Elle observe Raph se faufiler dans l'ombre de sa sœur comme un serviteur assidu et sourit.

– Est-ce que je peux le parcourir ? demande alors Cornélius, derrière elle.

Elle pivote pour observer l'éclat de son roux, la vigueur de ses épaules, le rouge de ses lèvres. Allegra approuve d'un signe de tête.

Cornélius se pose devant le grimoire avec une révérence ravissante. Il essuie ses mains sur son pantalon de toile comme s'il s'apprêtait à effeuiller une relique. Son attention attendrissante la fait fondre un peu plus. Il tourne les pages avec douceur, admire les enluminures, les arabesques, les circonvolutions compliquées des lettres. Il découvre le livre avec la joie d'un enfant à qui on offre un monde entier. Il ne sait pas lire, mais chaque ornement le ravit.

Il reprend sa lecture insensée depuis le début, son doigt caresse chaque délié, chaque pli, jusqu'à tomber sur une anomalie. Il fronce les sourcils, crochète le coin de la page avec son ongle et tire doucement avec un regard en biais vers Allegra. Elle se rapproche de lui, ignorant toutes lois de la physique et transperçant le tabouret sur lequel elle feignait d'être assise.

– Que se passe-t-il ? s'enquiert-elle, comme une mère inquiète se pencherait sur un couffin.

– Elles sont collées, explique Cornélius.

Avec soin et délicatesse, il saisit les feuilles et met fin à leur longue étreinte. Elles se séparent dans un cri rauque. Les deux têtes se penchent sur les lettres qui apparaissent. L'écriture est fine, inclinée, comme soufflée par un vent invisible.

Allegra déchiffre sans mal la phrase unique qui court sur le feuillet.

– « Le Livre ne répond qu'à l'occultiste qui se connaît lui-même et ne se perd pas sur le chemin des ombres », lit la spectre.

Il n'y a rien de plus à décrypter, le sens est là, noir sur blanc. La théorie de Cornélius est légèrement écornée par la découverte. Le livre réagissait bien à Allegra, à ses états, au feu qui couve en elle, mais surtout à la vérité qui se réveillait en elle.

Il lui fallait connaître la vilénie des Wickwood.

L'histoire des Ivel.

Connaître ses sentiments pour Cornélius.

Connaître sa vraie nature.

Admettre que sa sœur n'est pas sa sœur.

Admettre qu'elle n'a jamais été une jeune fille.

Admettre qu'elle n'est ni vivante, ni morte, qu'elle ne l'a jamais été.

Admettre que son nom n'est pas Allegra Wickwood.

Elle voudrait disparaître. Ou que tout redevienne comme avant. Avant qu'elle ne sache tout ça. Elle aurait dû se contenter de sa vie dans le cottage, des petits larcins de sa sœur, des tirages de cartes absurdes, des visites rares et impromptues de Cornélius.

– Allie ?

La voix de Médora vient interrompre le tourbillon de questions dans lequel se noyait la fantôme. Quand elle relève la tête, son corps fusionne avec le mobilier, la luminosité a changé, Cornélius a disparu. Il ne reste que son âme miroir qui la fixe avec inquiétude.

– Explique-moi ce que tu veux faire…

Allegra reprend une consistance, arrête d'être une flaque éthérée et se redresse.

– Je ne sais plus ce que je veux, Meddie.

Mais le grimoire semble avoir une force propre et il s'anime, s'ouvre sur les pages qui ont retenu l'attention de la fantôme un peu plus tôt.

– Sale traître, soupire-t-elle.

La voleuse se penche sur le vélin, analyse le sortilège, fronce les sourcils, relit encore une fois.

– L'envoûtement permet de faire revenir un esprit. Pas un poltergeist ni un feu follet comme dans la forêt, mais un vrai esprit, qui se souvient de sa vie passée, qui peut parler… explique Allegra. Rassure-toi, il ne pourra pas nous étouffer dans notre sommeil.

– Ouais, comme s'ils pouvaient t'étouffer, toi…

Mais Allegra surprend le sourire canaille qui ombrage ses lèvres pendant une seconde. Alors, elle sourit aussi. La spectre n'a plus de raison de corriger ses manières, plus la force de la sermonner quand elle lui rappelle qu'elle est trépassée.

– J'ai tout étudié, je sais qu'à nous deux, on peut le réaliser. Toi, mes mains…

– Et toi, ma magie, conclut Médora.

Cette fois, c'est un sourire triste qui habille le visage de la fantôme.

– On pourrait parler à Tisiphone, ou à mam… Allegra se reprend. Ou à Persiphae. Leur demander des explications…

Allegra a rêvé de cette mère, de sa douceur, elle s'est inventé des milliers de souvenirs pour combler ceux qui faisaient défaut à sa mémoire. Elle s'est imagé des dizaines d'enfances. Elle et Médora, courant dans les couloirs du cottage, les réprimandes du père, la complicité amusée de Persiphae. Et les fillettes, main dans la main, prêtes à jouer et mourir ensemble.

La spectre efface ses fantasmes d'un coup de tête.

Allegra s'apprête à se justifier, à argumenter, à crier son envie de vérité, la peur qu'elle a de la connaître. Le vide qui se creuse au fond d'elle à l'idée des jours incertains qui l'attendent.

– D'accord, on va la contacter, approuve Médora. Elle nous le doit bien.

La fantôme sourit, soulagée. Effrayée. Elle a besoin de savoir qui elle est, ce qu'elle est. Pourquoi est-elle née une nuit, sous les cendres d'un feu noir, pourquoi a-t-elle toujours cru s'appeler Allegra ? Pourquoi a-t-elle volé vers celle qu'elle a tout de suite su être sa sœur ? Si elle n'est que de la magie, pourquoi ne peut-elle pas envisager une vie sans l'ombre de Médora dans la sienne ?

Allegra veut simplement s'entendre dire qu'elle n'est pas un monstre.

Sans attendre, Médora jette la couverture sur une caisse en bois et se met au travail. Elle déchiffre les premières lignes, ramasse les miettes des pots cassés au sol. Elle broie le tout dans un pilon incrusté de symboles alchimiques. Allegra supervise les mains de Médora. Comme un seul être, elles tournent, mixent, récitent, fusionnent.

Alors que le soleil tire sa révérence dans un final grandiose, embrasant toute la pièce d'une lumière dorée, les Wickwood finalisent l'envoûtement.

– Allons-y ! propose Médora qui se dirige déjà vers la sépulture.

– Tu es sûre ? Et si… et si ce qu'elle a à nous dire changeait tout ?

– Allie… tout a déjà changé.

Sans attendre, la brune s'élance à travers les ruines, enjambant pierres et poutres abattues et Allegra est contrainte de lui emboîter le pas.

Elles ont grandi au milieu de ces tombes. Elles connaissent tous les noms comme autant de partenaires de jeux, elles ont eu le temps de contempler la chute de certaines, la terre gourmande qui en a avalé quelques-unes, le lierre qui a pris d'assaut les autres.

Au milieu de cette foule d'inconnus, elles retrouvent très vite Persiphae Elsbeth Wickwood. La tombe est simple, sans doute le dernier honneur des habitants, empressés d'enfouir les restes de cette famille pour éviter de se faire maudire.

Médora caresse les dates du pouce, les recouvrant de la poudre sacrée qu'elles ont concoctée. 1768 – 1812. Allegra admire ce nom que les années ont commencé à effacer. Le nom devant lequel elles sont passées tant de fois, se demandant si c'était celui de leur mère.

– Prête ? demande Médora.

Allegra approuve. Il est temps de conjurer les souvenirs, de se confronter au plus grand monstre, elle-même, sa vérité. Elle relève le menton, parée à affronter le fantôme de son passé.

Alors que sa sœur étale sur la tombe l'envoûtement qui permettra à Persiphae de pousser la porte des vivants, la spectre récite le charme qu'elle connaît par cœur. Elle n'a pas le droit de trébucher sur la moindre syllabe. Une erreur, et elles pourraient bien invoquer le Diable en personne. Elle sent que chaque mot qu'elle prononce attise le feu au fond de ses entrailles. Son pouvoir se réveille en même temps que la dépouille de sa mère s'anime.

Médora dessine un triangle sans interrompre son tracé, se place à son sommet pour permettre à l'esprit de venir du ciel. Sur ses paumes, son front, sa poitrine, deux triangles enlacés et un quartier de lune, qui brillent d'une drôle de lueur violette.

– Ce qui est en bas comme ce qui est en haut, ce qui est en haut comme ce qui est en bas, pour faire le miracle d'une seule chose ; per Formol, per Adonaï Eloïm, verbum pythonicum, mysterium salamandrae, conventus sylphoruni, antra fnomorum, daemonia Persiphae, veni, veni, veni.

Le latin roule sur la langue d'Allegra comme un serpent séduisant. Il caresse son pouvoir, remonte de sa gorge. Et elle sent, sans avoir besoin d'ouvrir ses paupières, que l'envoûtement a fonctionné. Elle a l'impression de cracher de la magie.

Pourtant, au bout de quelques secondes, rien que le silence profond à peine interrompu par les bruissements d'ailes de chauve-souris.

– On s'est trompées quelque part ? grogne Médora.

Allegra ouvre les yeux. Son corps éthéré brille d'une lueur surnaturelle. Le front de sa sœur scintille d'un violet tout aussi inquiétant. Mais pas de fantôme à l'horizon. Rien que Byron, qui les surveille au loin.

– Je ne comprends pas..., souffle la spectre confuse. Je te jure que j'ai parfaitement récité la formule.

– À tous les coups, ça va débarquer quand on s'y attend pas, juste pour nous faire flipper...

Médora retourne dans le confort de son sarcasme. Elle s'y love avec délice pour masquer la peur qui lui tord le ventre. Aussi, quand la pierre commence à trembler, elle sursaute, main sur ce cœur qui bat encore. Allegra patiente. Un vent sorti des profondeurs de la terre agite la chevelure de Médora qui peine à garder les yeux ouverts.

La sépulture s'entrebâille sur un noir profond. Des poussières s'élèvent, tourbillonnent.

Allegra voudrait tenir la main de sa sœur dans la sienne, mais elle n'ose pas la toucher, fusionner avec elle, fondre sous sa chair chaude. Elle reste donc là, seule, à observer cette silhouette qui prend vie.

Au début, les cendres de leur mère ne forment qu'un nuage sans forme. Mais, comme une myriade d'hirondelles, les particules s'assemblent et un visage se devine au milieu de la poussière. Un front pensif, des sourcils fins, des yeux d'amande prêts à trancher l'âme, un nez mutin, des lèvres retroussées sur des dents rondes, de longues boucles qui se perdent dans un brouillard terne.

Allegra ne se reconnaît pas dans ces traits grisâtres. Elle ne voit que Médora dans cette émanation qui ondule sous leurs yeux.

– Oh, mon Ada, enfin, j'espérais tant que tu me réveilles ! A... da ?

La voix caverneuse s'évanouit. Persiphae oscille entre la vivante et la morte. Malgré ce portrait terne, Allegra identifie les accents de la déception. Ils s'impriment dans le nez retroussé, dans les sourcils froncés. Elle reconnaît sa fille, pas cette spectre.

– Je suis Allegra...

– Allegra ? s'étouffe la mère. Comment ?

– Et je ne suis pas Ada, je suis Médora.

– Médo... ?

La fantôme n'aurait jamais cru qu'une morte, qu'un tas de cendres, puisse s'étouffer. Mais on dirait que Persiphae périt une seconde fois.

– Et vous êtes Persiphae Wickwood, assène la voleuse qui ne s'embarrasse pas des sentiments de cette morte. Vous avez décidé, avec tous les autres, de vous sacrifier pour un plus grand pouvoir. Seulement, il semblerait que le sort ait échoué. Allegra est née de votre excès d'orgueil et de magie, des flammes noires nous ont tout dérobé, la vie, et nos souvenirs...

– Comment ? Qu...

Les cendres de Persiphae se troublent, la nuée danse, tourbillonne avant de retrouver une forme à peu près lisible. Ses yeux les transpercent.

– Nous ne souhaitions pas tout cela. Nous pensions... Notre pouvoir était en train de s'éteindre. Ada, tu... c'était notre unique espoir de retrouver notre puissance. Depuis Aleister, notre lignée devenait si faible... Nous nous sommes sacrifiés pour que les Wickwood ne meurent jamais, pour que tu... pour qu'Ada soit la plus redoutable. Le don du sang était le seul moyen.

– Ouais, ben vous vous êtes plantés..., rage Médora. C'était trop, visiblement.

– Tu ne comprends pas, nous n'avions pas le choix. Le monarque ne voulait plus entendre parler d'occultisme, de magie, il ne jurait que par la médecine. Nous n'avions plus de pouvoir, à peine de quoi nous sacrifier, nous allions devenir la risée du royaume. Ce n'était qu'une question de temps avant que tous sachent que nous n'étions que...

– Des imposteurs, complète Médora. Vous avez volé ce titre pour commencer, il ne vous revenait même pas !

– Nous espérions qu'en nous sacrifiant, Ada redore notre lignée. Depuis Aleister, depuis... eh bien depuis, le sang des Ivel était si dissous... Et Ada... Ada était une étoile, née le jour du Solstice, sous les plus purs augures. Cette naissance, deux siècles après celle du grand Aleister, était le signe que nous attentions tous, le signe que nous allions pouvoir retrouver notre pouvoir, notre rang.

– Mais retrouver quoi ? C'est de la folie ! Les Wickwood n'étaient que des brigands, des bandits sans toit, sans foi ni loi qui ont abusé d'un homme et l'ont dépouillé pour prendre sa place. Vous ne deviez pas devenir occultistes, vous vous êtes moqués de l'ordre du monde ! Cette famille est maudite, bon sang…

Les paroles de Médora sont portées par la rage, le désespoir, la rancœur. Elle regarde cette mère comme un ennemi mortel. Mais les cendres de Persiphae ne renvoient que le tableau d'une tristesse sans nom.

– Je ne comprends pas ce qui s'est passé cette nuit-là. Et je suis tellement navrée. Seulement, je crois que ma Ada s'est brisée entre vous deux.

– Quoi ? s'étrangle Allegra.

– Mon trésor s'appelait Ada Médora Allegra Wickwood. Vous étiez mon unique enfant, le soleil de mes jours, l'occultiste la plus puissante à avoir jamais foulé le sol.

Le monde des sœurs s'effondre. Voilà d'où viennent leurs prénoms, leurs identités, leurs vies entières. Elles sont toutes les deux cette Ada à l'enfance souriante qui jouait à chat. Elles sont le miroir de l'autre, la moitié d'un même être.

– Ada était aussi joyeuse que mystérieuse. Capable de changer de l'ombre à la lumière. D'une seconde à l'autre, elle passait des larmes aux rires, du sarcasme à la bonté, de l'allégresse à la médisance. Et je vois tout ça en vous deux.

Et de fait, la nouvelle ravit Allegra. Elle n'est pas un monstre, elle est une partie d'Ada, enveloppée de magie, déchirée du reste de son corps, de sa moitié d'âme. C'est plus qu'elle n'aurait jamais osé l'espérer. Médora, elle, sombre dans les ténèbres d'une rancune amère. Son visage s'est éteint, ses traits se sont froissés.

– Alors, quoi ? La Passation, c'était juste pour expliquer tous les secrets des Wickwood ? crache-t-elle, prête à tirer le moindre fil de vérité.

– Oui, admet Persiphae. Le seul et terrible secret de notre famille, c'est que nous n'avons pas de pouvoirs, nous n'en avons jamais eu.

– Mais… et les papillons, le soir du bal ? bégaye Allegra.

– Oh. Vous vous en souvenez ? s'émerveille le visage de cendres dans un sourire tout gris. Tisiphone ne pouvait pas s'en empêcher. Il avait un petit fond de magie, comme nous tous, le dernier héritage des Ivel qui portait le peu de pouvoir qu'il nous restait. Il connaissait les bons sorts et était capable de gros sacrifices pour la décupler.

– Vous me dégoûtez, profère Médora en embrassant de ses bras tendus ce qu'il reste de leur lignée viciée.

– Obscura était une femme sublime, jeune et naïve, que ses frères mal intentionnés n'ont pas hésité à pousser sur le chemin d'Eliphas, je le reconnais. Mais je crois que c'était lui aussi un homme profondément mauvais, et la grossesse d'Obscura a tout changé. Il a été impossible à nos ancêtres de renoncer à ce pouvoir, à la vie qui allait avec. Alors, c'est vrai, ils lui ont tout dérobé, son argent, son rang, sa magie. Et, ivres de leur puissance, ils l'ont laissé pourrir avec l'ombrelle en dentelle blanche d'Obscura, symbole du début de sa chute. Aleister, quant à lui, était digne de toutes les espérances, il avait hérité de tous les dons de son père, et puis, les gens ont oublié les Ivel. Aleister était si puissant, si fort, il a saisi les fils du pouvoir et ne les a plus lâchés. La légende des Wickwood est née avec lui. Mais, génération après génération, il était clair que le legs des Ivel s'effaçait. Et Eliphas avait maudit son domaine, nous empêchant d'y mettre un pied, de retrouver de nouveaux grimoires, d'autres descendants que nous pourrions corrompre, sacrifier. Quand il a été clair que sans son sang nous étions damnés, nous en sommes venus à cette extrémité…

– Ah ! ironise Médora. Alors c'est comme ça qu'on appelle un suicide collectif, un incendie ravageur et la perte d'innocence d'une jeune fille qui n'avait rien demandé ?

– Est-ce que vous vous doutiez des conséquences ? abrège Allegra.

Elles n'ont pas le temps pour les mots acides, les reproches et les insultes fulgurantes. Déjà, les cendres s'éparpillent, la nuée se disperse, peine à former les traits déformés de Persiphae.

– Quoi ? Est-ce que l'on pensait que l'âme de ma si tendre Ada serait écartelée en deux, entre une vivante et une morte ? Non, bien sûr que non. Je ne l'aurais jamais permis…

Son regret s'échappe vers cette fille dédoublée, apaise un peu l'amertume de l'une, la peur de l'autre. Le regard grisâtre de la revenante coule vers ce qui reste du cottage derrière les dernières descendantes des Wickwood.

– On a sacrifié nos vies pour cela… les flammes noires sont malgré tout la preuve de ta puissance, Ada Médora Allegra Wickwood. Peut-être que le sort nous a dépassés, mais il aurait sans doute dû te tuer, et tu es là. La digne héritière de tous nos espoirs oiseux. Nous avons eu raison d'y croire, tu es sans aucun doute la plus grande occultiste de tous les temps… Et si nos morts n'avaient pas été vaines ?

Allegra est invisible pour sa mère. Persiphae n'a d'yeux que pour la chair de sa chair, son portrait craché. Elle ignore la spectre, cette partie naïve de sa fille. L'ambition, elle la cherche derrière le regard tempête de Médora.

Allegra voudrait tenir la main de sa sœur, la serrer contre elle, lui rappeler qu'elle est là, que leurs ancêtres sont les maîtres de la déception et des mensonges. Elle voudrait lui promettre un avenir radieux, loin d'ici, loin de cet héritage poisseux. Un avenir rien qu'à elles.

– Ada, murmure la revenante en fixant Médora, tu peux être l'occultiste que nous espérions. Tu peux encore restaurer notre prestige, notre nom. Tu peux retrouver notre gloire. Nous avons peu de temps, mais je peux t'apprendre les sorts de résiliation. Tu pourrais redevenir toi-même, une seule personne, récupérer toute ta magie et ta puissance. Tu n'as qu'à fusionner avec *elle* ! Écoute-moi bien, et tu seras la plus redoutable de tous les...

Médora saisit alors la main d'Allegra dans la sienne. La spectre baisse la tête sur l'union de leurs deux peaux, sur les contours de cette paume qu'elle sent si chaude. Elle ne se mêle pas à elle, c'est juste un contact, le plus beau de tous.

La brune regarde le fragment de son âme au bout de sa main.

Allegra prend peur. Elle voit un adieu au fond de ses yeux.

Et au bout de ses doigts, elle en est sûre, c'est déjà la fin d'Allegra et Médora Wickwood.

Chapitre 30
Leurs mains jointes sur l'éternité

Médora fixe ce nuage de cendres qui cherche encore la gloire et l'honneur. La mort n'a pas suffi à laver son orgueil. Elle sent l'urgence derrière les yeux gris qui s'écarquillent. Leur temps leur est compté. C'est la dernière fois qu'elle pourra parler à sa mère, à cette ombre de son passé. Cette mère qu'elle ne connaît pas, qui ne ressemble à aucune version qu'elle a imaginée.

Et dans sa main, celle d'Allegra. Froide à la glacer, mais là.

Cette gloire des Wickwood, c'est ce qu'elle voulait depuis le début. Médora ne souhaitait que ça. Offrir des palais d'été, des lustres en cristal, des bals de fées à Allegra. Et c'est ce que celle qu'elle a si longtemps cru être sa sœur désirait aussi. Devenir la plus grande occultiste, faire honneur à ce nom, retrouver la notoriété d'antan et l'écrire pour des siècles et des siècles.

Médora fixe la spectre, leurs mains jointes sur l'éternité.

Ensemble, en tant qu'Ada Médora Allegra Wickwood, elles pourraient accomplir des miracles, être plus puissantes qu'Aleister, réinventer leur lignée. Tous leurs rêves sont là, au bout de leurs doigts. Il leur suffit juste de fusionner. Peut-être que c'était leur destination depuis le début : l'autre.

Seulement, quand Médora relève la tête et croise le regard de cette fantôme qui a enquiquiné tant de ses nuits d'adolescente, elle sait. Elle sait qu'Allegra ne désire désormais rien de plus que de rester qui elle est. Les espoirs orgueilleux des Wickwood peuvent aller pourrir avec les restes de sa mère.

Alors la voleuse se tourne vers le portrait grisâtre de Persiphae. L'envoûtement arrive à échéance ; déjà, ses boucles ont disparu, un de ses yeux s'affaisse, car la poussière peine à se maintenir assez longtemps.

– Ada est morte dans les flammes noires que vous avez provoquées. Maintenant, mère, vous avez deux filles.

Ce « mère » lui a calciné la langue, mais elle tenait à prononcer ce mot, au moins une fois dans sa vie. Avant de la renvoyer aux Enfers.

– Quoi ? s'étouffe Persiphae. Mais non, tu...

– Je ne suis pas Ada. Je ne l'ai jamais été. Je suis Médora. Et je ne suis pas le héraut de vos espoirs perfides, de votre ambition orgueilleuse. Je me fous de savoir que le nom de Wickwood mourra avec nous. Allegra est ma seule famille. Vous, vous n'êtes rien pour moi. Et vous ne pouvez vous en prendre qu'à vous-mêmes...

Les sanglots agressent la gorge de Médora. Elle revoit cette jeune fille innocente qui fourrait son nez dans des pivoines aussi grosses qu'elle, qui jouait au chat dans des couloirs parsemés des portraits d'ancêtres faussement glorieux, qui rêvait de robes, et de tenir un rôle qui n'était que du vent. Elle repense à cette Ada et son cœur saigne pour elle.

– Vous n'auriez jamais dû sacrifier vos vies pour offrir votre magie à votre fille. Vous auriez juste dû être là pour elle. Vous couriez après des espoirs chimériques, des fantasmes vaniteux, alors que votre plus grand trésor se trouvait au centre du pentagramme. Elle avait seulement besoin de ses parents, de la vérité, vous auriez pu réparer toutes les erreurs du passé au lieu de rester de si terribles et illustres charlatans.

Persiphae ouvre sa bouche caverneuse, sans un mot. Médora ne compte plus l'entendre. Elle ne laissera plus jamais ses ancêtres dicter sa conduite, lui dire qui elle est, qui elle doit devenir, qui elle pourrait être.

– Nous allons racheter vos fautes mortelles. Simplement en étant les meilleures versions de nous-mêmes et en brisant vos rêves un à un.

Secouant sa main, engourdie par la peau glaciale d'Allegra, elle observe celle qui demeure à ses côtés avec un sourire.

– Allie, on y va.

Elle imagine les larmes qui couleraient sur le visage de sa sœur, si elle en était capable. Allegra approuve d'un petit signe de tête et fixe de ses grands yeux sublimes le profil perturbé de leur mère. Elle articule ses ultimes paroles que cette seconde mort remporte déjà. La spectre souffle sur les cendres de Persiphae, la renvoie aux ténèbres éternelles. D'un geste, la tombe se referme à jamais sur les derniers occultistes royaux. Sur la fin des Wickwood.

Ensemble, elles s'éloignent des sépultures, des dizaines de noms qui ont marqué leurs années d'innocence, leur quête de pouvoir, leurs envies viciées. Elles ne se lâchent pas. Même si Médora ne sent plus ses doigts, elle ne peut pas abandonner la main de sa sœur. Pas plus qu'elle ne peut retenir les larmes qui noient ses yeux.

Elles se postent devant le cottage, devant les tuiles qui s'écrasent sous le coup du vent. Devant cette demeure qui meurt en même temps que leurs espoirs détruits.

– Je le pense, tu sais ? murmure enfin Médora, à l'abri de la nuit ténébreuse.

La voleuse n'ose pas se tourner vers Allegra. Cette dernière, avec ses grands yeux confiants, éclaire le chemin devant elle d'une lueur douce et tendre, à son image.

– De quoi ? répond-elle dans un souffle qu'elle seule peut capturer.

– Ada est morte cette nuit-là. Les occultistes royaux aussi. Mais on est là, toi et moi. Peu importe ce qu'a dit Persiphae. Tu es ma sœur. Tu seras toujours ma sœur.

Allegra explose en larmes invisibles. Elle se colle contre Médora et embrase sa chair de frissons violents. Mais Médora ne frémit même pas. Elle tient contre elle sa moitié d'âme, son existence entière. Et, sans doute parce que la spectre ne le souhaite pas, elles ne deviennent pas une. Ce n'est qu'une étreinte entre l'obscurité et la lumière. Le noir et le blanc, ensemble pour l'éternité.

Quand Allegra s'éloigne, Médora époussette des lueurs accrochées à sa chemise avec un sourire.

– Par contre, jure-moi que plus jamais tu ne fusionneras avec moi ! J'ai l'impression d'être transpercée par un glaçon, c'est assez désagréable.

La fantôme bascule la tête en arrière et parsème le ciel étoilé de milliers d'éclats de rire. Elle approuve sans mal. Et puis leurs yeux fatigués se reposent sur la vieille carcasse de ce cottage en ruines qui aura accueilli tant de cris, de pleurs, de lamentations, d'espoirs et d'orgueil.

Il est là, au bout de ce chemin de terre, parfaite incarnation de la déchéance des Wickwood.

– On fait quoi, maintenant ? demande Allegra.

– On se découvre, on vit, rêve Médora.

Derrière cette charogne de briques, de pierres et de poutres, des tombes en domino. Et sur ces tombes, des noms de charlatans, de voleurs, de meurtriers. Dans leurs dos, la chaumière anéantie de Thelema, surmontée d'un carrosse-geôle.

Médora regarde ce caveau où elle a sacrifié tant d'heures, et elle sait déjà ce qu'elle veut faire. Ce qu'elle a toujours voulu faire.

Elle était dans une cage bien avant que les villageois ne l'enferment. Elle était prisonnière de sa chambre, de sa maison, de Harrow, de son héritage, de son nom. Et la vérité a fait exploser tous les barreaux de son existence. Maintenant, elle est libre. Les Ivel sont morts. Les Wickwood sont morts. Les rêves et les espoirs aussi. Elles n'ont plus de haine ancestrale à entretenir, plus d'orgueil à polir.

Elles ont toute leur vie devant elles.

Avec le même élan, leurs pas les mènent vers Raph et Cornélius. Ils attendaient, enfoncés dans les ruines, surplombés par les vignes vierges.

– Alors, ça a été ? s'empresse de demander le paysan en se redressant. Vous étiez heureuses de retrouver votre mère ?

Sa naïveté provoque un grognement incontrôlable à Médora. Comme un garde qui rend ses respects, Raph se lève en apercevant sa voleuse, une ombre de sourire au coin des lèvres.

– Oh je ne dirais pas ça comme ça, commence Allegra.

Médora n'écoute pas la suite. Elle contemple les poutres mitées, les feuilles de grimoire qui volent au vent, les corbeaux qui regardent la dépouille de cette maison avec envie. Elle n'a jamais été chez elle ici. Elle était aussi une impostrice, à se glisser dans un rôle qu'elle détestait, à désirer une existence qu'elle exécrait.

Les mots de Raph résonnent en elle.

Il lui reste une vie entière pour découvrir qui elle veut être, et ça se joue en dehors de ses murs, de ce village. Alors elle embrasse des yeux cette vieille bâtisse, elle lui dit adieu, et elle garde en elle les souvenirs heureux qu'elle aura pu construire.

Quand elle se retourne, elle surprend le regard que Cornélius jette à Allegra et sourit. L'avenir promet d'être glorieux pour eux. Rien ne compte que leur présence et le soleil qui se lèvera le lendemain.

Sa sœur répond aux questions du paysan, évite soigneusement de toucher sa main qui se tend vers elle, et Raph, sur ses gardes, se crispe à chaque menace d'une poutre qui grince, à chaque craquement suspect. Il guette, il veille sur eux, serpent aux aguets.

Médora n'a rien à faire avec eux, elle, le petit bout de chaos sous une frange.

Et pourtant, c'est à leurs côtés qu'elle veut découvrir qui elle est.

Parce qu'avec eux, elle est elle-même.

Alors, quand elle extirpe son sac à dos des ruines, et qu'elle le vide des crèmes, des onguents, des fleurs séchées, elle murmure de secrets adieux à cette vie passée. Et elle s'excuse pour Ada, qu'elle abandonne pour toujours au milieu des vestiges des Wickwood.

Quand elle retourne sur le sentier, ils l'attendent, prêts à partir vers des horizons inconnus.

Epilogue
Le témoin des adieux ultimes

Une petite route serpente au nord de Harrow. Un lacet de terre ébouriffé par le vent et la brume. C'est un sentier oublié par les années et les randonneurs. Personne ne se demande jamais où il mène, et d'ailleurs, personne ne l'emprunte plus depuis longtemps à part quelques enfants blagueurs.

Le village de Harrow rêve d'enterrer à jamais les sœurs Wickwood.

Pour ceux qui ne craignent ni les mauvais augures, ni les malédictions, vous pouvez toujours remonter le chemin depuis la grand-place. Ne vous laissez pas distraire par les délicieuses odeurs de pain frais de Mrs Oldstone ni par les chants des grenouilles qui vous accueillent. Continuez de suivre ce layon qui serpente au milieu des herbes hautes.

Osez vous avancer sur cette petite bande de terre et vous trouverez alors sur votre droite une ancienne maison qui ne ressemble à rien de plus qu'à un amas de pierres et de métal inextricable. Une drôle d'anecdote que les habitants seront bien incapables de vous raconter, même si vous les noyez d'alcool de genévrier.

Mais poursuivez, ce n'est l'histoire que de quelques pas, et vous découvrirez de plus sombres secrets encore. Ce ne sont que des ruines, mais imaginez autrefois un cottage aussi grand qu'un manoir. Vivait ici une famille non moins importante que le roi. La magie coulait dans leurs veines et on racontait qu'ils étaient à peine humains, qu'ils étaient sûrement des êtres de fumée, passeurs entre l'ici et l'au-delà.

Les villageois jureront le contraire, mais, à une époque, ils leur rendaient visite. Ils y dansaient, ils se faisaient tirer les cartes de leurs avenirs médiocres. Maintenant, gardez-vous bien d'aller au pub de Harrow pour les interroger sur les anciens résidents.

Tout le monde connaît leur nom, mais personne ne le prononce plus.

Celui des sœurs Wickwood.

Autrefois, on tremblait en parlant du terrible feu noir, de cet incendie ténébreux qui a ravagé le bout du chemin, une nuit entière. Puis on a abandonné deux filles damnées, deux démons qui sont revenus hanter la vie des habitants. Car, sachez-le, les diables ne dorment pas longtemps, et ils reviennent toujours vous maudire.

Mais allez-y, remontez encore le sentier. Dépassez cette bicoque de pierres et de métal, et que voyez-vous maintenant ? Autrefois, le cottage se dressait là. C'était une silhouette imposante qui se dessinait dans la brume, giflée par le vent et les années. Une partie de la bâtisse était rongée par le lierre, comme si la forêt avait repris ses droits. On aurait pu penser que la demeure était abandonnée, mais les villageois savaient mieux que ça.

En s'avançant et en y regardant de plus près, on remarquait une lueur. Une bougie vacillante, là, tout au fond. Les sœurs

Wickwood habitaient ici. Loin de tous, enfermées dans leurs secrets et leurs grimoires et leur magie noire.

Ce n'est pas tout à fait ce que vous avez sous les yeux, n'est-ce pas ?

Vous, vous ne faites face qu'à un tas de pierres et de souvenirs. Quelques éclats de vitraux colorent cet amas de briques et de poutres. Ici, point de lueur, point d'âme qui vive. Que des corbeaux qui ont fait de ces ruines leur domaine.

D'ailleurs, ils sont là, sur les restes des sépultures, ils attendent que vous partiez pour reprendre leurs affaires. Non, ne vous approchez pas plus de ces piliers ! Ce ne sont que de vieilles tombes aux noms effacés depuis longtemps. Les anges y ont perdu leurs ailes, les serpents courent sur les cadavres décomposés.

Ne vous avancez pas, malheureux !

Cette terre est maudite, cet air vicié.

Deux démons ont habité ces lieux, deux âmes noires, deux sorcières vouées à Satan, loin de tout ce que Formol fait de bon. Il n'y a plus que vous pour venir ici. Et quelques adolescents qui jouent à se faire peur. Ils surgissent dans la nuit, les jambes tremblantes. Ils se tiennent là où vous vous tenez, leurs amis dans leurs dos, qui rient pour masquer l'angoisse.

Ils se racontent que si le courageux prononce trois fois leurs noms, les sœurs le retrouveront et dévoreront son âme s'il y cache un sombre secret. Aucun de ces boutonneux n'est jamais parvenu à aller au bout de ce pari idiot.

Allegra et Médora Wickwood.

Allegra et Médora Wickwood.

Allegra et Médora Wickwood.

Mangeront-elles votre âme, à votre avis ?

Non, vous faites demi-tour ? Vous avez sans doute raison, soyons prudents.

Dommage, car, si vous vous étiez approché, vous auriez remarqué une autre silhouette, au milieu des décombres. Pas un serpent, ni un corbeau. Eux ont repris leur vie sans trembler de votre visite aussi soudaine que rapide. Mais un spectateur n'a rien loupé de votre petite balade. Il a surveillé vos faits et gestes.

Une fois persuadé que votre peur vous a guidé sur le chemin du retour, il sort de sa cachette. Ses yeux jaunes perçants fusillent la place où vous vous teniez une minute plus tôt. Ses moustaches marmonnent des sorts qui auraient de quoi vous faire devenir fou.

Byron est le gardien éternel du secret des Wickwood.

Il veille sur cette terre consacrée en attendant le retour de ses maîtres. Il pourrait vous raconter tous les souvenirs contenus dans ces vieilles pierres. Oui, il pourrait, mais il préfère aller se coucher, une fois le museau nettoyé, avec le sentiment du devoir accompli.

Byron pourrait vous parler de ces deux qui ne faisaient qu'une, accompagnées d'un garde muet et d'un paysan amoureux. Mais elles sont parties. Elles ont abandonné cet héritage térébrant pour construire leur propre légende.

Byron pourrait vous dire que la fille en colère a fini par accepter ses peurs et découvrir qui elle était vraiment.

Byron pourrait vous dire que le paysan amoureux aima toujours sa fantôme.

Et que la fantôme aime toujours le paysan et les sorts. Et qu'elle forgea son nouveau destin à coups de potions et d'envoûtements, qu'elle créa le bon, elle qui était née du mal.

Que l'ancien garde devint le héros de ses contes, qu'il resta aux côtés de sa voleuse et de ses amis. Que son cœur avait enfin trouvé le chemin de la maison.

Mais vous ne les rencontrerez pas ici. Les quatre ont fui leurs obligations, les rêves qu'on leur avait imposés. Ils ont fui le poids d'un passé, d'un nom, d'un rôle qui étaient trop lourds à porter. Maintenant, ils font trembler le monde, ils écrivent leur histoire.

Si jamais vous osez revenir sur le bout de ce sentier oublié de tous, dans ce cottage en ruines, vous tomberez peut-être sur un chat noir, gardien de leurs aventures. Et Formol sait qu'elles furent nombreuses.

Byron pourrait vous raconter tout ça, mais chut, laissons-le, il dort paisiblement, lové sur le *Livre des Mondes Obscurs*.

Remerciements

Je redoute toujours d'écrire les remerciements : oublier quelqu'un, ne pas rendre la juste mesure de l'aide qu'on m'a apportée, de l'amour et de la reconnaissance que je ressens. Mais ces remerciements, ça fait quatre ans que je rêvais de les écrire. Quatre ans que *Les Sœurs Wickwood* était dans un tiroir, inachevé, et que je pensais bien qu'il y resterait des années de plus, comme *Le Livre des Mondes Obscurs*.

Alors, avant tout, merci à Alice. Sans elle, vous ne liriez pas ces mots. Elle a eu confiance en moi les nombreuses fois où j'ai douté. Elle a vu dans ce texte des choses que j'ignorais moi-même. Elle m'a aidée à le finir, à le peaufiner, à le perfectionner. Si vous l'avez dans les mains, c'est en grande partie grâce à elle, qui a cru en moi, en Allegra et Médora et qui leur a offert une chance incroyable, qui leur a offert une maison extraordinaire, Bayard.

Merci à mes parents, mes grands-parents, ma tante et bien sûr mon mari. Je souhaite à tout le monde d'être aussi bien entouré que je l'ai été grâce à eux. Ils ont tout lu, ils m'ont écoutée parler de ces deux sœurs, ils ont suivi mes idées loufoques. Ils ont lu une première version toute froissée comme si c'était un trésor. J'ai une chance folle.

J'écris tout ça alors que je n'ai pas encore le livre entre les mains, peut-être que quand ce sera le cas, je réaliserai enfin que je viens de cocher plusieurs rêves. Alors une immense gratitude à toute l'équipe de Bayard qui les a réalisés. Vous m'avez accueillie comme une reine, et vous avez aimé les Wickwood avec autant de ferveur que moi. Merci à Alice, encore, toujours. Merci à Thomas, pour la couverture, et à Charlie pour cette illustration incroyable, merci à Camille qui fait briller les sœurs sur les réseaux et ailleurs, merci à Coralie pour son enthousiasme incroyable, Sara, Flora, Agnès, et Hélène. Merci aux correcteurices, à la fab (non mais ce relié, on en parle ?!) Et merci à Tom pour sa relecture ! Je n'aurais pas pu rêver d'une meilleure maison.

Simplement merci à tous mes amis, de la vraie vie, des réseaux, que j'enquiquine, à qui j'ai confié tous mes doutes et quelques exclus, et qui sont derrière ce projet depuis le début.

Samantha et Céline, mes meufs sûres.

Enfin, merci à vous, qui arrivez peut-être à ces pages alors que vous venez de finir de lire *Les Sœurs Wickwood*. Merci pour l'enthousiasme que vous avez réservé aux sœurs sur les réseaux pendant le teasing, j'ai hâte de vous rencontrer, de parler d'elles avec vous.

Et n'oubliez pas : *mundum moveat*, faites trembler le monde.